마차오 사전 1

馬橋詞典

马桥词典(A DICTIONARY OF MAQIAO)
by 韩少功(Han Shaogong)

세계문학전집 444

마차오 사전 1

馬橋詞典

한사오궁

심규호, 유소영 옮김

민음사

일러두기

1 이 책은 1996년 작가출판사에서 출간되었던 제1판본을 저본으로 번역했다.

2 민음사에서 모던 클래식으로 출간되었던 『마교 사전』과 같은 책으로, 『마교 사전』에서는 중국 인명과 지명을 한자음으로 표기했으나('마교') 세계문학전집 판본 『마차오 사전』에서는 외래어 표기법에 따라 중국어 발음으로 표기했다('마차오').

3 본문의 맞춤법과 띄어쓰기는 한글 맞춤법과 외래어 표기법을 따르는 것을 원칙으로 하되, 예외가 있을 경우 주석을 달아 설명했다.

4 특히 표제어 번역에 다음과 같은 세 가지 원칙을 적용했다.

　— 인명과 지명은 중국어 발음으로 표기했다. 예) 톈안문(天安門), 헤이샹궁(黑相公)

　— 표제어의 뜻이 한 가지이거나 비교적 분명한 경우 통상적으로 번역했다. 예) 요오드화칼륨(碘酊), 깨닫다(覺), 달다(甜)

　— 표제어의 뜻이 다양하거나 중국어가 모국어인 사람조차 이해하기 힘든 경우, 혹은 마차오 지역과 그곳 주민들의 언어생활에 대한 배경지식이 선행되어야 이해할 수 있는 표제어로, 고유명사가 아니지만 고유명사처럼 쓰이는 경우 한자음으로 처리했다. 예) 노표(老表), 소가(小哥)

5 모든 주석은 옮긴이 주이다.

차례

강(江)

마차오 사람들은 강(江)을 '강(gang)'으로 발음한다. 작은 여울, 시냇물은 물론이고 물이 흐르는 곳이면 모두 그렇게 부른다. 그저 호호탕탕 흐르는 큰 물길만 가리키는 말이 아니다. 이는 마치 북방 사람들이 큰 호수나 연못까지 모두 '하이(海)'라고 말하는 것을 듣고 남방 사람들이 의아해하는 것과 마찬가지이다. 물길의 크기에 주목하기 시작한 것은 아마도 한참 뒤의 일인 듯하다.

영어의 river(강)와 stream(시냇물)은 물길의 규모가 그 기준이다. 영국과 해협을 사이에 두고 마주한 프랑스의 경우 fleuve는 바다로 유입되는 하류, riviere는 내륙 하천 또는 다른 하류로 유입되는 지류를 의미할 뿐 크기와는 관련 없다. 이렇듯 세상 각지에서 사용하는 명칭의 기준이 각기 다르기 때문에 동일한 표현이라 해도 저마다 의미하는 바가 다를 때가 많다.

　물론 마차오 사람들도 서서히 크기에 주의를 기울이기 시작했지만 크기를 그다지 중요하게 생각하지는 않는 듯하다. gang의 경우도 그저 성조(聲調)로 구분할 뿐이다. gang을 1성으로 읽을 때는 큰 하류, 입성(入聲)[1]으로 읽을 때는 작은 여울, 작은 시내를 가리킨다. 외지 사람이 이를 정확하게 알아들으려면 꽤나 많은 시간이 필요하다. 마차오에 간 지 얼마 되지 않았을 때 나 역시 그 발음 때문에 헛걸음질한 적이 한두 번이 아니다. 한번은 마차오 사람들이 강이 있다고 하기에 신이 나서 찾아간 적이 있다. 그런데 막상 가 보니 한 걸음에 건널 수 있는 시냇물이 졸졸 흐르고 있는 것이 아닌가? 물속에 칙칙한 수초가 있고 휘리릭 지나가는 물뱀이 노닐어 목욕이나 자맥질을 하기에는 턱도 없는 곳이었다.

　그러나 1성으로 발음하는 gang은 촉박하고 짧게 발음하는 gang과 다르다. 1성 발음의 gang으로 들어가는 순간 느껴지는 거센 물줄기가 순식간에 아늑해지다가 또다시 세찬 물결이 묵직하게 몸을 감싼다. 문득 바스러지는가 싶던 온몸이 다시 옥죄어 들며 자꾸만 흩어졌다 스멀스멀 모여들기를 반복한다. 그곳에서 소를 치던 노인 하나가 내게 gang이 작다고 무시해서는 안 된다면서 이전에는 물에 찰기가 있고 미끈거려 그 물을 떠다 등잔을 밝히기도 했다고 말했다.

---

1) 현대 중국어에는 사라진 성조로 촉박하고 짧게 발음한다.

뤄장강(羅江)

마차오의 물길은 뤄장강(羅江)으로 흘러든다. 마을에서 강변까지 걸어서 반나절 정도 걸리며 강에는 자그마한 쪽배 한 척이 마련되어 있다. 사공이 없을 때는 강을 건너는 사람이 직접 노를 저어 가도 되고, 사공이 있으면 뱃삯으로 한 사람당 5펀(分)²⁾씩 내면 된다. 맞은편 언덕에 닿으면 사공이 노를 뱃머리에 잘 꽂은 다음, 언덕에 서서 사람들에게 돈을 받는다. 혹시라도 지폐를 받으면 노인은 침을 묻혀 가며 한 장씩 세곤 했다. 어느 정도 지폐가 모였다 싶으면 노인은 낡은 나사(羅紗) 모자에 돈을 집어넣고 다시 모자를 꼭 눌러썼다. 뱃삯은 겨울이나 여름이나 똑같았다. 사실 여름 강이 폭도 훨씬 넓고 물길도 더 세

---

2) 중국의 화폐단위로 100펀은 1위안(元)이다.

차다. 홍수가 지면 누런 강물이 온통 세상을 뒤엎을 듯 넘실거려 물에 비친 그림자마저 혼탁하게 느껴진다. 강가로 겹겹이 오물이 밀려들고 물살이 약한 강가 한구석에 뭉실뭉실 거품이 쌓여 시큼한 악취를 풍긴다. 하지만 그럴 때일수록 강가는 더욱 사람들로 북적거린다. 상류에서 떠내려오는 죽은 닭이나 돼지, 부서진 탁자나 낡은 나무 대야 또는 끈 떨어진 대쪽을 기다리는 것이다. 사람들은 이런 것들을 건져 집으로 가져가면서 '홍수 횡재'를 했다며 흥겨워한다.

때로 여자나 어린애가 떠내려올 때도 있다. 허옇게 퉁퉁 붙은 살덩이가 파도 사이로 불쑥 올라와 그 멍한 눈동자가 뚫어져라 사람들의 눈길과 마주치면 사람들은 혼비백산해 걸음아 날 살려라 줄행랑을 친다.

간혹 담이 큰 아이들도 있기는 하다. 그런 아이들은 긴 대나무 장대를 구해 재미있다는 듯이 허여멀건 살덩이를 쿡쿡 찔러 본다. 강가에서 고기를 잡는 사람들도 있다. 그물을 던지기도 하고 낚싯바늘을 이용하기도 한다. 언젠가 이런 일도 있었다. 강가에 닿기도 전에 앞서 걷던 여자 몇 명이 비명을 지르며 가던 길을 되돌아 도망치고 있었다. 무슨 일이 있나 싶어 얼른 가 보니, 조금 전까지만 해도 강가에서 장대를 메고 있거나 소를 치던 남자들이 어른 아이 할 것 없이 모조리 바지를 벗어 던지고 엉덩이를 드러낸 채 강을 향해 뛰어드는 것이 아닌가. 그것도 소리를 내지르며. 그제야 나는 조금 전에 들린 둔탁한 펑음이 폭약 터지는 소리라는 것을 알았다. 강물에 폭약을 터뜨려 물고기를 잡는 중이었다. 폭약이 터지고 물고기들이 허연 배를 드러내자 차마 바지를 적실 수 없었던 남자들이 너 나 할 것 없이 마치 약속이나 한 듯 바지를 벗고 강으로 뛰어들었고, 난데없는 돌발 상황에 여자들이 기겁한 것이다.

마차오에서 육 년 동안 생활하면서 나는 뤄장강에 간 적이 별로 없다. 어쩌다 현(縣)³⁾에 갈 일이 있을 때나 배를 타러 갔을 뿐이다. 강을 건널 때 드는 뱃삯 5편도 언제나 큰돈이었다. 지식청년(知識靑年)⁴⁾들은 수중에 가진 돈이 별로 많지 않았을뿐더러 남자들은 일단 뭉치면 패악질을 하고 싶은 충동에 사로잡혀 언제나 공짜 배를 타고 싶어 했다. 그중에서 헤이샹궁(黑相公)이 이런 일에 과감했다. 배가 언덕에 도착한 후 그는 마치 희생을 각오한 지하 공작원처럼 눈을 내리깔았다. 그는 우리에게 먼저 가라고 눈짓을 보내며 자신이 돈을 내겠다는 시늉을 했다. 양쪽 호주머니를 번갈아 뒤지며 시간을 끌던 그는 우리가 제법 멀리 사라지면 사공에게 흉측한 표정을 드러내며 이렇게 내뱉었다. 돈 없어. 아니, 있어도 못 줘. 이봐, 늙다리, 안 주면 당신이 어쩔 건데? 헤이샹궁은 이렇게 말한 뒤 걸음아 날 살려라 줄행랑을 쳤다. 자신이 농구 선수라도 된 줄 착각한 그는 뱃사공 노인이 아무리 따라와도 끝내 자신을 잡을 수 없으리라고 생각했다. 그러나 정작 노인의 걸음 속도는 문제가 되지 않았다. 긴 노까지 어깨에 걸쳐 멘 노인은 뒤뚱뒤뚱 뛰어 봤자 우리와 점점 멀어질 뿐이었지만 절대로 걸

---

3) 지방정부 행정구역 명칭으로 성(省), 시(市) 다음이다.
4) 문화 혁명(1966~1976년) 시기에 농촌이나 생산 현장 노동에 참여한 젊은 지식인을 가리킨다. 줄여서 지청(知靑)이라고 한다.

음을 멈추지 않았다. 1리, 2리, 3리…… 5리, 노인은 계속해서 끈덕지게 우리를 쫓아왔다. 기진맥진한 우리가 바닥에 널브러져 침을 질질 흘릴 때까지 아득히 멀리 보이는 까만 콩알 같은 노인은 절대 우리를 포기하지 않았다. 노인을 죽이지 않는 한, 그날 우리가 내야 할 3자오(角)⁵⁾ 남짓한 돈을 받을 때까지 긴 노를 휘두르며 하늘 끝, 땅 끝까지라도 영원히 노인이 우리를 쫓아오리라는 것은 누가 봐도 알 수 있었다. 분명 사공 노인은 우리만큼 영특한 사람이 아니라 수지타산을 따질 줄도 몰랐다. 배를 내팽개친 채, 강가에서 배를 기다리는 이들까지 모두 놓쳐 버리면 얼마나 큰 손해를 보는지 전혀 신경 쓰지 않는 듯했다.

우리는 빠져나갈 방법이 없었다. 그저 고분고분 함께 돈을 추렴해 헤이샹궁을 시켜 노인에게 뱃삯을 치를 수밖에 없었다. 멀찌감치 떨어진 곳에서 노인이 헤이샹궁에게 잔돈을 거슬러 주는 모습이 보였다. 좍좍 입을 놀리는 모습이 분명 욕을 하는 듯했는데, 역풍이 불어 당최 무슨 말을 하는지 단 한마디도 들리지 않았다.

그 후로 나는 그 노인을 만난 적이 없다. 반혁명운동에 대한 조사가 시작되었을 때 우리가 가지고 있던 권총 한 자루가 중요한 조사 대상이 된 적이 있다. 문화 혁명 당시 시내에서 얻은 것으로 탄알을 다 쓴 후 차마 아까워서 버리지 못한 채 몰래 가져간 총이다. 나중에 심상치 않은 소문이 돌기 시작하

---

5) 중국 화폐 단위로 10자오는 1위안이다.

자 우리는 혹여 무기 은닉죄에 걸릴까 봐 헤이샹궁에게 강을 건널 때 권총을 강에 버리게 하고 서로 영원히 입을 다물기로 약속했다. 이 일이 어떻게 들통났는지 나는 지금도 자초지종을 알 길이 없다.

우리만 잘난 줄 알고 총을 강에 버리면 모든 일이 끝나리라 여긴 것이 그저 후회스러울 뿐이었다. 우리는 상부에서 총을 찾지 못하면 일이 유야무야되리라고 생각했다. 그런데 뜻밖에도 그들은 우리가 뭔가 은밀한 목적을 가지고 총을 몰래 숨겼다고 의심했다. 끊임없이 심문이 이어지고 똑같은 대답이 되풀이되는 가운데 겨울이 되었다. 뤄장강의 물이 빠지고 넓은 모래톱이 모습을 드러냈다. 우리는 쇠갈퀴로 총을 내버린 지점을 깊이 파기 시작했다. 오로지 결백을 밝혀야겠다는 일념으로 모래톱을 샅샅이 뒤졌다. 우리는 꼬박 닷새 동안 모래톱을 파 들어갔고 점점 더 넓은 부분이 파헤쳐졌다. 살을 에는 겨울바람을 맞으며 인민공사의 2만 평이나 되는 논밭을 개간했지만 끝내 쇠갈퀴에 부딪히는 금속성 소리는 들을 수 없었다.

제법 묵직한 총이 쉽게 물에 쓸려 갔을 리는 없었다. 분명히 강바닥에 가라앉았을 테니 누군가가 집어 갔을 리도 만무했다. 대체 어디로 갔을까? 이상한 일이었다.

그저 이 낯선 강이 무슨 이유인지 모르나 나쁜 마음을 품고 우리를 감옥에 보내려고 용을 쓰는 듯했다.

그제야 우리는 뤄장강의 신비로움에 눈을 뜨고 처음으로 진지하게 뤄장강을 둘러보았다. 뤄장강은 세차게 내리는 첫눈을 맞아 눈부시게 빛나고 있었다. 마치 한 줄기 번개가 세상을 갑자기 환하게 비추어 한참 동안 그 모습 그대로 얼어붙은 듯했다. 강가 모래톱에 얕은 발자국들이 이어지자 하얀 물새 몇 마리가 불안한 듯 오르락내리락 날갯짓을 했다. 때로 얼음, 눈의 풍경과 어우러져 구분이 잘되지 않기도 하고, 전혀 생각지 못한 곳에서 갑자기 모습을 드러내 몇 줄기 하얀 선으로 암녹색 좁은 수면을 가르기도 했다. 나는 한참 동안 이어진 한 줄기 섬광을 바라보았다. 나도 모르게 눈물이 주르륵 흘러내렸다.

아무도 강을 건너는 사람이 없었다. 강을 건네주는 사람도 전의 노인보다 좀 젊은 중년이었다. 나는 팔짱을 끼고 강 둔덕에 잠시 쪼그리고 앉았다가 발길을 돌렸다.

문득 고개를 돌려 보니 강 언덕은 여전히 텅 비어 있었다.

만자(蠻子)와 뤄자만(羅家蠻)

중국에서는 일반적으로 장년의 남자들을 '한자(漢子)'라고 일컫는다. 그러나 마차오 사람들은 이보다 '만자(蠻子)', '만인(蠻人)', '만인삼가(蠻人三家)'라는 명칭을 더 자주 사용한다. 그중 '삼가(三家)'라는 명칭은 대체 어디서 나왔는지 유래를 알 수 없다. "초나라에 삼호(三戶)[6]만 남아 있어도 진을 망하게 하는 것은 초나라일 것이다."라는 옛말이 있지만 여기서 말하는 '삼호'가 특별히 남자를 지칭하는 것 같지는 않다.

분명 한 사람을 지칭하는데 '삼가(三家)'라고 표기해 '세 집 안'의 사명을 걸머지도록 했으니 이러한 것이 옛날 초나라 선조들의 전통인지 역시 알 길이 없다. 나는 전에 이런 상상을

---

6) 세 집.

해 본 적이 있다. 만약 한 사람의 혈연이 부모 두 사람에게서 비롯된 것이라면, 부모의 혈연은 각자의 조부모 두 사람씩 네 사람에게서 이어진 것이고, 그 조부모의 혈연은 다시 고조할 아버지와 고조할머니 각기 네 명씩 모두 여덟 명에게서 나온 것이고…… 이렇게 계속해서 위로 올라가다 보면 기하급수적으로 사람 수가 불어나 수십 세대만 올라가도 전체 인류 가운데 많은 이들의 조상이 같아질 것이다. "사해(四海) 안에 있는 이들이 모두 형제다."라는 아름다운 바람도 이런 간단한 계산으로 따지면 완전히 헛소리라 할 수 없는, 믿을 만한 생물학적 근거를 지녔다고 할 수 있다. 이론적으로 보면 모든 개인은 전체 인류의 후손이며, 모든 이가 각기 자신의 몸에 수십 세대를 살아온 인류의 유전인자를 지니고 있다. 그렇다면 어찌 한 개인을 그냥 그 한 사람, 그 개인일 뿐이라고 말할 수 있을까? 전에 나는 글을 통해 '개인'이라는 개념은 불완전하며 각각의 개인 역시 '집단'이라고 주장한 적이 있다. 나는 마차오에서 말하는 만인삼가에 들어가는 '삼(三)'이라는 글자가 전통적으로 많을 '다(多)'의 동의어이기를 바란다. 그렇다면 만인삼가는 '뭇사람'의 다른 이름으로 개인의 뒤에 자리한 뭇사람을 강조하는 동시에 암암리에 내 기발한 생각에 대한 방증이 될 수 있으리라.

'만(蠻)'이란 중국 남방 지역에서 유행하는 글자로 오랫동안 남쪽 지역 사람들에 대한 통칭이었다. 관련 자료를 보면 기원전 700년 춘추 시대에 라국(羅國)[7]이라는 나라가 있었는데, 그곳이 바로 뤄자만(羅家蠻)이었다고 한다. 『좌전(左傳)』에 "노(魯) 환공(桓公) 12년 초나라 군대가 병사를 나누어 펑수이(彭水)를 건너자 라인(羅人)이 그들을 공격하고자 했다."라고 했으니 이것이 아마도 라국에 대한 최초의 기록일 것이다. 라인은 지금의 후베이성(湖北省) 이청현(宜城縣) 서남쪽에 정착했다. 『수경주(水經注)』권28에 따르면, 그곳은 서남쪽의 파(巴)나라와 이웃했으며 이후 라천성(羅川城)이라 불렸다고 기록되어 있다. 뤄자만은 라자국(羅子國)으로도 불렸으며 펑수이를 천연의 요새로 해 북방의 강력한 적국들에 저항했다. 초나라 병사들이 남쪽으로 쳐들어오자 이에 저항한 것도 당연하며 때로 승리를 거둔 적도 있었다. 그러나 라자국의 국력이 초나라와 현저하게 차이 났기 때문에 결코 적수가 될 수 없었다. 『좌전』기록에 의하면, 라인들은 그 후 연이어 두 번 다른 곳으로 도망쳤는데 처음으로 도망간 곳이 '파인(巴人)'의 발상지라고 하는 즈장현(枝江縣)이다. 두 번째는 이십 년 후 초나라 문왕 시절로, 당시 피난지는 후난성 북쪽, 지금의 웨양(岳陽), 핑장강(平江), 샹인(湘陰) 일대에 해당한다.

뤄장강이라는 이름은 이렇게 만들어졌다.

당시 노인을 부축하고 어린아이를 끌고 먼 피난길에 오른 사람들의 모습이 어떠했을지 상상하기조차 힘들다. 사료에 따

---

7) 이번 장에서 라(羅) 자로 시작되는 말의 발음은 樂과 羅의 비교가 이루어지도록 두음법칙을 적용하지 않았다.

르면 라인들은 이곳에 도착해 '라성(羅城)'을 건설했다고 하는데 지금은 흔적을 찾을 수 없다. 뤄장강 강변에 위치한 창러진(長樂鎭)이 혹시 당시 라성이 아닌가 하는 생각이 들기도 한다. '락(樂)'과 '라(羅)'⁸⁾의 음이 비슷하다는 이유 때문인데, 말이 그렇다는 것이다. 산을 배경으로 한 창러진은 앞에 강을 낀 작은 마을로 우리가 대나무를 하러 갈 때 반드시 거쳐야 하는 곳이었다. 그곳에는 마을 전체를 관통하는 마스가(麻石街)가 있었다. 부석(浮石)⁹⁾ 위로 단술 내가 물씬 풍기고 나막신 소리가 울려 퍼지는 그곳은 항시 북적거리는 축축한 부두로 이어져 있었다. 거리에는 영원히 고개를 내미는 사람이 없을 것처럼 굳게 닫힌 창문들도 있었다. 부두 아래 철 기둥이 있는데 물이 빠진 후에 살펴보면 희미하게 고문(古文)이 잔뜩 적혀 있다고 마을 사람들이 말했다. 당시 나는 고고학에 별로 관심이 없었기 때문에 일부러 보러 가지는 않았다. 언제나 눈이 퀭할 정도로 피곤했던 나는 단술을 한 사발 들이켜고 옷을 입은 채로 길섶에 누워 잠을 청하면서 또다시 서둘러 가야 할 길을 준비했다. 매서운 겨울바람에 몇 번이나 절로 눈이 떠졌고 그럴 때마다 머리 위로 금방이라도 떨어질 듯 별빛이 흔들리고 있었다.

창러가 라성(뤄청)이 아니라면 그 밖에 뤄푸(落鋪), 뤄산산(珞山), 바오뤄(抱落), 퉁뤄둥(銅鑼峒)도 조사해 볼 만하다. 이 모

---

8) 현대 중국어에서 樂은 '러(le)', 羅는 '뤄(luo)'로 발음한다.
9) 마스가(麻磨街)의 '마스'는 암석의 한 종류인 부석(浮石. 경석(輕石) 또는 속돌이라고도 한다.)을 말한다.

두 '라(羅)'와 발음이 비슷하며 내가 조금 아는 곳들이다. 지금도 머릿속에 마을들의 오래된 담 자락과 돌계단, 사람들의 눈빛에 언뜻 스치던 외면과 경계의 빛이 어른거린다.

라인과 파인은 관계가 친밀했다. '하리파인(下里巴人)'[10]은 이곳에서 늘 통용되는 성어로 옛 노래를 지칭한다. 뤄장강 끝에는 지금의 웨양인 '파릉(巴陵)'이 자리하고 있다. 『송사(宋史)』 권493에는 철종(哲宗) 원우(元祐) 3년(1088), '뤄자만'이 한 차례 '약탈당했는데' 토가족(土家族) 선대 우두머리가 나서서 이를 해결해 비로소 평온을 되찾았다고 적혀 있다. 이를 보면 토가족과 라인이 매우 협조적이었음을 알 수 있다. 또한 토가족이 파인의 후예라는 것은 이미 사학계의 정론이다. 이밖에도 중요한 증거 하나는 토가족 전설에 '라씨 집안 남매'에 관한 이야기를 많이 찾아볼 수 있다는 점이다. 그렇게 보면 '라인'과 토가족 선조들은 끈끈한 인연이 있었음을 알 수 있다.

그런데 이상하게도 뤄장강 양안 어디에서도 '라(羅, 뤄luó)'라는 글자가 들어간 마을은 한 곳도 발견할 수 없었다. 또한 뤄씨 성을 가진 사람이 있다는 이야기도 거의 들어 본 적이 없다. 내가 살던 마을의 촌장이 유일한 뤄씨였는데 머슴 출신인 그는 확실히 외지 사람이었다. 어쩌면 잔혹한 박해와 지금은 알 길 없고 상상조차 할 수 없는 핏빛 풍랑으로 인해 '뤄'자가 이곳에서 금기어가 되었을지도 모른다. 그렇게 뤄씨 성을 지닌 이들은 성씨를 바꿔 자신들의 내력을 숨긴 채 일부 사학

_____

10) 전국시대 초나라의 민요.

자들이 말한 것처럼 멀리 다른 지역을 향해 떼를 지어 풍찬노숙을 하며 상시(湘西)[11]나 구이저우(貴州), 광시(廣西), 윈난(雲南) 그리고 더 멀리 동남아의 고산준령에 보금자리를 마련하고 다시는 돌아오지 않았을지도 모른다. 이후로 뤄장강은 실체는 없는 빈껍데기가 되어 마치 더 이상 아무 소리도 내지 않는 입과 같은 존재로 묵묵히 흐르고 있을 뿐이다. 설사 묘혈에서 입을 찾아낸다 해도 그 입이 어떤 말을 했는지 알 길이 없다.

사실 그들의 나라는 이세 영원히 사라져 다시는 돌아올 수 없다. 그나마 몇 점 남은 청동기도 이미 풍화되어 손으로 누르면 그대로 바스러진다. 그곳에서 황무지를 개간할 때 나는 여러 번 수없이 많은 화살촉과 창을 발견했다. 크기가 아주 작은, 책에서 본 것보다 훨씬 더 작은 것들로 당시 금속이 귀해 그처럼 아껴 써야 했을 것이다. 현지 사람들은 흔해 빠진 이런 유물들에 별 관심이 없었다. 그들은 여기저기 길가에 이를 내다 버렸고 아이들이나 광주리에 담아 장난감으로 가지고 놀았을 뿐이다. 이후 박물관에서 삼엄한 경비 속에 전시된 청동기를 보면서 뭔가 석연치 않은 느낌이 들었다. 대체 이런 것들이 뭐라고. 내가 마차오에 있을 때는 발에 차이는 것이 모두 한(漢)나라 이전 것들이었다. 그 귀하디귀한 문화재들을 빠삭빠삭 얼마나 밟고 다녔는지 모른다.

---

11) 후난성 서부 지역.

삼짇날(三月三)

매년 음력 3월 3일이면 마차오 사람들은 너 나 할 것 없이
흑반(黑飯)을 먹는다. 들풀을 따다 즙을 내 쌀밥을 검게 물들
인 흑반을 먹고 나면 입이 온통 거무죽죽해진다. 또한 그날이
오면 집집마다 칼을 간다. 마을 곳곳에서 들리는 스윽슥 소리
에 천지가 다 움찔하고 온 산의 나뭇잎마저 파르르 몸을 떤
다. 사람들은 땔감 벨 때 쓰는 칼, 식칼, 낫이나 작두는 물론
이고 집집마다 한 자루 이상 가지고 있는 요도(腰刀)도 갈아
서 시퍼렇게 칼날을 세운다. 칼날에서 서늘한 빛이 번쩍거리
며 살기를 드러내면 사람들 마음속에 자리한 사악한 마음도
같이 고개를 든다. 녹슬어 무뎌진 채 깊은 잠에 빠졌던 칼들
이 예리한 빛과 함께 한 자루 한 자루 잠에서 깨어나면, 만자
(만인 혹은 만인삼가)들은 손아귀에서 불끈거리는 칼을 바라보

며 자신도 모르게 타인을 경계하기 시작한다. 사람들이 칼자루를 꽉 잡지 않으면 혹시라도 모든 칼이 제멋대로 슉슉 소리를 내며 문을 뛰쳐나갈 것만 같다. 제각기 목표를 향해 달려들어 깜짝 놀랄 만한 일들이 벌어질 것만 같다. 아니, 조만간에 그런 일이 벌어질지도 모를 일이다.

나는 물론 이런 풍습을 그들이 한 해의 시작에 농사를 준비하는 의식이라고 생각할 뿐 전쟁을 떠올리지는 않는다. 다만 농사를 준비하려면 호미나 쟁기를 갈아야 마땅하거늘 왜 요도를 가는지는 잘 납득이 가지 않는다.

날 선 칼 위에 빛이 번뜩이면 이윽고 봄이 찾아온다.
삼짇날은 이렇듯 칼날 주변의 공기가 부르르 몸을 떠는 날이다.

마차오궁(馬橋弓)

마차오의 전체 이름은 '마차오궁(馬橋弓)'이다. 궁은 촌락, 마을을 가리키는 말이지만 촌락에 있는 토지라는 뜻도 포함하니 전통적인 면적 단위로 보아도 무방하다. 1궁은 화살을 한 번 쏘아 닿는 사방 둘레를 의미한다. 마차오궁에는 40여 가구가 살며, 10여 마리의 소와 돼지, 개, 닭, 오리 등의 가축이 있고, 길고 좁은 논 두 곳이 맞닿아 있다. 이 마을은 동쪽으로 쐉룽궁(雙龍弓)의 밭에 인접해 뤄장강이 바라보이고, 북쪽으로 굽이굽이 톈쯔령(天子嶺)을 향해 차쯔거우(岔子溝)와 톈쯔령의 물길로 치링향(騎嶺鄕)과 나뉘어 있다. 서쪽으로 장자팡(張家坊)이 있고, 남쪽에는 룽자탄(龍家灘)이 이어져 있으며, 1960년대에 건설된 창웨(창사-웨양) 도로에 이어지는 작은 길이 있다. 차로 현성에 가려면 이 노선으로 가야 한다. 마차오 끝에서 끝까지 대략 한 시간 조금 넘게 걸리는 것을 생각하면 놀라운 일이 아닐 수 없다. 옛사람들은 대체 얼마나 위용이 넘쳤기에 활시위를 한 번 당겨 이토록 긴 길이를 맞혔단 말인가? 그렇다면 사람들 키가 갈수록 점점 작아졌단 말인가?

전하는 바에 의하면 마차오궁(馬橋弓)은 원래 마차오궁(媽橋弓)이라 적기도 했다는데 옛 계약 문서에 남아 있는 기록 외에 다른 증거는 전해지지 않는다. 어쩌면 누군가 옛사람이 잘못 기록해서 그렇게 된 것인지 모른다. 비교적 정확한 근대 이후의 마을 연혁은 다음과 같다.

1956년 이전까지 마차오촌(馬橋村)이라 불렸으며 톈쯔향(天子鄕)에 속했다.

1956년부터 1958년까지는 마차오쭈(馬橋組)라고 불렸고, 둥펑(東風)합작사 소속이었다.

1958년에는 12생산대라고 불리며 창러(長樂)인민공사 소속이었다.

1959년부터 1979년까지는 마차오 생산대로 톈쯔인민공사 소속이었다.

1979년 이후 인민공사 제도가 폐지되자 마차오촌은 톈쯔향의 일부로서 솽룽향에 병합되어 지금에 이른다.

마차오 사람들의 성씨는 대부분 마씨인데, 주로 윗마을과 아랫마을로 나뉘어 상궁(上弓), 하궁(下弓)으로 부른다. 이전에는 상궁에 부자들이 꽤나 많이 살았으며, 마씨 성을 쓰는 사람도 많았다. 마을 이름과 그곳에 사는 사람들의 성이 이런 식으로 연결되는 경우는 그리 흔하지 않다. 이에 반해 인근 장자팡 사람들은 리(李)씨 성이 많고 룽자탄 사람들은 펑(彭)씨가 많은 것을 보면 마을 이름과 성씨가 특별한 관계가 있는 것도 아니기 때문에 이상하다는 생각이 들었다. 통계를 내 보니 대략 현의 반 이상 지역에서 이런 현상이 나타났다.

『평수청지(平綏廳志)』 기록에 따르면 마차오궁은 청나라 건륭 초기에 크게 번성한 적이 있었다고 한다. 당시 마차오는 마차오푸(馬橋府)라고 불렸으며, 인구가 1000여 명에 달했다. 사방을 성벽으로 둘러싸고 곳곳에 보루를 세워 대단히 견고한 방어 체계를 갖추었기 때문에 비적들도 함부로 쳐들어올 수 없었다. 건륭 58년, 마차오푸에 마싼바오(馬三寶)라는 자가 한 친척 집 잔치에서 갑자기 정신착란을 일으켰다. 그는 자신이 인간 어머니와 신견(神犬) 사이에서 태어난 진명천자(眞命天子)의 환생으로 연화태조(蓮花太祖)인 자신은 연화국을 세워야 한다고 했다. 당시 현장에 있던 친척인 마유리(馬由禮), 마라오옌(馬老巖), 마라오과(馬老瓜) 등도 함께 발광해 머리를 풀어 헤치고 천지가 진동할 정도로 고함을 지르면서 마싼바오를 왕으로 옹립해야 한다고 떠들어 댔다. 그들은 교지를 반포해 마싼바오의 처 우(吳)씨를 왕후에 봉하고 마싼바오의 조카 한 명과 리(李)씨 여자 하나를 각기 비로 책봉했다. 또한 사방에 방을 붙여 병사를 모아 반란을 일으키니 이곳저곳 열여덟 마을의 건달들을 모아 장사치들의 재산을 약탈하는 한편, 관청의 식량 운반선을 강탈했고 닥치는 대로 수없이 많은 사람을 죽였다. 1959년 음력 정월 18일, 진간총병(鎭竿總兵) 안투(몽골인), 부장 이싸나(伊薩納, 만주인)가 병사 800명을 두 길로 나누어 진압에 나섰다. 좌측으로 출격한 군사들은 칭위탕(靑魚塘)을 공격했는데, 총과 대포를 동원해 정면으로 도적들의 산채를 덮쳤다. 화약을 던져 산채에 불을 지르자 도망치다가 강에 빠져 죽은 이가 수를 헤아릴 수 없었다. 우측의 병사들은 지름길로 쳐들어가 헝쯔푸(橫子鋪)에서 나무다리를 만들어 강을 건넌 후 반란군의 소굴인 마차오푸를 야습했다. 날이 밝을 무렵 200여 명의 반란군이 자신들의 소굴을 버리고 동쪽으로 도망치자 때마침 길목에서 기다리던 좌측 병사들이 그들을 포위해 일망타진했다. 결국 괴뢰 정권의 재상 마유리를 포함한 여섯 명이 모두 처형되어 효시되었다. 마차오 인근에서 반란군을 돕거나 역모에 참여한 마을은 모두 불에 타 잿더미가 되고 말았다. 당시 관군을 도와 난리를 평정하는 데 공을 세운 일부 백성들은 관군이 발급한 '양민'이라 적힌 붉은 깃발을 집에 꽂아 두면 관군의 공격을 피할 수 있었다.

『평수청지』를 읽으면서 나는 조금 유감스러웠다. 새로 만든 현 지방지에 '농민 봉기의 지도자'로 명단에 들어가 있고, 마차오 사람들의 전설에 진룡천자로 전해 내려오는 마싼바오가 만청(滿淸) 당국이 편찬한 지방지에는 지극히 악랄하고 졸렬한 모습으로 그려져 있기 때문이다. 채 석 달도 안 되는 짧은 기간 동안 그는 적에 대항해 세상을 구하는 일에는 관심을 두지 않고 다섯 명의 비를 책봉하느라 정신없었다. 문헌 기록을 보면 그는 모반할 능력조차 없는 인물이었다. 관군이 쳐들어왔다는 소식을 듣고 고작 한다는 짓이 무당을 불러 단을 만들고 신령에게 빌면서 종이를 자르고 콩을 뿌리는 것이었는데, 종이는 장군, 콩은 병사로 변신해 관군의 총과 화포를 막아준다고 믿었기 때문이다. 그는 또한 농민 봉기의 지도자가 될 만한 인격도 갖추지 못했다. 결국 조정에 사로잡힌 그는 목숨을 내놓는 기개를 보이기는커녕 단숨에 마흔 부가 넘는 자백서를 작성했는데, "보잘것없는 미천한 놈"이라는 식으로 자신을 비하하면서 애걸복걸 승자의 연민을 얻고자 애썼다. 문장의 논리라고는 전혀 찾아볼 수 없는 그의 자백서에는 미치광이나 다를 바 없는 정신 상태가 여실히 드러나 있다. 당시 공식적인 통계만 봐도 '연화국'이 건립되어 패망할 때까지 마차오와 그 주변 농민들이 700여 명 사망했으며, 먼 곳으로 시집가서 수십 년 동안 떨어져 살던 마차오 여인들까지 의연히 고향으로 돌아와 마을 사람들과 생사를 함께했다고 한다. 이렇듯 불구덩이에 뛰어들어 피를 흘리며 투쟁한 그들은 고작 한 미치광이의 손에 자신들의 운명을 넘겨준 꼴이 되었다.

혹시 그의 자백서가 위조된 것은 아닐까? 나는 그의 자백서가 그저 청나라 통치자들이 날조한 것이기를 진심으로 바란다. 끝내 관군에 붙들려 나무에 묶인 채 온몸에 기름이 부어져 '천등(天燈)'을 밝혔다는 마싼바오가 『평수청지』에서 묘사하는 것처럼 비굴한 모습이 아니었기를, 그리하여 그를 좇은 700여 망혼이 결코 한 미치광이의 손에 조롱당한 것이 아니기를 진심으로 바랄 뿐이다.

어쩌면 또 다른 역사가 있는 것은 아닐까?

'연비(蓮匪)의 난'은 마차오 역사상 최대의 사건이자 마차오가 쇠락의 길을 걷게 된 중요한 원인 가운데 하나이다. 이후 점점 많은 사람이 타향으로 이주한 만큼 마차오에 남은 사람은 점점 줄어들었다. 20세기에 들어오면서 마차오는 낙후되고 초라하기 그지없는 작은 시골 마을로 전락했다. 문화 대혁명 당시 지식청년들의 거취를 정할 때 상부에서는 일반적으로 밭이 적고 사람이 적은 빈곤한 촌락을 골랐는데, 마차오가 바로 그런 마을 중 하나였다.

노표(老表)[12]

규모나 범위로 볼 때 연비의 난보다 훨씬 큰 난리가 명나라 말기에 발생했다. 산시(陝西)에서 반란을 일으킨 장헌충(張獻忠)이 관군 가운데 후난(湖南) 출신의 살수들을 모아 만든 '파두군(把頭軍)'과 여러 차례 전투를 벌이면서 수많은 사상자가 발생했다. 반란군은 원한을 전체 후난 사람들에게 돌려 이후 여러 차례 군사를 이끌고 후난으로 진격해 수많은 사람을 닥치는 대로 죽였다. 이에 사람들은 그를 '장불문(張不問)'이라고 불렀는데, 이유나 이름을 묻지 않고 무차별로 사람을 죽인다는 뜻이다. 당시 그들의 말안장에는 언제나 사람의 머리가 매

---

12) 중국어 발음은 '라오뱌오(lǎobiǎo)'이고, 사촌 또는 알지 못하는 비슷한 연령의 남자를 부를 때 사용한다.

달려 있었고, 사병들도 자른 귀를 줄줄이 꿰어 허리춤에 달아 공적에 따르는 상을 받기 위한 증거로 삼았다.

"10만 장시(江西) 사람이 후난을 메웠다."라는 말은 당시 피비린내 난 동란의 광경을 여실히 말해 준다. 바로 이러한 역사로 인해 후난 사람들은 장시 사람들을 모두 노표(老表)라고 부르며 친근감을 보이기 시작했다.

장시와 후난 사이에는 지리적으로 그리 험난한 길이 없어 사람들의 왕래가 그다지 어렵지 않다. 훗날 또 한 번 후난 사람들이 장시를 가득 메운 적이 있는데, 바로 1960년대 초반의 일이다. 내가 막 마차오에 와서 노역할 때 '만인'은 여자 이야기를 제외하면 먹는 것과 관련된 이야기를 가장 즐겼다. 먹는(吃) 이야기만 나오면 그들은 언제나 발음에 악센트를 주었다. 그들은 중고 시대의 '치(qi)'나 근대 이후 사용하는 '츠(chi)'로 발음하지 않고 상고 시대 발음대로 '차(qia)'라고 했다. 입을 큼직하게 벌리고 시원스럽게 내리꽂는 4성으로 'qi'라고 읽으면 말하는 사람의 격정이 그대로 드러난다. 닭고기, 오리고기, 소고기, 양고기, 개고기, 물고기 그리고 또 하나의 중요한 고기(돼지고기는 그냥 고기라고 표현한다.) 이야기를 거쳐 다시 만두, 교자, 기름빵, 기름떡, 국수, 찹쌀 경단 등 이야기가 줄줄이 이어진다. 물론 밥, 즉 쌀밥 이야기도 빠지지 않는다. 얼마나 흥미진진한지 아무리 지겹게 꼬치꼬치 옛이야기를 늘어놓아도 그저 매번 새롭고 즐겁기만 하다. 사람들은 손짓발짓 다 동원하며 얼굴에 홍조를 띤 채 신바람이 난다. 말할 때마다 입안에 가득 고였다 튀어나오는 침방울은 긴 여음과 함께 햇살 아래

영롱하게 빛난다.

이야깃거리는 주로 옛날의 기억들로, 예를 들면 인상 깊게 남아 있는 생일잔치나 상갓집에 관한 것이다. 이야기가 계속 이어지면 절로 과장도 심해지고 거짓말도 섞인다. 누군가가 한 꺼번에 밥을 세 근이나 먹는다고 말하면 금세 또 다른 이가 자기는 만두를 한 번에 스무 개나 먹을 수 있다고 장담한다. 이에 뒤질세라 그게 뭐 대수냐고 코웃음을 치는 이가 나타나 기 마련이다. 그러면서 자신은 한 번에 돼지기름 열 근에 국수 두 근을 먹을 수 있다고 큰소리친다. 결국 이 때문에 입씨름 이 붙어 열띤 토론이 벌어진다. 믿을 수 없다는 사람, 내기를 거는 사람, 심지어 심판을 보겠다고 나서는 사람도 있다. 내기 의 규칙을 정하는 사람, 재빠르게 시합의 부정행위를 막겠다 고 나서는 사람도 생긴다. 예를 들면 돼지기름을 굳은 상태로 먹지 않고 불에 녹여 먹는 것을 막겠다고 나서는 것 등이다. 언제나 식사 시간 훨씬 전부터 이와 비슷한 소동이 벌어지곤 했다.

마을 사람들은 자주 '식당을 열던' 시대의 일을 꺼내곤 한다. '식당을 열다'는 '대약진운동'을 일컫는 그들만의 표현이다. 항 상 위장을 통해 옛일을 기억했기 때문에 지난 일은 언제나 실 제 식감이나 맛으로 변해 버렸다. 예를 들어 군대는 '양식(糧 食)을 먹는 일', 시내에 들어가 간부나 노동자가 되는 일은 '나 라의 양식을 먹는 일', 마을에서 열리는 간부 회의는 '개고기 를 먹는 일' 등으로 표현했다. 이 밖에 '햅쌀을 먹다'는 초가을 을, '찹쌀떡을 만들고 한 해의 돼지를 잡다'는 한 해의 마지막인 세모를 표현했고, '서너 개 식탁에 사람이 모이다'는 단체 활동에 모인 사람 숫자를 나타냈다.

　그들은 '식당을 열던' 때를 상기하면서 제대로 먹지 못해 눈이 퀭할 정도로 굶주리면서도 눈 덮인 땅을 밟으며 둑을 건설해야 했던 일, 여자들까지 윗옷을 벗고 젖가슴을 늘어뜨린 채 흙을 짊어 나르며 붉은 깃발과 징과 북소리, 혁명 구호에 맞춰 추위를 두려워하지 않는 혁명 정신으로 과업을 완수해야만 했던 일 등을 떠벌렸다. 당시 지싼데(繼三爹, 나는 그를 본 적이 없다.)는 가쁜 숨을 몰아쉬다 숨이 막혀 끝내 작업장에 그대로 꼬꾸라져 세상을 등졌으며, 수많은 청장년이 고생을 견디지 못하고 장시로 도망쳤다가 몇 해가 지나도록 돌아오지 않았다고 한다.

　후에 장시에서 마차오에 친척을 만나러 온 번런(本仁)이라는 사람을 만난 적이 있다. 어림잡아 마흔 정도 돼 보였다. 그는 나에게 궐련을 권하며 '노표(老表)'라고 불렀다. 왜 장시로 도망을 갔는지 물어보자 그는 옥수수죽 한 통 때문이었다고 했다. 어느 날 그는 단체 식당[13]에서 옥수수죽 한 통을 받아 왔다. 온 가족의 저녁 식사였다. 밭으로 일을 나간 아내와 학교에서 돌아올 아이 둘을 기다리다 도저히 허기를 참을 수 없었던 그는 자기 몫을 먼저 먹었다. 마을 입구에서 아이들 목소리가 들려오자 그는 황급히 죽을 푸려고 뚜껑을 열었다. 그런데 그릇이 텅 비어 있는 것이 아닌가? 어찌나 초조한지 눈

---

13) 대약진 운동 당시 공동으로 운영해 집단 배식을 하던 식당.

이 빙빙 돌 정도였다. 조금 전까지만 해도 분명히 있었던 옥수수죽이 대체 어디로 갔단 말인가? 설마 한 입 한 입 먹다 보니 어느새 다 먹어 버린 걸까?

도저히 믿을 수 없었다. 방 안을 샅샅이 뒤져 보았지만 죽은 어디에도 없었다. 그릇, 솥, 심지어 대야까지 찾아보았으나 모두 텅 비어 있었다. 너 나 할 것 없이 배고프던 시절, 심지어 땅에 기어다니는 지렁이나 메뚜기까지 모두 먹어 치운 터라 음식을 훔쳐 먹을 개나 고양이가 남아 있을 리도 없었다.

아이들의 발소리가 점점 더 가까워졌다. 지금껏 그보다 더 무섭게 느껴진 소리는 없었다.

가족을 대할 면목이 없었다. 특히 아내에게 무슨 말을 해야 할지 그저 난감하기만 했다. 그는 허둥지둥 집 뒤 언덕으로 도망쳐 풀숲에 숨었다.

어렴풋이 집 안에서 울음소리가 흘러나왔다. 아내가 사방으로 그의 이름을 부르며 찾아다녔다. 감히 대답할 수도, 감히 울먹거리는 소리를 낼 수도 없었다. 그리고 그는 다시는 자신의 집 문으로 들어설 수 없었다. 그는 지금까지 장시 남쪽의 한 굴 안에서 나무를 베어 숯을 구우며 살았다고 한다. 물론…… 벌써 십여 년이 흘렀기 때문에 그는 새로운 가정을 꾸리고 애도 낳았다.

전처 역시 이미 개가한 상태였고 더 이상 그를 탓하지 않았다. 오히려 그를 집으로 불러 고기반찬에 밥을 먹였다. 다만 두 아이는 그를 낯설어하며 산에 올라가 날이 저물 때까지 집에 들어오지 않았다.

나는 그에게 돌아올 생각이 없는지 물었다.

그렇게 물은 후 어리석은 질문을 한 나 자신이 한심스러웠다.

그는 살며시 웃음을 짓더니 고개를 내저었다.

그는 마찬가지라고, 그곳 생활도 마찬가지라고 말했다. 그는 그곳 임업장의 정식 직공이 되기를 기대한다고 했다. 그곳에서 마차오가 고향인 몇 사람과 함께 어울려 살고 있으며 그래서 마을 이름도 '마차오'라고 했다. 그곳 사람들 역시 후난 사람을 노표라고 불렀다.

며칠이 지난 후 그는 장시로 돌아갔다. 그가 떠나는 날 보슬비가 내렸다. 그가 앞에 걸어가고 열 걸음 정도 떨어져 그의 전처가 뒤를 따랐다. 아마도 그를 배웅하는 듯했다. 여자는 하나밖에 없는 우산을 들고 있었지만 끝내 펴지 않았다. 여울을 지날 즈음 잠시 발걸음을 멈춘 남자가 여자를 잡아끌었고 금세 다시 열 보가량 둘 사이가 벌어졌다. 한 사람은 앞에 한 사람은 뒤에, 그렇게 둘은 비를 맞으며 걸어갔다.

그 후 다시는 그를 만날 수 없었다.

달다(甜)[14]

마차오 사람들의 맛 표현은 매우 단순하다. 맛있는 음식을 말할 때면 무조건 '달다(甜)'라고 표현한다. 설탕을 먹어도 달다, 물고기나 고기가 맛있어도 달다, 쌀밥, 고추, 여주를 먹어도 역시 달다라는 말로 맛이 좋음을 표시한다.

외지 사람들은 그들의 이런 표현을 잘 이해하지 못한다. 마차오 사람들의 미각이 무뎌서 미각에 관련된 단어가 부족한 것일까? 아니면 역으로 미각에 관련된 단어가 부족해서 그들의 혀가 분별 능력을 잃고 말았을까? 음식 문화가 발달한 중국에서 이런 상황은 극히 드물다.

이와 관련해 또 다른 예가 하나 있다. 마차오 사람들은 '단

_____

14) 중국어 발음은 '톈(tián)'이다.

것(糖)'이라는 글자 하나로 거의 모든 간식을 표현한다. 사탕도 단것, 비스킷도 단것, 케이크와 과자, 빵, 버터 등도 모두 그저 단것이라고 부른다. 창러가에서 처음으로 아이스케이크를 발견했을 때도 그들은 이를 단것이라 불렀다. 물론 예외도 있다. 이 지역 고유의 먹을거리는 모두 개별적인 명칭을 가지고 있다. '자파(糍粑)[15]'나 '미고(米糕)'[16] 같은 것이다. 단것이라고 부르는 음식은 주로 서양 간식이나 현대적인 것, 적어도 먼 곳에서 온 먹을거리이다. 지식청년들이 거리에서 사 온 것이 분명히 비스킷인데도 그들은 단것이라고 불렀다. 뭔가 도무지 어색하고 낯설다.

아마도 전에 마차오 사람들이 배를 불리는 일에만 신경을 썼지 음식 맛을 충분히 음미한다거나 따져 볼 여유가 없었기 때문일지도 모른다. 여러 해가 지난 후 영어를 하는 외국인 몇 명을 만날 기회가 생겼다. 나는 그들 역시 미각에 관한 단어가 별로 풍부하지 않음을 발견했다. 예를 들어 자극적인 맛일 경우 후추, 고추, 겨자, 마늘 등 어느 것을 막론하고 그저 땀을 줄줄 흘리며 '핫(hot)'이라고 말하면 그뿐이었다. 그들 역시 마차오 사람처럼 먹는 것이라면 이것저것 가릴 것 없이 주린 배를 채우는 데 급급한 역사가 있었기에 맛을 구분할 수 없는 것이 아닐까 하는 생각이 들었다. 그러나 나는 그들에게 이런 농담을 할 수 없었다. 배고픔이 어떤 것인지 잘 알기 때문

---

15) 찐 찹쌀을 이겨 떡처럼 만들어 그늘에 말린 것.
16) 백설기와 유사한 떡의 총칭.

이다. 언젠가 날이 캄캄해졌을 때 더듬더듬 어둠을 헤치고 겨우 마을로 돌아온 적이 있었다. 세수할 기력도 없이(온몸이 진흙투성이였다.) 모기를 잡아 죽일 겨를도 없이(모기가 떼로 덤벼들었다.) 단숨에 밥을 다섯 공기(한 공기는 반 근 정도이다.)나 먹어 치운 나는 도대체 좀 전에 무얼 먹었는지, 어떤 맛인지 기억할 수 없었다. 이처럼 배가 고플 때는 아무것도 보이지 않고 아무것도 들리지 않으며, 오로지 배 속 위장이 격렬하게 꿈틀거리는 것만 느낄 수 있다. 호사스러운 생활을 하는 이들의 미각에 관한 정밀하고 풍부한 어휘들이 배고픈 우리에게 도대체 무슨 의미가 있는가? 모두 부질없는 것들일 뿐이다.

'달다'라는 표현은 음식에 대한 마차오 사람들의 무감각, 이에 대해 그들이 지닌 지식의 한계를 말해 준다. 세심하게 살펴보면 사실 누구나 무딘 부분이 여러 가지 있기는 하다. 사람들이 의식하고 사는 부분이 모두 같지 않기 때문이다. 인간의 미약한 의식의 등불이 세상의 모든 구석을 환하게 밝힐 수는 없다. 지금도 절대다수 중국인은 서유럽과 북유럽, 동유럽 사람들의 인종이나 얼굴형을 구분하거나 영국, 프랑스, 스페인, 노르웨이, 폴란드 등 여러 민족의 문화적 차이를 구분하기가 매우 힘들다. 여러 유럽 민족의 이름은 다만 교과서에 나오는 실없는 부호(符號)에 지나지 않는다. 중국인들은 각 민족에 상응하는 얼굴형, 복장, 언어, 풍속 특징을 연결할 수 없다. 어쩌면 유럽인들이 보기에는 이해가 가지 않을지도 모른다. 그러나 이는 중국인들이 상하이와 광둥(廣東), 둥베이(東北) 사람들을 구분하지 못하는 유럽 사람들을 이상하게 생각하는 것이나 마찬가지이다. 중국인들은 마치 마차오 사람들이 '달다'를 애용하는 것처럼 '서양 사람', '서양 것(老外)'이라는 두루뭉술한 개념을 더 잘 사용한다. 독일인으로 보이는 것을 참지 못하는 영국인, 미국인과 동일시되는 것을 싫어하는 프랑스 사람들은 이런 두루뭉술한 개념을 우습게 여길지도 모른다. 또한 지금까지 절대다수의 중국인이나 많은 경제학자가 미국의 자본주의, 서유럽의 자본주의, 스웨덴을 포함한 북유럽의 자본주의 그리고 일본의 자본주의에 어떤 중대한 차이가 존재한다고 여기지 않는다. 물론 18세기, 19세기, 20세기 세계 대전 이전의 자본주의, 1960년대의 자본주의 그리고 1990년대의 자본주의 역시 별 차이가 없다고 생각한다. 많은 중국인에게 자본주의는 그저 '자본주의'라는 개념 하나로 충분하다. 이것만으로도 자신의 우의와 적의를 충분히 유지할 수 있기 때문이다.

　미국에 잠시 체류할 때 반공(反共)을 주장하는 정치 간행물을 읽은 적이 있다. 나는 간행물 편집자의 정치적 미각 역시 마차오 사람들의 '달다' 수준에 머물러 있는 것을 보고 정말 이상하다는 생각이 들었다. 예를 들어 그들은 어느 공산당이 가짜 마르크스주의이며 진짜 마르크스주의를 배반한 것이라고 비난하다가도, 때로는 마르크스주의 자체를 비난하기도 한다.(그렇다면 진짜 마르크스주의를 배반한 가짜 마르크스주의는 좋은 것 아닌가?) 그런가 하면 공산당원에게도 혼외정사와 사생아가 있다고 폭로하면서 다른 한편으로 공산주의자의 자아 금욕은 인성을 지나치게 억누르는 것이라고 비웃기도 한다.(그렇다면 혼외정사와 사생아는 인간의 성정에 부합하는 것 아닌가?)
그들은 자신의 논리가 얼마나 모순과 혼란에 빠져 있는지는
느끼지 못하고 그저 반공은 갈채를 받아야 하는 것, 좋고 달
콤한 것이라고 생각할 뿐이다. 그 간행물에서 내가 읽은 기사
에 다음과 같은 내용이 있었다. 하이난섬(海南島)에서 막 홍
콩으로 넘어온 천(陳)이라는 여자가 있었다. 그녀는 반공의사
(反共義士)를 자칭해 한 서방 국가로부터 정치 난민으로 인정
받아 보호받고 있다고 했다. 몇 달 후 나는 그 나라 대사관 관
리를 만날 기회가 있었는데 그 자리에서 해당 정부에 묘한 굴
욕과 분노를 느꼈다. 식탁에서 나는 그에게 천 씨를 안다고 말
했다. 그녀는 하이난에서 어떤 정치적 활동에도 참여한 적이
없었다. 다만 '열도(熱島) 문학 대회'를 개최해 전국의 문학청
년들에게 약 20만 위안에 달하는 대회 참가비를 착복하고 원
고 무더기를 여관에 버려둔 채 돈만 챙겨 홍콩으로 도망쳤다.
당시 그녀는 나를 대회 고문 자리에 앉히려 실패했으나 사
실 그것은 그다지 심각한 문제가 아니었다. 이미 그녀는 신문
에 원고 모집 공고를 내면서 자신이 생각할 수 있는 최고의 유
명 작가들, 예를 들어 마르케스, 쿤데라 등 수십 명을 그녀의
고문으로 만들어 놓은 상태였다. 아마도 그녀는 하이난섬에서
슈퍼 노벨문학상 시상식이라도 거행하려고 했던 모양이다.

내 말에 대사관 관리가 좀 곤혹스러웠던지 이마를 찌푸리
면서 말했다.

"그녀가 아마도 사기를 쳐서 돈을 착복한 것 같군요. 사기
를 쳐도 좀 어리석었네요. 혹시 그건 그녀의 정치적 반항을 나

타내는 독특한 방식이 아니었을까요?”

그는 힘껏 손을 내저었다.

나는 더 이상 말을 잇기 곤란했다. 나는 탁자 맞은편에 앉은 외교관의 정치적 입장을 변화시킬 생각은 결코 없었다. 평화 원칙을 고수하는 엄숙한 정치적 입장을 옹호하거나 반대하는 것은 자유지만 이를 존중하지 않는 것은 부당한 일이다. 나는 그저 곤혹스러울 뿐이었다. 마치 당시 마차오 사람들의 언어에 각종 단것을 구분할 방법을 찾아 주고 싶었던 것처럼 말이다.

나에게는 이 외교관에게 중국의 여러 가지 ‘반항’을 구분할 수 있게 할 방법이 없었다. 그의 눈에 그저 낯설고 애매하기만 한 이 나라는 사기를 치는 것도 그저 입에 단 단것처럼 느껴질 뿐이었다. 그저 그뿐이다.

요오드화칼륨(碘酊)

중국인들은 공업 제품에 주로 속칭을 쓴다. 도시에서 태어
난 나는 스스로 시골뜨기와는 다른 신주류에 속한다고 믿었
다. 그런데 이곳에 내려오기 전까지 나는 옥도정기만 알 뿐 요
오드화칼륨이라는 말은 몰랐다. 그것은 마치 머큐로크롬을
습관적으로 '빨간 약'이라고 부르거나 겐티안 바이올렛[17]을
'자주색 약', 건전지를 '전기 약', 암페어를 '불시계', 법랑을 '서
양 도자기', 공습경보를 '앵앵이', 휘파람을 '입소리'로 부르는
것과 마찬가지이다.

마차오에 온 후로 나는 늘 시골 사람들의 촌스러운 명사들
을 정정해 주곤 했다. 예를 들어 시내에 있는 광장은 광장이

17) gentian violet. 구내염에 쓰는 보라색 소독약.

지 '공터'가 아니며, '양달'은 더군다나 아니라고 알려 주었다.

그런데 이곳 사람들이 남녀노소 할 것 없이 옥도정기의 정식 학명인 요오드화칼륨이라는 이름을 쓰는 것은 전혀 뜻밖이었다. 그들은 옥도정기라는 이름은 몰랐으며 오히려 내가 괴상한 이름을 쓴다고 생각했다. 눈도 멀고 귀도 어두운 할머니조차 나보다 훨씬 지식인 냄새가 나는 셈이었다. 그들이 마차오 발음으로 요오드화칼륨을 말할 때면 마치 무의식중에 비밀스러운 암호를 대는 것 같았다. 평소 깊이 숨겨 둔 채 잘 드러내지 않는 암호를, 오직 필요한 순간에만 입 밖으로 내어 전혀 관계없는 현대 과학과 접선하는 것 같은 느낌이었다.

나는 대체 이 말이 어디에서 왔는지 사람들에게 물어보았다. 돌아온 대답은 전혀 예상 밖이었다. 마차오에는 외국인 선교사가 다녀간 적도 없었고(혹시 선교사가 사용했다면 학명 그대로 발음했을지도 모른다.) 대규모 군대가 머무른 적도 없었다.(신식 군대라면 부상병을 치료할 때 이 약품을 쓰면서 학명을 사용했을 수도 있다.) 게다가 이곳 교사들은 대부분 현에서 공부하거나 기껏 멀리 간다고 해도 웨양이나 창사가 고작이었으니 그곳에서 현대적 용어를 배워 오는 것도 불가능한 일이었다.

그렇다면 도대체 어떻게 된 일인가? 아랫마을 촌장인 뤄씨 영감은 대나무 담뱃대를 툭툭 치면서 시다간쯔(希大杆子)라는 사람이 이 마을에서 처음으로 요오드화칼륨이라는 말을 사용했다고 말했다.

촌티(鄕氣)[18]

나는 시다간쯔에 대해 별로 아는 바가 없다. 어디서 온 사
람인지, 정체가 뭔지, 왜 이곳에 와서 살았는지, 심지어 이름
의 내력조차 알 길이 없다. '시(希)'가 성(姓)처럼 보이지는 않
는다. 누군가가 무턱에 쌍꺼풀진 그의 외모가 다른 사람과 영
달랐다고 말했다. 나는 시간이 한참 지난 후에야 그런 특징이
지닌 중요성을 깨달았다.

내가 들은 여러 가지 이야기를 모두 종합해 보면 그는 대
략 1930년대에 이 마을에 들어와서 십여 년 혹은 이십여 년,
아니면 그보다 더 오랫동안 살았던 것 같다. 그는 한 노인과
함께 왔는데, 그 노인이 주로 밥을 짓고 새장 몇 개를 돌봤다

---

18) 중국어 발음은 '샹치(xiāngqi)'이다.

고 한다. 그는 말을 할 때 '촌티(鄕氣)'가 너무 심했다. 다시 말해 외지 발음이 많았기 때문에 사람들은 그의 말을 잘 알아들을 수 없었다. 예를 들면 '요오드화칼륨'의 경우가 그랬다. 이 외에도 그는 '보다'라고 말할 때 '간(看, 칸kàn)' 대신 '시(視, 스shì)'라고 했으며 '놀다'라는 말을 할 때 '완(玩, 완wán)' 대신 '사(耍, 솨shuǎ)'라는 단어를 썼다. 또한 그는 비누를 말할 때 '비조(肥皂, 페이짜오féizào)' 대신 '감(碱, 젠jiǎn)'이라고 했다. 이는 이후 마차오의 유행어를 넘어 주변에도 널리 퍼져 두루 사용되었다.

이런 단어들로 볼 때 그는 신식 공부를 했거나 아니면 어느 정도 화학적 지식을 갖췄음이 틀림없다. 사람들은 그가 뱀고기를 좋아했다는 이유로 광둥 사람이라고 추측하기도 했는데, 전혀 일리가 없는 것도 아니라는 생각이 들었다.

그가 마차오 사람들에게 남긴 인상은 매우 혼란스럽다. 물론 그가 좋은 사람이라고 말하는 이도 있다. 처음 마을에 들어온 후 그는 서양 약이나 천 또는 라이터 등을 식량과 맞바꿨는데, 비교적 공정하게 가격을 매긴 듯하다. 특히 누군가가 뱀을 가져와 교환하자고 할 때면 얼굴에 함박웃음을 띠고 더욱 후하게 값을 쳐 주었다고 한다. 또한 그는 환자를 치료하기도 했는데, 특히 아기를 잘 받았다. 마을 한의사들은 그가 사악한 술수로 사람들을 현혹한다고 성토하기도 했다. 음양팔괘도 모르는 사람이 무슨 진료를 한단 말인가? 바둑무늬 뱀 같은 독사도 먹는 사람이니 마음속에 독이 없으리라고 보장할 수 없었다. 그러나 이런 말들은 시간이 지나면서 서서히 잦아들었다. 장자팡의 한 부인이 난산을 했는데 그가 도움을 주었기 때문이다. 당시 산모는 진통이 너무 심해 바닥을 데굴데굴 구르며 짐승 같은 소리를 질러 댔다. 한의사를 불러왔지만 딱히 방법이 없었다. 마을 사람들이 당황해 어쩔 줄을 모르자 그녀의 삼촌이 갑자기 부엌칼을 들고 돌계단에 썩썩 갈더니 그녀의 배를 갈라야 한다고 덤벼들었다.

부엌칼을 막 배에 가져다 댔을 때 시다간쯔가 달려왔다. 그가 버럭 소리를 지르며 화들짝 놀라 칼을 든 삼촌의 손을 가로막았다. 그러고는 전혀 당황하는 기색도 없이 차를 마시고 손을 씻은 다음 필요 없는 사람을 모두 문밖으로 내몰았다. 두 시간쯤 지났을까, 방 안에서 아기 울음소리가 들렸다. 그는 다시 침착하게 방에서 나와 차를 마셨다. 사람들이 들어가 보니 아기도 무사히 태어나고 산모도 평안을 되찾은 상태였다.

어찌 된 일인지 물어보았지만 그의 사투리가 워낙 심한지라 알아듣는 사람이 없었다.

아이는 이후 별 탈 없이 잘 자랐다. 제법 말을 하고 사방을 헤집으며 뛰어다닐 나이가 되자 부모가 아이 등을 떠밀다시피 시다간쯔에게 보내 몇 번이나 머리를 조아리게 했다. 시다간쯔도 아이를 좋아하는 것 같았다. 그는 그 아이뿐 아니라 함께 놀러 온 다른 아이들과도 자주 어울려 이야기를 나누었다. 점차 아이들 말투에도 그의 고향 촌티가 섞이기 시작했다. 아이들은 뱀고기가 맛있다고 부모에게 뱀을 잡아 달라고 야단이었다.

마차오 사람들은 예로부터 뱀을 먹지 않았다. 그들은 천하에 독기가 가장 많은 동물이 뱀이기 때문에 뱀고기가 사람의 어진 마음을 해친다고 생각했다. 시다간쯔가 뱀 피를 마시고, 뱀의 쓸개를 날로 먹는 것을 보면서 사람들은 정말로 끔찍하고 두렵다며 수군거렸다. 이것이야말로 마을에 불길한 징조가 아니고 무엇이겠는가. 집집마다 어른들은 아이들에게 다시는 그의 집에 놀러 가지 말라고 말렸다. 시다간쯔가 뱀고기로 아이들을 그르칠까 봐 걱정이었다. 그들은 아이들에게 시다간쯔가 어떤 인간인지 모르냐면서 아이들을 팔아먹는 사람이라고 했다. 언젠가는 너희를 마대에 넣어 어깨에 걸쳐 메고 시내로 팔러 갈지도 모른다고 위협하면서 그의 방에 가득 쌓인 마대를 보지 못했느냐고 물어보기도 했다.

아이들은 아무리 생각해 봐도 마대를 본 적이 없는 것 같았다. 하지만 진지한 어른들의 얼굴을 보면서 감히 다시는 그 집에 갈 수 없었다. 기껏해야 같이 모여 멀리서 그 집을 바라볼 뿐이었다. 시 아저씨가 반갑게 손짓해도 용감하게 앞으로 나서는 아이가 아무도 없었다.

시 씨는 아이를 받는 재주가 있었기 때문에 마을 사람들이 그의 집을 불태우거나 그들 두 식구를 마을에서 내쫓는 일은 일어나지 않았다. 그러나 어쨌거나 그들은 시 씨에게 호감을 가질 수 없었다. 사람들은 그가 게으르다고 욕했다. 무성하게 자라는 그의 다리털이 바로 그 증거라고 말했다. 또한 그의 사치스러운 생활도 그냥 넘길 수 없었다. 새장 안에 있는 새들에게 달걀이나 고기 조각을 먹이다니. 더욱 거부감이 드는 부분은 시퍼렇고 어두운 그의 얼굴이었다. 차갑고 오만하게 보이는 그는 어른을 공경할 줄도, 양보할 줄도 몰랐으며, 담배나 차를 권할 줄은 더더군다나 몰랐다. 걸핏하면 손님들에게 소리를 지르고, 그의 말을 알아듣지 못하는 상대방을 비웃고는 중얼거리며 자기 일을 하러 가 버렸다. 그의 험상궂은 얼굴로 봐서 혹 알아듣지 못하는 사투리로 사람들에게 저주를 내렸을지도 모르는 일이었다. 다른 사람들이 알아듣지 못한다고 함부로 욕을 할 수도 있지 않은가? 그는 '촌티'라는 말의 의미를 있는 그대로 몸으로 보여 주는 셈이었다. 이는 언어 자체의 문제만이 아니었다. 어떤 기미, 차갑고 딱딱한 어떤 낌새, 생활을 불안하게 만드는 어떤 잘못된 기운이 그대로 드러나 있었다. 그는 그렇지 않아도 귀에 거슬리는 이 촌티라는 단어의 의미를 더욱 부정적으로 만들었다. 꼭 다문 입술 사이로 사투리를 마구 지껄여 대는 그는 자신의 모습이 나중에 마차오에 들어오는 외지인들과 외지인들에 대한 마차오 사람들의 태도에 암암리에 어떤 부정적인 영향을 줄지 전혀 신경 쓰지 않았다.

'토지개혁과 반패권주의' 공작조(工作組)가 마을에 들어왔다. 그들은 이곳에 악덕 지주가 있느냐고 물어보았다. 사람들은 두려운 마음에 우물쭈물 아무 대답도 하지 못했고 어떤 이들은 공작조를 보기가 무섭게 대문을 닫아 버리기도 했다. 얼마 후 공작조는 룽자탄에서 가장 못된 악덕 지주 펑스언(彭世恩)을 처형해 그의 머리를 들고 마을 곳곳을 돌아다녔다. 그들은 사람들이 악덕 지주의 머리를 구경하도록 가는 곳마다 징을 울렸다. 피 구경을 한 군중은 그제야 문을 열고 손바닥을 비비며 하나둘 밖으로 나오기 시작했다. 이후 많은 남자가 공작조를 찾아왔는데, 그들이 제일 먼저 입에 올린 인물이 바로 시다간쯔이다.

"그가 무슨 죄를 저질렀소?"

"사람들을 착취해 배불리 먹으면서도 게을러터져 일은 하지 않았습니다. 그는 한 번도 농사를 짓지 않았고요."

"그 밖에 무슨 죄를 지었소?"

"부적처럼 생긴 동그란 물건을 가슴에 지니고 다녔어요. 째깍째깍 소리가 나던데요?"

"회중시계 말이오? 회중시계는 그 사람 재산이고. 또 뭐가 있소?"

"독사를 먹습니다. 너무 뻔뻔스럽지 않습니까?"

"뱀을 먹는다고 뭐라고 할 순 없지. 가장 중요한 것은 그가 밭이나 산을 가지고 있느냐는 것이오. 우린 정책적으로 이 부분을 제한하오."

"밭이라고요? 있죠, 없을 리가 없습니다."

"어디에 있소?"

그러나 남자들은 대충 얼버무리며 공작조에서 직접 조사해 보라고 대답했다. 조사하면 틀림없이 나올 것이라고 했다.

"어디에 있단 말이오?"

어떤 이들은 동쪽을, 어떤 이들은 남쪽을 가리켰다.

공작조에서 조사해 본 결과 시 씨는 밭도 산도 가진 것이 없었다. 있는 것이라고는 그저 새장 몇 개밖에 없었다. 집은 텅 비어 있고 사람들이 말하던 회중시계도 보이지 않았다. 그에게 물어보니 룽자팡의 한 친구에게 줬다고 했다. 그렇다면 그를 민중의 적인 악덕 지주로 분류할 수 없었다. 공작조가 그들 나름의 결론을 내리자 마을 남자들은 안달이 났다. 무슨 말을 해도 수긍할 수 없었다. 두 눈이 벌게진 채 한참 동안 씩씩대던 그들은 펑스언은 죽였는데, 그는 왜 죽일 수 없느냐고 대들었다. 펑스언보다 더 기괴한데! 그 사람에 비하면 펑스언은 오히려 멀쩡한 사람이 아닌가. 자신의 아버지를 손자라고 부르는 놈인데!

공작조는 그가 아버지를 손자라고 부른다는 말이 이해되지 않았다. 그들은 며칠간 조사한 결과 대충 상황을 파악할 수 있었다. 그 내용은 다음과 같다.

한동안 마차오에 놀라운 소문이 자자했다. 시 씨가 태어난 지 이미 100년이 넘었다고 했다. 그가 지금까지 그렇듯 건장하고 항시 얼굴에 홍조를 띠는 까닭은 서양의 불로장생약을 먹었기 때문이라는 소문이 돌았다. 그를 따라온 노인도 사실 그의 아버지가 아니라 손자라고 했다. 손자가 고집이 세서 서양 단약을 먹으라는 말을 듣지 않았기 때문에 그렇게 쭈글쭈글해졌다고 했다. 이 이야기를 듣고 놀란 사람들은 시 씨를 다른 눈으로 바라보며 쭈뼛쭈뼛 그의 집을 찾아왔다. 시 씨네 노인은 시다간쯔보다 사투리가 더 심했기 때문에 사람들은 그의 말을 단 한마디도 똑바로 알아들을 수 없었다. 시다간쯔역시 그다지 말을 하지 않았다. 그러다가 계속 꼬치꼬치 물어보고 굽실거리며 자꾸만 달라붙으면 하는 수 없이 자기도 몇 살이나 먹었는지 잘 모르겠다고 대충 얼버무렸다. 어쨌거나 자신이 사는 동안 조정의 황제가 몇 번이나 바뀌었으니 이제 그런 일은 별로 대수롭지 않다고 했다. 시다간쯔가 이렇게 말하다 말고 노인에게 어서 가서 자라고 하는데 자세히 들어 보니 노인을 아버지라고 부르지 않고 '개새끼'라고 부르는 것 아닌가. 완전히 손아랫사람을 대하는 말투였다.

마차오 사람들은 서양식 단약이라는 불로장생약에 마음이 동하지 않을 수 없었다. 어떤 이는 은전을 가져오고 어떤 이는 술과 고기를 가져왔다. 물론 시 씨의 단약을 구하려는 마음에서였다. 그들은 때로 아내를 보내기도 했다. 그에 따르면 사람의 체질에 따라 단약도 종류가 다른데, 어떤 남자의 경우는 양기가 너무 허약해서 여인의 '세 봉우리', 즉 침과 젖과 정액을 단약에 넣어야만 음을 모아 양을 보충함으로써 단약의 효과를 제대로 얻을 수 있기 때문이었다. 물론 이런 일들은 너무 복잡하고 세심한 기술이 필요해 그가 가장 싫어하는 일 가운데 하나라고 했다. 때로는 약을 구하는 사람이 여러 번 그를 찾아와도 약을 만들지 못하거나 그들이 가져온 세 봉우리가 전혀 쓸모없을 때도 있었다. 그럴 때면 그는 사람들의 애원에 마지못해 일어나 수고스럽게 직접 집을 방문했다. 그는 남의 여자를 데리고 들어가 방문을 꼭 걸어 잠근 후 휘장을 치고 침대에서 삐꺽삐꺽 요란하게 일을 벌였다. 그는 이런 일이 보통 신경 쓰이는 일이 아니라면서 보통 때보다 더 많은 돈을 요구했다.

점차 이런 일이 잦아지자 당사자들끼리 서로 속을 터놓기 시작했다. 먼저 여자들이 얼굴을 붉히며 점차 의심하기 시작했고 남자들 역시 얼굴이 시퍼렇게 질렸지만 그렇다고 화를 내기도 뭐한 일이었다. 공작조가 마을에 들어오기 얼마 전에 어떤 아이가 엄마 심부름으로 몰래 시 씨 집에 간 적이 있었다. 그런데 집에 돌아온 아이 말이 다른 사람이 없을 때면 시 씨가 그 노인을 아버지라 부른다는 것이 아닌가!

다시 말해 시 씨가 사람들 앞에서만 아버지를 손자처럼 대한다는 얘기였다. 나이가 100살이 넘기는커녕 불로장생약 같은 것은 먹은 적이 없다는 뜻이었다.

"사기꾼!"

공작조 조장은 그제야 사건의 진상을 알고 고개를 끄덕였다.

또 다른 간부가 말했다.

"그가 자네들 돈이나 식량을 얼마나 사기 쳤고, 여자는 얼마나 따먹었어? 뭐든지 말해 보게. 우리가 처리해 주겠네."

남자들은 울화통이 터졌지만 우물거리기만 할 뿐 자세하게 이야기를 털어놓으려 하지 않았다. 공작조에서는 난처한 그들의 처지를 생각해 이리저리 고민하다가 결국 한 가지 방법을 떠올렸다. 공작조에서는 글을 쓸 줄 아는 사람을 시켜 시다간쯔가 도덕적으로 타락해 악덕 지주와 결탁하고 토지개혁에 반대하는 도적들에게 자금을 찬조하고 불법 거래를 벌였다는 등 열 가지 죄상을 공들여 작성하도록 했다. 결국 그는 반동 건달로 분류되어 체포되었다.

"대체 불로장생약이라는 게 있는 거야, 없는 거야?"

"없어요, 그런 것 없습니다."

공작조 앞에서 덜덜 몸을 떠는 시다간쯔에게서 거만함은 전혀 찾아볼 수 없었다. 그는 너무 놀라서 콧물까지 흘렸다.

"사람들에게 준 게 뭐요?"

"아…… 아스피린입니다."

"왜 이런 사기를 쳤지?"

"저…… 제가…… 반동이라 부도덕한 행동으로 악덕 지주와 결탁해서……."

그는 공작조가 작성한 죄목을 일일이 한 글자도 빼놓지 않고 암송했다.

"이제 알겠나?"

"한 번 배운 건 절대 잊어버리지 않습니다요. 그것도 아주 자그마한 재주라면 재주입지요."

"뭐야? 이건 모두 네가 저지른 일이야. 사실 그대로 인정하라고."

"네, 모두 인정합니다."

공작조는 민병 한 사람에게 그를 현으로 압송토록 했다. 그런데 가는 도중 그 민병이 무얼 먹었는지 갑자기 누런 물을 토하기 시작했다. 급기야 푸르고 검붉은 물까지 토하면서 눈이 뒤집히더니 길가에 쓰러져 인사불성이 되었다. 시다간쯔가 바닥에 꿇어앉아 인공호흡을 하고 맑은 물 한 통을 구해 민병의 위와 장을 세척했다. 어느 정도 상태가 호전되자 그는 민병을 현까지 업고 가서 총까지 챙겨 현 정부에 넘겨주었다. 물론 자신도 함께. 나중에 누군가가 그에게 왜 그때 도망치지 않았느냐고 물어보니 도망가려야 갈 수도 없는 처지인 데다 어두운 그늘에서 벗어나 환골탈태해 인민을 위해 봉사하고 싶었다고 말했다고 한다.

지방 정부는 압송 도중 그가 보여 준 준법 정신을 인정해 이 년을 감형하고 이후 한 농장으로 보내 노동개조에 참여하도록 했다. 그런가 하면 어떤 이는 원래 그는 감옥에 간 적이 없으며 현장이 뒤를 봐줘서 보석으로 나온 다음 한 광산에서 의료 행위를 했다고 말하기도 했다. 또한 현성의 다관(茶館)에서 그가 차 마시는 것을 본 적이 있는데, 장발이던 머리도 짧게 자르고 사투리도 전혀 쓰지 않더라고 말하는 이도 있었다. 그는 한참 동안 우쭐대며 떠들다가 마지막에 작은 소리로 사람들에게 사실 압송될 당시 미리 민병에게 몰래 독을 먹인 다음 다시 그를 구해 주었다고 했다. 그래서 이 년이나 감형을 받을 수 있었다는 것이다. 이 외에도 여러 가지 이야기가 나돌았다.

　　하지만 이런 말이 사실인지는 알 길이 없다.

　　얼마 후 그의 아버지가 세상을 떠났다. 그들이 마차오에 남긴 촌티도 사라지고 다만 '요오드화칼륨'이나 '잿물' 같은 단어 몇 개만 전해지면서 수년 후 이곳에 온 나 같은 사람을 어리둥절하게 만들고 있을 뿐이다. 그는 마차오에 적어도 아들 셋을 남겼다. 아빠를 닮아 무턱인 세 아이는 내가 집필하는 이 사전의 주요 등장인물로 앞으로 계속해서 마차오의 이야기를 꾸려 나갈 것이다.

한솥밥을 먹다(同鍋)

마차오 사람들에게는 동족, 종친, 동포 같은 개념이 없다. 동포 형제도 그들은 '한솥밥을 먹는' 형제라고 부른다. 남자가 재혼하면 전처를 '헌 솥 마누라'라고 부르며, 아내가 죽은 후 새로 장가를 들어서 얻은 여자를 '새 솥 마누라'라고 부른다. 이런 표현으로 볼 때 그들이 한솥밥을 먹는 것, 즉 밥을 먹는 문제를 혈연관계보다 훨씬 중요하게 여긴다는 것을 알 수 있다.

지식청년들은 막 마차오에 도착했을 때 일곱 명이 한집에 살면서 한솥밥을 먹었다. 일곱 사람이 각기 성씨가 다르고 혈연관계가 전혀 없어도 마차오 사람들에게 이런 상황은 그다지 중요한 문제가 아니었다. 오로지 '한솥밥'이 그들이 여러 가지 중요한 일을 처리하는 데 가장 중요한 기준이었다. 예를 들어 매달 5일이 되면 마을에서 창러가로 장을 보러 갔는데, 밭일이나 산일이 바쁠 경우 생산대에서는 가구당 한 사람씩만 시장에 보내고 나머지 사람들은 마을에 남아 일을 하도록 했다. 그럴 때 너 나 할 것 없이 시내에 나가고 싶었던 지식청년들은 억지를 부리기 일쑤였다. 자신들은 한 가족이 아니기 때문에 각자 시장에 갈 권리가 있다고 했다. 그러나 이러한 말은 전혀 소용없었다. 일단 한 솥을 공유한다는 사실이 그들이 가족이라는 철석같은 증거였기 때문이다. 그러니 아무리 강변해 보았자 소용없었다.

한 쌍의 지식청년이 한동안 뜨겁게 연애해 신바람이 나서 행복한 살림살이를 시작했다. 그들은 다른 지식청년들과 따로 밥을 지어 먹고 살았는데, 이런 생활이 지식청년 모두에게 뜻밖의 행운을 가져다주었다. 당시에는 식용유가 부족해서 생산대에서 기름을 나눠 줄 때면 임금이나 사람 수에 따라 기름을 나눠 주는 것이 아니라 한 솥당 한 근씩 배당해 주었다. 겨우 솥을 적실 정도의 식용유를 받아 든 사람들은 모름지기 기쁨이 있으면 함께 누려야 한다는 철학을 실천해야 했다. 그런데 어느 날 지식청년들이 사는 곳에 와서 주방을 둘러본 식용유 관리자가 솥이 두 개라는 사실을 확인하고 기름을 두 근이나 배급해 주었다. 예상했던 것보다 두 배나 되는 양이었다. 그들은 넉넉한 기름으로 밥을 볶아서 맘껏 배부르게 먹고 행복에 겨워 기름 묻은 입가를 훔쳤다.

솥을 얹다(放鍋)

여자가 시집갈 때 혼례에서 가장 중요한 의식은 새 솥을 장차 시댁이 될 집 부뚜막에 갖다 놓는 일이다. 그런 다음 물을 길어 쌀을 일고, 장작을 쪼개 불을 피워 솥 한가득 밥을 짓고 나면 시집 식구로 인정받았다. 따라서 '솥을 얹다(放鍋)'라는 말은 결혼이라는 단어와 동의어나 마찬가지였다. 일반적으로 이런 의식은 겨울에 이루어졌다. 바쁜 농사철을 피하려는 것이기도 하지만 무엇보다 가을 수확이 끝나야 손에 돈을 쥘 수 있기 때문이다. 또한 신부 입장에서 보면 겨울이 되어 솜옷을 몇 겹이나 겹쳐 입을 수 있어 결혼식에서 젊은 것들이 함부로 집적대며 장난치는 것도 무사히 넘어갈 수 있었다. 이것이 더 중요한 이유였다.

전에 나도 푸차(復查)가 조르는 바람에 얼떨결에 결혼식을 구경하러 간 적이 있다. 황혼 무렵 기름등잔과 촛불이 켜지자 술 냄새가 코를 찌르는 가운데 사람들의 그림자가 어른거렸다. 나는 담벼락 구석 사람들 틈에서 호박씨를 까먹고 있었다. 그때 갑자기 비명과 함께 검은 그림자 하나가 불쑥 다가오더니 나를 벽 쪽으로 세차게 밀었다. 상대방에게 깔린 나는 한참 동안 숨도 제대로 쉬지 못할 정도였다. 그렇게 한참 동안 버둥거리다가 겨우 고개를 빼낸 나는 그제야 그 검은 그림자가 꽃무늬 솜옷 차림의 신부라는 사실을 알았다. 헝클어진 머리에 얼굴조차 제대로 보이지 않았던 신부는 금방이라도 울음을 터뜨릴 것만 같았다. 너무 놀라 잠시 얼이 빠져 있던 나는 다리인지 등인지도 모를 부분에 깔려 몸을 빼낼 수 없었다. 곧이어 주위에 있던 사람들이 신부를 잡아당겼다. 신부는 비명과 함께 비틀거리며 또 다른 남자 손님 품에 안겼다. 그녀의 비명은 사람들의 웃음소리에 묻혀 더 이상 들리지 않았다.

다음 날 들어 보니 신부가 솜옷을 네 겹이나 입고 바지허리를 여섯 겹으로 꼭꼭 묶었는데도 몸 이곳저곳에 울긋불긋 손자국이 남았다고 한다. 젊은 손님들이 얼마나 신나고 짓궂게 놀았는지 말해 주는 흔적이었다. 신랑 집에서는 이에 대해 어떤 불만의 소리도 내지 않았다.

이와 반대로 손님들이 미친 듯이 짓궂게 놀지 않으면 오히려 신랑 집의 체면이 깎이는 일로 여겨져 사람들에게 무시당하기 십상이었다. 마을에 자오칭(兆靑)이라는 사람이 큰아들을 결혼시킬 때였다. 그가 인색하게 결혼 축하주에 물을 섞고 상에 오르는 고기를 너무 작게 썰었기에 손님들의 불만이 이

만저만이 아니었다. 그에게 본때를 보여 주기로 입을 맞춘 손님들은 결혼식 날 밤 내내 신부에게 손 하나 까딱하지 않았다. 손님들은 일부러 다가오는 신부를 보고도 못 본 척하거나 아예 비켜 지나치기 일쑤였다. 이튿날 신부는 이처럼 사람들에게 무시당했으니 앞으로 어떻게 사람 노릇을 하겠느냐며 울고불고 난리를 쳤다. 솥을 얹으러 온 신부의 두 남동생도 화가 치밀었다. 그들은 신부 말은 아예 들어 볼 생각도 하지 않고 부뚜막에 올려놓은 새 솥을 빼내 등에 지고 돌아가 버렸다. 원래 파혼할 생각은 아니었던 신부도 일단 솥이 없어진 것을 보고는 달리 방법이 없었다. 결국 그녀는 훌쩍거리며 솥을 따라 친정으로 돌아가 버렸다.

이렇게 해서 혼사가 깨지고 말았다.

소가(小哥)[19]

마차오에서 '소가(小哥)'란 누나 또는 언니를 의미한다. 같은
이치로 '소제(小弟)'는 여동생을, '소숙(小叔)'과 '소백(小伯)'은
고모, '소구(小舅)'는 이모를 가리키는 식이다.

나는 일찍부터 마차오와 인근 지역에 여자 친족에 대한 호
칭이 별로 없다는 사실이 무척 흥미로웠다. 대개 남성 호칭 앞
에 '소(小)'를 붙여 구분할 뿐이었다. 여자와 '작다' 또는 '어리
다'라는 뜻의 '소(小)'는 언제나 함께였다. 여자는 언제나 어리
다는 취급을 받았다. 이런 식의 호칭이 공자가 말한 "오직 여
자와 소인은 다루기 어렵다."[20]라는 가르침과 어떤 관련이 있

---

19) 중국어 발음은 '샤오거(xiǎogē)'로, 표준어에서는 작은오빠 또는 젊은
남자에 대한 호칭으로 쓰인다.
20) 『논어(論語)』 「양화편(陽貨篇)」, "唯女子與小人爲難養也."

는지는 알 수 없다.

언어는 결코 절대적으로 객관적이거나 중성적이지 않다. 어떤 관념의 힘을 받으면 언어에는 언제든지 왜곡이 발생할 수 있다. 여성에 대한 호칭이 존재하지 않는 현실을 보면 이곳 여성들의 위치나 처지를 쉽게 짐작할 수 있다. 또한 그들이 왜 항상 가슴을 꽁꽁 동여매고 다녀야 하는지, 왜 다리는 꼭 붙이며 시선은 항상 겁을 먹은 듯 처마 밑이나 땅을 향해 내리까는지 이해할 수 있다. 여성이라는 신분을 두렵고 창피하게 생각하는 것이다.

이름을 가지는 것은 생명 본연의 권리이자 존경과 사랑의 결과물이다. 그 생명이 존중받는다는 증거이다. 사람들은 집에서 기르는 애완동물에게도 루루, 나비, 빌 같은 이름을 지어 준다. 죄를 지어 옥에 갇힌 죄수들이나 그들의 이름과 상관없이 화물을 세듯 숫자로 호칭될 뿐이며, 혐오하는 이들이나 이름을 무시하고 '그놈', '그 자식'으로 부르며 언어에서 그들이 차지할 자리를 박탈한다. 이름 없는 하찮은 존재는 공공 생활에서 전혀 쓸모없으므로 그들을 부를 일이 극히 적고 그러다가 완전히 사라져 버린다. 문화 대혁명 당시 '교수', '엔지니어', '박사', '예술가' 등의 호칭 역시 그렇게 몰수당했다. 당국은 결코 이런 직위나 분야를 폐지하려고 한 것도 아니고 이런 사람들을 없앨 뜻도 없었다. 사실 당국은 각종 사업이 혁명의 이름으로 빠르게 발전하기를 갈망했을 뿐이다. 그저 이런 명칭들로 인해 얻는 권리를 약화하거나 죄다 빼앗고 싶은 강렬한 충동에 사로잡혔을 뿐이다. 어떤 명칭이라도 일종의 사유, 하나의 틀을 갖춘 관념이 될 수 있기 때문이다.

고대 중국에서는 명리학(名理學)으로 모든 철학을 귀납했다. 모든 이론이 이름을 거점이자 출발점으로 삼아 논증을 모으고 응집했다.

마차오에 여성에 대한 호칭이 없는 이유는 사실 여성이 남성 명사가 되었기 때문이다. 물론 이런 현상이 희귀한 것은 아니다. 수백 년 동안 올바른 인성에 대한 계몽이 이어진 영어도 남자(man)는 곧 사람(man)을 의미했으며, '의장(chairman)', '장관(minister)' 등 높은 관직을 나타내는 명사 역시 모두 남성화되어 지금까지도 여권주의자들에게 비난받고 있다. 하지만 영어는 그저 남성 우월주의의 그늘에 일부 중성 명사나 양성 명사가 점차 매몰되어 가는 상황으로 아직 여성 명사가 모조리 없어진 마차오 언어와 같은 처지까지는 이르지 않았다. 이러한 언어의 왜곡이 마차오 여성들의 성 심리 혹은 성 생리에까지 영향을 주었는지 또는 어느 정도 현실이 되었는지 정확하게 파악하기는 어렵다. 표면적으로 볼 때 이곳 여자들은 너나 할 것 없이 거칠고 큰 목소리에 익숙하다. 심지어 싸움을 벌이고 심한 욕을 퍼붓는 것도 예사이다. 그들은 일단 남자들에 맞서 우위를 차지하면 기분이 좋다. 손이나 얼굴을 깨끗하게 닦는 일도 별로 없고, 화사하게 화장하는 일은 더더군다나 드물다. 언제나 남자가 입는 통바지나 거칠고 툭툭한 솜옷으로 여성의 곡선을 감춘다. 심지어 생리에 대해 이야기하는 것조차 창피하게 생각해서 언제나 '그 일'이라고 말할 뿐이다. 논에서 같이 일할 때도 생리 휴가를 신청하는 여자들을 별로

본 적이 없다. 여자들은 시장에 가거나 돼지를 치고 일손을
돕는 일로 휴가를 낼 뿐 자기 몸에 휴가를 쓰지는 않는다. 그
들은 소가라는 호칭에 걸맞은 남성의 역할을 증명하기 위해
생리 휴가는 거부해야 한다.

신선부(神仙府)와 놈팡이

마차오궁에는 부석(浮石)이 깔린 거리가 있다. 양쪽에 농가 몇 채가 있고 길 한쪽에 평범한 나무 담장이 있는데, 동쪽은 기울어지고 서쪽은 이미 무너진 상태지만 아직도 벽돌로 만든 제법 커다란 사각형 단이 남아 있다. 자세히 들여다보면 그 단이 아주 오래전 계산대로 쓰였던 곳임을, 이 낡고 오래된 건물에서 옛 가게의 면모를 어렴풋이 느낄 수 있다. 계산대는 상업의 잔해이다.『평수청지』에 따르면 이곳은 청나라 건륭 연간에 매우 번영했던 곳으로 낡고 허물어진 데다 닭똥, 오리 똥으로 범벅이 된 계산대가 그 물증이다.

의아한 옛 물건이 하나 더 있는데 바로 커다란 쇠솥이다. 이가 빠지고 길게 금이 간 쇠솥은 관청 식량 창고 뒤편 숲에 버려져 지금은 아무도 거들떠보지 않는다. 솥 아래에는 썩은 나뭇잎과 빗물이 고여 있다. 솥은 어마어마하게 크다. 밥을 족히 두 광주리는 지을 수 있을 듯하다. 밥을 푸는 주걱도 머리 크기 정도는 돼야 할 것 같다. 마치 쇠갈퀴만큼이나 큼직하다. 이 솥이 전에 누구 것이었는지 정확하게 아는 사람이 없다. 왜 이처럼 거대한 솥이 필요했을까? 주인은 왜 솥을 버렸을까? 이 솥으로 하인들에게 밥을 해 먹였다면 주인은 분명 대장원(大莊園)의 주인이었을 것이고, 병사들에게 밥을 해 줬다면 지위가 높은 장군이었을 텐데 그저 이런 생각만으로도 놀라울 뿐이다.

끝으로 『평수청지』에 적힌 이곳의 번영은 마차오궁의 한 오래된 건물에서도 흔적을 발견할 수 있다. 푸른 기와로 지은 커다란 저택으로 대문은 이미 사라지고 없다. 사람들에 따르면, 대문 앞에 있던 사자 석상을 문화 대혁명 당시 사람들이 깨부쉈다고 한다. 하지만 사람 무릎 높이의 돌 문지방은 아직도 당시의 위풍을 보여 준다. 내부에는 사람들이 떼어 가지 않은 창문 한 짝이 남아 있는데 그 위에 정교하게 조각된 용과 봉황에서 느껴지는 부귀영화의 흔적이 은근히 압도적이다. 이 지역 사람들은 주인 없는 이 건물을 희학적인 느낌을 담아 '신선부(神仙府)'라고 부른다. 나중에야 나는 '신선'이 바로 게으르고 밭일을 하지 않는 놈팡이를 지칭한다는 사실을 알았다. 마차오의 '사대금강(四大金剛)'이라고도 불리는 그들은 아주 오랫동안 이곳에 살았다고 한다.

신선부에 가 본 적이 있다. 간부들의 명령으로 붉은색, 노란색으로 마오쩌둥 주석의 어록이 적힌 팻말을 칠하는 작업이었는데 구석진 그곳 역시 빠트릴 수 없었다. 신선부에 가 보니 그곳에 살던 금강들은 모두 죽거나 나가 버리고 마밍(馬鳴)이라는 사람 혼자 살고 있었다. 그는 외출하고 집에 없었다. 대문 앞에서 헛기침을 몇 번 한 후 대답이 없자 나는 슬그머니 부서진 돌계단 몇 개를 올라가 먼지가 잔뜩 덮인 어둠 속으로 빨려 들어갔다. 칠흑 같은 어둠 속에는 침몰한 자의 공포만 남아 있었다. 다행히 몸을 비켜 오른쪽 실내로 비집고 들어가자 기와가 떨어져 나간 구석진 곳으로 한 줄기 빛이 새어 들어왔다. 나는 그제야 가까스로 시선 둘 곳을 찾았다. 나는 차츰 이곳 벽돌담이 왜 마치 부처의 배처럼 바깥쪽을 향해 불거져 있는지 알 것 같았다. 목판 담에는 벌레 먹은 구멍이 가득하고 바닥에는 발로 밟으면 작살날 기와 조각들과 잡초가 가득했다. 벽에 커다란 관이 하나 기대져 있었다. 풀로 가린 관 위에 다시 찢어진 비닐 한 겹이 덮여 있었다. 주인의 잠자리가 눈에 들어왔다. 구석진 모서리 짚으로 엮은 자리에 너덜너덜한 초석, 그 위에 그을음처럼 시커먼 이불솜이 있었다. 발을 따뜻하게 할 요량으로 새끼를 꽁꽁 묶어 놓은 모습에서 겨울을 이기는 주인의 지혜를 엿볼 수 있었다. 짚더미 옆에 낡은 AA 건전지, 술병 하나, 알록달록한 담뱃갑이 몇 개 있었다. 신선부가 바깥 세계에서 얻은 자질구레한 물건들인 듯 보였다.

시금털털한 악취가 나는 덩어리에 코끝이 부딪쳤다. 살짝 몸을 비키자 냄새가 사라졌다. 다시 다가가자 또다시 좀 전의 냄새가 났다. 악취는 이곳에서 이미 기체가 아닌 무형의 고체,

오랫동안 쌓여 정형의 고체로 굳어지고 묵직한 중량을 가진 존재로 자리 잡은 것 같았다. 이곳의 주인은 이 시금털털한 악취를 건드릴세라 살금살금 발소리를 죽여 가며 가만가만 몸을 움직였을 것이다.

나 역시 고체가 되어 버린 악취를 조심스럽게 피해 한결 숨쉬기가 가벼워진 곳을 찾아 이곳 주인에게 뭔가 깨달음을 주는 말이 되기를 희망하면서 어록 팻말을 작성했다.

"바쁠 땐 말린 것을 먹고, 한가할 땐 묽게 먹으며, 평소에는 반은 말린 것으로 반은 묽게 먹는다."[21]

그때 뒤에서 한숨 소리가 들려왔다.

"때(時, 시절)라는 글자를 망가뜨리니 필시 시절을 어지럽히겠군."

뒤에 누군가가 있었다. 인기척을 전혀 느끼지 못했는데 어느새 다가온 것일까? 그는 태양혈 부분이 움푹 패어 있을 정도로 마른 몸에 때 이른 솜 모자를 쓰고 솜옷을 껴입고 팔짱을 낀 채 나를 향해 미소를 짓고 있었다. 분명 여기 주인인 것 같았다. 이곳 다른 남자들처럼 모자챙이 뒤틀려 있었다.

내가 이름을 확인하자 그는 고개를 끄덕이며 자기가 바로 마밍이라고 했다.

방금 무슨 말을 했는지 물었다.

그가 다시 미소 지으며 시(時)의 간체자(簡體字)[22] 시(时)는

---

21) 忙时吃干, 闲时吃稀, 平时半干半稀.(간체자)

22) 간체자는 문자 개혁을 통해 획수 따위를 간단하게 표기하도록 만든 글자이다. 이와 상대되는 개념으로 간체화하기 전의 글자를 번체자(繁體字)

70

이치에 어긋난다고 말했다. 한자의 육서(六書) 가운데 가장 으뜸은 형성이다. 번체자 시(時)는 의부(意符)가 '일(日)'이요, 음부(音符)가 '사(寺)'이니, 뜻은 날이고 음은 '사(寺)'이다. 이런 멀쩡한 글자는 왜 고친단 말인가? 음부를 '촌(寸)'으로 바꾸어 음부의 역할을 잃고 보기에도 눈에 잘 들어오지 않아 한자의 살결을 망가뜨린 셈이니 실로 소란을 자초한 일이다. 그러하니 '시(時)'라는 글자를 어지럽힌 만큼 시절이 수상해질 날도 머지않다는 말이었다. 글깨나 읽은 냄새가 풀풀 나는 그의 말에 나는 놀라 자빠질 뻔했다. 그의 말은 내가 미처 생각지 못한 내용이었다. 나는 재빨리 말을 바꿔 어디 다녀오는 길이냐고 물었다.

그는 낚시를 다녀왔다고 했다.

"고기는?" 마밍의 두 손은 텅 비어 있었다.

"당신도 고기를 낚아 보셨소? 그럼 모를 리가 없을 텐데. 낚시꾼의 뜻은 도(道)에 있지 고기에 있는 것이 아니오. 큰 고기를 잡든 작은 고기를 잡든, 아예 고기를 못 잡든 그저 낚시 자체에 도가 있을 뿐이며, 각기 즐거움이 있는 것이니 굳이 결과를 따지지 않는 법이오. 되먹지 못한 사내나 아낙만이 눈앞의 이익에 눈이 멀어 독풀을 풀고 폭약을 터뜨려 한꺼번에 고기를 잡아 죽인다오. 그러니 실로 뒤죽박죽인 난장판이 아니고 뭐겠소. 악습은 절대로 그냥 놔두면 안 되오. 도저히 봐줄 수 없지!" 이렇게 말한 그는 잔뜩 흥분해 얼굴이 붉게 달아올라

라 부른다.

기침을 하기 시작했다.

"식사는 하셨습니까?"

그가 입을 막으며 고개를 내저었다.

나는 마밍이 뒤이어 행여 내게 먹을 것을 달라고 하지 않을까 걱정스러워 그의 기침이 멎기 전에 선수를 쳤다. "그래도 고기를 낚아 왔으면 요리해서 먹을 수도 있고 좋았을 텐데."

"물고기가 뭐가 맛있소?" 그가 경멸하듯 코웃음을 쳤다. "똥이나 마찬가지야. 더러워!"

"그럼…… 다른 고기 종류는요?"

"흥, 돼지는 우둔한 놈이라 돼지고기를 먹으면 참신한 생각을 그르친다오. 또한 소는 제일 멍청한 동물이라 소고기를 먹으면 재치와 기지가 없어지지. 양은 겁이 많은 동물이니 양고기를 먹으면 기백이나 담력을 훼손할 것이고. 그러니 좋은 고기는 아무것도 없소."

난생처음 들어 보는 논리였다.

의심스러워하는 내 눈초리에 그가 마른 웃음을 지었다.

"이렇게 넓은 세상에 먹을 게 왜 없겠소? 생각해 보시오. 나비는 아름다운 색을 가지고 있고, 매미는 맑은 소리가 있으며, 사마귀는 담장을 뛰어넘는 재주가 있고, 말거머리는 몸을 분리하는 능력이 있소. 이 수많은 곤충이야말로 세상의 정수, 고금(古今)의 총기를 아우르는 정말 보기 드문 최고의 먹을거리지. 쯧쯧……." 갖가지 맛을 떠올리며 이야기를 늘어놓던 그가 갑자기 뭔가가 생각난 듯 잠자리로 돌아가 사발 하나를 가져다 안에 있는 시커먼 물건을 보여 주었다. "맛 좀 보쇼. 내가 남겨 둔 장에 절인 금룡(金龍)인데, 애석하게도 조금밖에 없구려. 맛이 정말 좋지."

들여다보니 금룡이라는 것이 다름 아닌 지렁이였다. 오장육부가 다 뒤집힐 것 같았다.

"맛 좀 보라니까, 어서요." 그가 입을 쩍 벌리자 입안의 금니 하나가 반짝거렸다. 지린내가 코를 찔렀다.

나는 재빨리 도망치듯 그곳을 빠져나왔다.

그 후 한동안 나는 그를 만나지 못했다. 거의 그를 만날 기회가 없었다. 그는 집 밖으로 나와 일하는 법이 없었다. 사대 금강은 수십 년 동안 호미를 들고 곡물을 나르는 등의 일을 한 적이 없었다. 어떤 직급에 있는 간부가 가서 타이르고 권유해도, 아무리 욕설을 퍼부어도, 심지어 포승줄로 결박해도 모두 헛수고였다. 감옥에 보내겠다고 협박하면 그들은 제발 그렇게 해 달라는 식이었다. 감옥에 가면 직접 밥을 해 먹는 수고도 덜 수 있기 때문이다. 사실 그들은 밥을 해 먹은 일이 극히 드물었다. 그들이 옥살이를 동경하는 이유는 다만 그들이 극도로 게으르기 때문이었다. 그들은 결코 무리를 지어 다니지 않았고 정시에 식사하는 법도 없었다. 배고픈 사람은 어디론가 사라졌다가 어느 순간 입을 훔치며 나타났다. 아마도 야생 과일이나 벌레를 먹거나 아니면 남의 밭에서 무나 옥수수 같은 것을 훔쳐 날로 씹어 먹었을 것이다. 불에 구워 먹는 일은 귀찮고 힘든 속된 행위로 다른 금강들의 비웃음을 사기 십상이었다. 그들은 가진 것이 없었다. 신선부에 대한 재산권 역시 당연히 흐리멍덩했다. 하지만 그들은 또한 없는 것이 없었다. 마밍의 말을 빌리면 "산수는 누군가에게 속한 것이 아니니 한가한 사람이 그 주인"인 셈이었다. 그들은 하루 종일 한적하고 즐겁게 지내며 바둑을 두거나 노랫가락을 흥얼거리고, 높은 곳에 올라 풍경을 감상했다. 그렇게 가슴에 산천을 담고 고금을 논하니 세속의 모든 것을 잊고 홀로 우화(羽化)해 신선이 되는 고상한 생활을 영위했다. 밭에서 일하는 이들은 하는 일 없이 '산에 서 있는' 모습을 보고 비웃기만 했지만 그들의 생각은 달랐다. 오히려 그들은 하루 종일 분주한 마을 사람들을 비웃었다. 일하기 위해 먹고, 먹기 위해 일하며 아버지는 아들을 위해, 아들은 손자를 위해 평생 소나 말처럼 고생스럽게 일하는 것이 가엾지 않은가. 거액의 재산을 모은다 해도 기껏해야 사람이 먹고 입는 것에도 한계가 있다. 어찌 해와 달을 벗 삼고 온 세상이 자신의 집인 양 아름다운 풍경을 실컷 누리면서 복되고 귀한 시간을 향유하는 그들과 비교할 수 있겠는가.

결국 마을 사람들도 그들이 백주 대낮에 이곳저곳을 기웃거리거나 어디에 서 있어도 이상하게 여기지 않고 굳이 신경을 쓰지도 않았다.

사대금강 가운데 인(尹) 도사는 때로 먼 마을에 가서 도장을 운영하기도 했다. 후얼(胡二)은 동냥을 하러 현성에 들어갔는데 한 번 가면 몇 달 동안 마을에 돌아오지 않았다. 현성에서는 마차오 사람이 시내에 들어와 동냥하고 다녀 사람들에게 나쁜 영향을 준다며 마을에서 단단히 단속해야 한다는 말들이 나왔다. 만약 정말 곤란한 사람이라면 구제해야지,

사회주의 사회에서 굶어 죽는 사람이 있어서는 안 된다고 했다. 촌장 뤄씨 영감은 달리 뾰족한 방법이 없자 회계인 푸차에게 창고에서 식량 한 광주리를 내어 신선부에 가져다주도록 했다.

마밍은 강경했다. 그가 두 눈을 커다랗게 뜨고 말했다. "받을 수 없소. 인민의 피와 땀이 깃든 양식을 당신들이 마음대로 가져다 인정을 베풀다니, 어찌 이럴 수 있소!"

푸차는 하는 수 없이 광주리를 메고 그냥 돌아왔다.

마밍은 모욕적인 구제 식량을 먹지 않았을 뿐 아니라 심지어 다른 사람의 물도 마시지 않았다. 마을 우물을 파는 데 돌 한 번, 진흙 한 번 나른 일이 없으니 절대 우물에 가서 물을 마시지 않겠다고 말했다. 그는 언제나 직접 물통을 메고 2, 3리나 떨어진 시냇가로 가서 물을 길어 왔다. 힘에 겨워 이마에 푸른 핏대가 불끈 솟아나고 발걸음을 뗄 때마다 숨을 헐떡거렸다. 물 한 통의 무게가 전신의 뼈를 뒤트는 바람에 채 몇 걸음 내딛기도 전에 다시 헉헉거리며 표정이 일그러지고 곡소리가 절로 흘러나왔다. 누군가가 이런 그의 모습을 보고 측은했는지 마을 전체 우물인데 당신 한 사람 먹는다고 별일이 있겠느냐고 달랬다. 그가 입을 악다물고 다부지게 대답했다. "많이 일한 자는 많이 얻고 적게 일한 자는 적게 가져야지."

혹자는 그의 뜻을 추켜세우며 이렇게 말하기도 했다. "그렇지, 시냇물이 더 달지."

누군가가 그에게 생강과 소금, 깨를 섞어 만든 차를 권한 적이 있는데 마실 수밖에 없는 상황이었다. 그는 차를 마시고

채 몇 걸음 걷기도 전에 웩 구토를 하기 시작했다. 침을 질질
흘릴 정도로 모두 토해 버린 뒤에는 두 눈이 허옇게 뒤집혔다.
그는 이런 차 대접이 고맙지 않다는 뜻이 아니라 위장이 도저
히 세속적인 음식을 견디지 못한다고 말했다. 우물물도 그렇
다. 오리 똥 냄새가 나는 물을 어떻게 목으로 넘긴단 말인가?
물론 그리고 해서 완전히 다른 사람의 덕을 입지 않는 것은
아니었다. 예를 들어 여름 겨울 할 것 없이 항상 그가 몸에 두
르는 솜옷은 마을에서 그에게 내준 구제품이었다. 처음에 그
는 한사코 솜옷을 받지 않으려고 했다. 그러자 마을 촌장은
말을 바꿔 그것을 구제품이라 생각지 말라고 했다. 그저 마을
을 도와주는 셈 치고 다른 마을에 해진 옷을 입고 나타나 더
이상 마차오의 체면을 깎는 일이 없도록 해 달라고 말했다. 그
제야 그는 사람들의 호의를 받아들여 마지못해 새 옷을 받았
다. 훗날 이 이야기가 나올 때마다 그는 마치 큰 손해나 본 것
처럼 촌장이 나이가 많지 않았더라면 절대 체면을 봐주지 않
았을 것이라고 했다. 그리고 그 옷이 뼈를 태우는지 그 옷을
입다가 없는 병까지 생긴 것 같다고 덧붙였다.

확실히 그는 추위를 타지 않아 걸핏하면 밖에서 노숙하기
일쑤였다. 어디든 가다가 더 이상 걷기 싫으면 늘어지게 하품
을 한 뒤 옷을 입은 채로 동그랗게 몸을 말고 그대로 누워 잠
을 청했다. 그곳이 처마 밑이든 우물가든 전혀 상관하지 않았
고 그렇게 해도 병에 걸리는 법이 없었다. 그의 말을 빌리면
밖에서 자면 위로는 천기에 통하고 아래로는 땅의 기운을 받
으니, 자시가 되면 음 속에 있는 양의 기운을 받아들이고 오

시에는 양 속에 있는 음의 기운을 모아 몸에 가장 좋은 보약이 된다고 말했다. 그는 또한 인생은 꿈과 같으니 인생에서 가장 중요한 것이 바로 꿈이라고 했다. 개미구멍 옆에서 잠을 자면 제왕의 꿈을 꿀 수 있고 꽃 무더기에서 잠을 자면 풍류 꿈을 꿀 수 있으며, 모래언덕 앞에서 잠을 자면 황금 꿈을 꾸고 무덤 위에서 잠을 자면 귀신 꿈을 꿀 수 있다고 했다. 그는 평생 다른 것은 없어도 그만이지만 꿈만은 꼭 꿔야 한다고 주장했다. 그는 평생 신경 쓰는 일이 없었지만 오직 잠자리만은 신경을 썼다. 세상에서 가장 가련한 사람이 있다면 항상 깨어 있느라 잠을 자지 않는 사람이라고 말했다. '각성(覺醒)'[23]이라는 말, 이 말에서도 '각(覺)'이 먼저가 아닌가. 꿈을 꾸지 않는 사람은 인생을 반밖에 살지 못하는 것과 다를 바 없으니 실로 억울하지 않겠는가.

사람들은 이런 말을 모두 미친 소리라고 비웃으며 그저 웃어넘겼다. 그 때문에 그와 마을 사람들 간의 적대감이 날로 깊어지면서 그는 사람들 앞에서 전보다 더 입을 열지 않았고 눈빛에는 화가 가득 담겨 있었다.

정확히 말하면 그는 대중과 전혀 관계가 없는 사람이었다. 마차오의 법률, 도덕과 각종 정치 변화와 전혀 관계가 없었다. 토지개혁, 악덕 지주 청산, 호조조(互助組),[24] 합작사, 인민공

---

23) 중국어에서 '覺醒'은 '꿈(覺)'에서 깨다(醒)'의 의미이며, 한국어에서처럼 '깨달음'이라는 의미이기도 하다.
24) 농촌의 품앗이 조직.

사, 사교사청(社教四淸),[25] 문화 대혁명 등도 그에게는 아무 의미가 없었다. 모든 것이 그의 역사와 전혀 관련 없었다. 그는 멀리서 공연을 감상하는 관객에 지나지 않았으며, 그것으로 인해 전혀 영향을 받지 않았다. 대약진운동이 일어나던 해, 외지에서 온 간부 한 사람이 뭣도 모르고 그를 막무가내로 작업장으로 끌고 가서 노동 개조를 시키려고 했다. 그러나 아무리 몽둥이를 휘두르고 채찍으로 내갈겨도 그는 눈만 흘길 뿐 전혀 일을 하지 않았다. 차라리 죽으면 죽었지 절대로 일을 할 수 없다는 것이다. 그는 진흙탕에서 뒹굴며 난리를 피웠다. 게다가 이왕 붙잡혀 왔으니 그냥 돌아갈 수도 없다며 간부 뒤를 졸졸 쫓아다니면서 생떼를 부렸다. 결국 다른 이들이 그를 둘러업고 신선부로 데려다줄 수밖에 없었다. 그는 이렇듯 제대로 사람 노릇을 하지 않았기에 오히려 누구보다 막강한 권위를 누렸다. 이렇게 해서 그는 자신에 대한 사회의 마지막 간섭을 가볍게 물리쳤고 그 후 더욱 확실하게 마차오에 존재하지 않는 존재, 무의 존재로 떠도는 그림자처럼 존재했다. 나중에 성분 조사나 식량 배급, 가족계획 또는 인구통계 조사를 실시할 때도(나는 마을 사람들을 도와 이런 작업을 한 적이 있다.) 아무도 마밍이라는 자의 존재를 떠올리지 않았으며 아예 염두에 두지 않았다.

그는 분명히 전국 인구통계에 포함되지 않았을 것이다.

---

25) 사회주의 교육 운동. 정치, 사상, 조직, 경제 네 분야에서 낡은 것을 청산하고 정화해서 사회주의 성과를 이룩하고 유지, 발전시키자고 주장한 운동.

그는 분명히 전 세계 인구에도 포함되지 않았을 것이다.

그는 이미 사람이 아니었다.

그가 사람이 아니라면 대체 뭐란 말인가?

사회는 인간들의 조합이다. 그는 사회를 거절했고, 사회로부터 인간의 자격을 취소당했다. 그럼으로써 그는 마침내 자신의 소망을 이뤘다. 추측건대 그는 끊임없이 신선이 되려 했던 것이 분명하다.

내가 조금 의외라고 생각한 것은 마차오와 그 일대에 마밍과 같이 스스로 인간의 경계를 벗어난 사람들이 적지 않았다는 것이다. 사람들에 따르면 마차오에 사대금강이 사는 것처럼 마을에서 가까운 곳이든 먼 곳이든 이런 놈팡이들이 사는데 다만 외부 사람들은 그러한 사실을 잘 모를 뿐이라고 했다. 외지인들이 우연히 이들을 발견하고 호기심에 물어보지 않는 이상 사람들은 그들의 존재를 전혀 언급하지 않을 것이며 그들의 존재 자체를 거의 잊은 채 살아갈 것이 분명했다. 그들은 이미 이 세상에서 찌그러져 어디론가 사라져 버린 또 다른 세계의 사람들이다.

푸차는 그들이 결코 깬(醒,「깨다」편 참고.) 사람들이 아니라고 말한 적이 있다. 그들의 부모는 대부분 빈한하지 않았고, 그들은 오히려 너무 총명해서 마을 사람들과 어울리기 힘들 정도라고 했다. 그들은 어린 시절 그저 조금 장난기가 있고 책 읽기를 게을리했는데, 어쩌면 그것이 최초의 징조였는지도 모른다. 예를 들어 마밍의 경우, 그는 굳이 따로 공부하지 않아도 일단 대련(對聯)을 지으면 입에서 나오는 그대로 제법 그럴

듯한 문장이 되었다. "국기를 바라보니 마음이 불안하고, 모심기 노래를 부르고 춤을 추니 진퇴양난일세."처럼 말이다. 내용은 분명 반동임이 틀림없지만 시문의 대구는 전혀 빈틈이 없다. 그렇지 않은가? 심지어 대중 집회에서 공개 비판을 당할 때도 사람들은 그가 뛰어난 문학적 재능을 지니고 있다고 감탄하곤 했다. 이런 사람들이 일단 의지할 곳을 잃으면 그대로 무너지기 시작해 이른바 과학(科學, 「과학」 편 참고.)을 강구하기 마련인데, 도대체 무슨 귀신에 씌어 그러는지 알다가도 모를 일이다.

과학(科學)

마차오 사람들은 산에서 땔나무를 해 와 공터에서 말려 사용한다. 젖은 땔나무는 얼마나 무거운지 어깨에 짊어지면 멜대 끈이 어깻죽지를 파고들어 심히 고통스럽다. 시간이 지나면서 우리 지식청년들은 일단 산에서 땔나무를 널어 말리고 다음에 나무를 하러 산에 갈 때 가져오는 편이 좋겠다고 생각했다. 매번 이렇게 하니 당연히 짐이 많이 가벼워졌다. 뤄씨 영감이 이 방법이 좋겠다며 내 땔나무와 바꿔 메 보더니 눈이 휘둥그레지면서 확실히 훨씬 가볍다고 말했다.

나는 수분이 대부분 증발했기 때문이라고 알려 주었다.

그런데 그는 내 땔나무를 내려놓은 후 다시 자신의 젖은 땔나무를 지고 산을 내려갔다. 나는 이런 그의 행동이 이상하다 여기고 그를 쫓아가서 왜 우리 방법대로 하지 않는지 물어보왔다.

"땔나무도 젊어질 생각이 없다면 아무리 생각해도 사는 재미가 없어!"

"질 생각이 없다는 게 아니고 좀 과학적으로 일하자는 건데요."

"뭐, 과학적? 게으른 게 아니고? 너희가 사는 도시에 있는 자동차나 기차, 비행기 같은 것들이 모두 게으른 사람들이 생각해 낸 것이 아니고 뭐야? 게으름을 피울 생각이 아니라면 왜 그런 요상한 것들을 생각해 냈겠어?"

그 한마디에 나는 한참 동안 기가 막혀 말이 나오지 않았다.

그가 다시 말했다.

"과학 좋아하네. 그렇게 과학 좋아하다가 망해 봐라! 모두 마밍처럼 되고 말 테니."

그는 신선부의 주인을 말하고 있었다. 마밍은 그곳에 살면서 한 번도 일하러 간 적이 없었고, 자기를 건사할 생각도 하지 않았다. 때로 채소를 구해 와도 불 피우기가 귀찮아 생으로 씹어 먹었다. 이렇게 습관이 들다 보니 나중에는 쌀을 구해도 생쌀을 입에 넣고 오독오독 씹어 먹는 바람에 생쌀 찌꺼기가 항상 입가에 잔뜩 묻어 있었다. 사람들이 비웃기라도 하면 그는 익혀 먹으면 영양가가 없다며 산에 사는 호랑이나 표범도 모두 날로 먹는데 사람보다 힘도 세고, 병도 나지 않으니 나쁠 것이 뭐 있냐는 식으로 자신의 논리를 줄줄이 늘어놓았다. 그는 오줌통을 나른 적도 없었다. 자기 거시기 높이 벽에 구멍을 뚫고 대나무를 걸쳐 놓아 그곳에 오줌을 싸면 그대로 밖으로 흘러가도록 했다. 그는 이 방법이 오줌통을 짊어 나르는 것보다 더 과학적이라고 말했다. 물은 아래로 흐르는 것이 자연스러우니 막는 것보다 소통시키는 것이 당연히 좋은 일 아니겠는가!

게다가 그는 겨울이 되면 세수를 하지 않았다. 얼굴에 딱지가 앉을 정도였다. 딱지가 더덕더덕 앉은 얼굴을 손으로 조금만 밀거나 긁어도 뭉툭뭉툭 각질이 우수수 떨어졌다. 그는 자신이 찬물을 싫어하기 때문이라고 말하지 않았다. 그저 얼굴을 너무 많이 씻는 것은 비과학적으로, 얼마 없는 좋은 얼굴 기름기를 깨끗이 씻어 버리면 오히려 피부가 상한다고 했다.

시냇물에서 물을 길어 오는 모습은 더욱 우스꽝스러웠다. 그가 물 한 통을 길어 오는 데 보통 한 시간 정도 걸렸다. 특히 언덕을 오를 때면 이리 비틀 저리 비틀 갈지자로 언덕을 올라갔다. 한참을 걸어도 목적지에 도달하지 못했다. 한가로이 언덕에 서 있던 사람이 이상하게 생각하며 그러느니 차라리 물통을 내려놓고 흔들흔들 춤을 추는 편이 어떠냐고 물었다.

그러자 마밍이 대답했다.

"당신들이 뭘 알아! 이렇게 걸어야 힘이 덜 든다고. 잔톈유(詹天佑)[26]가 바다령(八達嶺)에 철로를 만들 때도 갈지자로 만들었단 말이야."

옆에 있던 이들이 잔톈유가 누구인지 알 리가 없었다.

"너희가 개뿔을 알아?"

---

26) 철로 건설 전문가.

그는 말해 봤자 괜히 입만 아프다는 듯이 한껏 고상하고 오만한 표정으로 다시 물통을 걸머지고 계속 비틀비틀 몸을 흔들며 기신기신 신선부로 향했다.

그 후 사람들은 신선부의 놈팡이들은 하나같이 과학을 들먹인다며 신선부는 이제 머지않아 과학원이 될 것이라고 비웃었다. 마차오 사람들은 이렇게 마밍을 통해 '과학'이라는 말의 의미를 체득할 때 분명히 이 단어에 별로 호감을 갖지 못했을 것이다. 어쩌면 그래서 마을 사람들은 나중에 상부에서 나눠 준 과학적인 종묘 방법에 대한 소책자를 거들떠보지도 않은 채 모조리 잘게 찢어 담배를 마는 데 사용했을지도 모른다. 또한 그들은 상부에서 계속해 방송하는 과학적 돼지 사육법에도 전혀 관심이 없었다. 심지어 스피커에 연결된 전선을 잘라 오줌통 테를 두르는 데 쓰는 사람도 있었다. 이 모든 것이 심리적 타성에서 비롯되었다. 다시 말해 사대금강에 대한 비아냥거림이 과학에 대한 이해에도 영향을 미쳤다고 할 수 있다. 언젠가 마차오 남자들이 창러가로 가서 석회를 나를 때 일이다. 그들은 길가에서 수리 중인 버스를 발견하고 신기한 듯 빙 둘러 구경하기 시작했다. 그러다가 자기도 모르게 손에 쥐고 있던 멜대로 버스 차체를 두드리기 시작했다. 멀쩡했던 차 표면이 순식간에 두세 군데 움푹 찌그러졌다. 버스 아래에 드러누워 수리하던 운전기사가 깜짝 놀라 밖으로 튀어나와 욕을 퍼부으며 스패너로 사람들을 치는 시늉을 해서 겨우 마차오 사람들을 몰아냈다. 하지만 멀찌감치 도망친 마차오 남자들은 묘한 충동을 느끼며 다시 고개를 돌린 후 고함을 지르며 버스를 향해 힘껏 돌을 던지기 시작했다.

물론 운전기사와 무슨 원수가 진 것도 아니다. 파괴적인 못된 습성을 지닌 적도 없던 이들이다. 평소 다른 집을 지나면서 멋대로 괜히 벽이나 문을 두드리는 일은 거의 없었다. 그런 그들이 왜 버스를 마주했을 때 갑자기 그런 충동을 느꼈을까? 히득거리는 그들의 웃음에 나는 그들 자신도 의식하지 못하는 혐오, 모든 새로운 사물과 과학적 성과에 대한 혐오, 현대 도시에서 온 괴물 같은 기계에 대한 혐오가 숨어 있는 것은 아닐까 하는 생각이 들었다. 그들 눈에 이른바 현대 도시란 다른 것이 아니라 그저 과학, 즉 나태한 사람들의 공동체에 지나지 않았던 것이다.

버스에 도전적인 태도를 보인 사건의 책임을 마밍에게 돌리는 것은 조금 억지로, 별로 공정하지 않다. 그러나 사람이 어떤 단어를 이해하는 과정이 이지적이지만은 않다. 거기에는 감각적인 요소도 있다. 그 단어를 사용한 환경, 이와 관련된 구체적인 형상과 분위기, 구체적인 사실과 밀접한 관련이 있다는 말이다. 이런 것들은 종종 사람들이 어떤 단어를 이해하는 데 중요한 역할을 한다. 예를 들어 혁명 모범극인 '양판희(样板戲)'는 참으로 몹쓸 단어이다. 그러나 이런 양판희의 노랫소리를 들으며 사랑하거나 청춘을 보낸 사람들은 이 단어를 들을 때마다 가슴 벅찬 감동을 느낄 수 있다. '비판', '입장', '특별 안건(專案)' 같은 단어에 나쁜 뜻이 있는 것은 아니지만 문화 대혁명의 적색 공포를 겪어 본 사람들이라면 이런 단어를 들자마자 몸서리치며 뼈저린 아픔을 느끼리라. 실제로 이런 단어들을 이해하는 데 적용되는 틀은 아마도 상당히 오랫동안 한 사람 또는 한 민족의 심리 상태와 생존 방식의 선택에 영향을 미칠 텐데, 그러한 단어 자체에 책임이 있는 것은 아니다. 뤼씨 영감을 포함한 마차오 사람들이 제멋대로 과학을 비방한 것도, 마차오 남자들이 길가에서 멜대를 쳐들고 '과학적 성과(버스)'에 집단적으로 공격을 퍼부은 우발적 사건도 과학이라는 글자 자체에 책임이 있는 것은 아니다.

그렇다면 누가 책임을 져야 하는가? 누구 때문에 마차오 사람들은 과학을 그저 두렵고 피하고만 싶은 사악한 의미로 받아들였을까?

나는 그저 진짜 책임을 져야 하는 사람은 마밍만이 아니라고 말하고 싶을 따름이다.

깨다(醒)[27]

어떤 중국어 사전에도 '깨다'의 의미인 '성(醒)'에 좋지 않은 뜻이 있다고 적혀 있지 않다. 『사원(辭源)』(상무인서관, 1989년)을 보면 '술에서 깨다', '꿈에서 깨다', '깨달음' 등의 의미로 적혀 있으므로, 대부분 혼란, 미혹과 대립되는 개념으로 밝고 이지적이며 지혜롭다는 뜻을 담고 있다.

굴원(屈原)[28]의 「어부(漁夫)」에 보면 "세상 모든 것이 탁한데 나만 홀로 맑고, 사람들이 모두 취했거늘 나만 홀로 깨어 있네."[29]라는 구절이 있다. 이는 '성(醒)'이라는 글자에 더욱 빛

---

27) 중국어 발음은 '싱(xǐng)'이다.
28) 기원전 340~기원전 278년. 중국 전국 시대 초나라 시인이자 정치가. 초나라 문학을 대표하는 시가집 『초사』의 대표 작가.
29) "擧世皆濁我獨淸, 衆人皆醉我獨醒."

나는 광채를 더해 주는 명구이다.

그러나 마차오 사람들은 이를 전혀 다르게 이해한다. 오히려 그들은 이 단어를 사용할 때 코를 움씰거리고 입을 삐죽거리며 비웃는 표정을 짓기 일쑤이다. 그들은 바보 같은 행동을 표현하고자 할 때 이 단어를 사용한다. 그들에게 '깨다(醒)'는 어리석음을 의미하기 때문이다. 따라서 '깬 사람(醒子)'은 얼간이를 가리킨다. 이런 습관은 그들의 선조가 굴원을 만났을 때부터 시작되었을까?

기원전 278년경, 깨달은 자 굴원, 스스로 깨어 있다고 생각한 굴원은 한도 끝도 없이 모두가 취한 혼탁한 세상에서 정의를 위해 목숨을 바쳐 죽음으로 악에 항거하겠다고 결심했다. 그는 지금은 추탕향(楚塘鄕)이라 불리는 미뤄강(汨羅江) 하류에 몸을 던졌다. 유배당해 떠돌던 길이었다. 그가 그토록 온 힘을 다해 충성을 바친 초나라는 당시 "군신들이 서로 질투해 공을 다투고 아첨을 능사로 하니 어진 신하는 배척당하고 백성의 마음도 멀어져(『전국책(戰國策)』)" 더 이상 그를 받아들이지 않는 상황이었다. 그는 초나라 도성 영(郢)을 바라보며 슬프고 분한 심정을 시문에 실었다. 웅장한 뜻을 실현할 수 없어 비분강개한 마음을 하늘에 쏟아 냈다. 설사 그가 이 세상을 구할 수 없다 해도 이 세상을 거절할 수는 있었다. 만약 그가 사방에 가득한 배반과 허위를 받아들일 수 없다면 적어도 스스로 두 눈을 감아 버릴 수는 있었다. 그는 결국 강바닥 깊은 곳, 적막하고 어두운 세상을 택해 그곳에 자신의 서글픈 마음을 묻어 버렸다. 여기서 그의 유랑 행로가 천양(辰陽), 쉬푸(溆浦) 등지를 거쳐 샹장강(湘江)을 따라 라(羅)[30] 땅에 이른 사실은 눈여겨볼 만하다. 사실 이곳은 초나라에서 쫓겨난 신하가 올 곳이 아니었다. 막강한 초나라의 무자비한 공격에서 도망쳐 나온 라 땅 사람들은 정처 없이 유랑하다 이곳에 이르렀다. 굴원은 이곳에 올 때도 초나라 사람들이 그들보다 더 강력한 진(秦)나라의 공격에 쫓길 때와 거의 똑같은 길을 거쳤다. 이렇듯 역사는 반복되고 그저 인물만 바뀌었을 뿐이다. 마찬가지로 타향을 떠도는 영락한 처지에 무슨 원망을 하겠는가?

초나라의 좌도(左徒)로 조정의 문서를 담당한 굴원은 초나라의 역사를 누구보다 잘 알았다. 물론 초나라가 라국에게 얼마나 못된 짓을 했는지도 잘 알았을 것이다. 처연한 모습으로 뤄장강 언덕에 올랐을 때 어떤 낯익은 얼굴을 보았을지, 어떤 익숙한 음성을 들었을지 모를 일이다. 또한 요행으로 초나라 사람들의 칼날을 피한 낯익은 이들의 풍속을 접하면서 어떤 심정이 들었을까? 정말 상상하기 어렵다. 전에 심한 굴욕을 당한 빈약한 라 땅 사람들은 자신들을 침략한 초나라의 전임 대신을 묵묵히 맞이해 조용히 칼자루를 내려놓은 채 초라하나마 그에게 밥상을 내민다. 이런 모습 앞에서 굴원의 두 손이 떨리지 않았을까…….

역사에는 이에 대한 기록이 전혀 남아 있지 않다. 이 모든

---

30) 「뤄장강」 참고. 「뤄장강」에서 고대부터 현대까지 '라(羅)'와 관련된 지역, 지역민에 대한 내용을 유사한 발음을 통해 설명하고 있기에 두음법칙을 적용하지 않았다. 이에 이후에 나오는 '라'의 발음 역시 이를 따른다.

것이 빠져 있다.

나는 문득 굴원이 이곳을 영면의 땅으로 선택한 데 우리가 알지 못하는 복잡한 이유가 있지 않았을까 생각했다. 라 땅은 거울과 같은 곳이다. 그는 이곳에서 흥망성쇠의 허황됨을 투시해 봤으리라. 라 땅은 조정 대신의 가슴에 가득 넘치던 자긍심을 극약처럼 모조리 토해 내게 만들었을 것이다. 강의 차디찬 물결 소리가 그의 기억을 채찍질해 초나라에 대한 그의 원한과 더불어 초나라에 대한 그의 충정을 다그쳐 물었을 것이다. 또한 자신이 그토록 소중히 여긴, 그리고 평생 분투한 신념이 과연 옳은 것이었는지에 대해 추궁했을 것이다.

당시 그는 처음 유배당한 것이 아니었다. 당연히 영락(榮落)을 견딜 충분한 경륜도, 능히 심리적으로 버틸 역량도 있었을 것이다. 남만(南蠻)의 땅을 떠돈 지 이미 오래되었기에 유랑에서 겪어야 했던 추위와 배고픔, 피로 역시 이제 습관이 되어 그리 힘들지 않았으리라. 그러한 그가 미뤄강에서 끝내 모습을 감추어 텅 빈 강 언덕만 남게 되었다는 것은 분명 정신적으로 근본적인 동요가 있었음을 의미한다. 그리하여 생명 너머에 존재하는 더 큰 생명에 대한 두려움을 느끼고, 역사 너머에 존재하는 더욱 거대한 역사에 결코 헤어날 수 없는 안타까움을 느끼며 결국 허공을 향해 발을 내딛을 수밖에 없었을 것이다.

그가 다른 곳에서도 더욱 밝은 깨달음(醒)을 얻을 수 있었을까?

그가 다른 곳에서도 자신이 줄곧 소중하게 느낀 깨달음(醒)을 이해할 수 있었을까?

이것은 단지 추측일 뿐이다.

굴원이 라 땅에 있을 당시 머리는 산발하고 맨발에 풀과 꽃잎을 어깨에 걸치고 이슬과 국화꽃을 먹으며, 비와 바람을 부르고 해와 달을 벗 삼아 벌레나 새들과 함께 잠들었다고 하니 분명 실성한 상태나 다를 바 없었을 것이다. 그는 분명히 깨어 있었으며(醒, 그 자신과 이후『사원(辭源)』에 적힌 의미에 따라) 확실히 마차오 사람들의 말뜻대로 실성한 상태(醒)이기도 했다.

그는 강에 이르러 강물을 향해 뛰어들며 '깨다(醒)'의 두 가지 의미, 즉 우매함과 지혜, 지옥과 천당, 형이하학적 순간과 형이상학적 영원을 모두 깨달았다.

라 땅 사람들은 초나라 신하의 충정은 이해하기 힘들었지만 이미 몰락한 적을 용서하듯 굴원에게 연민의 정을 느낀 듯하다. 이는 이후 매년 5월 초에 열리는 용선(龍船) 시합의 전통에서도 확인할 수 있다. 그들은 물고기들이 굴원의 시신을 뜯어 먹지 않도록 종자(粽子)[31]를 던진다. 그들은 징을 울리고 북을 치면서 강바닥 깊숙이 잠든 시인을 깨우고자 한다. 그들은 계속 온갖 힘을 다해 굴원의 혼을 부른다. 남녀노소 모두 핏대를 세우며 두 눈을 크게 뜨고 비 오듯이 땀을 흘리며 목이 터져라 외친다. 하늘에 닿을 듯 우렁찬 함성이 초나라에 대한 만세의 깊은 원한을 뒤로한 채 그저 한 사람, 낯선 시인 한 사람을 구하기 위해 울려 퍼진다.

---

31) 댓잎에 싼 찐 주먹밥.

이러한 풍속에 대한 기록은 남조 시대 양(梁)나라 사람 종름(宗懍)이 쓴 『형초세시기(荊楚世時記)』에서 처음 찾아볼 수 있다. 그 전에는 단오절에 굴원을 기념했다는 이야기가 없다. 사실 용선 놀이는 남부 지역의 오래된 제사 의식일 뿐으로 굴원과 직접 연관이 있다고 단언하기는 힘들다. 이 두 가지를 연결한 것은 아마도 문인들의 역사 조작이자 환상일 가능성이 크다. 굴원을 위해 그리고 자신들을 위해. 날이 갈수록 제사가 점점 더 융성해지는 것은 어떤 의미인가? 찬란하고 영원한 의식을 보답이자 약속이라고 한다면 문명의 순교자가 조금이나마 편안한 마음으로 위안을 얻지 않을까.

굴원은 찬란함을 볼 수 없었다. 또한 굴원 같은 존재들이 누구나 찬란함을 그대로 받아들일 수 있는 것도 아니다. 이와 달리 '깨다(醒)'를 마차오 사람들이 이해하고 이용하는 방식에는 또 다른 시각, 강대국의 정치와 이질적인 문화에 대한 선조들의 냉랭한 시선이 자리한다. 또한 서로 다른 역사의 자리매김에 대한 필연적 갈등이 내재한다. '깨다(醒)'라는 단어로 우매하고 어리석다는 의미를 대신하는 것은 바로 라 땅 사람들의 독특한 역사와 사유가 만들어 낸 일종의 화석이다.

깨닫다(覺)

'깨닫다'라는 뜻을 지닌 '각(覺)'을 마차오에서는 '초(qo)'로 발음하고 1성으로 읽는다. 총명함을 뜻하며 '깨다(醒)'와 동위 개념의 말이다. '각오(覺悟)' 같은 단어가 그 예이다. 사실 이 글 자는 정반대로 멍청함을 의미해 아둔하고 어리석고 혼란스러운 상태를 가리키기도 한다. 그 예로 '수각(睡覺)'[32]을 들 수 있다.

'깨다(醒)'와 '자다(覺)'는 반의어이다. 표준어에서 일반적으로 이해하는 것과는 정반대로 이 한 쌍의 반의어는 의미를 확 대해 사용할 경우 뜻이 바뀌어 버린다. 마차오 사람들이 볼 때 깨어남이란 우둔함이며, 잠을 잔다는 것은 총명함을 의미

---

[32] 중국어에서 '수각(睡覺(수이자오, shuì jiào))'은 '잠을 자다'라는 의미 이다.

한다. 처음 마차오에 온 외지인의 귀에는 이렇게 의미가 뒤바뀐 단어가 자꾸만 귀에 거슬린다.

총명함과 우둔함에 대한 판단은 사람마다 보는 시각이 다르고 기준이 다름을 인정해야 한다. 그렇다면 우리는 마차오 사람들이 자신의 경험에서 출발해 '깨다'라는 말과 '자다'라는 단어를 이용해 독특한 은유를 할 언어적 권리가 있다는 것도 받아들여야 하지 않을까. 예를 들어 마밍과 같은 경우가 그렇다. 사람들은 가난하고 천한 그를 보며 더럽고, 고집 세고, 우둔하고, 백치 같다고 탄식하며 개처럼 사는 그를 한껏 비웃는다. 하지만 다른 각도에서 보면 어떨까? 마밍의 각도에서 보면? 아마도 그는 자신이 즐겁지 않은 생활을 한다고 여기지 않을 것이며, 자유와 멋이 없다고는 더더욱 생각하지 않을 것이다. 심지어 그는 자신을 신선에 비유하기도 했다. 특히 예를 들어 대약진운동, 반우파운동, 문화 대혁명…… 같은 세상의 고달프고 소란스러운 역사가 하나씩 막을 내린 후 수많은 사람들의 수없이 많은 지혜와 재주가 결국 황당한 것이 되어 버리고, 수많은 이들의 근면과 노력이 결국 과오가 되어 버리며, 수많은 정열이 결과적으로 죄악이 되고 말았을 때, 마밍처럼 멀찌감치 떨어져서 아무것도 하지 않은 방관자는 오히려 청결한 몸을 지닌, 적어도 두 손에 피를 묻힌 적이 없는 깨끗한 사람이 된다. 게다가 비록 풍찬노숙(風餐露宿)이었지만 그는 대부분의 사람보다 훨씬 건강하게 살았다.

그렇다면 그는 어리석은 사람인가, 아니면 영리한 사람인가?

도대체 그는 '깬(醒)' 사람인가, 아니면 '자는(覺)' 사람인가?

사실 모든 동위개념의 표현에는 여러 가지 다양한 이해가 취합되어 있고, 인생의 다양한 실천적 노선의 교차점이 자리해 각기 역설의 양극으로 향한다. 이런 교차점은 빽빽한 언어의 숲속에 숨어 있다가 때로 먼 길 가는 사람들을 머뭇거리게 한다.

노래하다(發歌)

마차오 사람들이 두서너 명씩 짝을 지어 길거리 담장 모퉁이에 쭈그리고 앉거나 장작불 옆에 모여 늘 그러듯 한 손으로 턱을 괴거나 입을 가리고 있다면 노래를 부르는 것이 틀림없다. 그들은 뭔가 작당 모의를 하는 것처럼 작은 소리로, 다른 사람들의 이목을 피해 외지고 조용한 곳에서만 노래를 부른다. 그들에게 노래는 사람들에게 보여 주기 위한 행동이 아니라 몇몇 사람이 모여 도박을 하는 것 같다. 나는 이런 그들의 모습이 정부의 금지 조치 때문이거나 정치적 비판을 두려워해서라고 생각했다. 그러나 알고 보니 그들은 문화 대혁명 훨씬 전부터 이처럼 괴상한 방식으로 노래를 불렀다고 한다. 정말 영문을 알 수 없다. 마차오 사람들은 노래 부르는 행위를 '반가(盤歌)' 또는 '발가(發歌)'라고 표현한다. 회의에서 '발언

을 하다(發言)'나 노름에서 '패를 돌리다(發牌)'와 같은 '발(發)'
이라는 동사를 사용한다. 한(漢)나라 때 매승(枚乘)은 유명한
「칠발(七發)」을 남겼다. 여기서 '발(發)'은 시부의 일종으로 대
부분 문답체로 이루어진다. 대부분 일문일답식으로 이루어지
는 그들의 '노래'도 혹시 한나라의 '발(發)'에서 전래된 것은
아닐까? 젊은 사람들은 노래 듣는 것을 정말 좋아한다. 매 소
절 가사에 점수를 매기기도 하고, 때로 갈채를 보내기도 한다.
그들 중 화끈한 이는 자기 돈으로 술을 사기도 하고, 돈이 없
을 때는 얼굴도장으로 외상술을 사서 가수에게 건네기도 한
다. 이를 이어받은 사람이 느긋하게 노래 한 대목을 끝내고 술
을 한 잔 들이켠 후 술기운을 빌려 범접하기 힘든 까다로운
가사를 들이대며 기세 좋게 상대방을 궁지로 몰아넣어 정신
을 차리지 못하게 만든다. 상대는 결코 턱을 괴거나 입을 가
린 손을 쉽게 내려놓지 못한다. 그들의 노랫말은 항상 국가 대
사부터 시작하기 마련이다. 그들은 먼저 상대방에게 꼬치꼬치
국가의 총리는 누구인지, 국가 주석은 누구이며, 국가 군사위
원회 주석은 누구고 국가 군사위 부주석, 국가 군사위 × 주
석의 형은 누구냐고 캐묻는다. 심지어 국가 군사위 × 주석의
형은 최근 무슨 병에 걸렸고 무슨 약을 먹는지 등까지 물어본
다. 이런 어려운 문제들을 듣고 나는 정말 깜짝 놀랐다. 설사
매일 신문을 들여다본들 아득히 먼 곳에 있는 높은 인물에
대해 그들의 폐암이나 당뇨병 같은 병력까지 마치 집안의 족
보를 열거하듯 세세하고 정확하게 기억할 수는 없다. 쇠똥 냄
새 물씬 풍기는 이 촌 남자들의 기이할 정도로 뛰어난 기억력

은 분명 어떤 특별한 훈련에서 비롯되었다는 생각이 들었다. 강호 밖에서도 임금을 잊지 않음이니, 이들의 선조들 역시 조정의 동정에 항시 관심을 두었음이 틀림없다. 이어서 부르는 것은 효도가(孝道歌)이다. 가수들은 왕왕 상대방의 결점을 들춰내느라 정신이 없다. 상대가 부모에게 솜을 터 주지 않은 것을 비난하고, 양아버지에게 관을 짤 재목을 사 주지 않았다고 욕한다. 또한 정월 대보름에 큰아버지, 작은아버지에게 육포는 보냈는지, 행여 육포의 두께가 2촌도 안 되거나 고기 안에 구더기가 들끓지는 않았는지 등. 그들은 항상 엄정한 가사로 상대가 가난을 혐오하고 그저 돈만 바라지는 않는지, 그래서 배은망덕하게 행동한 일은 없는지 캐묻는다. 개나 돼지나 먹는 음식을 먹어 개, 돼지 같은 마음을 지닌 것은 아닌지 묻기도 한다. 물론 상대방 역시 기지를 발휘해 적절하게 날씨나 아픈 다리를 핑계 삼아 불리한 상황을 벗어나기도 하고 더 나아가 신속하게 반격을 시도해 상대방의 새로운 불효 건수를 찾아낼 수도 있다. 사실을 좀 과장하는 짓도 서슴지 않는다. 그들은 이렇게 노래를 통한 서로 간의 심문을 견뎌내야 한다. 이는 민간에서 시행되는 일종의 도덕성 검증이다. 이상의 과정은 노래를 시작할 때 반드시 거쳐야 하는 다툼으로 가수의 입장을 드러내기도 한다. 이 과정이 끝나야 비로소 마음을 놓을 수 있으며, 마음 놓고 각각가(覺覺歌)를 부를 수 있다. 여기서 '각(覺)'은 농지거리를 의미한다. 예를 들어 '각각화(覺覺話)'는 익살스러운 농담을 뜻한다. 여기에서 더 발전하면 단정치 못한 것들이 섞이기 시작한다. 예를 들어 '각각가'는 희롱하거나 추파를 던지는 내용을 위주로 한다. 온몸을 움찔거리게 만드는 감각적인 가사로 이루어진 노랫말은 젊은 사람들의 욕정을 한껏 자극한다. 이 노래 역시 대항 형식으로 부르는데, 한쪽은 남자, 한쪽은 여자 역할을 하는 것이 다를 뿐이다. 한편이 구애하고 한편이 구애를 거절하는 내용이다. 예전에 기록해 놓은 가사를 보면 다음과 같다.

> 그녀 생각에 멍하니
> 길 가다가 발로 돌을 찬 줄도 모르고,
> 밥을 먹어야 하는데 젓가락 들 줄도 모르고,
> 쭈그리고 앉아 일어날 줄도 모르네.

이보다 더 바보 같은 노래도 있다.

> 그녀 생각에 안절부절,
> 매일 밥을 먹어도 살로 가지 않네.
> 못 믿겠으면 옷을 벗어 볼까,
> 거죽과 뼈만 남았다네.

마누라가 남편을 죽이겠다는 끔찍한 노래도 있다.

> 그 집 남편은 착하기만 한데,
> 우리 남편은 장작개비 같으니,
> 두세 번 도끼질로 쳐 죽여

친구들과 함께 불에 구워 볼까.

그런가 하면 애절한 노랫말도 있다.

떠나기 어려워, 이별하기 정말 어려워
그대 그림 그려 벽에 붙였네.
열흘하고 반달 동안이나 만날 수 없어
그저 그림만 부여잡고 소리 내어 울고 있다네.

사랑의 절망을 노래한 것도 있다.

그대와 나의 사랑은 다 헛일이 되었구나.
마치 쌀 곱게 빻아 남의 닭 먹인 것처럼,
그녀 아이 자라서,
나보고 아빠가 아니라 점원이라 부르니!

이 정도는 그저 단순한 사랑의 노래들이다. 사랑 노래가 어
느 정도 무르익으면 가수들은 저속한 노래로 넘어간다.

보아하니 한 스물 정도 된 듯한데
문 닫아걸고 정숙한 척하지 마시오.
그대 도홧빛 얼굴을 보고 있자니
벌써 바짓가랑이가 축축해지네.
당신네 개새끼는 끊임없이 짖어 대고

앞개울은 세차게 흐르는데,
당신네 침대 다리는 천근의 힘으로
하루 만에 바닥에 구멍을 뚫었네.

　매번 이쯤 되면 청중 가운데 여자들은 얼굴을 붉히고 욕을 퍼부으며 서둘러 자리를 뜨고, 젊은 남자들은 평소와 달리 마치 투지에 불타는 쌈닭처럼 목을 길게 빼고 벌겋게 충혈된 눈으로 여인들의 뒷모습을 바라본다. 그들은 손을 비비고 안절부절 일어섰다 다시 쭈그려 앉기를 반복하며 상기된 얼굴에 바보 같은 미소를 짓기 일쑤이다. 그리고 일부러 멀찌감치 떨어진 여자들 들으라는 듯 한껏 소리 높여 크게 웃는다. 노래 중에는 여인의 고통을 이야기하는 것도 있으니, 예를 들어 아랫마을 완위(萬玉)의 노래는 어떤 여인네가 남모르게 낳은 사생아를 나무 함지에 태워 뭐장강으로 흘려보내는 이야기를 담고 있다.

천천히 가거라, 천천히.
바위에 부딪치지 않도록.
엄마는 네가 필요 없어서가 아니라
네가 아빠 없음을 부끄러워할까 봐 보내는 거야.
천천히 가거라, 천천히.
풍랑에 혹여 몸 적시지 말고.
엄마가 서슴없이 널 버리려는 것이 아니니
한밤중에 깨어나 소리를 지르며……

완위의 노랫말에 등장하는 나무 함지는 소용돌이를 만나 방향을 돌린 다음 다시 물줄기를 거슬러 올라온다. 마치 차마 떠날 수 없다는 듯이, 마치 엄마 품에 돌아가 안기고 싶다는 듯이. 이 대목에 이르면 옆에 있던 여인들도 모두 눈시울이 벌게지며 옷자락으로 눈물을 훔치기 시작한다. 코를 훌쩍거리는 소리도 여기저기서 들려온다. 번런(本仁)의 아내도 입꼬리가 처지며 손에 들고 있던 돼지 여물을 내려놓고 옆에 앉은 여자를 붙들고 엉엉 울기 시작한다.

숫처녀와 자다(撞紅)

예전에 마차오 사람들은 처녀와 결혼하는 것을 금기시했다고 한다. 첫날밤에 소위 '숫처녀와 잠자리를 같이하는 것(撞紅)'[33]을 매우 불길한 일로 생각했기 때문이다. 반대로 여자가 혼전 임신을 해서 커다란 배를 불쑥 내밀고 다니면 시집 식구들이 매우 만족스럽게 생각했다. 후난성 문학예술연합회 둥족(侗族) 민속학자인 리밍가오(李鳴高)는 내게 이는 그다지 신기한 일이 아니라고 알려 줬다. 생산 수준이 낙후했던 시대나 지역에서 사람은 가장 중요한 생산력이었다. 따라서 아이를 낳아 기르는 것이야말로 여자의 가장 중요한 책임으로 정조를 지키

---

33) 원래는 월경 중에 성교하는 행위를 말한다. 그럴 경우 남자가 뜻하지 않은 재난을 당한다는 미신이 있다.

는 것보다 훨씬 더 우선시되었다. 남자들은 배우자를 고를 때 임신한 여자를 선호했는데 이는 남방 여러 지역에서 매우 보편적인 현상이었다. 일리 있는 해석이라는 생각이 들기도 하는데, 여기서 몇 가지 이야기를 덧붙이고자 한다. 이러한 풍습으로 말미암아 마차오 남자들은 첫째 아이에게 적의를 품는 경우가 많았다. 씨가 불분명해 혹시 자신의 혈육이 아닐 수도 있다고 여겼기 때문이다. 그래서 갓 태어난 아이를 오줌통에 던져 버리거나 이불에 싸서 숨 막혀 죽게 만듦으로써 찝찝한 마음을 해소하곤 했다. '의제(宜弟)'라고 하여 첫아이를 죽이는 풍속이 오랫동안 마차오 사람들 사이에서 암암리에 행해졌다. 차마 아이를 죽게 내버려 둘 수 없는 엄마들은 남편이 손을 쓰기 전에 아이를 솜옷에 싸서 길가에 놔두거나 나무 함지에 넣어 강물에 흘려보냈다. 이렇게 친자식의 운명을 하늘에 기탁하는 것도 흔한 일이었다. 공산당이 정권을 잡고 이런 야만적인 행위가 금지된 이후로 이에 관한 이야기는 별로 전해지는 바가 없다. 그러나 누군가가 여전히 아무도 몰래 이런 일을 하는지 알 수 없는 일이다. 완위가 「강변에서 아이를 보내며」라는 노래를 부를 때 지난날의 가슴 아픈 기억이 되살아난 여인네들이 사방에서 흐느낀 것도 당연히 이해되는 대목이다.

노래 잘하는 사내, 각각로(覺覺佬)

마차오에서 가장 노래를 잘 부르는 이는 완위이다. 나는 마차오에 들어오고 한참이 지나서야 그를 알았다. 언젠가 마을에서 상부의 명령에 따라 문예 선전대를 조직해 마오쩌둥 사상을 선전한 적이 있었다. 상부에서 내려온 일부 문건과 논설을 잦은 박자에 맞춰 노래로 만들어 북과 징을 울리며 다른 마을로 전하면 그 마을에서도 똑같은 방법으로 이를 따라 했다. 공연은 언제나 구호를 외치는 것으로 마지막을 장식했는데, 제각기 시끌벅적하게 구호를 외치기 때문에 입을 맞추기가 힘들었고, 그래서 긴 구호를 몇 마디로 나누어 외치다 보면 실수가 있기 마련이었다. 예를 들어 마오쩌둥 주석의 어록 하나를 세 마디로 나누면 이렇게 된다.

(1) 빈농 타도! (2) 이것은 바로! (3) 혁명 타도!

원래 "빈농을 타도하는 것은 혁명을 타도하는 것이다."라는 뜻인데, 이렇게 나누다 보니 앞뒤 구절이 "빈농을 타도하고" "혁명을 타도하라."라는 반동적인 구호가 되고 말았다. 그러나 사람들은 예나 다름없이 팔을 휘두르며 소리를 높였을 뿐 구호가 귀에 거슬린다고 생각하지 않았다. 또한 명령에 따라 양판희도 공연해야 했다. 시골은 여건이 좋지 않아서 무대를 대충 준비하고 도구나 복장 등에 그리 신경 쓰지 않았다. 한번은 바이마오뉘(白毛女)[34]가 무대에 오를 때 머리에 긴 마(麻)를 걸치고 등장하는 바람에 광대 얼굴이 빳빳하게 굳어 버릴 만큼 놀란 적도 있었다. 또한 영웅 양쯔룽(楊子榮)[35]이 입을 망토가 없어서 도롱이를 걸치고 호랑이를 잡으러 산에 오른 적도 있었다. 언젠가 바람이 심하게 불던 늦가을, 나무로 만든 무대 배경이 바람에 넘어졌다. 널빤지에 솜을 잔뜩 붙인 문짝이 넘어진 것이다. 바로 조금 전 씩씩하게 호방한 몸짓으로 호랑이를 때려눕힌 양쯔룽 동지가 바로 그 설산 무대 배경이 무너지는 바람에 눈이 허옇게 뒤집힌 채로 이리저리 비틀거리다가 무대 위에 고꾸라지고 말았다. 다행히 무대 조명으로 쓰던 등잔이 어두침침했기 때문에 무대 상황을 자세히 볼 수 없었던 관객들은 영웅이 엎어진 것도 싸우는 연기인 줄 알고 신나게 박수를 쳤다. 그러면서 농민들은 옛날 전통극이 좋기는 하지만 신극(新劇)도 꽤나 화려하고 실감 난다고 했다. 양쯔룽이

---

34) 악덕 지주에게 쫓겨 산으로 피신해 남편이 돌아오기만을 기다리다 머리가 하얗게 센 이야기 속 여주인공.
35) 도적 토벌에 공을 세운 전사.

부상을 입기는 했어도 공연은 성공적이었다. 머리가 멍해져서 대사를 까먹었으나 기지를 발휘해 징이나 북이 눈에 띄면 징과 북을 노래하고 탁자나 의자가 보이면 탁자나 의자를 노래했다. 나중에는 토지개혁, 합작사, 인민공사, 수리공사, 유채 심기까지 들먹이며 신나게 노래를 불러 장내의 갈채를 받았다. 가사를 자세히 듣지 못한 공사 간부 역시 그저 좋다는 말만 연발하며 공사 전체 대표로 현에서 열리는 공연에 마차오 선발대를 참가시키기로 결정했다.

현성에 갈 기회가 매우 드문 데다 공연 연습은 못 바닥의 진흙을 지는 일보다 훨씬 힘이 덜 들었다. 어떤 남녀들은 모처럼 생긴 기회를 자유 교제의 시간으로 삼아 서로 화장을 해 주고 옷이나 물건을 챙겨 주며 신바람이 났다. 촌의 당 지부위원회의 서기 마번이(馬本義) 역시 얼굴에 생기가 돌며 신바람이 났다. 그는 나에게 네 명의 여자아이에 관한 연극을 짜 보라고 했다. 무얼 하든지 그저 여자아이 네 명만 나오면 된다고 했다. 내가 그 이유를 물어보았다.

"예전에 만든 붉은 저고리 네 벌 있잖아, 그거 만드느라 대대에서 곡식을 두 포대나 내줬단 말이지. 상자에 묵혀 두는 게 너무 아까워서 말이야."

다름 아니라 양식 두 포대가 아깝기 때문이었다. 다른 이들도 모두 그의 제안에 맞장구를 쳤다. 공연 내용을 손보려고 현에서 문화관 사람 두 명을 데려왔다. 그들은 산가(山歌) 한 곡을 첨가해 마차오 민간 문화의 특색을 살려 보자고 건의했다. 잠시 생각해 보던 번이는 그게 뭐 어렵겠느냐면서 완위의 목청이 날카로우니 슬픈 노래나 기쁜 노래 모두 잘 어울리므로 그를 시키자고 말했다. 그러자 마을 사람들이 모두 웃음을 터뜨렸다. 특히 여자들은 배꼽이 빠져라 깔깔거리며 웃어 댔다. 나는 조금 이상하다는 생각이 들어 완위가 누구인지 물어보았다. 대충 설명을 들은 후에야 비로소 어렴풋이 그를 본 적이 있다는 생각이 들었다. 수염도 없고 구부러져 늘어진 눈썹은 숱이 매우 적은 데다 언제나 머리를 밀고 다녀서 항상 반들반들한 모양이 기름칠한 무 같다는 느낌을 받았다. 내 기억에 그는 항상 멜대를 메고 마을을 빠져나가곤 했다. 그러나 그가 무얼 하러 가는지는 알 수 없었다. 때로 다른 사람이 노래 부르는 것을 듣다가 누군가가 그에게 나와서 노래를 부르라고 하면 카랑카랑하고 가느다란 여자 목소리에 베이징 표준어로 이렇게 말하곤 했다.

"못 해요, 못 해. 동지들, 날 놀리지 말아요."

완위는 아랫마을 두 칸짜리 초가에 사는데 이혼하고 아이 하나를 키우고 있었다. 사람들 말이 그는 조금 상스러운 인물이니 언제나 여자들이 많은 곳에서만 카랑카랑한 목소리로 여자들의 깔깔거리는 웃음을 자아내거나 여자들로부터 돌팔매 세례를 받았다고 한다. 그는 원래 맷돌 장인으로 집집마다 돌아다니며 맷돌을 밀어 줬기 때문에 아낙들과 어울리는 일이 많았다. 그로 인해 '맷돌을 밀다'라는 말 역시 시간이 흐르면서 저속한 의미를 띠게 되었다. 누군가가 대체 얼마나 많은 여자를 밀었느냐고 물어보면 그는 항상 쑥스러운 듯 웃으며 이렇게 말했다.

"놀리지 마. 새로운 사회에서는 좀 더 문화적이어야 하는 거 알아, 몰라?"

푸차가 이런 이야기를 해 준 적도 있다. 언젠가 완위가 룽자 만에 쌀을 빻으러 간 적이 있는데 한 아이가 그의 이름을 물어 보았다. 그가 예라오관(野老倌)[36]이라고 대답했다. 그러자 아 이가 다시 무얼 하러 왔느냐고 물었다. 그가 네 엄마 파파(粑 粑)[37]떡을 치러 왔다고 말했다. 아이가 신이 나서 방으로 가 들은 대로 그의 말을 전했다. 마침 그곳에 모여 생강차를 마 시던 여자들이 그 말을 듣고 모두 웃으며 상소리를 했다. 화가 치민 아이의 누나가 완위를 물도록 개를 풀어놓자 완위가 놀 라 줄행랑을 치다가 발을 헛디뎌 똥통에 빠지고 말았다. 온통 오물을 뒤집어쓴 완위가 밭둑으로 기어 올라오자 똥통에 커 다란 구멍이 생겼다. 마치 소 한 마리가 자고 일어난 흔적처럼 보였다. 길가에 있던 사람이 놀라서 물었다.

"아니, 어쩌다 똥통으로 뛰어 들어갔소?"

"그게 저…… 똥통이 얼마나 깊은가 보려고요."

"당신도 생산 조사 나왔나?"

완위는 우물쭈물하다가 잰걸음으로 사라져 버렸다. 뒤에서 깔깔거리며 박수 치는 아이들 목소리가 들려오자 그는 돌을 집어 들고 아이들을 위협하느라 몇 번이나 몸을 돌려 젖 먹던 힘까지 짜냈지만 돌은 겨우 대나무 장대 하나 정도 길이 밖으

---

36) 라오관(老倌)은 창사 방언으로 남자, 남편이며 여기에 '예(野)' 자를 더 하면 간부(奸夫)라는 뜻이다.
37) 밀가루 떡의 일종.

로 나가떨어졌다. 이후 '생산 조사'라는 말은 마차오에서 완위식 낭패 혹은 낭패를 무마하려는 상황을 표현하는 말이 되었다. 예를 들어 누군가가 넘어지면 마차오 사람들은 "또 생산 조사 하나 보네?" 하며 웃어 대곤 했다. 완위는 번이 서기의 사촌 동생이다. 한동안 번이의 집에 예쁘게 생긴 여자 손님이 머물렀는데, 완위는 하루가 멀다고 찾아가 소매를 걷고 한가로이 앉아 밤늦게까지 여자 목소리로 중얼거렸다.

어느 날 저녁 장작불 주변으로 사람들이 모여들었다. 그도 의자 하나를 들고 사람들 틈을 비집고 들어갔다. 번이가 짜증스러운 말투로 그에게 물었다.

"뭐 하러 왔어?"

"아주머니 생강차가 하도 맛이 좋아서요, 그래서 왔지요."

그가 그럴듯하게 이유를 댔다.

"지금 회의 중이야."

"회의? 좋아요, 나도 할래요."

"여긴 당 위원회 회의라고. 알아, 몰라?"

"그래서 뭐요. 난 벌써 한 달이나 회의를 하지 않았다고요. 오늘은 정말 좀이 쑤셔서 회의에 꼭 참석해야겠어요."

뤄씨 영감이 물었다.

"에에에, 이봐. 자네가 언제 입당했는데?"

완위가 옆 사람과 뤄 씨를 번갈아 보며 말했다.

"내가 입당을 안 했다고?"

"바짓가랑이에는 들어갔겠지."

뤄 씨가 이렇게 말하자 모두 웃음을 터뜨렸다.

완위가 그제야 부끄러운 듯 말했다.

"됐어요, 됐어. 제가 금란전(金鑾殿)[38]에 잘못 들어왔지요. 꺼지라면 꺼지죠."

문을 나가면서 화가 머리끝까지 난 그는 마침 안으로 들어오던 당원에게 협박조로 말했다.

"좋아. 회의에 참석하고 싶은데 막겠다 이거군. 앞으로 회의할 때 날 부를 생각은 접으시지!"

그 후 과연 그는 어떤 회의에도 참석하지 않았다. 또한 매번 거절할 때마다 당당하게 말했다.

"내가 회의하고 싶을 때는 왜 참석 못 하게 했어? 좋아. 너희끼리 좋은 회의 다 하고 썩어 빠진 회의 몇 개 남으니 그제야 내 생각이 나서 부른 거지. 됐네, 꿈도 꾸지 말라고!"

간부들이 그를 당 위원회에서 내쫓은 것 때문에 그는 불평이 점점 더 많아졌다. 언젠가 몇몇 아낙네들을 도와 천을 물들일 때였다. 온통 땀으로 범벅이 되었지만 그래도 그는 즐겁기만 했다. 한참 동안 이런저런 이야기에 신바람이 난 그는 계속 이야기하다가 끝내 말실수를 하고 말았다.

"마오 주석은 수염도 없어. 생긴 게 꼭 장자팡의 셋째 왕씨 할머니 같지 않아?"

그는 지도자 사진이 두 장 있는데 하나는 쌀통 앞에, 하나는 오줌통 앞에 붙여 놨는데 쌀통에 바가지가 없어지면 앞에 붙은 사진의 따귀를 때리고, 오줌통에 오줌통 멜대가 없어져

---

38) 궁궐 내 천자가 조회를 받는 대전.

도 앞에 붙은 사진의 따귀를 때린다고 말했다. 여자들이 웃느라 입을 다물지 못하자 그는 의기양양 신이 나서 내년에 베이징에 가면 마오 주석을 찾아가 왜 배수나 토질이 안 좋은 차쯔만(叉子灣) 경작지에도 이모작을 하도록 하는지 물어봐야겠다고 우쭐댔다. 결국 이런 말이 간부들 귀에 들어갔다. 간부들은 즉시 민병들에게 총을 들고 가서 완위를 포박해 공사로 잡아 오도록 했다. 며칠 후 그가 쿵쿵거리며 돌아왔다. 돌아온 그의 얼굴은 푸르뎅뎅한 멍투성이였다.

"왜? 공사에서 생산 조사라도 하라고 하던가?"

누군가가 말했다.

완위는 얼굴을 매만지며 쓴웃음을 지었다.

"동료 간부들이 체면을 봐줘서 별로 큰 벌은 받지 않았어."

그가 빈농임을 생각해 공사가 벌금으로 곡물 100근만 부과했다는 뜻이었다.

그 후로 '체면을 봐준다' 또는 '간부들이 봐줘서'라는 말 역시 다른 사람들의 조소를 면하기 위한 자기변명 또는 벌금으로 곡물을 내야 하는 상황을 표현하는 마차오식 표현이 되었다. 선전대에 처음 나온 완위의 모습은 초라하고 남루하기 그지없었다. 새끼줄로 낡은 솜저고리를 묶고 나사 모자를 비딱하게 쓰고 복사뼈가 다 보이는 바지에 양말도 신지 않아 시뻘겋게 언 종아리가 거의 드러나 있었다. 게다가 밭에서 막 돌아온 듯 소 채찍을 들고 있었다. 그가 사람들에게 대체 이게 다 뭐 하는 짓이냐고 말했다. 갑자기 노래를 못 부르게 할 때는 언제고 이제는 또 노래를 부르라고 하니. 그것도 현에 나가서. 필요하면 끌어다 쓰고 필요 없으면 처박아 버리는 무슨 침대 밑 요강도 아니고. 도대체 허(何) 부장은 제대로 된 일을 하는 법이 없다고 했다. 하지만 사실 이는 공사의 허 부장과는 전혀 상관없었다.

툴툴대던 완위가 신기한 듯 물었다.

그가 어리둥절한 표정으로 물었다.

"그럼 각각가를 불러도 된단 말이야? 공산당……?"

그가 손바닥을 뒤집으며 바뀌었느냐는 시늉을 했다.

"무슨 헛소리를 하는 거예요!"

나는 그에게 종이를 한 장 쥐어 주었다. 춘경기 생산을 독려하는 내용의 가사였다.

"오늘 다 외우세요. 내일 연습을 할 테니. 모레 공사에서 점검하러 나온대요."

한참을 들여다보던 그가 내 손을 잡으며 말했다.

"이걸 부르라고? 호미 쇠갈퀴 멜대 똥통 걸머지고 파종하러 가세?"

그가 무슨 말을 하는지 이해가 가지 않았다.

"동지, 밭에 나가면 매일 하는 이 변변치 않은 일을 무대에 올라가 지껄이라고? 쇠갈퀴, 멜대 같은 건 생각만 해도 땀이 나고 속이 뒤집히는데 노래는 무슨 노래야?"

"그럼 뭘 불러 달라고 초청한 줄 알았어요? 부르라면 부르세요. 싫으면 그냥 일하러 가시든가요."

"에이, 동지, 뭐 그렇게 화를 내나?"

그는 가사를 적은 종이를 돌려주지 않았다. 남들이 말하는 것처럼 그의 노랫소리가 그렇게 듣기 좋은 것은 아니었다. 낭랑하고 가냘프지만 너무 거칠고 건조했고, 너무 뻣뻣해서 한참 계속되다 보면 여자들이 날카롭게 비명을 지르는 것 같아 마치 예리한 칼날로 도자기를 긁어 대는 소리처럼 들렸다. 듣고 있으면 콧구멍이 자꾸만 좁아 드는 느낌이 들기도 했다. 귀로 노래를 듣는 것이 아니라 콧속으로, 이마로, 뒤통수로 칼날 세례를 받는 듯했다.

그러나 마차오에서 이런 노래는 없어서는 안 될 생활의 중요한 일부분이었다. 지식청년들을 세외한 이 지역 사람들은 모두 그의 노래를 높이 평가했다.

지식청년들은 완위가 자랑스럽게 생각하는 화장도 못 하게 하고, 낡은 구두도 못 신게 했다. 그는 자신의 코르덴바지를 입고 안경까지 쓰려고 했다. 그러나 우리는 물론이고 현 문화 담당관 역시 봄갈이가 한창인 때에 무슨 샌님 같은 복장이냐고 반대했다.

"안 돼, 안 되고말고."

이리저리 생각하던 그들은 그에게 맨발로 바지를 걷어 올리고 머리에 밀짚모자를 쓴 채 괭이를 어깨에 메도록 했다.

그는 이해가 가지 않는다는 표정이었다.

"괭이를 메라고요? 완전히 도랑 지키는 늙은이잖아요? 볼썽사납게! 그렇게 추한 모습을 어떻게 해요?"

문화 담당관이 말했다.

"자네가 뭘 알아? 이게 예술이란 거야."

"그럼 똥통을 걸머져야 더 예술적이지 않겠어요?"

번이가 끼어들지 않았으면 논쟁이 끝없이 이어졌을지도 모른다. 사실 번이 역시 별로 괭이를 둘러메고 싶지 않았다. 하지만 현에서 온 동지가 좋다는데 그의 의견을 따를 수밖에 없었다.

"지라면 져요."

번이가 완위에게 욕을 퍼부었다.

"어떻게 된 게 이렇게 돼지처럼 아둔해요(醒)? 어쨌거나 어깨에 뭐든 걸쳐야 할 것 아닙니까? 안 그러면 무대 위에서 멍청하게 뭘 할 거예요? 노래를 부를 땐 어떤 자세를 취할 거냐고요?"

완위는 여전히 멍하니 눈만 깜빡거리고 있었다. 다급해진 번이가 완위에게 다가가 몇 가지 시범 동작을 보여 주었다. 괭이를 짚었다 둘러메기도 했다가, 왼쪽 어깨에 졌다가 오른쪽 어깨로 옮기는 등 그가 정확하게 알아볼 수 있도록 직접 자세를 취했다. 그 후 며칠 동안 연습하면서 완위는 정신이 나간 사람처럼 괭이에 기댄 채 멍하니 서 있었다. 다른 연기자들보다 훨씬 나이가 많은 완위는 그들과 잘 어울리지 못하는 것 같기도 했다. 지나가던 여자들이 구경하려고 하면 완위는 언제나 창피한 표정으로 오만상을 찡그리며 씁쓰름하게 웃었다.

"이봐, 아가씨들, 보지 마. 추하단 말이야."

완위는 결국 우리를 따라 현에 가지 않았다. 공사에서 경운기를 동원한 그날 집합 시간이 지나고 한참을 기다려도 그의 모습은 보이지 않았고 한참 후에야 나타난 그의 손에는 괭이가 들려 있지 않았다. 완위에게 괭이를 어디 두고 왔느냐고 물어보았다. 그는 우물쭈물 그저 괜찮다는 말만 연발하며 현에 가서 빌리면 된다고 했다. 책임자가 현은 시골 같지 않아 집집마다 괭이가 있는 것이 아니니 만약 빌리지 못하면 어떻게 할거냐며 빨리 가서 가져오라고 했다. 그러나 완위는 계속 팔짱만 낀 채 우물쭈물 자리를 뜨려 하지 않았다. 나는 완위가 괭이를 짊어질 생각이 없다는 것을 눈치챘다. 책임자는 하는 수없이 직접 근처에 괭이를 빌리러 갔다. 그러나 그가 돌아왔을때 완위는 보이지 않았다. 이미 슬그머니 달아난 뒤였다. 사실 한 번도 현성에 가 본 적이 없던 그는 정말로 현성에 가 보고 싶어 했다. 진작부터 신발이랑 옷을 깨끗이 빨아 신고 입고 시내에 들어갈 준비를 했다. 또한 아무도 몰래 나에게 시내에 들어가면 자신과 함께 다녀 달라고 부탁하기도 했다. 그는 자동차를 정말 무서워했다. 만약 거리에서 건달이라도 만나면 당연히 이길 수 없을 것이라고도 했다. 게다가 도시 여자들은 예쁘므로 얼이 나가 구경하다 보면 길을 잃을지도 모른다고 걱정했다. 완위는 언제라도 내가 나서서 구해 주기를 바랐다.

그러나 끝내 완위는 우리와 함께 현성에 가지 않았다. 끝까지 괭이와 더불어 투쟁하기로 결심한 것이다. 나중에 그는 똥을 푸고, 풀 깎고, 소똥 뿌리고, 씨 뿌리는 일로 가득한 가사는 아무리 해도 외울 수 없었다고 변명했다. 황당하고 화가 나서 부르다 보면 자꾸 욕이 나왔으므로 현에 가면 분명 큰일을 저지를 것 같았다고 했다. 그가 노력하지 않은 것은 아니었다. 심지어 돼지머리, 개머리, 쇠머리까지 먹어 가면서 열심히 외웠지만 몇 줄 외우지 않아서 어느새 남녀 이야기로 새는 것을 막을 수 없었다. 결국 하는 수 없이 독하게 마음먹고 공연 직전에 줄행랑을 놓았던 것이다.

아무 말도 없이 사라진 죄로 번이는 완위에게 곡물 50근의 벌금을 내라고 했다. 완위는 여러 면에서 성실하지는 않았지만 노래를 부르는 일에만은 정말 진지했다. 다른 부분에서 강한 모습을 드러낸 적은 거의 없었지만 각각가에 대한 마음만은 진지했다. 정말이지 예술에 대한 순교자 같은 열정이 엿보였다. 현성을 구경하는 신나는 일을 포기할지언정, 임금도 받지 못하고 간부로부터 욕을 먹고 벌을 받을지언정 괭이 어쩌고 하는 예술은 받아들일 수 없었다. 여인이 빠진 예술이 무슨 예술인가.

이각낭(哩咯啷)

어느 날 완위는 채석장에서 돌 깨는 인부 즈황(志煌)이 아
내를 두들겨 패는 광경을 목격했다. 즈황의 아내는 사람들을
향해 살려 달라고 고함을 질렀다. 싸움을 말리러 간 완위는
자신의 얼굴을 봐서라도 너무 심하게 매질하지 말라고 부탁했
다. 즈황은 털도 수염도 없는 그의 상관을 보고는 오히려 얼굴
이 붉으락푸르락하며 어디에서 튀어나온 놈이냐고 소리를 질
렀다. 그리고 계속해서 이 도둑년 같은 마누라를 때려죽이는
것이 도대체 너랑 무슨 상관이냐고 소리쳤다. 그러자 완위는
문명화된 새로운 사회에서는 여자도 동지이니 마음대로 때릴
수 없음을 아는지 되물었다. 한참 동안 실랑이를 한 후 즈황
이 냉소를 지으며 말했다.

"그래, 좋아. 이 여성 동지가 그렇게 가엽다면 당신 소원을

들어주지. 만약 내 주먹을 세 대 맞고 견딘다면 체면을 봐주겠어."

평소 완위는 샌님 같은 사람이라 아픈 것이 제일 질색이었다. 밭에서 말거머리에 물리기만 해도 호들갑을 떨었다. 즈황의 말을 들은 완위는 얼굴이 허옇게 질렸다. 당황한 그는 사람들 앞에서 끝까지 좋은 일 한번 해 보자고 생각했는지 두 눈을 질끈 감았다. 그가 내키지 않는 마음을 다잡으며 큰 소리로 즈황의 제안을 받아들였다. 완위는 자신을 너무 과대평가했다. 눈을 질끈 감아도 소용없었다. 즈황이 주먹을 한 대 날리자마자 그는 비명을 지르며 개울에 꼬꾸라져 한참을 일어나지 못했다.

즈황이 코웃음을 치더니 그를 내팽개치고 가 버렸다. 가까스로 후들거리는 다리를 일으킨 완위가 앞의 검은 그림자를 향해 말했다.

"더 때려 봐. 어서 더 때려 보라니까!"

검은 그림자는 꿈쩍도 하지 않았고 주위 사람들의 웃음소리만 들려왔다. 눈을 비비며 정신을 가다듬은 그는 그제야 상황을 파악했다. 검은 그림자는 즈황이 아니라 풍차였다. 완위가 성을 내며 즈황의 집 대문을 향해 소리를 질렀다.

"즈황, 이놈의 자식 어딜 도망가? 배짱이 있으면 나와서 때려 봐! 양심도 없는 자식, 네 말대로라면 아직 두 대 더 남았어. 너, 너, 넌 사람도 아니야!"

여전히 머리가 어질어질했던 완위는 엉뚱한 곳에 호기를 부리고 있었다. 즈황은 집 안에 없고 이미 산으로 올라간 뒤였기 때문이다.

그가 비틀거리며 집으로 돌아갔다. 도중에 많은 이가 흙투성이가 된 그의 모습을 보고 이렇게 비웃었다.

"이봐, 맷돌! 또 생산 조사 했나?"

완위는 냉소를 지을 뿐이었다.

"고발할 거야! 고발! 인민정부 시대잖아. 내가 즈황 그 코훌리개를 무서워할 것 같아?"

그가 계속해서 말했다.

"내 몸이 갈가리 찢겨도, 그 허 부장인가 하는 놈이 내 편을 안 들어 줘도 하나도 안 무서워."

완위는 모든 일을 항상 허 부장과 관련해서 생각했다. 모든 것이 허 부장의 음모라고 생각했다. 밑도 끝도 없는 완위의 원망에 사람들은 그저 어리둥절할 뿐이었다. 그러나 정작 물어보면 그도 아무런 설명을 하지 못했다. 완위가 여자를 대신해서 매 맞는 일은 늘 있었다. 그는 자주 자기도 모르게 남의 부부 싸움에 말려들어 거의 예외 없이 여자 편을 들었고 그럴 때마다 항상 육신의 고통을 대가로 치렀으며 심지어 머리가 뽑히거나 이가 빠지기도 했다. 때로 그가 편들던 여자가 괜히 간섭한다며 남편과 합세해서 얼굴에 주먹을 날리기도 했으니 그는 그저 억울할 뿐이었다. 그는 워낙 여자들과 시비를 따지지 않았다. 사람들은 그를 보고 여자들의 '이각낭'이라고 했으며 그 역시 사람들이 자기를 매 맞는 여자들의 이각낭이라고 부르는 것을 즐기는 듯했다. 이각낭은 일종의 의성어로 5음계 단조를 부를 때 주로 쓴다. 마차오에서는 이를 주로 애인이나 연애하는 모습을 비유할 때 쓴다. 더 구체적으로 말하면 그것은 정식으로 이루어지는 진지하고 열렬한 연애가 아니라 유희적 색채가 강하고 호금(胡琴) 단조와 같은 맛을 풍긴다. 애정과 우정 사이의 경계를 의미한다고 할 수 있는데, 더 이상은 정확하게 설명하기 어렵다. 그러므로 이각낭이라는 애매모호하고 알 듯 말 듯한 부호는 더욱 확대, 부연되어 얼렁뚱땅 얼버무려지고 미묘한 상상을 불러일으킨다. 풀숲에서 벌어지는 남녀 사이의 야합도 이각낭이며, 남녀 사이에 이루어지는 크고 작은 소동과 농지거리도 모두 이각낭이라고 부를 수 있다. 마차오 사람들이 도시의 사교춤이나 남녀가 함께 다니는 모습을 봤다면 그것 역시 이각낭의 범주에 넣었을 것이다. 그렇다면 혼인 이외에 분명하게 설명하거나 정의하기 힘든 남녀 사이의 광범위한 상황을 모두 이렇게 부른다고 할 수 있을 것이다. 마차오 사람들에게는 말로 분명하게 표현하기 힘든 혼돈스러운 의식 세계가 많은데, 이각낭 역시 그중 하나이다.

용(龍)

'용(龍)'은 남자의 생식기를 이르는 상스러운 표현이다. 마차오에서는 이런 욕을 자주 들을 수 있다.

이 망할 놈의 용!

저 멍청한 용 좀 봐!

용 같은 자식, 내 발 밟은 거 알아, 몰라!

완위의 입도 그다지 깨끗한 편은 아니지만 다른 사람이 자신을 '용'이라고 욕하는 것은 절대로 용납하지 않았다. 일단 이런 욕을 들으면 그는 얼굴이 붉게 달아오르면서 돌이든 괭이든 뭐든 잡히는 대로 쳐들어 상대방과 끝장을 볼 때까지 싸웠다. 물론 처음에는 왜 그러는지 잘 이해되지 않았다. 내가 마지막으로 완위를 본 것은 현성에서 마차오로 돌아왔을 때였다. 그가 사다 달라고 부탁한 비누와 여자 양말을 사서 돌아오던 길이었다. 완위의 초가 앞에서 그의 아들과 부딪쳤다. 문밖에 서 있던 그가 경계의 눈초리로 앞을 가로막으며 내 쪽으로 침을 뱉었다. 나는 아버지를 만나러 왔다고 말했다. 침대에 있던 완위는 분명히 내 말을 들었을 것이다. 침대 앞까지 걸어갔을 때 갑자기 낡아 빠진 까만 모기장이 들리며 얼굴 하나가 드러났다.

"보긴 뭘 봐. 이딴 꼬락서니를."

조금도 우습지 않았다. 얼굴이 누렇게 뜨고 장작개비처럼 비쩍 마른 몰골을 보고 나는 속으로 적잖이 놀랐다.

"네 생각 하느라 상사병이 날 지경이었어."

그 말 역시 별로 웃기지 않았다. 병은 좀 어떤지 물어보며 그가 현성에 가서 노래를 부르지 않아 정말 아쉬웠다고 말했다. 그가 손을 내저으며 말했다.

"뭐, 그게 좋은 일이라고. 농사에 관한 노래를 부르라니, 괭이랑 오줌통, 그 밉살맞은 걸 노래로 부르라고?"

완위가 한숨을 쉰 후 가장 재미있었던 때는 예전에 음력 정월부터 3월 8일까지 아무 일도 하지 않고 매일 놀며 노래하던(發歌) 시절이라고 했다. 이 마을에서 저 마을로, 이 산에서 저 산으로 신나게 놀러 다녔다. 여자애나 남자애나 그저 모이기만 하면 노래를 불렀는데 노래를 부르다 절로 감정이 생기기도 했다. 한 곡을 다 부르고 의자를 한 치 앞으로 끌어당기고, 그렇게 어느새 의자 두 개가 나란히 하나가 되어 서로 끌어안고 뺨을 비벼 대며 귓가에 대고 노래를 불렀다. 노랫소리는 모깃소리처럼 작아 상대방이나 간신히 들을 수 있을 정도였다. 그래서 이를 '귓속 노래'라고 했다. 그가 두 눈을 반짝거리며 신나서 말했다.

"쯧쯧, 그 여자아이들 모두 두부살이었어. 눌렀다 하면 물이 나왔다니까!"

조금 심심하기도 하고 야하다는 노래가 궁금하기도 했던 나는 그에게 노래를 좀 불러 달라고 부탁했다. 그가 우물쭈물하다가 못 이기는 척 다짐을 받았다.

"이건 자네가 시킨 거야."

"당신 주려고 비누랑 양말이랑 사 왔는데 고맙지도 않아요?"

완위는 정신이 번쩍 나는 듯 침대에서 뛰어 내려와 방 안을 두어 바퀴 돌더니 목청을 가다듬으며 음정을 잡았다. 나는 갑자기 그의 모습이 정말 씩씩하고 용맹스럽다고 느꼈다. 한순간 병색이 모두 사라지고 두 눈에서 불이 번쩍이는 듯했다. 그가 몇 소절을 불렀다. 그의 노랫소리를 채 이해하기도 전에 그가 연거푸 손을 내저으며 심하게 기침하면서 말도 제대로 하지 못한 채 천천히 침대를 향해 두 손을 뻗었다.

"더 이상 노래를 부르지 못할까 봐 걱정이야."

그가 내 손을 꼭 잡았다. 손이 차가웠다.

"아니에요. 정말 노래가 듣기 좋은데요."

"정말?"

"그럼요, 정말이에요."

"괜한 소리 할 것 없고."

"진짜예요."

"내가 앞으로도 계속 노래를 부를 수 있을 것 같아?"

"그럼요, 당연하죠."

"뭘 믿고 내가 노래를 부를 수 있다는 거지?"

나는 물을 마셨다.

그는 눈빛이 어두워지더니 길게 한숨을 쉰 다음 침대 쪽으로 고개를 돌렸다.

"앞으론 부를 수 없을 거야. 못 부를 거야. 모두 허 부장, 그 악독한 놈 탓이야."

그는 다시 밑도 끝도 없이 허 부장에 대한 원망을 드러냈다. 나는 무슨 말을 해야 할지 몰라 한참 동안 손에 든 찬물 한 사발을 마실 수밖에 없었다. 몇 달이 지난 어느 날, 멀리서 기분 나쁜 폭죽 소리가 들려왔다. 밖에 나가 물어보니 완위가 흩어져 버렸다고,(「흩어지다」 참고.) 다시 말해 저세상으로 갔다고 했다. 그가 세상을 뜰 때 곁에는 아무도 없었다. 꼬박 하루가 지나서야 옆집 자오칭이 그를 발견했다. 그가 숨을 거두었을 때 주머니에는 누에콩 세 알밖에 없었으니, 입에 풀칠조차 할 수 없었다는 의미이다.

그에게는 채 열 살이 안 된 사내아이가 있었는데, 이미 먼 삼촌뻘 되는 이가 데려간 후였다. 그의 집은 가랑이가 찢어지게 가난했다. 눈에 띄는 곳마다 거미줄과 오리 똥으로 가득할 뿐 텅 빈 방에는 흔한 궤짝 하나 없었다. 옷은 낡은 바구니에 담겨 있고 이웃집 병아리가 그 위를 뛰어다니고 있었다. 사람들은 그가 평생 여자들에게 당하고 살았다고 말했다. 그러지 않았다면 마누라랑 이혼하지도 않았을 것이고 어쨌거나 뜨거운 밥 한 그릇은 얻어먹었을 것이다. 그에게는 묻힐 관조차 없었다. 결국 마번이가 곡식을 한 광주리 내놓고 생산대에서도 별도로 한 광주리를 지원해 그것으로 삼나무 두 그루를 사다가 관을 짰다. 마을 풍속에 따라 사람들은 그의 관에 조그만 쌀자루를 넣어 주고 그의 입에 동전 한 닢을 물렸다. 그의 옷을 갈아입힐 때 갑자기 자오칭이 소리를 질렀다.

"어? 용이 없어요!"

사람들 눈이 모두 휘둥그레졌다.

"정말!"

"정, 정말 용이 없어요!"

사람들이 너 나 할 것 없이 그의 시신을 구경하러 몰려들었다. 정말로 그의 거시기, 그의 용이 없었다. 사람들은 그저 놀라울 뿐이었다. 저녁 무렵이 되자 이 소식은 온 마을로 퍼져 나갔다. 여자들 역시 의심과 놀라움이 교차하면서 서로 얼굴을 맞대고 수군거렸다. 오직 뤄씨 영감만은 남들과 달리 생각할 것도 없이 다 안다는 표정이었다. 그는 완위가 거세하지 않았다면 왜 수염도 눈썹도 없겠느냐고, 예전에 들었는데 완위가 십여 년 전 창러가에서 한 부잣집 여자를 희롱하다 그 자리에서 붙잡혔다고 했다. 창러가의 세력가로 괴뢰 정부에서 농민 봉기를 진압하던 무장 조직의 두목 집이었다. 그는 완위가 애걸하는데도 불구하고 단칼에 그의 남성을 잘라 버렸다. 이 이야기를 들은 사람들은 긴 한숨을 쉬었다. 완위는 줄곧 한마음으로 여자들 앞에서 비위를 맞추고, 그들을 위해 일하고 그들을 대신해 매를 맞기까지 했는데, 굳이 그럴 필요가 있었단 말인가. 수십 년 번개만 치고 비 한 방울 내리지 않거나 수십 년 돼지를 키우고도 막상 자신은 돼지고기 한 점 먹지 못한 것이나 마찬가지이니 미칠 노릇이 아닌가? 게다가 유일한 아이마저 자신의 혈육이 아니라니! 사람들은 그제야 그의 아이가 완위를 전혀 닮지 않았다는 것을 떠올렸다. 완위가 사라지자 마을은 전보다 훨씬 조용해지고 노랫소리도 거의 들리지 않았다. 때로 어디선가 날카로운 소리가 들리는 듯했으나 자세히 들어 보면 완위가 아니고 바람 소리였다. 완위는 톈쯔령 아래 묻혔다. 나중에 나는 산에 땔나무를 하러 가면서 몇 번 그의 무덤을 지나친 적이 있다. 청명절 우연히 그의 묘지 앞을 지나갈 때 보니 그의 묘지가 가장 호사스러웠다. 무덤 위 잡초도 깨끗하게 정리되고, 타다 남은 초와 향, 종이를 태운 재, 족히 몇 그릇은 될 젯밥이 올려져 있었다. 낯익은 여인도 있고, 전에 한 번도 본 적이 없는 여인네도 있었다. 그들 중에는 마차오 마을 사람도 있고, 다른 마을 사람도 있었다. 완위의 무덤에 몰려든 여인들은 모두 훌쩍거리고 있었다. 심지어 얼마나 울었는지 눈두덩이 퉁퉁 부은 사람도 있었다.

그러나 그들 누구도 애써 눈물을 감추려 하지 않았다. 전혀 주저하지 않았다. 장자팡의 뚱보 여인은 아예 땅바닥에 털썩 주저앉아 허벅지를 내리치며 통곡했다. 마치 그렇게 통곡하다가 완위가 자신의 간, 자신의 폐가 되어 죽을 때 자신도 누에 콩 세 알만 남는 궁핍한 처지가 될 것을 통탄해하는 것처럼 보였다. 마치 자발적인 아낙네들의 집회 같았다. 그렇다면 남편들은 왜 자기 여인들이 저렇게 울도록 내버려 두는지 이상하다는 생각이 들었다. 푸차는 그들이 완위의 품삯을 떼먹었기 때문에 딴말을 하지 못한다고 했다. 하지만 나는 또 다른 이유를 떠올렸다. 그들은 분명 완위가 진짜 남자가 아니라서 자기 여자들과의 관계를 의심할 필요가 없기에 더 이상 경계할 필요도, 따질 일도 없다고 생각했을 것이다.

용(龍)_계속

마차오 사람들은 용을 모두 검은색으로 그린다. 사슴뿔에 매 발톱, 뱀 몸통에 쇠머리, 새우 수염에 호랑이 이빨, 말 얼굴에 물고기 비늘 등 어느 것 하나 예외가 없다. 그들은 이런 용 그림을 벽이나 거울에 그려 넣거나 침대에 새겨 놓는다. 거기에 파도와 구름까지 곁들이니 육해공이 모두 갖춰진 셈이다. 이쯤 되면 용은 사실 어떤 특정한 동물이 아니다. 물론 먼 옛날에 살았다는 공룡과도 아무 관계가 없다. 용은 모든 동물의 중국식 집대성이며 세상 모든 생명을 추상화한 것이다.

용은 일종의 관념일 뿐이다. 면면이 모든 것을 갖춘 관념이다. 배를 용 모양으로 만들면 용주(龍舟)가 된다. 마차오에서 지식청년으로 지내던 시절, 문화 대혁명으로 인해 5월 단오에 열리는 용주 시합이 구시대의 풍속으로 간주되어 전면적으로 금지되었다. 마을 사람들 말이 전에는 용주 시합이 매우 떠들썩하게 치러졌다고 했다. 뤄장강 양안에 살던 이들은 너 나 할 것 없이 모두 모여 순위 경쟁에 매달렸는데, 시합에 진 쪽은 언덕에 올라오기가 무섭게 바지로 머리를 싸맨 채 마을 사람들에게 온갖 조소와 모욕을 당했다고 한다. 또한 용주는 오동나무 기름으로 마흔두 번 칠했으며, 배를 물에 띄우기 전에 향을 피우고 신에게 제를 지내는 등 온갖 의식을 거행했다. 심지어 배를 다 만든 후에도 비에 젖게 하거나 마른 햇볕에 내놓는 일이 없었으며 함부로 물에 띄우지도 않았다. 그러다가 시합이 열리는 날 크게 울려 퍼지는 북소리를 따라 젊은이들이 배를 시합 장소로 옮겼다. 강변을 따라가면서도 사람들이 배를 타지 않고 배가 사람을 탔다. 왜 역할이 전도되었는지 물어보았다. 그들은 이구동성으로 용주를 쉬게 해야지, 피곤하게 해서는 안 되기 때문이라 말했다. 그 순간만은 용이 동물, 힘의 한계를 지닌 동물이 되는 셈이다.

단풍 귀신(楓鬼)

이 책을 집필하기 전 나는 야심만만하게 마차오와 관련된 모든 것의 내력을 밝히기로 결심했다. 그러나 소설을 쓰기 시작한 지 십 년이 되는 사이 점차 소설 쓰기는 물론이고 읽는 것조차 싫어졌다. 물론 여기서 말하는 소설은 줄거리가 중시되는 전통적 소설이다. 그런 소설들은 주도적인 인물이나 중심이 되는 줄거리 또는 주류를 이루는 정서가 있어 눈 가리고 아웅 하는 식으로 작자와 독자들의 시야를 독점함으로써 독자들이 좀처럼 주위를 살필 수 없도록 만든다. 설사 가끔 주제와 무관한 부분이 있기는 해도 이 역시 주된 이야기에 최소한의 장식 역할을 할 뿐이다. 중심이 되는 이야기가 독재를 부리는 한 그것들은 독재자가 가끔 하사하는 성은과 다름없다. 물론 그런 소설은 진실에 가까운 어떤 한 시각을 대변할 수 있다. 그러나 잠깐만 생각해 보면 실제 삶은 대부분 그렇지 않아서 소설처럼 주된 줄거리가 인과관계에 의해 주도되는 방식이 아님을 알 수 있다. 모든 개인은 각기 둘, 셋, 넷 혹은 이보다 훨씬 많은 인과의 실마리가 교차하는 가운데 생활한다. 또한 각각의 인과관계 외부에는 또 다른 사물과 물상이 대거 존재하며 우리의 삶에 불가결한 부분을 이룬다. 이처럼 복잡다단한 인과의 그물 속에서 소설의 주된 줄거리가 행사하는 패권(인물, 줄거리, 정서를 모두 포함해)에 무슨 합법성이 있겠는가?

전통적인 소설에 들어갈 수 없는 요소들은 일반적으로 '의미가 없는' 것으로 치부되기 십상이다. 그러나 신권(神權)이 유일한 권력이던 시절에는 과학이 의미가 없었고, 인류가 유일한 권력의 중심이 되자 자연이 의미를 잃었다. 또한 정치가 최고일 때는 사랑이 의미를 잃고, 금전이 유일한 힘을 가질 때는 유미적 사고가 의미를 상실했다. 그러나 세상 만물은 의미에 관한 한 완전히 동등한 자격을 가질 권리가 있다. 때로 일부 사물이 의미 없는 것처럼 보이는 것은 다만 작자의 관념에 의해 그 의미가 걸러졌기 때문이며, 독자의 관념에 따라 의미가 조절되어 사람들이 흥분하는 요소가 될 수 없을 뿐이다. 물론 의미에 대한 관념은 태어났을 때 상태 그대로 변하지 않는 본능이 아니다. 오히려 이는 한때의 흐름이자 습관이며 문화적 경향으로 주로 소설을 통해 우리에게 정형화되었다. 다시 말하면 소설의 전통에 내재된 의식 형태는 우리를 통해 끊임없이 자아 복제를 실현한다고 말할 수 있다.

내 기억과 상상은 오로지 전통을 위해 준비된 것이 결코 아니다. 나는 자주 주류를 이루는 인과에서 뛰쳐나와 언뜻 보기에는 전혀 의미 없는 사물을 바라보고 싶었다. 예를 들면 무심한 돌덩이 하나에 관심을 기울이고 이름도 알 수 없는 뭇별을 강조했으며, 별것 없는 장대비를 연구했으며, 전혀 안면이 없는 것 같고 앞으로도 영원히 그럴 것 같은 보잘것없는 뒷모습을 곰곰이 바라보았다. 적어도 한 그루 나무에 대한 글은 써야 한다고 생각했다. 내 생각 속에서 마차오에 커다란 나무가 한 그루도 없다는 것은 있을 수 없는 일이다. 나무 한 그루, 아니 두 그루로 하자. 내 원고 속에 단풍나무 두 그루를 키워 마차오 아랫마을 뤄씨 영감네 뒷동산에 세우자. 나무 두 그루 중 큰 것은 70~80척, 작은 것도 50~60척은 될 것이라 상상한다. 마차오에 오는 사람이라면 누구나 멀리서도 수관(樹冠)이 보이며 나뭇가지 끝에서 시야가 트일 것이다. 좋은 생각이다. 나무 두 그루에 대한 전기를 쓰는 것도. 커다란 나무 한 그루 없는 마을은 마치 가장 없는 집이나 눈 없는 얼굴과 같아 아무리 봐도 눈에 거슬려 뭔가 중심이 없는 것 같다. 마차오의 중심은 단풍나무 두 그루이다. 이 나무 그늘에서 숨 쉬고 이 나무의 매미 소리를 가슴에 담으며 이 나무의 괴상한 혹을 보고 기괴하고 무시무시한 상상의 나래를 펼쳐 보지 않은 아이는 없다. 나무는 굳이 따로 보살필 필요도 없었다. 사람들은 좋은 일이 있을 때면 되도록 나무를 멀리하고 아예 나무를 잊어버릴 때도 있었다. 그러나 나무는 언제나 외로운 사람들을 받아들여 벗이 되어 주고자 했다. 사락사락, 나뭇잎 소리로 고독한 사람들의 답답하고 괴로운 마음을 씻어 주고, 나뭇잎 사이사이로 흩어진 햇살은 모였다 흩어지기를 반복하며 문득문득 맑은 꿈의 세계를 만들어 내기도 했다. 누가 이 두 그루 나무를 심었는지 모른다. 노인들 역시 자세한 이야기는 알지 못하는 듯했다. 이 나무들을 단풍 귀신(楓鬼)이라고 부르는 까닭은 여러 해 전 산불이 났을 때 언덕 위 나무들이 모두 타 버렸는데 오직 이 두 그루만은 아무 일 없었다는 듯이 나뭇잎 하나 상하지 않았기 때문이다. 이후로 이 나무를 바라보는 사람들의 눈빛에 헛헛한 경외감이 자라났다. 그로부터 나무에 대한 전설도 늘어났다. 누군가는 나무의 혹이 사람 모양을 닮았는데, 거센 바람이나 폭우가 몰아칠 때면 어느새 몇 자나 불쑥 자랐다가 사람들이 나타나면 다시 예전처럼 줄어든다고 했다. 그중에서도 마밍의 얘기는 더욱 신비로웠다. 언젠가 그가 얼떨결에 나무 아래에서 잠이 든 적이 있었다. 단풍나무의 부러진 가장자리에 삿갓을 걸어 놓고 잠을 잤는데 한밤중에 천둥소리에 깜짝 놀라 잠에서 깨어나 보니 이상하게도 삿갓이 나무 꼭대기에 걸려 괴이한 소리를 내고 있었다고 한다. 마밍은 소년 시절 단청을 입혀 본 적이 있다고 허풍을 떨었다. 그에 따르면 당시 나무 두 그루에 그림을 그렸는데 그리고 나니 오른팔이 심한 통증과 함께 꼬박 사흘 동안 열이 나고 퉁퉁 부어서 이후로 감히 나무에 그림을 그리지 못했다고 한다. 그림도 그릴 수 없으니 당연히 나무를 베는 것은 생각조차 할 수 없었다. 그래서 두 나무는 점점 더 크게 자라 수십 리 먼 곳에서도 능히 볼 수 있게 되었다.

언젠가 어떤 이가 그 나뭇가지를 잘라 붉은 천을 매어 문에 걸어 두니 악귀를 쫓는 데 영험했다고 하고, 또 어떤 이는 그 나무로 목어(木漁)를 만들어 재앙이 오지 못하도록 기도를 올렸더니 역시 효과가 있었다고 말하기도 했다.

나는 수리 건설에 참여해 공사에 가서 설계도를 그린 적이 있었다. 중고등학교 판(范) 선생 역시 이 일에 참여했다. 우리는 함께 현 수리국(水利局)에 가서 공사(公社)의 지도를 베꼈다. 먼지가 가득 쌓인 자료실을 뒤지면서 나는 그제야 1949년 이후 정부가 단 한 번도 완전한 지도를 작성한 적이 없다는 사실을 알았다. 모든 설계는 일본군이 중국을 침략할 때 남겨 둔 군용 지도에 근거해서 만들었다. 일본군의 지도는 마치 제갈량이 사용했을 것 같은 흑백 지도로 축소비율이 5000분의 1이었다. 공사가 지도의 상당량을 차지하고 있었다. 지도는 해수면을 표고 기점으로 하지 않고 창사 샤오우문(小吳門) 성벽의 주춧돌을 기점으로 삼았다. 일본군이 침략하기 전 그들과 내통한 매국노가 몰래 제작했다고 하니 당시 그들이 얼마나 주도면밀하고 효율적으로 침략을 준비했는지 그저 놀라울 뿐이었다. 나는 지도에서 마차오의 단풍나무 두 그루에 빨간색 펜으로 동그라미 표시가 된 것을 보고 이상하다는 생각이 들었다. 판 선생은 이미 안다는 표정으로 일본군의 항로 표식이라고 알려 주었다. 언젠가 마차오 사람들이 정말 일본 비행기를 본 적이 있다고 말한 것이 생각났다. 번이의 말이 처음 그 괴상한 물체가 출현했을 때 번이 큰아버지는 커다란 새가 나타난 줄 알고 마을 청년들에게 공터에 곡식 알갱이를 뿌리라고 소리쳤다고 한다. 일단 미끼를 던져 유인한 다음 재빨리 새끼줄을 던져 잡으려는 의도였다. 비행기는 내려오지 않았다. 번이 큰아버지가 우쭐대며 하늘을 향해 욕을 퍼부었다.

"그것 봐! 못 내려오잖아! 내가 뭐라고 했어. 못 내려올 거라고 했지!"

당시 시다간쯔만 그것이 일본 비행기로, 폭탄을 투하하려고 온 것이 틀림없다고 생각했다. 그러나 안타깝게도 마을 사람들은 외지 사람인 시다간쯔의 사투리를 제대로 이해하지 못했다. 번이 큰아버지가 일본 사람들은 모두 키가 작고 왜소하다던데 일본 새는 어쩜 저렇게 크게 생겼냐고 했다. 마을 사람들은 꼬박 하루를 기다렸다. 그러나 비행기가 곡식을 먹으러 내려올 리가 없었다. 비행기가 두 번째로 나타났을 때 정말로 폭탄을 투하했다. 요란한 폭발 소리와 함께 땅과 산이 모두 흔들렸다. 번이 큰아버지는 그 자리에서 유명을 달리했다. 입이 나무 위로 날아가 마치 새 둥지를 한 입으로 깨문 것처럼 보였다. 번이는 그때 이후로 귀가 잘 들리지 않았는데, 당시 폭발 소리 때문인지 아니면 나뭇가지에 걸린 입을 보고 놀랐기 때문인지 알 길이 없다. 마을에서 폭탄이 터져 사망한 이는 모두 세 명이었다. 이십여 년이 지난 후 불발탄이 터져서 사망한 슝스(雄獅, 「귀생」 편 참고.)까지 합하면 모두 네 명이 죽은 셈이다.

혹시 이렇게 생각할 수도 있지 않을까? 만약 그 두 나무가 없었다면 일본 비행기가 상공을 지나갔을까? 폭탄을 투하했을까? 어쨌거나 일본인들이 이 작은 마을에 그리 관심을 쏟지는 않았을 것이다. 만약 그들이 단풍나무를 기준으로 항로를 표시하지 않았다면 이곳을 지나칠 필요가 없었을 테고, 그렇다면 땅에서 사람들이 고함치는 모습도 볼 수 없었을 것이다. 그리고 아마도 폭탄은 그들이 더 중요하다고 생각하는 곳에 떨어뜨렸을 것이다. 이 두 나무 때문에 모든 일이 발생했다. 네 명의 사망자와 이후 일어난 이야기까지 포함해서. 그 후 마차오의 단풍나무 두 그루에는 항상 까마귀들이 떼를 지어 살았다. 수시로 후다닥 요란한 소리를 내며 흩어지는 검은 물체가 사람들 눈에 들어왔다. 누군가가 까마귀들을 쫓아내려고 나무에 불을 붙이고 둥지를 부수기도 했다. 그러나 그 불길한 것들은 사람들이 잠시 방심한 틈을 타서 또다시 날아들어 굳세게 나뭇가지에 둥지를 틀었다.

까마귀 울음소리가 해마다 들렸다. 듣자 하니 모두 세 명의 여자가 이 나무에 목을 매달아 죽었다고 한다. 나는 그들의 삶에 대해 별로 아는 것이 없다. 그중 한 여인이 남편과 크게 다툰 후 남편을 독살하고 자신도 나무에 목을 매달았다는 것만 알 뿐이다. 아주 오래전 이야기이다. 두 나무 옆을 지나면서 나는 또 다른 어떤 나무나 풀, 바위를 지나칠 때와 마찬가지로 별다른 의미를 부여하거나 유심히 살피지 않았다. 그 나무의 존재 깊숙한 곳에 예측 불가능한 위험이 내재해 있다가 예정된 시간이 되면 요란하게 폭발해 누군가 한 사람 또는 여러 사람의 운명을 결정지을 것이라고 전혀 생각하지 못했기 때문이다.

때로 나는 나무도 서로 다르고 사람도 서로 다르다고 생각한다. 히틀러 역시 사람이다. 만약 외계인이 그를 해독하려 한다면 우선 그의 오관과 사지, 직립 보행의 형태나 동종에게 보내는 규칙적인 음성에 근거할 것이 틀림없다. 그러고 나서 외계인들은 자신들이 가진 사전을 근거로 그를 사람으로 정의할 것이다. 그들의 판정은 결코 틀리지 않는다. 땅속에서 출토된 한간(漢簡) 『초사(楚辭)』는 한 권의 책이다. 중국어를 모르는 히브리 학자가 이를 해독한다면 글자의 자형과 필기도구, 발굴 현장의 정황을 살핀 후 자신의 총명함과 박식함을 총동원해서 이를 중국 문자라고 단정 지을 것이다. 이 역시 틀림없는 일이다. 그러나 이 '틀림없다'라는 것이 얼마나 큰 의미가 있는가? 나무 한 그루에는 사람처럼 의지나 자유가 없다. 그러나 복잡한 인과관계의 맥락 속에서 나무는 가끔씩 아주 중요한 위치를 차지한다. 이런 의미에서 볼 때 나무 한 그루와 다른 나무 한 그루의 차이는 때로 히틀러와 간디의 차이와 같고, 『초사』와 전기면도기 사용 설명서가 지니는 차이와 같다. 우리가 상상하는 것보다 훨씬 더 차이가 난다. 우리가 아무리 많은 식물도감을 두루 읽었다고 해도 눈에 띄지 않는 어떤 나무에 대한 우리의 인식은 이제 막 시작 단계에 불과하다.

두 그루 단풍나무는 결국 1972년 초여름에 세상에서 모습을 감췄다. 당시 나는 마을에 살지 않았다. 내가 마을로 돌아왔을 때 멀리서 마땅히 보여야 할 나무가 보이지 않아 마을 전경의 윤곽이 어딘지 이상하게 느껴지면서 길을 잘못 들었다고 착각했다. 마을에 들어선 후에야 나는 건물들이 크고 환해진 것을 발견했다. 환해진 모습에 눈이 부실 정도였다. 곰곰이 생각해 보니 나무 그늘이 사라졌기 때문이었다. 도처에 나뭇진 냄새가 진동하고 이곳저곳에 나무 부스러기가 널려 있었다. 새 둥지와 거미줄이 잔뜩 낀 나뭇가지는 누구도 감히 가져다 불쏘시개로 쓰지 않았다. 엉망으로 뒤집힌 땅은 얼마 전 나무가 쓰러진 잔혹한 상황을 암시하는 듯했다. 흡사 고추처럼 매캐한 냄새가 났지만 어디서 냄새가 나는지 알 수 없었다. 삭삭 나뭇잎 밟는 소리, 세월을 재촉하는 소리가 났다. 나무는 공사의 명령에 따라 베어졌다. 단풍 귀신에 얽힌 미신을 타파하고, 아울러 새로 짓는 공사 강당에 의자를 만들기 위함이라고 했다. 그러나 아무도 감히 나무에 톱을 갖다 대거나 삽을 들려 하지 않았다. 사람들을 동원할 수 없자 공사 간부는 감시 대상자 중 하나인 지주를 강제로 동원하고 여기에 째지게 가난한 두 집을 골라 10위안씩 빚을 탕감해 주기로 하고 일을 맡겼다. 후에 나는 공사에서 단풍나무로 만든 새 벤치를 보았다. 당 위원회, 가족계획 위원회, 수도 관리나 돼지 사육회 사람들이 사용했을 그 의자는 더러운 신발 자국, 회식 때 남은 국물 자국으로 얼룩져 있었다. 대략 그때부터였을 것이다. 인근 수십 개 동네에 가려움증이 번지기 시작했다. 남녀노소 가릴 것 없이 온몸이 가려워 웃는 것도 아니고 우는 것도 아닌 야릇한 얼굴로 자기 살을 꼬집어 뜯느라 정신없었다. 어떤 이들은 벽에 등을 벅벅 문지르며 상하좌우로 운동 아닌 운동을 했고, 현에서 하달된 지시 사항을 이야기하며 사타구니에 손을 넣고 긁적이기가 예사였다. 한의사가 처방한 약도 전혀 소용없었다. 현에서 내려온 의료단도 끝내 이유를 밝히지 못해 그저 이상하다는 말만 했다고 한다. 이후 마을 사람들에게 '단풍나무 옴'이 올랐다는 소문이 돌았다. 마차오의 단풍나무 귀신 짓이라고들 했다. 단풍나무 귀신이 멀쩡한 사람들 모습을 망가뜨려 자신을 벤 사람들에게 복수를 한다는 이야기였다.

긍(肯)[39]

‘긍(肯)’은 조동사로 의지, 허가를 나타낸다. 예를 들어 ‘수긍(首肯, 수긍하다, 승낙하다)’, ‘긍간(肯幹, 자발적으로 일하다)’, ‘긍동뇌근(肯動腦筋, 기꺼이 머리를 쓰다)’ 등 사람들의 심리적 경향을 나타내는 데 사용한다. 마차오 사람들은 ‘긍’ 자를 매우 광범위하게 사용한다. 사람뿐만 아니라 동물에게도 사용하며 기타 천하 만물을 묘사할 때도 이 글자를 사용한다.

예를 들어 보자.

이 밭은 기꺼워, 벼가 잘 자라네.

정말 이상하네. 방 안 장작이 기껍지가 않나, 불이 잘 일어

---

39) 중국어 발음은 ‘컨(kěn)’이고 ‘기꺼이 ~하려 하다’, ‘동의하다’, ‘수락하다’라는 뜻이다.

나지 않아.

배가 기꺼이 죽죽 잘 나가네.

요즘 한 달 넘게 비가 기껍게 내리질 않아.

번이 괭이가 땅에 기껍게 박히질 않네.

이런 말들을 듣고 있으면 기묘한 느낌이 든다. 마치 모든 사물에게 그 나름대로 의지가 있으며, 생명이 있는 느낌이다. 밭, 장작, 배, 하늘, 괭이 등도 사람과 마찬가지로 모두 자신의 이름과 이야기가 있다는 생각을 하게 한다. 사실 마차오 사람들은 사물을 상대로 이야기하기를 좋아한다. 달래기도 하고 욕을 퍼붓기도 하고, 칭찬하기도 하고 허락을 하기도 한다. 예를 들어 쟁기를 호되게 욕하면 쟁기가 더 빨리 움직인다. 땔나무할 때 쓰는 칼을 술독 입구에 놓고 술기운을 쏘여 주면 땔감을 팰 때 한껏 힘을 낸다. 외부적 압력이나 과학적 사고를 고취하는 선전 학습이 없었다면, 마차오 사람들은 이런 사물들이 감정이나 사고력, 생명이 없는 물건, 즉 무생물에 불과하다는 사실을 인정하지 않았을 것이다. 바로 이러한 전제가 있어야만 우리는 나무 한 그루가 죽으면 슬픔을 느끼고 심지어 오랫동안 그 나무를 그리워할 이유를 갖는다. 나무들이 줄줄이 쓰러져도 전혀 슬픔을 느낄 수 없는 곳, 나무들이 산 적이 없고 그저 냉랭한 자본과 물질만 존재하는 곳이라면, 그곳 사람들은 '긍'이라는 글자를 마차오 사람들처럼 사용할 수 없을 것이다.

어릴 때 나 또한 많은 것을 의인화하고 영적인 존재라고 믿는 기이한 생각을 많이 했다. 예를 들어 나무에 가득 핀 꽃을 나무뿌리가 꾸는 꿈이라 생각했고, 울퉁불퉁한 산길을 숲의 음모라고 생각했다. 물론 유치한 생각이다. 내가 강해진 후 물리학과 화학 지식을 통해 꽃과 산길을 이해하기 시작했다. 어쩌면 내가 물리학이나 화학 지식으로 꽃과 산길을 해석했기 때문에 강해지기 시작했다고 말할 수도 있을 것이다. 하지만 강자의 사상이 과연 옳은 사상일까? 꽤 긴 세월 동안 남자는 여자보다 강한 존재였다. 그렇다면 남자의 사상이 정확할까? 열강 제국들이 식민지보다 훨씬 강대했다. 그렇다면 제국의 사상이 더 정확할까? 만일 우주에 인류보다 고등하고 강력한 생물체가 살고 있다면 그들의 사상이 인류를 멸망시키고 인류의 사상을 대체해야 한단 말인가? 이것이 문제이다. 내가 대답할 수 없는 문제, 대답하기 난처한 문제이다. 나는 강해지기를 원하면서도 계속해서 약하고 작은 어린 시절로, 나무뿌리의 꿈과 숲의 음모로 돌아가기를 바라기 때문이다.

귀생(貴生)

어느 겨울날, 즈황의 아들 슝스(雄獅)가 콧물을 훌쩍거리며 목동 몇 명과 북쪽 언덕배기로 놀러 갔다. 아이들은 겨울잠 자는 뱀을 잡아 구워 먹을 생각으로 뱀 굴을 파기 시작했는데, 그 구멍에서 묵직한 녹슨 고철 덩어리가 나왔다. 무엇에 쓰는 물건인지 알 수 없었다. 슝스는 고철 덩어리 뒤에 달린 꼬리 부분 두 개를 떼어 부엌칼을 만들면 엄마가 거리에 내다 팔 수 있겠다고 생각했다. 그래서 낫으로 힘껏 고철 덩어리를 내리쳤다. 그 순간 굉음과 함께 슝스는 물론이고 제법 멀리 떨어진 곳에서 뱀 굴을 찾던 아이들까지 허공을 향해 몇 자 높이로 튀어 올랐다. 아이들은 허공에서 손과 발을 허우적거렸지만 아무것도 잡지 못했다. 아이들은 이쪽저쪽 땅에 떨어져 에구구 소리를 냈다. 잠시 후 아이들이 사방을 돌아보니 이상하게도 슝스가 어디로 갔는지 보이지 않았다. 사방에 풀잎과 흙먼지가 풀풀 날리고 얼음처럼 차가운 빗방울이 공중에서 흩뿌리는데, 빗방울이 온통 붉은색이었다. 왜 비가 피처럼 붉지?

아이들은 무슨 일이 벌어졌는지 영문을 알 수 없었다. 그들은 슝스가 어딘가에 숨었다고 생각하고 큰 소리로 슝스를 불렀지만 아무 대답도 들리지 않았다. 그중 한 아이가 땅에서 피범벅이 된 손가락 한 개를 주웠다. 무섭기는 했지만 아이는 그 손가락을 가지고 마을로 돌아와 어른들에게 건넸다.

얼마 후 인민공사에서 사람이 나와 한참 동안 분주하게 돌아다녔다. 현성에서도 사람이 나와 한바탕 조사를 벌인 후에야 사실이 밝혀졌다. 녹슨 고철 덩어리는 1942년에 일본 전투기가 떨어뜨린, 자그마치 삼십 년이나 지난 폭탄이었다. 그렇다면 마차오에서는 중일전쟁이 그해까지 이어져 끝내 슝스의 목숨을 앗아 갔다고 말할 수 있다.

즈황 부부는 억장이 무너지는 것 같았다. 이전에 자기 마누라와 완위가 그렇고 그런 사이라고 생각한 즈황은 슝스가 남의 씨일 것이라고 여겨 그다지 살갑게 대하지 않았다. 그러나 완위가 죽은 후 그가 사실 남자가 아닌 것이나 다름없음을 알고 오해를 풀었고 그 후 슝스를 누구보다 아끼고 사랑했다. 산위의 채석장에서 돌아올 때면 그는 항상 아들에게 줄 왕밤을 주머니에 담아 오곤 했다. 즈황은 이제 더 이상 왕밤을 받아 쥘 고사리 같은 손이 사라졌다는 사실을 믿을 수 없었다. 슝스는 집에도 밭에도 없었으며, 시냇가나 산, 언덕에도, 아니

이 세상 어느 곳에도 없었다. 아들은 요란한 폭발음이 되어 영원히 정적 속으로 흩어져 버렸다.

슝스는 특히 머리가 크고 동글동글했다. 온몸에 살이 쪄서 통통하고 엄마를 닮아 눈이 맑고 예뻤다. 두 눈을 깜빡거리면 고운 눈길이 마치 여자애처럼 느껴졌다. 사람들은 그런 슝스의 모습에서 예전에 무대에 선 슝스의 엄마 수이수이(水水)를 떠올렸다. 사람들은 슝스를 만나면 자기도 모르게 엉덩이나 볼을 꼬집거나 예쁘다고 얼굴을 비벼 대곤 했다. 슝스는 사람들이 이런 식으로 자기를 대하는 것이 싫었고, 그래서 맛있는 것을 주지 않는 이상 친척이든 누구든 일단 적대감을 표시하기 일쑤였다. 슝스는 눈알을 한 번 굴리는 순간, 상대방 주머니에 정말 먹을 것이 있는지 웃음은 진짜인지, 잠시 아무 내색도 하지 않고 기다려야 하는지 정확하게 알아챘다. 아이가 제일 싫어하는 것은 어른들이 아무것도 주지 않으면서 그저 예쁘다고 말만 하는 것이었다. 그러면 슝스는 짜증을 부리고 울고불고 발로 차며 떼를 쓰다가 급기야 침을 뱉고 물어 버릴 때도 있었다. 슝스는 처음 젖을 물 때부터 온 세상을 다 물어 버릴 기세였다. 초등학교 짝꿍들은 남녀를 막론하고 슝스의 입을 피할 수 없었으며, 심지어 선생님도 예외가 아니었다.

슝스는 칼로 책상 모서리를 깎아 못 쓰게 만들어 놓고도 교장선생님에게 반성문을 내려 하지 않았다.

"걸핏하면 반성이나 하라고 그러고, 정말 버릇이 나쁘게 드셨군!"

교장 선생님은 슝스의 귀를 비틀어 잡고 교장 숙소로 데려갔다. 그러자 슝스는 교장 선생님을 물어 버린 뒤 바지를 걷어 올리고 멀찌감치 달아나면서 욕을 퍼부었다.

"망할 놈의 인간, 어디 가만두나 봐라."

교장 선생님이 노발대발 난리가 났다.

"지금은 날 이길지 몰라도 당신이 꼬부랑 망태기가 되어 지 팡이를 짚고 우리 집 문 앞을 지나면 구덩이로 확 밀어 버릴 거야."

슝스는 오랜 세월 후에 거둘 승리를 예고했다.

교장이 멜대를 휘두르며 멀리까지 쫓아갔다. 물론 교장은 그를 따라잡을 수 없었다. 순식간에 벌써 맞은편 언덕까지 달 아난 슝스가 두 팔을 허리에 얹고 거들먹거리며 계속해서 욕 을 퍼부었다.

"리샤오탕(李孝堂), 이 죽어 나자빠진 돼지 같은 영감탱이 야. 당신 거시기 보인다!"

슝스는 교장 이름까지 대놓고 부르며 욕을 했다. 도대체 언 제 교장 선생님 이름까지 알아냈는지 모를 일이다.

이후 슝스는 당연히 학교에 다닐 수 없었다. 사람들은 즈황 이 이제껏 가정교육을 제대로 시키지 않아 그런 애물단지를 키웠다고 말했다.

그게 학생이야? 개새끼도 그놈보다 낫겠다!

슝스는 그 후에도 자주 학교에 갔지만, 멀리서 친구들이 공 부하고 체조하고 공놀이하는 모습을 구경만 했다. 그러다가 친구들의 눈에 띄면 바로 말 타는 자세를 취했다. "이럇, 다그 닥다그닥." 하고 외치면서 폴짝폴짝 멀리까지 뛰어다녔다. 마

치 한참 신나게 노느라 학교생활 따위는 눈에 차지 않는 양
했다.

어느 날 슙스가 언덕에서 다른 애들 몇 명과 모래 장난을
하고 놀았다. 슙스가 모래를 가득 담은 낡은 신발을 독차지하
는 바람에 다른 애들이 화가 났다. 몇몇 아이들이 슙스를 골
려 주려고 마을 우물에 똥을 한 무더기 쌌다. 그러고는 일제
히 고함을 지르며 어른들이 일하는 곳으로 달려가 시침 뚝 떼
고 슙스가 우물에 똥을 쌌다고 일러바쳤다. 어른들은 화가 머
리끝까지 치밀었다. 수이수이도 너무 창피해 얼굴이 화끈 달
아올랐다. 그녀가 허옇게 질려 슙스를 향해 욕을 퍼부었다.

"하루에도 몇 번씩 사고를 치지 않으면 온몸이 근질근질
하니?"

"내…… 내가 안 그랬어요."

"어디서 말대꾸를! 이렇게 많은 사람이 봤다는데. 사람들이
장님이냐? 눈에 콩깍지가 씐 것도 아니고."

"내가 안 그랬다니까요."

"먹을 물이 없어졌잖아. 가서 길어 와! 집집마다 먹을 물 네
가 전부 가서 길어 와. 강에 가서 직접 길어 오라고!"

"내가 안 그랬다고요."

"그래도 거짓말을!"

수이수이가 따귀를 때렸다. 슙스가 비틀거렸다. 금세 아이
의 뺨에 붉은 손자국이 났다.

수이수이가 또 아이를 때리려고 하자 주위에 있던 여자들
이 나서서 철없는 아이가 한 짓이다, 그냥 몇 대 쥐어박으면

그만이지 그렇게 모질게 때리면 되느냐며 수이수이를 말렸다. 수이수이는 마을 사람들 말에 더욱 화가 치미는 한편 오히려 더 큰 부담을 느꼈다. 더 화를 내고 더 모질게 행동해야 했다. 그러지 않으면 다른 사람과 별다를 바가 없고 애를 나무란 자기만 민망할 뿐이라서 그럴듯하게 상황을 마무리할 수도 없을 것이라고 느꼈다. 그녀는 반드시 소매를 걷어붙여야 부담을 떨치고 체면을 세울 수 있었다. 짝, 짝, 다시 따귀를 때렸다. 따귀 때리는 소리가 마치 깨진 나무통에서 나는 소리 같았다.

슝스가 입술을 꼭 다문 채 엄마를 노려봤다. 눈에 눈물이 그렁그렁했다. 그러나 눈물은 흐르지 않았다. 오히려 점점 잦아들었다.

그날 밤 슝스는 집에 돌아오지 않았다. 이튿날도 그 이튿날도…… 아이는 돌아오지 않았다. 즈황과 수이수이 부부는 온 산을 헤매며 아들을 찾아다녔다. 마을 사람들도 그들 내외를 도와 슝스를 찾아 나섰다. 거의 모든 이들이 절망에 빠졌을 때, 장자팡의 약초 캐는 노인이 한 동굴에서 슝스를 발견했다. 아이는 지푸라기 둥지 안에서 잠들어 있었다. 부랑자나 다름없었다. 간혹 반짝이는 두 눈 말고는 온통 진흙투성이였으며 옷도 갈기갈기 찢어져 너덜너덜했다.

꼬박 열하루 동안 야생 과일이나 풀잎, 나무껍질을 먹고 살았음이 분명했다. 사람들이 아이를 집으로 데려오자 수이수이가 달걀 두 개를 삶아 주었다. 아이는 달걀을 한 입 먹더니 갑자기 입을 헤벌리고 괴이한 모습으로 밖으로 달려 나갔다. 그리고 나무 아래 주저앉아 사람들을 멀뚱하게 쳐다보더니 잡히는 대로 옆에 있는 풀잎을 뜯어 입에 쑤셔 넣었다. 주위 사람들이 모두 기겁했다. 삶은 달걀은 거들떠보지도 않고 풀을 먹다니, 완전히 축생이 된 것이 아닐까?

이런 일이 있었기 때문인지 몰라도 요란한 폭발음과 함께 슝스가 사라진 후 얼이 나간 수이수이는 한동안 아들이 없어졌다는 사실을 믿지 않았다. 그녀는 거의 매일 산으로 뛰어올라가 목이 터져라 아들 이름을 불렀다. 아직도 아이가 산 동굴 어딘가에 숨어 있다고 생각하는 듯했다. 사람들은 달리 방법이 없자 이제껏 그녀에게 보여 주지 않았던 손가락 하나와 너덜거리는 다리 반쪽, 두 개의 그릇에 담긴 부서진 뼈와 살덩이를 그녀 앞에 내밀었다. 끔찍한 모습에 그녀는 눈이 휘둥그레지며 그 자리에서 기절했다.

수이수이가 깨어나자 한 여자가 말했다.

"그저 좋은 쪽으로 생각해. 일이 이 지경이 되었으니 좋은 쪽으로 생각할 수밖에 없잖아. 슝스가 그리 일찍 떠난 것도 잘된 일이야. '귀생(貴生)'을 살다 갔잖아? 먹을 거나 입을 것도 걱정하지 않고 그저 매일 놀기만 하다가 병에 걸리지도 않고, 그렇다고 고통에 시달린 적도 없으니 복 받은 아이지, 뭐. 그 애가 고달픈 삶을 이어 가길 원하는 건 아니지?"

'귀생'이란 남자 열여덟 살 이전, 여자 열여섯 살 이전의 삶을 의미한다. 이와 관련된 개념으로 '만생(滿生)'이라는 말도 있다. 이는 남자 서른여섯 살, 여자 서른두 살 이전의 삶을 가리키는 말로 그 나이가 되면 꽉 차게 살았다는 의미이다. 그렇다면 그 이후는 무엇인가? 이후는 '천생(賤生)'이라고 부르는

데, 말 그대로 값어치가 없는 삶을 뜻한다. 이런 이치대로라면 일찍 죽는 것이 낫다. 일찍 죽을수록 귀한 삶이 되는 것이다.

그렇게 따지면 슝스의 부모도 슬퍼할 필요가 없다.

마을 여자들이 수이수이의 침대에 둘러앉아 저마다 목청을 높였다.

수이수이, 슝스는 일생 동안 밥을 굶은 적도 없으니 얼마나 좋아. 한평생 살면서 추위에 시달린 적도 없으니 그것도 정말 좋지. 게다가 아비가 죽는 것도, 어미가 죽는 것도 보지 않고 형제자매 중에 제일 늦게 세상을 뜨지도 않았으니 마음도 상하지 않고 얼마나 좋은 일이야. 만약 하늘이 그 아이를 더 오래 살게 했다면 아내를 얻고 따로 살림도 내야 하고, 오늘은 남자 형제랑 싸우고 내일은 여자 형제랑 밥그릇을 다투었을 거야. 때론 어미 아비랑 목에 핏대를 올리며 싸움을 벌이기도 했을 테니 그런 삶이 무슨 재미가 있겠어? 어디 그것뿐이야? 삼복더위에 벼도 수확해야지. 그거야 당신도 모르지 않잖아. 머리 위에선 이글거리는 태양이 죽어라고 내리쬐지, 아래에서는 뜨거운 수증기가 계속 올라오지, 매일 새벽에 나갔다가 밤에 돌아와야 해. 이른 새벽에 논에 나가면 대체 이게 벼인지 풀인지 손으로 더듬어야 알 수 있어. 12월에는 또 수리 건설에 참여해야 하고. 그 역시 자네도 다 겪는 일이잖아. 어깨는 다 까져 피떡이 지고, 맨발로 얼음 조각을 밟다 보면 오줌도 바지에 그냥 싸야 할 정도로 꽁꽁 얼어 버리고 말이야. 그런 인생이 뭐가 좋아. 슝스가 이렇게 일찍 가 버리니 그런 고통도 겪지 않고 좀 좋아? 사탕수수는 달짝지근한 쪽을 씹고, 뼈는 살코기가 있는 쪽을 먹으랬어. 그렇게 홀연 떠나니 슝스를 사랑하는 아빠와 엄마가 있고 수많은 삼촌이며 아저씨들이 뒤따르며 성대하게 장례식을 해 주었잖아. 그야말로 잘 간 거지, 뭐. 좋은 쪽으로 생각해."

아낙들은 또한 윗마을의 오보호(五保戶)[40] 영감 이야기도 꺼냈다.

"자식들이 모두 먼저 가고 혼자 남으니 살아도 산목숨이 아니잖아. 다리를 질질 끌면서 물조차 길을 수 없으니 어쩔 거야? 정말 업보야, 업보! 이봐, 슝스가 명이 길어 천생을 살았으면 어땠겠어? 정말 불행한 삶 아니겠어?"

아낙들은 사람은 일찍 죽는 것이 답이니, 자신들은 죽지 못해 살며 슝스만 좋은 시절에 갔으니 그 애만 그런 복을 타고난 것이라고 말했다.

수이수이는 마침내 더 이상 눈물을 흘리지 않았다.

---

40) 먹을 것, 입을 것, 연료, 교육, 장례 등 다섯 가지를 보호받는 사람. 일종의 생활 보호 대상자를 말한다.

천하다(賤)[41]

노인들은 서로 만나면 항상 이렇게 인사를 나눈다.

"여보게, 아직도 '천(賤)'하신가?"

몸이 아직 건강한지를 물어보는 말이다. 노인들 안부를 물어볼 때도 이 단어를 자주 사용한다. 예를 들어 "옌짜오(鹽早)네 엄마는 아직도 정말 '미천'하셔. 한 끼에 밥을 두 공기씩 먹는다니까."라고 말하는 식이다.

마차오에서는 노년을 '천생(賤生)'이라고 부르며 장수할수록 더욱 '미천'하다고 말한다. 그래도 어떤 사람들은 좀 더 오래 살기를 원한다. 눈멀고, 귀먹고, 이가 빠지고, 정신이 오락가락할 때까지. 그래서 침대에서 내려오지도 못하고 사람도 알아

---

41) 중국어 발음은 '젠(jiàn)'이고, '싸다', '낮다', '천하다'라는 뜻이다.

볼 수 없을 때까지. 어쨌든 죽지 않고 살아 있는 것 아닌가.

아마도 일부 마음씨 착한 사람들 덕이겠지만, 글에서 '천(賤)'이라는 글자를 찾아보기란 그다지 쉽지 않다. 방언을 기록할 때 천(賤)은 대부분 중국어의 음이 같은 '건(健)'으로 명기하기 때문이다. "건강하세요(健不健)?"라고 쓰면 의미가 순통해 일상적인 안부 인사처럼 느껴지는 대신 인생의 혹독함은 많이 흐려진다.

마차오 사람들의 관점에서 볼 때 마을에서 가장 미천한 사람은 오보호인 절름발이 영감이다. 사람들은 그를 쯔성(梓生)이 아버지라고 부른다. 대체 몇 살인지 본인도 잘 모를 정도이다. 어쨌거나 아들이 죽고, 손자도 죽고, 그나마 남은 증손자가 요절한 이후에도 할아버지는 발을 절룩거리며 살아남았다. 그렇게 사는 것이 지겨웠는지 몇 번이나 죽을 결심을 하기도 했다. 그러나 목을 매니 목을 맨 줄이 끊어지고, 물에 빠져 죽으려고 연못으로 뛰어들었으나 물이 깊지 않았다. 어느 날 저녁 그가 즈황 집에 그릇을 빌리러 갔다. 수이수이가 기름등잔을 들고 문을 열자 노인의 얼굴이 보였다. 그런데 기이하게도 노인 뒤에 둥근 공 같은 물건 두 개가 밝게 빛나는 것이 마치 두 개의 등잔불 같았다. 이상하다는 생각이 들어 기름등잔을 높이 쳐든 수이수이는 너무 놀라 다리가 후들거렸다. 등잔은 무슨! 털이 숭숭한 커다란 머리통이 쯔성이 아버지 뒤에서 거친 숨을 내쉬며 으쓱 올라간 등이 어둠 속에 슬쩍슬쩍 흔들리고 있었다.

호랑이! 등잔불 두 개는 바로 호랑이의 두 눈이었다!

수이수이는 자기가 소리를 질렀는지조차 기억나지 않았다. 그저 노인을 단숨에 집 안으로 끌어들여 문을 꼭 닫고 나무 빗장을 건 다음 다시 거기에 괭이 두 개를 받쳐 놓은 것만 기억할 뿐이다.

수이수이가 호흡을 고른 다음 창문으로 몰래 밖을 내다보았다. 그러나 밖에는 아무것도 보이지 않았으며 그저 희미한 달빛만 어른거릴 뿐이었다. 등잔 두 개는 이미 사라진 후였다. 그 후 호랑이는 더 이상 나타나지 않았다. 아마도 우연히 마차오를 스쳐 지나간 것이 틀림없었다. 그러나 쯔성이 아버지는 전혀 그 일을 다행이라고 생각하지 않았다. 오히려 진심으로 슬퍼할 뿐이었다.

"당신들이 보기에도 내 삶이 천하지 않은가? 호랑이도 이 살덩이 없는 늙은이를 싫어해. 그렇게 날 쫓아와서 입도 대지 않다니. 이런 내가 살아서 대체 뭘 한단 말인가?"

몽파(夢婆)

　　수이수이는 핑장현(平江縣) 사람인데 멀리 뤄장강 쪽 마차
오까지 시집을 왔다. 그녀의 여동생은 핑장현의 유명한 배우
로 창도 잘하고 연화보(蓮花步)를 내딛는 품새가 사람들의 탄
성을 자아냈다고 한다. 당시 수이수이는 동생보다 재능이나
용모가 더 뛰어났지만 슝스를 낳은 후에 허리병을 앓으면서
목소리까지 변해 입만 열면 마치 숨이 목구멍을 가르는 것처
럼 쉰 소리를 냈다. 그때부터 그녀는 옷차림도 엉망이 되기 시
작했다. 앞섶은 언제나 반쯤 처져 제대로 여미고 다니는 법이
없었으며, 머리는 언제나 봉두난발인 데다 얼굴은 눈, 코, 입
빼놓고는 온통 검댕을 묻히고 다녔다. 수이수이는 늘 자기보
다 나이 많은 늙은 아낙들과 함께 베를 짜거나 여물을 만들고
쌀겨를 거르곤 했다. 늙은 여자들이 아무 데나 가래를 퉤퉤

뱉고 함부로 흥흥 코를 푸는 것을 보면서 더 이상 외모에 신경을 쓰지 않았다. 삶이 암담한데 굳이 빼어날 필요가 없다고 생각했을지도 모른다.

여자들은 일단 결혼하고 특히 아이를 낳으면 그때부터 자신을 가꾸는 데 별로 신경을 쓰지 않는다. 그러나 엉망으로 무너져 가는 수이수이의 모습은 조금 지나친 감이 있었다. 마치 일부러 자신을 학대하려고 마음먹은 사람처럼 보였다. 자신을 인질로 삼아 누군가에게 복수를 한다는 느낌도 들었다. 밖에 나가 돼지 여물을 줄 때면 터진 남자 장화를 신고 엉덩이를 실룩거렸고, 컥컥거리는 쉰 목소리로 채마밭 닭들을 몰고 다녔다. 바짓가랑이에는 월경 자국이 그대로 남아 지나가는 사람들이 힐끔거릴 정도였다. 그저 조금 외모에 소홀한 정도가 아니었다.

슝스가 죽자 급기야 수이수이는 '몽파(夢婆)'가 되었다. 표준어로 하면 미친 사람이라는 뜻이다. 연신 히죽히죽 웃으면서 고구마 줄기만 봤다 하면 그냥 지나치는 법이 없었다. 그녀는 고구마 줄기란 줄기는 모조리 뿌리째 뽑아 버리기 일쑤였다. 마치 아들이 땅 밑에 숨어 있기라도 한 듯, 그래서 고구마 줄기를 뽑으면 아들을 땅속에서 파낼 수 있으리라고 믿는 것 같았다. 대체로 오후보다는 오전이, 비 오는 날보다는 맑은 날이 그래도 조금 나은 편이었다. 이런 날에는 눈빛도 맑아 사람들을 만나고 일을 하고 이리저리 분주하게 다니는 모습이 보통 사람과 별로 다르지 않았다. 기껏해야 다른 사람들보다 조금 말수가 적을 뿐이었다. 그녀가 가장 긴장하는 날은 비 오는 날 황혼 무렵이었다. 점점 어둑해지는 구름에 점점 무거워지는 호흡, 처마 밑에서는 뚝뚝 물 떨어지는 소리가 들린다. 창문으로 날아드는 마른 나뭇잎, 축축한 담벼락과 침대 다리, 점점 흐릿해 보이는 이웃 사람들의 얼굴 그리고 갑자기 어디서 들려오는지 모를 칙칙한 닭과 오리 들의 울음소리. 이 모든 것이 그녀를 꿈속으로 인도하는 것일 수도 있었다. 그녀가 특히 견디지 못하는 것은 달빛이었다. 창밖 달빛만 보면 온몸을 부들부들 떨면서 꽃무늬 두건을 수도 없이 썼다 풀었다 했다.

즈황이 새끼줄을 가져다 수이수이의 두 손을 묶지 않으면 밤새도록 이런 동작을 되풀이했다. 수이수이는 자기가 쓴 두건이 자기 것이 아니라면서 두건을 풀었다가 다시 머리가 시려 두건을 쓰지 않으면 안 된다면서 두건으로 머리를 감쌌다.

결국 수이수이와 즈황은 이혼했고 친정 식구들이 그녀를 펑장현으로 데려갔다. 세월이 한참 흐른 후 다시 마차오에 간 나는 수이수이에 대해 물어보았다. 사람들은 수이수이 소식을 모르는 것이 이상하다는 표정이었다. 마치 내가 마오 주석을 모른다고 말한 것처럼. 몰라요? 정말 그녀 소식을 못 들었단 말입니까? 그들은 소식에 둔감한 나를 도저히 이해할 수 없다는 표정을 짓는 한편, 무척 안타깝게 생각했다. 그들은 수이수이가 이미 유명 인사가 되었다고 알려 주었다. 그녀의 친정집은 항상 자동차, 오토바이, 자전거로 빙 둘러싸여 있으며 그녀의 인기 덕분에 노점상들까지 한몫 단단히 챙긴다고 했다. 먼 곳에 사는 사람까지 모두 그녀를 찾아오는데 이유인즉 바로 복권 당첨 번호를 알기 위해서라고 했다. 당시 시골 사람들은 거의 미친 듯이 복지 복권이나 체육 복권 등을 샀다. 그 때문에 거리도 한산하고 가게에도 인적이 드물었으며, 찻집이나 술집에도 손님이 뜸했다. 사람들은 가진 돈을 죄다 털어 복권을 사려 했고, 이에 다급해진 마을 간부들이 욕을 퍼부었다. 계속 이러다가는 농약이나 비료 사는 사람도 남지 않겠구먼. 그럼 생산은 어떻게 하고 장사는 또 어떻게 할 거야?

사람들은 복권 당첨 번호 예측에 온통 마음을 썼다. 그러면서 관심의 초점이 된 이들은 관리나 거상(巨商)도 아니었고 지식인은 더더구나 아니었다. 다름 아닌 정신병자들이었다. 사람들이 갑자기 사방으로 미친 사람들을 수소문해 그들의 비위를 맞추며 도움을 청했다. 뇌물로 빨간 봉투에 돈을 넣어 주는 것도 전혀 아까워하지 않았다. 그들은 일확천금의 행운을 얻도록 복권 당첨 번호를 알려 달라고 애걸했다.

사람들은 이런 일을 하는 데 아이가 어른보다 낫고 여자가 남자보다 영험하며 지식인보다 아예 글자도 모르는 무식쟁이가 낫다고 생각했다. 여기서 무엇보다 중요한 것은 정상인보다 미친 사람이 더 용하다는 사실이었다.

수이수이는 정신병자 중에서도 특히 영험해서 거의 매번 당첨 번호를 맞힐 정도여서 그녀가 말해 준 대로 복권을 사서 하룻밤 사이에 벼락부자가 된 이들이 많다고 했다. 그녀의 이름도 덩달아 널리 알려졌다.

현에서 방송국 프로듀서를 만난 적이 있었다. 우연히 내가 수이수이를 안다고 하자 그는 깜짝 놀라며 자신도 그녀를 찾아간 적이 있다고 말했다. 그는 4년제 대학을 나온 사람답게 주절주절 끊임없이 이야기를 늘어놓았다. 그에 따르면, 장거리 버스를 타고 핑장현에 가서 거의 다섯 시간을 기다린 끝에 수이수이를 만났는데, 그렇다고 그녀가 구체적으로 무슨 지시를 내린 것은 아니라고 한다. 몽파는 지금껏 그렇게 쉽게 천기를 누설한 적이 없었다. 수이수이가 그를 훑어보더니 벽에 걸린 산 위에 태양이 떠 있는 그림을 가리켰는데, 그 나름대로 재치가 있던 프로듀서는 퍼뜩 영감이 떠올랐다. 집에 돌아간 그는 「동방홍(東方紅)」[42]을 연상할 수 있었다. 그는 즉시 「동방홍」이라는 곡의 첫 악보가 5562인 것을 생각해 내고 복권 번호를 5562라고 써 넣었다. 며칠 후 복권 당첨 번호를 보고 그는 하마터면 기절하는 줄 알았다. 당첨 번호는 1162였다.

재물의 신이 슬쩍 어깨를 스치고 지나가 버렸지만 그는 조금도 억울하지 않았다. 그는 담담하게 이 모든 것이 수이수이 탓이 아니라 자신의 이해력이 부족했기 때문이라고 말했다. 그는 자신이 너무 어리석고 바보 같았다고 했다. 「동방홍」의 첫 구절은 '동방홍'이고 둘째 구절은 '태양승(太陽升)'으로 그 악보가 바로 1162였던 것이다!

이렇게 말하는 그는 얼굴이 어두워지며 길게 한숨을 내쉬었다.

수이수이에 대해 철석같은 믿음을 가진 프로듀서를 보면서

---

42) 중화인민공화국 개국 15주년을 기념해 공연된 대형 뮤지컬의 곡명.

나는 몽파라는 단어가 지식과 이지(理智)에서 멀리 떨어진 사람(아이, 여인, 정신병자 등)을 의미한다는 생각이 들었다. 많은 이들의 마음속에 그들은 가련한 약자에 불과하지만 어떤 운명적 순간에는 오히려 가장 진리에 가까운 사람, 가장 신뢰하고 의지할 만한 사람이 된다. 나는 지식과 이성으로는 인생의 모든 문제를 해결할 수 없다는 것을 인정할 수밖에 없었다. 지식과 이성을 거부하는 힘이 우리가 생각하는 것보다 더 막강할 때가 있다는 것이 놀라울 뿐이었다. 오스트리아의 학자 프로이트는 일찍이 정신분석학을 통해 그 나름의 정밀하고 체계적인 이론을 정립했다. 그는 이지에 의구심을 가져야 하며, 심지어 의식을 쉽게 믿어서는 안 된다고 말했다. 그는 잠재의식의 작용을 강조하면서 혼란스럽고 어지럽고 은밀한 상태인 잠재의식이 결코 무의미하지 않으며, 오히려 의식의 원천이자 원동력이라고 주장했다. 그리고 잠재의식에는 더욱 중요한 진실이 내재해 있기 때문에 사람들이 주의를 기울여 관찰하고 연구해야 한다고 말했다.

프로이트에 의하면 잠재의식은 아이와 여자, 정신병자에게 더 쉽게 나타나며 사람들의 꿈, 즉 이성이 나약해지거나 붕괴된 곳에서 더욱 잘 드러난다고 한다. 정신과 의사였던 그가 쓴 『꿈의 해석』은 꿈을 해석하는 최고의 책이다. 그의 눈에 꿈은 잠재의식의 발현이며 정신병 연구의 가장 중요한 출발점이다. 그가 마차오 사람들이 미친 여자들을 가리켜 몽파라고 부르는 것을 보면 분명 깜짝 놀라는 한편 기쁨을 감추지 못할 것이다. 프로이트는 분명 마차오 사람들이 미친 여자를 가련하게 생각하면서도(상식적 이성이 효과를 발휘할 경우) 한편으로 숭배하는(천명을 예측할 수 없을 때) 모순적 심리 상태를 충분히 이해할 것이다.

몽파라는 단어는 정확하게 프로이트 이론의 핵심을 꿰뚫는다. 꿈은 정상인의 마음속 깊이 자리한 광적 상태이며 정신병은 바로 대낮에 꿈이 되살아난 상태라고 할 수 있다.

몽파는 마차오에서 특별한 의미를 지닌다. 마치 이지에 반하는 모든 중요한 관점을 지지하기라도 하는 듯하다. 가장 비과학적인 곳에 항상 더욱 심오한 과학이 숨어 있는 셈이다.

다른 곳 사투리에도 이런 표현이 있는지는 모른다. 영어에서 '미치광이'를 가리키는 말은 'lunatic'이다. 이 말의 어원 'luna'는 '달'을 의미한다. 그렇다면 미치광이는 바로 달의 사람이다. 밤에만 나타나는 달은 꿈에 근접해 있다. 독자들은 수이수이의 정신병이 매번 황혼 무렵에서 밤 사이에, 등잔불이나 달빛을 배경으로 도짐을 기억할 것이다. 아마도 지식과 이지는 분명하고 또렷해 몽롱한 밤에는 존재하기 어려운 것 같다. 달빛은 정신병(몽파의 첫째 의미)과 신명(神明, 몽파의 둘째 의미)의 천연적 유도체인 것 같다. 특별히 햇빛을 싫어하는 사람, 특별히 달빛을 응시하기를 좋아하는 사람이나 달빛 아래 홀로 걷는 것을 좋아하는 사람은 행동거지가 시나 꿈과 같다. 세상의 가장자리를 배회하는 그들은 마음의 지혜가 뛰어난 사람들이다.

그렇다면 모든 정신병원에는 달빛이 최대의 바이러스가 될 것이다.

같은 이치에서 볼 때 모든 신학원(神學院)과 초과학적인 절대 신앙, 깨달음에는 달빛이 최고의 계시가 될 것이다.

희학질할 요(嬲)[43]

장쑤(江蘇)교육출판사에서 1993년에 나온 『현대한어(漢語)
방언대사전』을 포함해 찾을 수 있는 사전을 다 찾아봤지만
지금부터 말하려는 글자를 찾을 수 없었다. 이에 할 수 없이
'요(嬲)'라는 글자로 아쉬우나마 이를 대신하고자 한다. '요(嬲)'
의 사전적 의미는 '희롱하다', '치근덕거리다'로 내가 말하려는
것과 비교적 의미가 비슷하다. 발음이 '냐오(niǎo)'로 나기 때
문에 내가 말하려는 '냐(nia)'와는 약간 차이가 있음을 독자들
이 기억해 주시기 바란다.

이 글자는 대부분 욕할 때 사용된다. 아마도 이런 문제 때

---

43) 중국어 발음은 '냐오(niǎo)'로, '희롱하다', '농락하다', '뒤얽히다'라는 뜻
이다.

문에 정인군자(正人君子)의 자전, 학교나 도서관, 위대한 인물들의 거실을 장식하는 장정이 고급스러운 사전에서는 고상한 언어적 윤리에 따라 이 글자를 정식으로 다루지 않는 듯하다. 이에 대부분 대충 소개하거나 애매모호하게 얼버무리고 지나가기 마련이다. 그러나 실생활, 특히 마차오 사람들 생활에서 '요'는 사용 빈도가 꽤나 높은 단어이다. 한 사람이 하루 동안 수십 번 또는 수백 번 '요'를 사용하는 것이 일반적이다. 그들의 일상용어는 사전을 기반으로 하지 않는다.

마차오에서 사용되는 '요'에는 여러 가지 용법이 있다.

(1) 2성으로 발음할 경우 '붙이다'의 의미이다. 예를 들면 "편지봉투 좀 붙여."라고 할 때 이 글자를 사용한다. 풀의 끈적거리는 성질을 말할 때도 그들은 '파요적(巴嬲的)' 또는 '요파적(嬲巴的)'이라는 표현을 쓴다. 자철석은 '요철석(嬲鐵石)', 달팽이는 '요니파(嬲泥婆)'라 하여 모두 '요(嬲)' 자가 들어간다.

(2) 1성으로 읽을 경우 '친근하다', '달라붙다', '다정하다'라는 뜻이다. 귀밑머리가 살에 착 달라붙은 상태도 이 글자로 표현한다. '방뇨(放嬲)'라 하면 적극적으로 다른 사람과 친하고 정답게 지내는 것을 나타낸다. '발뇨(發嬲)'라고 하면 다른 사람이 자기와 가깝고 다정해지기를 바라며 표정이나 모습을 취하는 것으로 다소 수동적이다. 이런 단어들은 주로 아이와 부모, 여자와 남자 사이의 관계를 나타낼 때 사용한다. 열애에 빠진 소녀는 자신의 연인에게 언제나 '요득흔(嬲得很)' 한다. 소녀의 눈길, 눈빛, 동작 등이 모두 풀이나 아교를 떠올리게 한다.

(3) 3성으로 읽을 경우 '희롱하다', '놀리다', '간여하다' 등의 뜻이다. '야기하다', '어떤 감정을 불러일으키다'라는 말로 쓰이는 표준어 '야(惹, 러rě)'와 의미가 비슷하다. 예를 들면 '不要嬲禍(화를 자초하지 마)', '不要嬲是非(말썽부리지 마)' 등의 표현이 있다. 마차오 사람들에게는 '세 가지 건드리면 안 되는 것(三莫嬲)'이 있다고 한다. 첫째는 어린아이, 둘째는 노인, 셋째는 거지이다. 이들 모두 성가신 존재이니 그들을 가까이해서도, 더더욱 충돌할 일을 만들어서도 안 된다는 뜻이다. 설사 말이 안 된다고 해도 살짝 양보하고 멀찍이 떨어지는 것이 상책이라고 한다.

이는 사람들이 풀이나 아교를 대하는 태도와 흡사하다. 일단 이런 것들이 몸에 붙으면 떼어내기가 힘들어 낭패를 보기 십상이다. 이렇듯 '요'라는 글자의 용법은 다양해도 내재된 의미가 일맥상통하기 때문에 본래의 뜻과 연결해 그 의미들을 연상할 수 있다.

(4) 4성으로 읽으면 남녀의 성행위를 의미한다. 북방 말에도 이와 유사한 '조(肏)'라는 글자가 있다. 발음은 '차오(cao)'이다. 이후 많은 작품에서 이를 '조(操)'라는 글자로 오용한 사례를 빈번히 발견할 수 있다. 일부 북방에서 군대 생활을 했거나 빈둥대며 산 이들이 남방에 이 글자를 소개하면서 마차오에도 이를 소개했다.

사실 북방에서 온 '조(肏)'와 '요(嬲)'는 조금 다른 듯하다. 먼저 '조(肏)'라는 글자는 형상으로 볼 때 남성의 동작을 나타내기 때문에 자연히 시원하고 빠르고 거친 발음이 어울린다. '요(嬲)'

의 발음은 유연하고 구성지며 완곡해 부드러운 과정을 암시한다. 원래 뜻으로 보거나 위에서 말한 용법들과 연관해 보면 '요(嫐)'는 가까이 접근해 달라붙고 뒤엉키는 상태, 정겨운 상태나 희롱하는 모습을 가리킨다. 그러므로 뭔가 풀이나 아교처럼 척척 달라붙는 느낌이 들 뿐 폭력적이고 공격적인 모습은 엿볼 수 없다.

지금까지 거의 모든 생리학 연구에 의하면 여성은 남성에 비해 오르가슴을 느끼는 순간이 비교적 늦어 종종 충분히 예열되고 나서야 성적 흥분이 유발된다고 한다. 이는 '요(嫐, 1성으로 읽을 때)'의 과정이자 또 하나의 '요(嫐, 2성)'의 과정이며, 또 다른 '요(嫐, 3성)'의 과정이니 남자들이 이에 유의하고 협조할 필요가 있다. 이로부터 대담한 추측이 가능하다. '요(嫐)'라는 글자가 '조(肏)'보다 여성의 생리적 특징에 더 적합하고, 여성들로부터 더 많은 관심을 얻을 수 있다. 만약 세상에 여성의 언어가 있다면 성에 관련된 용어로 가장 많이 사용되는 것은 후자가 아닌 전자일 것이다.

후난성 장융현(江永縣)에서 여서(女書)[44]가 한 권 발견된 적이 있다. 이 책은 여성들 사이에서만 전해지며 사용되던 문자로 쓰였다고 하여 여권주의자들에게 지대한 관심을 모았다. 여성들이 그들만의 독립적 언어를 가졌는지에 대해 나는 매우 회의적이다. 그러나 남방에 아직도 모계 사회의 유물들이 잔존하며 역사적으로 북방보다 남방에 남권주의가 한 발 늦

---

44) 여성의 문자로 쓴 책.

게 유입되었음을 고려해 보면, 남방의 언어에 여성의 생리와 심리가 상대적으로 좀 더 많이 포함되어 있을 가능성은 충분하다. 나는 '요(嬲)'라는 글자가 이런 대담한 추측에 대한 증거의 하나라고 생각하고 싶다.

하(下)와 천산경(穿山鏡)

'하(下)'는 상스럽고 저속하며 천박한 행동의 약칭이다. 이 글자는 원래 부정한 성행위에서 기원했으며 심지어 때로 일반적인 성행위도 포함한다. 1980년대 이후에 생긴 후난 지역 방언으로 '희하적(稀下的)'이라는 말이 있는데, 건달이나 부랑아들의 악습을 가리킨다. 이 역시 '하'의 본뜻에서 확대된 것이 분명하다.

인간의 체위를 보면 머리가 위에 있다. 그러므로 인간의 사유와 정신은 언제나 위를 지향하며 '고상하다', '숭고하다', '형이상학적이다' 식의 방위적 지표가 생성된다. 반면 사람의 생식기는 아래에 있으므로 성행위는 언제나 '하류'에 속한다.

이런 시각에서 볼 때 사찰은 높은 산에 세워지고 죄인은 땅의 감옥에 갇히며, 귀족은 전당에 살고 천민은 계단 아래 옆

드리며, 승자의 깃발은 하늘을 향하고 패자의 깃발은 발아래 짓밟히니…… 이 모든 것의 위치는 우연히 이루어진 것이 아니라 분명 어떤 신념이 겉으로 드러나 물화(物化)된 것이다. 나는 이 모든 것이 그 옛날 혈거 생활을 하던 이들이 느꼈을 자기 신체에 대한 곤혹스러움과 최초의 인식에서 비롯되었고 그때부터 사찰과 귀족, 승려의 깃발이 혈거 생활을 하던 사람들의 머리로 의미가 확대되면서 상(上)의 방향을 얻었으며, 그와 반대되는 모든 것은 치욕스러운 하체와 더불어 영원히 하(下)에 자리하게 되었다고 생각지 않는다.

들자 하니 예전에 마차오는 몹시 상스러운 마을이었는데, 공사 간부가 엄격하게 정돈한 다음에야 비로소 많은 것이 비교적 올바르게 자리 잡았다고 한다. 엄격하게 지역을 정돈했다는 공사 간부는 바로 허 부장이다. 공사의 허 부장이 마을에 와서 규정을 초과한 개인 소유 땅과 비료용 분뇨, 닭과 오리 등을 모두 거둬들인 후 대회 석상에서 이상한 물건을 하나 내놓았다. 긴 유리통 두 개였다.

"이게 뭔지 알아? '천산경(穿山鏡)'이야! 이것만 있으면 당신들이 하는 상스러운 짓은 뭐든지 다 볼 수 있어. 잡는 대로 처벌하겠어. 잡는 족족 모두! 절대 봐주는 일은 없다 이 말이야!"

사실 그것은 망원경이었다. 산불을 감시할 때 사용하는 공사 임업소 물건이었다.

허 부장 말에 마번이조차 얼굴이 굳어져 불안한 듯 자꾸만 망원경을 바라보았다. 그 후 사람들은 과연 함부로 말하거나 난동을 피우지 않았다. 완위마저 거의 몇 개월 동안 군내가

날 정도로 입을 다물었다. 설사 누가 그를 때려죽인다 해도 각
각가를 부르려 하지 않았다. 저녁이 되면 마을 사람들은 모두
일찍 잠자리에 들었다. 마을에는 고요가 찾아들고 불빛도 찾
아볼 수 없었다. 사람들은 심지어 마누라 옆에도 가까이 가려
하지 않았다.

완위는 천산경을 무척이나 못마땅해했다. 완위가 불평을 털
어놓았다.

"이건 불공평해, 너무 불공평하다고. 도시 사람들이야 영화
도 보고 동물원에도 가고 기차도 보고 자동차도 보지만 우리
시골 사람들은 뭐가 있어? 그저 이게 최소한의 문화생활인데."

그가 말하는 문화생활이란 각각가와 남녀 간의 일이었다.

"그런 짓까지 천산경으로 몰래 훔쳐본다니 이게 말이나 돼?
게다가 공산당에서 사람들이 그 짓마저 못 하게 만들면 나중
에 어린 공산당은 어디서 나오나?"

과연 허 부장에 대한 완위의 불만이 타당한지는 잠시 판
단을 유보하자. 망원경으로 대표되는 성에 대한 보수적 관념
을 공산당의 특산물로 보는 것은 사실과 다르다. 예전에 국민
당이 중국을 통치했을 당시 군 정부가 광저우(廣州), 우한(武
漢) 등 지역에서 모든 사교춤을 금지한 일이 있었다. 사교춤
을 '풍속을 어지럽히는' 음란한 행위로 규정했기 때문이다. 그
보다 더 일찍 청나라 때는 「서상기(西廂記)」가 공연 금지 목록
에 수록된 첫 작품이었다. 당시 관리들 눈에는 모든 애정 소
설과 시사(詩詞)가 '추잡한 작품'에 불과했기 때문에 모두 찾
아내 불태워야 했다. 이렇듯 '하(下)'는 현대에 사는 마차오 사

람들의 글자일 뿐 아니라 길고 긴 수천 년의 역사 속에 지속적으로 존재하면서 중국어를 사용하는 이들의 사유에 성행위에 대한 도덕적 편견을 전해 주는 글자였다. 그저 '하(下)'라는 이름만 붙으면 사라져 버리거나 변화를 겪어야 했다. 그 때문에 사실 사람들이 진정으로 완전하고 철저하게 편견의 어두운 그림자를 벗어나기란 지극히 어려운 일이 아닐 수 없었다. 허 부장은 매우 개명한 사람이었다. 그러나 그의 피와 뼛속에는 이미 심리적으로 정형화된 사실이 깊숙이 스며들어 있었다. 이를 벗어나기란 거의 불가능한 일이었다. 그는 모든 일에서 사전적 의미에 준해 생활하는 사람으로, 그 글자가 지닌 의미의 궤도 위에서 망원경을 붙잡고 앞을 향해 미끄러져 나갔을 뿐이다. 마치 고삐 매인 나귀가 그저 앞을 향해 나아갈 수밖에 없는 것과 마찬가지로. 그렇다면 도대체 사람이 말을 하는 것일까, 아니면 말이 사람을 조종하는 것일까? 다시 말해 하 부장이 자신의 융통성 없고 강경한 태도에 책임을 져야 하는 것일까, 아니면 '하(下)'라는 글자가 일찍부터 하 부장의 굴레가 되었으니 마차오 사람들을 포함해 이런 식으로 중국어를 사용하는 모든 사람이 허 부장에 대해 책임져야 하는 것일까? 이 또한 문제가 아닐 수 없다.

남자 밭(公地)과 여자 논(母田)

마차오 사람들이 밭에서 일할 때 먹는 것 이외에 가장 좋아하는 이야깃거리는 상스러운 내용이다. 저속한 이야기를 얼마나 대놓고 떠들어 대는지 두 눈이 휘둥그레지고 입이 쩍 벌어지며 정신을 차릴 수가 없다. 달과 별조차 낯을 붉힐 정도로 대담하기 이를 데 없다. 아무리 일상적이고 평범한 물건, 그러니까 예를 들면 무, 쟁기, 멜대, 동굴, 우물, 산봉우리, 날아가는 새, 방아, 풀, 화로 등도 야한 상상을 불러일으키는 빌미나 소재로 둔갑한다. 그저 비슷비슷한 우스개, 자꾸 되풀이되는 농지거리만으로도 그들은 폭소를 터뜨리며 즐거워한다. 특히 봄에 파종할 때면 더욱 신바람이 나서 잡놈들이나 하는 상스러운 말을 떠들어 대느라 왁자지껄하다.

누이가 나더러 빨리 가라고 재촉하네.

미끌미끌 미꾸라지 같은 나를 쫓아낸다네.

미꾸라지가 가장 좋아하는 건 쌀뜨물

헤쳐 들어가니 국물이 미끈미끈.

파종 시기에 불리는 노래 중에 이 노래는 그나마 고상한 축에 속한다. 물론 평소에는 이런 노래를 부를 수 없다. 정부에서 금지하기 때문이다. 그러나 파종 때만 되면 농부들을 격려하느라 간부들도 듣고도 못 들은 척한다. 완위는 이런 것을 '땅에 지리다(臊地)'라고 하는데, 정도가 심할수록 좋다고 알려 주었다. 완위는 제대로 땅에 지리지 않으면 죽은 땅, 언 땅이 되어 싹도 나지 못하고 곡식이 여물지도 못한다고 했다.

마차오 사람들에게 밭과 논은 분명히 다르다. 밭은 '남자 땅(公地)'이고, 논은 여자 땅(母田)'이다. 따라서 밭에 파종할 때는 반드시 여자가 해야 하고, 논에 파종할 때는 당연히 남자가 손을 대야 한다. 모두 풍성한 수확을 보장하는 중요한 조치이다. 모는 미리 준비하고 모를 심는 일은 반드시 남자가 해야 하며 이때 여자가 가까이 다가와 보는 것은 모두 중요한 금기 사항이다.

같은 이치로 여자가 밭에서 일하는 동안에는 여자들에게도 상스러운 행동이 용납된다. 명문화되어 있지는 않지만 정당한 행위로 찬사를 받는다. 이는 놀이라기보다는 생산을 위한 투쟁으로 반드시 완수해야 하는 신성한 사명이나 마찬가지이다. 이런 광경이 어색한 일부 여성 지식청년들은 이 같은 상황이 벌어지면 어디로 숨거나 어쩔 줄을 몰라 눈살을 찌푸리고 귀를 막는 바람에 마을 아낙들의 흥을 깨기 일쑤이다. 그러니 제대로 상스레 굴 수도 없다. 마음이 조급해진 남자들은 간부들에게 여성 지식청년들을 다른 곳에 가서 일하게 해 달라고 부탁한다.

나도 밭에서 여자들이 흥분해서 날뛰는 모습을 본 적이 있다. 여자들이 길 가던 젊은 남자를 밭 옆으로 데려간 후 너도 나도 달려들어 그의 바지를 벗긴다. 그리고 바지 속에 쇠똥을 집어넣어 본때를 보여 준 후 깔깔거리며 흩어진다. 물론 그들은 지식청년들을 이런 식으로 대하지는 않는다. 다만 때로 사소한 장난은 아무에게나 서슴지 않는다. 예를 들어 지식청년의 밀짚모자를 깔고 앉아 함께 떠들고 웃음을 터뜨린다든가 지식청년을 불러 그에게 수수께끼를 낸 다음 밑도 끝도 없이 다시 폭소를 터트린다. 그럴 때면 지식청년은 얼떨떨해져서 대체 수수께끼가 뭔지조차 모를 수도 있다. 하지만 여자들의 야한 웃음에 청년은 수수께끼의 답을 꼭 맞힐 필요도 없고 절대로 맞혀서는 안 된다는 것을 알게 된다.

월구(月口)

논은 여성이니 당연히 여성성을 지닌다. 그래서 논두렁에
물이 흐르도록 만들어 놓은 구멍을 '월구(月口)'라고 한다. 사
람도 달마다 나오는 물이 있다. 표준어로 이를 월경이라 하는
데, 그렇다면 논에 월구가 있는 것도 전혀 이상하지 않다.

논에 모를 심은 다음에는 적절하게 물길을 조절해야 하므
로 모든 논에 있는 월구를 적시에 막거나 터 주는 일이 무엇
보다 중요하다. 보통 물을 관리하는 일은 노인들이 맡는다. 그
들은 어깨에 팽이를 메고 혼자 논두렁을 돌아다닌다. 가끔 깊
은 밤에도 발소리가 계속 이어진다. 마치 반짝거리는 자갈들
처럼 유난히 맑고 투명하고 또렷한 발소리에 불면의 밤을 지
새우는 사람들이 귀를 기울인다.

월구에는 물이 나오는 조그만 구멍이 있다. 때로 조그만 치

어들이 물길을 역류해 드나들기도 하고 일을 끝낸 사람들이
그곳에서 대충 몸을 씻기도 한다. 멀리 강까지 나가기 귀찮은
여자들이 이곳을 지나다가 괭이랑 낫을 씻는 김에 손발과 얼
굴에 묻은 흙이나 땀을 씻는다. 곧이어 밥 짓는 연기가 모락모
락 피어오르는 황혼이 찾아오면 맑고 윤기 있는 얼굴에 두 눈
을 반짝이며 귀가를 서두른다. 그녀들은 월구를 지나면서 다
른 모습으로 변신하는 듯하다. 온종일 일하느라 피로에 지쳐
있던 여자들은 집으로 돌아가는 길목, 물이 졸졸 흐르는 월구
에 이르러 갑자기 빛이 난다.

아홉 포대(九袋)

내 기억에 거지들은 언제나 너덜너덜한 옷에 얼굴이 깡마르고 꾀죄죄한 모습이었다. 거지들에게 호사스러운 생활이라니, 생각할 수도 없는 황당한 일이다. 그러나 마차오에 간 후 나는 내 생각이 잘못되었다는 것을 깨달았다. 알고 보니 세상에는 온갖 종류의 거지가 있었다.

마번이의 장인은 잘 먹고 잘 사는 거지이다. 웬만한 지주들보다 더 나은 생활을 했다. 그러나 땅은 손바닥만큼도 가진 것이 없으니 지주라고 부를 수도 없고, 그렇다고 가게를 가진 것도 아니니 자본가라고 말할 수도 없다. 당초 토지개혁 공작조에서는 아쉬운 대로 '거지 부농'이라는 명칭으로 그를 분류했다. 어쩔 수 없는 임시방편이었다. 그 후 계속해서 계급 성분 조사가 이어지면서 공작조 역시 이 명칭이 너무 모호하다고 생각했다. 하지만 위에서 내려온 정책 조항에서 그에 대한 적합한 명칭을 찾을 수 없었던 그들은 대충 이런 식으로 문제를 처리할 수밖에 없었다.

마번이 장인의 이름은 다이스칭(戴世淸)으로 원래 창러가에 살았다. 그곳은 수륙 교통의 요충지로 예로부터 쌀과 대나무, 유채씨기름, 오동나무기름, 약재의 집산지였다. 당연히 그곳은 사람들로 북적거리고 기생집, 술집 같은 가게가 즐비하며 도랑에 흐르는 물조차 기름졌다. 옥수수죽에 익숙한 시골 사람들은 멀리서 그 거리를 스쳐 지나온 바람만 한번 들이마셔도 속이 느끼할 정도였다. 창러가는 이때부터 '작은 난징(南京)'이라는 별칭을 얻었고 인근 마을 사람들은 외지 사람들을 대할 때 이를 큰 자랑거리로 생각했다. 사람들은 담배 몇 닢 혹은 찌그러진 댓개비 몇 타래만 있어도 장사를 한답시고 수십 리 밖 창러가로 달려갔다. 그러나 실은 장사는 뒷전이고 거리 구경을 하거나 사람들의 노랫가락이나 이야기를 듣고 싶은 것이 진짜 속셈이었다. 언제부터인가 거리에 점점 더 많은 거지가 몰려들기 시작했다. 깡마른 몸매에 긴 머리, 작은 얼굴에 두 눈만 퀭하게 크고 발에 맞지도 않는 가지각색 신발들. 이렇게 거리는 부뚜막에 정신이 팔린 시선들로 채워졌다.

다이스칭은 핑장에서 이곳에 와 거지 두목이 되었다. 당시에는 거지도 등급이 있었다. 그들은 '포대(袋)'로 등급을 표시해 한 포대, 세 포대, 다섯 포대, 아홉 포대 등으로 자신들을 분류했다. 그중 그는 아홉 포대로 가장 높은 등급에 속했기 때문에 '아홉 포대(九袋) 영감님'이라는 존칭을 얻었고 마을에서 이런 그를 모르는 사람이 없었다. 그는 구걸용 막대기 위에 조롱을 걸고 다녔는데 그 안에는 구관조가 들어 있었다. 구관조는 언제나 "아홉 포대 영감님 납쇼, 아홉 포대 영감님 납쇼." 하고 외쳤다. 새가 사람들 문 앞에서 이 소리를 외치면 문을 두드리거나 말할 필요도 없이 사람들이 모두 웃으며 그를 맞이했다. 보통 거지들의 경우 구걸의 대가는 쌀 한 숟가락이면 그만이었다. 그러나 아홉 포대 영감에게는 쌀을 넉넉하게 한 통 가득 채워 주었고 때로는 예를 갖춘다고 그의 옷 속에 돈이나 그가 가장 좋아하는 음식인 말린 닭발을 찔러 넣어 주기도 했다.

언젠가 새로 온 소금 장수 한 사람이 이곳 규칙을 제대로 모르고 아홉 포대 영감에게 고작 동전 한 닢을 던져 주었다. 그러자 화가 난 그가 동전을 땅바닥에 집어 던졌다. 거지에게 이런 수모를 당한 적이 없는 소금 장수는 기가 막혀 하마터면 안경을 떨어뜨릴 뻔했다.

"뭐 하는 짓이야!"

"이, 이놈 봐라. 더 달라는 거야?"

"이 아홉 포대 영감께서 전국 마흔여덟 개 현성 안 가 본 곳이 없건만 너같이 짠 놈은 본 적이 없어!"

"기가 막히는군! 구걸하는 게 너냐 나냐? 가지려면 가지고 가지지 않으려면 썩 꺼져. 장사 방해하지 말고!"

"내가 구걸하러 다니는 줄 아느냐, 응? 내가 거지새끼인 줄 알아?"

아홉 포대 영감은 두 눈을 부릅뜨고 요놈에게 따끔한 맛을 보여 줘야겠다고 생각했다.

"하늘엔 예상치 못한 풍운이 있기 마련이고 사람은 하루아침에 화와 복이 엇갈리기도 하지. 한 해 운세가 불길하니 나라가 힘들고 북쪽은 가뭄이 들고 남쪽은 홍수가 나서 조야(朝野) 할 것 없이 모두 걱정인 마당에 나 다이스칭, 비록 일개 필부에 불과하나 충효가 입신의 근본이라는 것쯤은 안단 말이지. 먼저 국가가 있고 그런 다음 집이 있고, 먼저 집을 생각한 후 내가 있는 걸세. 나 같은 사람이 정부에 손을 내밀겠나? 아니지, 그럴 순 없지. 그렇다면 부모 형제, 사돈의 팔촌들에게 손을 내밀겠나? 그것 또한 안 되지! 그래서 나는 이 두 발로 사방을 돌아다니는 걸세. 세상에 올바른 군자는 스스로 노력을 게을리하지 않고, 빼앗거나 훔치지 않으며, 함부로 사기를 치지 않고 스스로 존중하며, 스스로 노력해 자신을 구하고자 하니, 어찌 너희같이 돈에 눈먼 소인배들이 개 눈깔을 가지고 이 몸을 깔보도록 내버려 두겠는가! 구린내 나는 돈 좀 있다고 돈벌이를 위해 온갖 나쁜 짓을 다 하는 놈들, 내 숱하게 봤느니……."

생전 처음 들어 보는 논리였다. 계속 침을 튀며 연설을 늘어놓는 다이스칭 때문에 소금 장수가 할 수 없이 연신 뒷걸음질을 치다가 결국 애원하듯 말했다.

"그래그래, 말로는 못 이기겠군. 그러나저러나 장사를 해야 하니 어서 저리 비켜."

"비키라고? 분명히 따지고 넘어가지 않으면 안 되겠군! 분명하게 말해 보시지! 내가 지금 구걸하러 왔나? 지금 내가 당신에게 동냥하고 있냐고!"

소금 장수는 얼굴을 찌푸리며 동전 몇 닢을 더 꺼내 그의 품속에 찔러 넣었다. 패배를 인정하는 표정이었다.

"그래, 그래. 구걸이라니, 당신은 나한테 구걸한 적 없어."

그러나 아홉 포대 영감은 돈을 거부한 채 씩씩거리며 문지방에 엉덩이를 걸치고 주저앉았다.

"구린내 나는 돈, 오늘은 바른 도리가 뭔지 밝혀야겠어! 당신 말이 이치에 맞는다면 내 돈을 모두 당신에게 주지!"

그가 동전 한 움큼을 꺼냈다. 소금 장수가 가진 동전보다 훨씬 많아 보였다. 반짝반짝 빛나는 동전에 이끌려 주변에서 잡기(雜技)[45]를 하던 이들까지 빙 둘러 구경하기 시작했다.

이후 아홉 포대 영감이 갑자기 용변이 마려웠기 망정이지 그렇지 않았다면 소금 장수는 그를 문지방에서 쫓아낼 방법이 없었을 것이다. 영감이 돌아왔을 때는 소금 장수가 점포 문을 꼭 걸어 잠근 뒤였다. 그가 막대기를 잡고 힘껏 문을 내리쳤으나 열리지 않았다. 안에서 남자, 여자 들이 심한 욕을 퍼부었다.

며칠 후 소금 장수가 정식으로 점포를 개장했다. 그는 잔치를 벌이고 마을 유지들과 이웃들을 초대했다. 막 폭죽이 터질 무렵 갑자기 누더기를 걸친 거지 떼가 몰려들었다. 얼굴이 시커멓고 악취가 진동하는 거지들이 가게를 둘러싸고 고함

---

45) 중국 서커스.

을 질렀다. 만두를 내주자 거지들은 만두가 쉬었다면서 모조리 땅바닥에 내동댕이쳤다. 이어서 밥을 내주자 이번에는 모래가 섞였다며 입에 넣은 밥을 온통 사방에 내뱉기 시작했다. 길 가던 행인들은 차마 그 앞을 지날 수 없었고, 연회에 참석한 손님들 역시 코와 이마에 붙은 밥알을 떼느라 정신이 없었다. 마지막에는 거지 네 명이 축하 노래를 부르겠다며 째진 북을 치면서 연회석을 뚫고 들어갔다. 온몸에 개똥과 돼지 똥을 처바른 거지들 모습에 놀란 손님들이 코를 틀어쥐고 사방으로 도망가기 시작했다. 그 틈을 타서 거지들은 상에 있는 요리에 죄다 침을 뱉기 시작했다. 손님들이 거의 다 도망가고 나서야 소금 장수는 아홉 포대 영감이 어떤 존재인지를 깨달았다. 동시에 자신이 정말로 큰 골칫덩어리를 잘못 건드렸다는(嬲) 사실도 깨달았다. 그는 아홉 포대 영감에게 사정 좀 해 달라고 이웃들에게 부탁했다. 아홉 포대 영감은 부두 옆 큰 나무 아래에서 잠을 자며 본 체 만 체였다. 어쩔 수 없이 소금 장수가 말린 돼지머리 두 개와 오래 묵은 술 두 단지를 준비해 직접 사죄하러 갔다. 또한 이웃을 통해 아홉 포대 영감보다 한 등급 낮은 일곱 포대에게 돈을 주고 매수해 옆에서 거들어 달라고 부탁했다. 다이스칭은 그제야 게슴츠레 눈을 뜨더니 날씨가 너무 덥다고 투덜거렸다.

소금 장수가 재빨리 다가가 그에게 부채질을 해 줬다.

다이스칭이 늘어지게 하품한 후 됐다는 듯 손을 휘둘렀다.

분명하게 말은 안 했지만 이 정도 반응을 이끌어 내는 것만 해도 결코 쉬운 일이 아니었다. 소금 장수가 집으로 돌아가 보니 놀랍게도 거지들은 모두 철수하고 자칭 다섯 포대라는 거지 네 명만 남아 산해진미로 가득한 잔칫상에 둘러앉아 있었다. 여유가 생긴 셈이니 별문제도 없었다.

소금 장수는 웃는 얼굴로 식사를 권하며 직접 그들에게 술을 따라 주었다.

거지들의 행동에 질서를 잡고 정해진 규율을 지키도록 하는 등 다이스칭이 이 정도로 거지들을 통솔한 것은 결코 그냥 이뤄지지 않았다. 원래 이전에 아홉 포대를 맡았던 이는 장시 출신의 질름발이였다고 한다. 용감무쌍해 쇠지팡이를 휘두르면 감히 대적할 이가 없었다. 그러나 그는 심보가 고약해 세금을 너무 많이 거두어들였다. 거지들의 구역을 나눌 때도 좋은 구역은 모두 자기 조카에게 주는 등 공평하게 처신하지 않았다. 당시 일곱 포대였던 다이스칭이 참다못해 그를 처치하기로 마음먹었다. 어느 날 밤 그는 거지 형제 둘을 이끌고 그를 찾아가 벽돌로 때려죽였다. 다이스칭은 아홉 포대가 된 후 전보다 일을 공정하게 처리했다. 거지들의 구역을 정확히 분배하는 한편, 정기적으로 구역을 번갈아 돌려 모든 거지가 손해 보지 않고 부자들의 '그릇을 청소할' 수 있도록 기회를 주었다. 또한 그는 거지 무리에 환자가 있어 일을 나가지 못해도 함께 밥을 먹게 했으며, 자신이 걷은 세금에서 얼마를 떼어 주곤 했다. 거지 집단에서 이에 감격하지 않는 이가 없었다.

아홉 포대 영감은 거지로서의 덕과 재능을 가진 자였다. 강가에 우렌선사(五蓮禪寺)라는 절이 있었다. 그곳에 푸퉈산(普

陀山)에서 가져온 사리 한 점이 모셔져 있어 참배하는 사람이 끊이지 않았다. 그 덕에 몇 명 되지 않는 스님들은 날이 갈수록 피둥피둥 살이 쪘다. 그러나 지금껏 어떤 사람도 밥 한 그릇 얻어먹은 적이 없었다. 보살의 미움을 받지 않을까 두려웠기 때문이다. 물론 이를 강제로 빼앗으러 가는 이도 없었다. 하지만 아홉 포대는 미신을 믿지 않는다며 기어코 절 밥 한 그릇 먹어 봐야겠다고 혼자 우렌선사로 갔다. 아홉 포대는 사찰 안에 모신 사리의 진위가 궁금해서 직접 눈으로 확인해 봐야겠다며 주지 스님을 만나게 해 달라고 간청했다. 스님들은 별생각 없이 조심스럽게 유리병에서 사리를 꺼내 그의 손에 올려놓았다. 그가 다짜고짜 한입에 사리를 삼켜 버렸다. 화가 머리끝까지 난 스님들이 온몸을 부들부들 떨며 그의 멱살을 잡고 두들겨 패기 시작했다.

"여기까지 오느라 너무 배가 고파 하는 수 없었습니다요."

아홉 포대 영감이 말했다.

"이 자식이, 죽여 버리겠어."

다급해진 스님들이 몽둥이를 들고 나섰다.

"때려, 그래, 때려 봐! 길 가던 사람들이 모두 몰려오면 까까머리 중놈들이 사리를 잃어버린 것을 온 세상이 다 알게 될 테니!"

아홉 포대 영감이 스님들을 협박했다.

과연 스님들은 아무도 그에게 손을 대지 못한 채 울상이 되어 그를 빙 에워쌌다.

"이렇게 합시다. 은전 서른 닢을 주면 사리를 돌려주지."

"어떻게 돌려줘?"

"그건 내가 알아서 할 일이고."

스님들은 아홉 포대의 말을 믿을 수 없었지만 달리 방법이 없어 다급히 그에게 은전을 가져다주었다. 아홉 포대는 은전을 천천히 세어 보더니 씩 웃으며 가져간 파두(巴豆)를 꺼냈다. 일종의 설사약인 셈이다.

파두를 먹은 그가 잠시 후 눈을 부라리며 불당 뒤로 달려가 한 무더기 설사 똥을 쌌다. 구린내가 천지에 진동했다. 법사와 몇몇 아랫사람들이 설사 똥에서 사리를 찾아내 맑은 물로 깨끗이 씻은 다음 감지덕지하며 사리를 다시 유리병에 안치했다.

이후 구걸에 관한 한 얻지 못하는 것이 없어진 그는 점점 명성을 떨쳐 뤄장강 맞은편 핑장현 일대까지 세력을 확장했다. 우한 부두를 맡고 있던 아홉 포대들도 멀리서 그를 찾아와 스승으로 모시겠다고 맹세했다.

아홉 포대 영감은 거북 등껍데기를 태워 점을 쳐서 언제 구걸해야 가장 좋고, 어느 방향으로 나가야 운수가 좋을지 알아내기도 했다. 그가 시키는 대로 하면 돈을 벌지 않는 사람이 없었다. 시장 사람들도 혼사나 호상(好喪)을 치를 때면 언제나 그를 위해 상석을 마련했다. 오히려 그가 나타나지 않으면 걱정돼서 밥도 제대로 먹을 수 없었다. 갑자기 거지 떼가 몰려들어 소란을 부릴까 걱정되었기 때문이다. 벼슬한 적이 있는 주(朱) 씨가 그에게 대련을 쓴 편액을 선사한 일이 있었다. 검은 바탕에 금색 글자, 고급스러운 화류목을 사용했기에 서너 사람이 겨우 들 정도로 무거운 편액이었다.

대련은 다음과 같았다.

만호(萬戶) 부자도 각기 세태의 변화가 흐르는 구름처럼 눈 앞에 있고,

한 사발 밥그릇은 귀천을 가리지 않으니 넓은 우주가 가슴 속에 있네.

편액에는 "밝은 마음으로 세상을 깨끗하게."라는 글이 적히고 아홉 포대의 이름이 음각되어 있었다.

아홉 포대는 관리로부터 편액을 얻었을 뿐 아니라 창러가에 곁채가 네 개나 딸린 가옥이 연이어 세 동이나 있는 푸른 기와 대저택을 마련했다. 첩을 넷씩이나 두었으며 사람들에게 돈을 빌려주고 이자를 받으며 생활했다. 매일 구걸하러 다닐 필요가 없던 그는 초하루와 보름날에만 직접 거리로 나가 휘하 패거리들과 함께 구걸을 다녔다. 직접 구걸을 나갈 필요가 없을 만큼 여유로운데도 굳이 매월 한두 번씩 구걸 행각을 한 데는 그 나름의 이유가 있었다. 우리 지식청년들은 그 이유를 알았다. 보름 넘게 구걸하지 않으면 다리가 붓기 때문이었다. 게다가 며칠에 한 번씩 맨발로 다니지 않으면 다리에 붉은 반점이 생겼다. 얼마나 가려운지 밤낮 가리지 않고 벅벅 긁어 대서 피가 날 지경이라고 했다.

그는 음력 정월 30일 구걸을 가장 중요하게 생각했다. 매년 이날이 되면 그는 모든 초대를 마다하고 집 안에 불을 피우지

못하게 했다. 네 아내에게 모두 값비싼 비단옷을 벗고 누더기 옷을 걸치게 했으며 포대나 그릇을 하나씩 나누어 준 다음 각자 구걸을 나가도록 했다. 먹는 것도 오직 구걸해 온 것만 먹을 수 있었다. 그의 딸인 톄샹(鐵香)도 예외가 아니었다. 아직 세 살밖에 안 된 톄샹은 나가지 않겠다고 떼를 쓰다 잔뜩 욕을 먹고 두들겨 맞은 후 훌쩍거리며 아비를 따라 거리로 나갔다. 뼛속까지 시린 눈바람 속에서 그녀는 이렇게 구걸을 배웠다. 집집마다 문을 두드리며 사람을 보면 고개를 조아렸다.

고생을 모르고 어찌 사람이 되겠는가?

다이스칭은 세상 사람들이 산해진미만 알 뿐 동냥밥이 제일 맛있다는 사실을 몰라 너무 안타깝다고 말했다.

나중에 공산당은 그를 거지 부농으로 분류했다. 고용인을 착취했지만(일곱 포대 이하 거지들을 착취했다는 죄목) 명실공히 거지였기 때문에(적어도 음력 정월 30일 밤에는) 이렇게 말 같지도 않게 분류할 수밖에 없었다. 또한 호화 주택에 네 아내를 거느리고 있었지만 항상 누더기 옷에 맨발로 다녔기 때문에 사람들은 이 같은 결론을 받아들일 수밖에 없었다.

다이스칭은 이런 결론이 대단히 불만스러웠다. 배은망덕한 공산당 같으니라고, 막 들어왔을 때는 자신에게 의지한 적도 있건만. 당시 도둑 떼와 악덕 지주들에 대한 청산이 시작되자 일부 도적들이 사방으로 흩어져 숨어 버렸다. 다이스칭은 공작대에 협력해 거지들을 감시인으로 파견했다. 거리 곳곳에 의심 가는 사람이 있는지 살펴보고 집집마다 다니며 그릇 숫자를 세어 보았다. 구걸하면서 암암리에 그 집에 설거지하는 그릇이 몇 개인지 살펴보면 식객이 늘어났는지, 혹시 누구를 숨겨 주는 것은 아닌지 알 수 있기 때문이다. 물론 이런 활동은 아주 짧은 기간 이루어졌다. 다이스칭은 혁명이 막바지에 이르렀을 때 자신을 포함한 거지들까지 혁명의 대상이 되리라고는 생각지 못했다. 공산당은 다이스칭을 창러가의 거물로 단정 짓고 포승줄로 묶어 거리 곳곳을 끌고 다녔다.

다이스칭은 결국 감옥에서 병을 얻어 사망했다. 그와 한 감방에 있던 사람이 전한 말에 따르면, 그가 죽기 전 이렇게 말했다고 한다.

"대장부란 이런 거야. 좋은 시절에는 1000명이 떼밀어도 밀어낼 수 없지만 일단 운이 다하면 만 명이 끌어올리려 해도 꼼짝할 수 없지."

이 말을 할 당시 다이스칭은 이미 자리에서 일어설 수 없었다고 한다.

그의 고통은 두 다리부터 시작되었다. 먼저 다리가 붓기 시작해 신발이고 양말이고 전혀 신을 수 없을 정도가 되었다. 신발 옆쪽을 잘라 냈지만 그래도 발에 끼워지지 않았다. 복사뼈도 구분이 가지 않을 정도로 두 다리가 마치 포대처럼 퉁퉁 부었다. 이후 예전처럼 붉은 반점이 나타나더니 한 달 남짓 후부터는 점점 자줏빛으로 변했다. 그리고 다시 한 달이 지나자 아예 검게 변하고 말았다. 얼마나 다리를 긁었는지 온통 피딱지가 앉은 다리는 온전한 살갗을 찾아볼 수 없었다. 감방 안에 밤새도록 그의 비명이 울려 퍼졌다. 병원으로 보내 의사의 진찰을 받은 적도 있었다. 그러나 의사가 처방한 페니실린 주사도 그에게는 전혀 효과가 없었다. 그는 감옥 문 앞에 꿇어앉아 철문을 탕탕 두드리며 간수에게 애걸했다.

"날 죽여 주시오. 어서 칼로 푹 찔러 날 죽여 주시오."

"널 죽이진 않아. 개조해야지."

"안 죽일 거라면 구걸을 시켜 주든지."

"길거리에 나갔다가 도망치려고?"

"당신을 보살이라고, 아니 영감마님이라고 부를 테니 제발 구걸하게 해 주시오. 지금 내 두 다리가 썩어 간다고요……."

간수가 냉소를 지었다.

"어디서 감히 수작질이야?"

"수작 부리는 게 아니라고요. 못 믿겠으면 총을 들고 뒤에서 날 감시해도 좋습니다."

"어서 들어가기나 해. 오후에 벽돌 날라야 해."

간수는 더 이상 대꾸하지 않았다.

"안 돼요, 안 돼. 난 벽돌 못 날라요."

"그래도 날라야 해. 그게 바로 노동 개조라는 거야. 어디서 아직도 구걸을 들먹거려? 일하지 않고 먹으려 하다니. 아직도 게을러빠져서 일하는 게 싫단 말이야? 새로운 사회가 도래했어. 너희 같은 놈부터 바로 세워야 한다고!"

간수들은 결국 그의 요청을 들어주지 않았다. 그리고 며칠 후 아침 식사 시간에 죄수들이 아직도 이불 속에 웅크리고 있는 다이스칭을 발견했다. 감방 동료 하나가 그를 흔들었다. 다이스칭의 몸은 이미 싸늘하게 굳어 있었다. 한 눈은 뜨고 한 눈은 감은 채. 베개 옆 지푸라기 더미에는 그의 피를 빨아먹은 모기 네댓 마리가 날아다니고 있었다.

흩어지다(散發)

　사람들은 내게 다이스칭 이야기를 해 줄 때 '흩어지다(散發)'라는 표현을 사용했다. 그들은 톄샹의 아버지가 구걸하지 못해 흩어져 버렸다고 말했다.

　이 말은 곧 죽음을 의미한다.

　이는 마차오 사전에서 내가 좋아하는 단어 가운데 하나이다. 죽다, 사망하다, 끝나다, 늙다, 가다, 염라대왕을 만나러 가다, 뒈지다, 눈을 감다, 숨이 끊어지다, 만사(萬事)를 끝내다 등은 '흩어지다(散發)'의 동의어이다. 그러나 그런 말들은 단순하고 천박한 느낌이 들어 '흩어지다'처럼 정확하고 생동감 있으며 세심하게 죽음의 과정을 보여 주지 못한다. 생명이 끝났다는 것, 이는 생명을 구성하는 모든 원소가 분해되고 흩어진다는 의미이다. 예를 들면 피와 살이 썩어 흙과 물이 되고, 그중 어떤 것은 수증기로 변해 공기나 구름 또는 안개가 된다. 때로 벌레들이 물어뜯어 가을 울음소리에 힘을 더하기도 하고 뿌리가 빨아들여 푸른 풀밭과 오색찬란한 꽃잎으로 변하기도 한다. 이렇게 거대하고 드넓은 무형의 세계가 되는 것이다. 온갖 생명이 살아 숨 쉬는 들판을 응시해 보자. 여러 가지 미세한 소리, 여러 가녀린 숨결이 황혼 무렵 청량하고 촉촉한 금빛 안개 속에 떠돌거나 늙은 단풍나무 아래 배회하는 것을 느낄 수 있다. 여기에 생명, 무수한 옛사람들의 생명, 다만 우리가 이름을 모르는 생명이 깃들어 있음을 안다.

그들의 맥박이 멈춘 순간부터 그들의 이름, 그들의 이야기 또한 사람들의 기억과 전설 속 편린으로 흩어져 불과 몇 해가 지나면 사람들의 물결 속으로 완전히 모습을 감춘다.

계절은 순환하고 시곗바늘 역시 계속해서 돌아가지만 오직 모든 생명의 흩어짐만은 되돌릴 수 없는 직선으로 시간의 절대성을 일깨워 준다. 열역학 제2법칙인 불변의 법칙에 따르면, 이는 엔트로피가 증가하는 과정, 즉 질서를 갖춘 조직이 무질서, 흩어짐, 동질화, 적막으로 서서히 소멸되는 상태를 말한다. 그 상태가 되면 이미 시신과 분묘는 서로 구분할 수 없는 하나가 되고 다이스칭의 발과 치아도 더 이상 구분할 수 없는 상태가 된다.

흩어짐과 반대되는 것은 당연히 수렴과 취합이다. 취합은 존재의 본질이자 생명의 본질이다.

피가 모여 사람을 이루고 구름이 모여 비가 되며 모래가 모여 돌이 된다. 말이 모여 사상을 이루고, 매일매일이 모여 역사를 이룬다. 사람과 사람이 모여 가족, 정당 또는 제국을 이룬다. 일단 취합의 역량이 약화되면 그것은 바로 죽음의 시작이다. 때로 사물은 확장하고 왕성해질수록, 생명이 버틸 수 있는 한계를 넘어가면 넘어갈수록 내재된 취합 역량 역시 점차 힘겨워진다. 이런 점에서 볼 때, 마차오의 흩어짐이 그저 인간의 죽음만을 의미하는 것이 아니라 어떤 안타까운 상황을 표현할 때도 쓰이리라 짐작할 수 있다. 특히 번영 속에 숨은 쇠약한 기운을 가리킬 때도 유용하게 쓰일 것이다.

몇 년 후 텔레비전에 대해 그들 중 한 노인이 놀라운 듯 말했다.

"매일 텔레비전을 보면 마음이 커져서 흩어져 버리는 것 아냐?"

물론 이는 기우에 지나지 않지만 사람들이 텔레비전을 통해 점점 더 광범위한 지식을 얻고 있는 것은 사실이다. 그렇다면 텔레비전을 통해 사람들 마음속에 점점 쌓여 가는 욕망은 어떻게 취합할 것인가? 취합할 수 없다면 끝장 아닌가? 나는 텔레비전에 대한 그들의 두려움이 합리적인지 평가를 내릴 수 없다. 그저 그들이 말한 흩어짐이 이십 년 전에 비해 훨씬 더 확장된 의미를 갖게 되었음을 느낄 뿐이다. 또한 모든 흩어짐을 대하는 그들의 모습, 예를 들어 텔레비전 앞에서 분방해지는 사람들의 상태, 더 큰 세계와 어우러지는 상태에 대해 마차오 사람들이 갖는 고집스러운 경각심을 느낄 수 있다.

유서(流逝)

많은 사전에 '유서(流逝)'라는 단어가 수록되어 있다.

『중화민간방언사전』(난하이(南海)출판공사, 1994년)을 보면 이 단어를 다음과 같이 해석한다.

"'유세(流勢)' 또는 '유사(流斯)'라고도 한다. 굴원의 『구가(九歌)』「하백(河伯)」에 '그대와 하숫가에서 노닐고자 하는데, 얼음이 녹아 어지럽게 내려오는구나.'[46]라는 구절이 나온다. 여기서는 물줄기가 빠르게 흘러감을 형용했다. 현재는 '빨리', '즉시', '순간적으로'의 의미로 쓰인다. 예를 들면 다음과 같다. '그 사람은 밥도 안 먹고 젓가락을 내팽개치고 재빨리(流勢) 사라졌어.'"

---

46) "與女游兮河之渚, 流澌紛兮將來下."

『현대한어방언대사전』(장쑤교육출판사, 1992년)에 보면 다음과 같이 적혀 있다.

"'유사(流些)', 유시(流時)'는 부사이다. '황급히'의 의미로, 예를 들어 '그 소식을 듣더니 재빨리(流些) 달려왔어.'라고 쓴다."

일부 남부 지역 소설가들 역시 각자 자기 나름대로 이 단어를 사용한다. 저우리보(周立波)[47]는 『산향거변(山鄕巨變)』 등의 작품에서 이 단어를 자주 사용했다.

"비가 오자 그는 재빨리(流逝) 사람을 불러 밭에 가서 곡식을 거두도록 했다."

옛사람들이 '얼음이 녹다'라는 의미로 풀이한 '유시(流澌)'를 잠시 논외로 하고, 나머지 '유서(流逝)', '유사(流些)', '유시(流時)', '유수(流水)' 등은 약간씩 차이가 있기는 하나 모두 같은 뜻, 즉 '금방(馬上, 마상mǎshàng)'이라는 뜻을 가진다. 분명 이러한 단어들은 물이 많은 남방에서 처음 만들어졌을 것이다. 말에 올랐다는 의미인 '마상(馬上)'이라는 단어가 말이 많던 북쪽 지역에서 만들어질 수밖에 없었던 것과 같은 이치이니 더 이상 의문의 여지가 없다.

'유서(流逝)'는 시간에 대한 남방 사람들의 최초의 감각을 표현한다. 공자는 강가에 서서 "흘러가는 것은 이와 같다."[48]라고 말했다. 그들은 졸졸 흐르는 시냇물이든 호탕하게 흐르는 거대한 강물이든 한번 가면 다시는 돌아오지 않는다는 것

---

47) 1908~1979년. 본명은 저우사오이(周紹儀)이고 후난성 이양(益阳) 사람으로 중국 현대문학가이다.
48) "逝者如斯夫."

을 발견했다. 이렇게 흘러가는(流逝) 사이에 청년은 노인이 되고 푸른 잎은 어느새 누렇게 시들어 버리니 아쉬운 세월 속에 긴박감을 형성하게 되었을 것이다. 물론 물의 흐름이 느린 경우도 있으리라. 그러나 아무리 느리게 흘러간다 해도 흘러가 버림에 두려움을 느낀다. 이에 사람들은 '유서(流逝)'라는 표현을 이용해 수시로 후대에 정신을 바짝 차리고 좀 더 빨리 행동하라고 경계함으로써 이 단어에 일종의 긴장감을 부여했다.

마바쯔(馬疤子)[49]와 1948년

광푸(光復)는 현의 체육 선생님으로 마차오의 몇 안 되는 지식분자(지식인) 가운데 한 사람이다. 또한 마차오에서는 유일하게 현에 정착해 국가의 녹을 먹고 살아가는 사람이다.

광푸의 아버지는 마차오 역사에서 하나뿐인 큰 인물이다. 그러나 오랫동안 마차오 사람들은 그에 관한 이야기를 꺼렸다. 그에 관한 이야기만 나오면 언제나 우물우물 얼버무리기 일쑤였다.

시간이 한참 흐른 뒤에야 나는 광푸의 아버지가 바로 마원제(馬文杰)임을 알았다. 1982년 그는 정부의 오류 선별 작업을 통해 '악질 지방 토호', '반동 관료'라는 오명을 벗고 의병을 일

---

49) 바쯔(疤子)는 부스럼이나 흉터라는 뜻이다.

으킨 공신이라는 신분을 회복했다. 광푸는 현 정부의 상임위원으로 나중에 정치협상회의 부주석이 되었다. 물론 이는 아버지가 오명을 벗은 것과 관계가 있다. 나 역시 바로 그 무렵에야 그를 방문해 1948년 국민당 현장(縣長)을 역임한 마원제라는 인물의 내막을 들을 수 있었다.

이미 앞에서 언급했듯이 때는 1982년이었다. 비가 많이 내리던 어느 칙칙한 저녁 무렵, 시내 강가에 있는 작은 두붓집에서의 일이다.(광푸는 체육 선생이라는 직업조차 위태로웠을 무렵 이 가게를 열었다.) 나는 시금털털한 비지 냄새로 가득 찬 그곳에서 작은 공책을 꺼내 그의 이야기를 기록했다. 문득 이상하다는 생각이 들었다. 내게 그리고 내가 아는 마원제에게 1948년은 결코 1948년이 아니었다. 그해는 그 후로도 계속 이어지며 한껏 발효되어 시큼한 냄새를 풍기고 있었다. 다시 말해 1948년은 1982년 빗줄기가 쏟아지는 그 저녁에야 비로소 다시 모습을 드러냈다는 뜻이다. 마치 마차오의 슝스를 죽인 폭탄처럼. 중일전쟁 당시 그 불발탄은 흙 속에 묻힌 채 남몰래 삼십 년 넘게 시간을 웅고했다. 그리고 어느 아름다운 봄날 한 아이의 가슴 앞에서 낡고 오랜 폭발음을 울리며 터져 버렸다.

우리는 우리가 모르는 것에 대해서는 그것이 존재한다고 단언할 수 없다. 적어도 그 존재를 단정할 만한 충분한 근거를 가지고 있지 않다. 그러므로 1982년 이전 '마원제의 1948년'은 나에게 무(無)라고 말할 수 있다.

이와 같은 맥락에서 마원제의 1948년, 마차오 사람들의 1948년 또한 숱한 역사 교과서에 등장하는 1948년이 아니다.

그해는 당시 사람들이 느끼고 확인하고 추억하는 여러 많은 사건과 변화로 점철되었다. 그 속에는 베이핑(北平) 국공 회담, 랴오선(遼瀋) 전투,[50] 화이하이(淮海) 전투,[51] 중국의 공산당과 국민당이 양쯔강을 중심으로 양쪽을 나누어 통치하라는 소련 공산당의 제안에 마오쩌둥이 화를 내며 거절한 사건, 국민당 내 장제스(蔣介石) 파벌과 리쭝런(李宗仁)의 계파 사이에 벌어진 격렬한 각축전 등이 포함된다. 그러나 당시 마원제와 그의 부하들은 이를 전혀 몰랐다. 주롄(九連)산맥이 겹겹이 가로막은 데다 전란과 대가뭄 그리고 또 다른 이유들 때문에 마차오와 외부 세계는 점점 더 단절되었다.

당시 마차오 사람들의 외부 세계에 대한 인식은 귀향한 노병이 털어놓는 자질구레한 무용담 수준에 머물러 있었다.

당시 귀향한 노병들은 대부분 단장인 마원제를 따라 42군에서 밥을 먹던 이들로 산둥(山東), 안후이(安徽)를 거쳐 후에 빈후호(濱湖) 전투에 참가해 44군의 방어 임무가 그들에게 이관되었다. 그들은 44군을 멸시했다. 44군은 쓰촨(四川) 출신 군인들로 규율이 영 형편없었기 때문이다. 그들은 거의 아편을 했으며, 일본군이 민간인 복장으로 변장하고 침입했을 때 한번 제대로 싸워 보지도 못한 채 부대를 송두리째 내준 적도 있었다. 마 단장은 모진 고생을 겪었다. 한번은 환장현(浣江縣)에서 매복 공격을 펼친 적이 있었다. 그의 부대가 매설한 백여 개

---

50) 국공 내전 당시 1948년 9월 12일에 일어난 랴오시(遼西)와 선양(瀋陽) 전투.
51) 국공 내전 당시 1948년 11월부터 1949년 1월까지 일어난 대규모 전투.

의 지뢰가 전혀 쓸모없었다. 지뢰는 모두 사오양(邵陽)에서 급히 운반해 온 것으로 하나가 두 조각으로 터지게 되어 있었는데 폭발음만 요란했지 사람은 죽지 않았다. 자욱한 연기 속에서 일본 병사들은 전혀 다치지 않고 고함을 지르며 곧장 쳐들어왔다. 42군이 뿔뿔이 흩어진 것은 당연한 일이다. 사태가 심상치 않게 돌아가자 마 단장은 부하들에게 산포(山炮)52)든 뭐든 모두 강에 버리고 흩어져 유격전을 펼치라고 명령했다. 일본군들은 군량 운반 부대였다. 겨울까지만 그들의 발을 묶어놓으면 둥팅호(洞庭湖)의 물이 말라 배를 움직일 수 없었다. 그렇다면 그들의 견제 임무도 성공적으로 완수되는 셈이었다.

귀향한 노병들은 마원제의 부대에 있을 당시 포로 잡던 일을 회상하기도 했다. 당시 일본 병사 한 명을 잡으면 포상금이 1만 위안이었다. 모든 병사가 각기 한 달에 네 명씩 포로를 잡아야 했다. 만약 임무를 완수하지 못하면 중대장의 과오로 기록되었다. 게다가 다음 달에는 임무가 배로 증가했다. 만약 그 다음 달도 임무를 완수하지 못하면 중대장은 즉시 해직되는 한편 볼기를 맞고 군법에 따라 처리되었다. 뗏대로 세 대만 맞아도 곧바로 엉덩이에서 피가 나기 마련이다. 어떤 재수 없는 중대장은 아예 엉덩이가 문드러져 며칠 동안 제대로 사람 구실도 하지 못했다.

그들은 지방유지회(地方維持會)53)를 찾아가 양민증을 구하

52) 산지 전투에 사용되던 화포.
53) 임시 정권 조직. 항일전쟁 초기 일본이 중국 내 함락 지역에 중국인 매국노를 이용해 세운 지방 조직이다.

고 민간인 복장을 한 다음, 적이 점령한 지역을 급습했다. 제법 담이 큰 병사들은 일본군 대열을 물어 '꼬리'를 잡기도 했다. 중대 전체가 후난 서쪽 먀오족(苗族) 출신인 어떤 부대는 부대원들이 모두 헤엄에 능한 데다 용맹했기 때문에 포로도 가장 많이 잡았다. 그러나 안타깝게도 화룽현(華容縣)에서 벌어진 접전에서 부대원 모두 순직하고 말았다. 마 단장 수하에 있던 같은 고향 부하들은 그래도 운이 좋은 편이어서 목숨만은 보전할 수 있었다. 포로를 잡기는 했지만 진짜 일본인은 없고 거의가 몽골인 아니면 조선인이었다. 대충 임무는 완수한 셈이나 상금은 받지 못했다. 몇몇 마차오 사람들은 집으로 돌아온 후 이 일에 대해 늘 불평을 늘어놓았다.

"마바쯔(馬疤子)가 하는 일은 정말 어이가 없어. 몽골인들이 머리가 제일 큰데 말이야. 마대에 서너 명씩 집어넣으면 아무리 젖 먹던 힘까지 다해도 마대를 들어 올릴 수가 없어. 그렇게 고생했는데 누구는 상금을 받고 누구는 찬물만 마신 꼴이니……."

마바쯔란 마원제의 별명이다.

사람들이 이야기를 듣고 놀라며 안타까워했다.

"그럼, 그럼. 마바쯔가 너무 인색했어. 그렇게 높은 자리에 있으면서 마누라한테 금팔찌 하나 해 준 적도 없고. 어쩌다 한번 고향에 돌아오면 친척들에게 겨우 밥 한 끼를 내는데, 기껏 낸다는 것이 겨우 고기 다섯 근이더라고. 솥에 무만 가득했다니까!"

마차오 사람들의 1948년은 이런 화제로 가득했다. 다시 말해 당시 그들 마음속에 자리한 외부 세계에는 오직 아편을 피우는 쓰촨 군대, 터져도 아무도 다치지 않는 사오양 지뢰, 일본군을 따라다니던 몽골인뿐이었다. 기껏해야 3차 창사 대전에 대한 소문을 어렴풋이 들었을 뿐이다. 심지어 그들은 '1948'이 대체 무엇을 말하는지도 몰랐다. 그때껏 서기(西紀)로 해를 표시한 적이 없었기 때문이다. 내가 그들을 만났을 무렵에도 '1948년'은 여전히 생소한 표현이었다. 그들은 그해를 다음 같은 방법으로 표시했다.

(1) 창사(長沙) 대전이 일어난 해

이는 확실히 잘못된 명명이다. 그들이 창사 대전에 관한 이야기를 들은 것은 거의 육 년이 지난 후였기 때문이다. 그래서 그들은 이를 1948년의 일로 알고 있었다. 만약 외지인이 3차 창사 대전에 대해 전혀 모르는 상태에서 마차오 사람들에게 들은 대로 시간을 계산한다면 역사의 질서는 엉망이 되고 말 것이다.

(2) 마오궁(茂公)이 유지회장(維持會長)이 된 해

이렇게 말하는 것은 옳을 수도 있고 틀릴 수도 있다. 마오궁은 마차오 윗마을 사람으로 그해에 분명히 장자팡 모 씨의 뒤를 이어 유지회장 자리에 올라 근처 열여덟 개 마을을 관할했다. 이 일을 가지고 1948년을 표시한다면 그다지 문제 될 것이 없다. 그러나 문제는 일본인이 이미 항복했다는 사실, 일본인이 자신들 마음대로 만든 유지회가 절대 다수 지역에서 이미 존재하지 않는다는 사실, 그래서 양민증 또한 필요하지 않다는 사실을 마차오 사람들은 몰랐다는 것이다. 정보가 차단된 상태에서 그들은 여전히 예전 규정대로 일을 처리하는 한편 '유지회'라는 명칭을 사용했기 때문에 이후 사람들에게 오해를 불러일으킬 수 있다.

(3) 장자팡 대나무에 꽃이 핀 해

장자팡에는 좋은 대나무밭이 있다. 1948년 가뭄이 심각해서 논에 알곡이 여물지 않았는데 대나무는 모두 하얀 꽃을 피우고 열매를 맺었다. 씨를 받아 껍질을 까 보니 알이 통통하고 연한 붉은빛을 띠었다. 그 대나무 씨로 밥을 하니 향긋한 냄새가 코를 찌르고 맛도 붉은 수수밥과 별 차이가 없었다. 대나무는 꽃을 피우고 곧 죽어 버렸다. 인근 사람들은 이 대나무 덕에 기근을 이겼고 그 은덕을 기리는 의미에서 대나무를 '의죽(義竹)'이라고 불렀다. 이에 깊은 인상을 받은 마차오 사람들은 대나무로 그해를 기억했다. 물론 이 역시 나쁜 방법은 아니다. 다만 외지인들이 이런 상황을 모르기 때문에 호적을 조사하거나 징병을 하거나 학교에 등록할 때 '장자팡 대나무에 꽃이 핀 해'에 태어난 사람과 그 부모는 손짓 발짓을 총동원해 한참 동안 애를 쓴 다음에야 비로소 외지 사람에게 당사자의 진짜 나이를 정확하게 설명할 수 있었다.

(4) 광푸가 룽자탄에서 공부를 시작한 해

'공부를 시작한 해'라 함은 책을 읽고 글자를 알기 시작했다는 의미이다. 마원제의 아들 광푸는 타고난 자질이 뛰어나지 못한 데다 어릴 때 놀기를 좋아해 소학교만 해도 칠 년을 다니고도 또다시 유급했다. 유급 사실이 창피했던 그는 나이가 든 후 부끄러운 과거를 인정하고 싶지 않았다. 그래서 이력서에 자신이 글을 알기 시작한 때를 1951년보다 삼 년 더 이르게 기록했다. 만약 내막을 알지 못하는 사람이라면 광푸의 이력서나 광푸의 이야기만 듣고 시간을 계산할 것이고 그러면 마차오의 역사는 거꾸로 삼 년을 거슬러 올라갈 것이다. 이 역시 극히 위험한 시간 개념이다.

(5) 마원제가 귀순한 해

마원제, 그의 국민당 귀순은 인근 여러 마을에서도 모르는 사람이 없을 정도로 매우 유명한 사건이었다. 이 사건으로 시간을 명시하면 당연히 마차오 사람들은 편리할 것이고 외지인들도 비교적 쉽게 이해할 수 있다.

물론 귀순에 대해서는 좀 더 설명이 필요하다.

그해는 상황이 매우 긴박했다. 음력 섣달이 되자 시골 사람들은 돗자리를 짜서 현성으로 보내 시신을 싸는 데 쓰도록 했다. 전하는 말에 따르면, 핑장에서 온 비적 한 사람이 성(省) 군대에 귀순했는데, '펑자오뤼쯔(彭叫驢子)'를 대장으로 삼고 병사 1만 명에 대포 세 문을 동원해 마원제를 포함한 뤄장강 양안의 비적들을 모조리 소탕하겠다고 성 사람들이 장담했다는 것이다. 마원제는 사생결단의 결심으로 자신의 재산을 모두 마을 사람들에게 나누어 주는 한편 자신의 관도 준비하라고 일렀다. 그는 펑자오뤄쯔에게 단 한 가지를 요구했다. 백성들이 고생하지 않도록 시내에서 싸우지 말고 가능하면 뤄장강 하류 바이니탕(白泥塘)에서 결전을 벌이자는 것이었다. 그러나 펑자오뤄쯔는 그런 요구는 안중에 없다는 듯이 마원제가 보낸 연락병의 목을 베어 바이사(白沙) 마을 동문 밖 다리에 내다 걸었다. 마을 사람들은 감히 그 다리를 건너지 못해 다리 아래로 헤엄을 쳐서 건너다닐 수밖에 없었다.

전쟁이 일어난다는 소식이 전해지자 현성 백성들이 아우성을 지르며 도망쳤다. 그러나 시간이 흘러도 대포 소리가 들리기는커녕 펑자오뤄쯔의 군대는 그림자도 비치지 않았다. 대신 마원제는 게시문을 통해 전쟁을 하지 않겠다고 공포했다. 이후 그는 새로운 직함을 가졌는데, 바로 현장(縣長) 겸 14사단의 임시 사단장이었다. 그가 사람들과 함께 창러가에서 개고기를 먹고 있을 때 마을 사람들은 국민군 복장에 번쩍이는 서양식 기관총을 소지한 그의 부하들 모습을 발견했다.

나중에 사람들은 국민당이 크게 패배한 바로 그해에 마원제가 국민당에 기댄 것은 몹시 어리석은 일이라고 생각했다. 광푸는 이에 대해 내게 여러 번 해명했다. 그에 따르면, 그의 아버지는 본래 공산당에 의탁하려 했지만 일이 엇갈려 국민당에 투항했다는 것이다. 광푸의 아버지는 몇 년 동안 외지에서 군인으로 살았기 때문에 어렴풋이나마 공산당에 대해 알았다. 그가 들은 바에 따르면 공산당은 부자는 죽이고 가난한 사람들을 구해 주며 싸움도 잘한다고 했다. 그래서 그는 공산당에 어떤 적의도 품지 않았다. 성 군대에 쫓기던 그는 의형제 왕라오야오(王老幺)를 공산당에 보냈다. 왕 씨에게는 류양(瀏陽)에서 목공일을 하는 매형이 있었는데 공산당과 친했다. 그런데 공교롭게도 길을 떠나기 무섭게 왕라오야오의 등에 커다란 종기가 나서 약초를 붙여야 했다. 통증이 심해 여관에서 이틀을 더 머물고 늦게 류양에 도착했는데, 매형은 이미 장시로 떠난 후였다.

"이틀, 겨우 이틀 때문이에요! 왕라오야오 등짝에 종기가 나지 않고 영전(令箭)[54]을 받아 재빨리 행동했더라면 우리 아버지도 지금 공산당이 되지 않았겠어요?"

광푸가 술 한 모금을 들이켠 뒤 눈을 커다랗게 뜨며 나에게 말했다.

물론 광푸가 가슴 아파하는 것도 당연하다. 바로 그 짧은 이틀로 인해 마원제와 그의 부하 백여 명의 운명은 물론이고, 광푸 자신의 운명 또한 바뀌었기 때문이다. 공산당과 연락하지 못한 왕라오야오는 후에 웨양에서 어느 극단 감독의 소개를 받아 국민당 B계 군벌의 한 부관을 만났다. 결국 B계 군벌이 마원제를 귀순시켰고, 그때부터 모든 일이 꼬이기 시작했다.

때는 1948년 말로 국민당 정권이 대륙에서 전면적으로 붕괴되기 시작할 때였다. 오직 시골 사람들만 춥고 적막한 겨울 내내 그 일을 까맣게 모르고 있었다. 내 생각에 당시 B계 군벌이 이미 대세가 기울었음을 알면서도 사방에서 귀순을 강요하고 전투를 감행한 것은 단지 곧 남하할 공산당 군대에 약간의 소

---

54) 군령 전달의 증거로 쓰인 화살 모양의 작은 깃발.

란과 손실을 끼칠 속셈이었던 것 같다. 아니면 이후 일부 사료에 기록된 것처럼 당시 후난성 정부군에 소속된 국민당 H계 군벌이 B계와 틈이 벌어져 서로 끊임없이 암투를 벌였기 때문인지도 모른다. 당시 B계는 H계 지역에서 잔당들을 모아 세력을 확충해 H계를 견제하려 했다.

어쨌거나 B계의 귀순 요청과 지원에 시골 사람 마바쯔는 화들짝 기뻐하며 상대방이 내주는 위임장 한 장과 총 80자루, 뤄장강 양안의 일시적 평안을 아무 생각 없이 받아들였다. 그는 국민당 내부의 계파 투쟁에 대해서도 진혀 몰랐으며, B계 군벌 장군의 진짜 의도 또한 전혀 파악하지 못한 상태였다.(사실 오늘날의 우리도 이에 대해 완벽하게 안다고 말할 수 없다.) 그는 그저 제복만 입으면 관군이 되고, 그러면 모든 이들이 자신을 겁내고 화해를 요청할 것이라고 믿었을 뿐이다.

신나게 술을 마시며 자축하던 그와 그의 부하들은 자신들이 내디딘 한 걸음이 바로 자신들을 지옥으로 이끌고 있다는 사실은 전혀 눈치채지 못했다.

어느새 1948년은 뤄장강의 황량한 모래언덕을 넘어 역사상 거대한 변화를 소리, 소문 없이 남방으로 이끌고 있었다. 그러나 마바쯔와 그 부하들이 자신들의 소굴에서 생활하던 1948년은 국민당 B계나 H계 군벌의 공문서에 기록된 1948년과 같은 해가 아니다. 몇 년 후 현성의 붉은 군대가 기관총을 동원해 마바쯔의 부하 수십 명을 '폭동 미수범'으로 단정 짓고 기습했을 당시에도 붉은 군대의 기억 속에 혁명의 승리로 기세

가 충천했던 1948년은 마바쯔가 산간 소굴에서 보낸 1948년
과 결코 같은 해가 아니었다.

 시간은 이렇게 잘못 이어져 있었다.

제단을 만들어 놓고 독경하다(打醮)[55]

뤄장강 양안에 흩어져 있던 비적들은 다른 무리와 협력하지 않고 자기들끼리 독자적으로 활동했다. 마바쯔는 비적들 중에서 명성이 꽤 높은 편이었다. 물론 막강한 군사력 덕분이기도 했지만 그가 지닌 영험한 신통력 때문이기도 했다. 청교(青教)를 믿은 그는 매일 제단에 향을 피우고 독경하며 관음보살을 모셨다. 그는 부하들과 함께 부들방석 위에 정좌해 계속 무엇인가를 중얼거렸다. 그렇게 오래 앉아 있으면 마음이 정갈해지고 정신이 맑아지며 도력이 향상된다고 했다. 십여 년 동안 그를 괴롭힌 고질병 해소천식도 이렇게 고쳤다고 한다. 그 후

---

55) 중국어 발음은 '다자오(dǎjiào)'이고, 중이나 도사가 단을 만들어 놓고 독경해 망령(亡靈)을 천도(薦度)한다는 뜻이다.

그의 부하들은 장소를 막론하고 앉아 있든 서 있든 자세를 반듯하게 취했다. 그래서 며칠씩 물도 마시지 않고 배를 곯아도 언제나 기운찬 모습으로 쏜살같이 싸움터로 달려가 전투에 임했다고 한다. 그들을 더욱 신비스러운 존재로 표현한 이들도 있었다. 부대가 전투하는 광경을 직접 봤는데 그들은 칼에 베여도 몸에서 피가 나지 않고 총알이 깃발을 맞혀도 그 깃발을 뚫지 못하니 이 모든 것이 부들방석 위에서 정좌한 결과가 뻔하다고 말했다.

마바쯔의 부대는 특징이 하나 더 있었다. 그들은 행군이나 전투할 때 항상 신발을 신지 않았다. 그런데도 산이나 개울을 건널 때 모두 매우 민첩했다. 그들의 발은 예리한 돌부리나 쇠못에도 끄떡없었다. 백성들은 그들을 '맨발의 군대'라고 불렀다. 매일 십삼태보(十三太保)의 신행(神行) 주문을 외워야 비로소 이런 기술을 연마할 수 있다고 했다. 나중에 광푸는 내게 이런 것들은 모두 과장된 이야기라고 말했다. 맨발 행군은 좀 더 빨리 달리기 위해서였으며, 발바닥이 두꺼웠던 것은 닥나무와 어린 오동나무를 곱게 빻아 짜낸 액을 발바닥에 바르고 마른 다음 또다시 바르기를 반복해 신발 바닥보다 더 두꺼운 층이 생겼기 때문이라고 했다. 그것은 그의 아버지가 군대에 있을 때 후난 서쪽 먀오족 사람들에게 배운 방법이었다.

사람들은 맨발의 군대를 매우 경이로운 시선으로 바라보았다. 그들이 어디에 가건 어린아이나 할머니들도 그들이 만든 제단에 앉아 함께 정좌하곤 했다. 물론 정좌에 익숙지 않은 사람들도 있었다. 때로 기를 잘못 운용해 미쳐 버린 사람도 있었다. 마바쯔는 일반 사람들이 함부로 그들을 따라 제를 올리지 못하도록 했다.

마바쯔에 따르면 제를 올릴 때 가장 중요한 것은 깨끗한 마음, 욕심 없는 마음이라 했다. 당시에는 양식이 부족했기 때문에 비적들은 어디를 가나 함부로 도둑질을 했다. 그래서 거리에 마원제가 나타나기만 하면 남녀노소 가릴 것 없이 모두 몰려와 그에게 매달려 울며 억울함을 호소했다. 돈을 뺏겼다는 둥 아내를 뺏겼다는 둥 갖가지 이유를 대며 마 단장이 나서서 처리해 주기를 바랐다.

마원제는 창러가에서 국민당 군대의 여러 두목들을 소집해서 회의를 열고 다른 물건은 괜찮지만 사람과 모종, 소는 반드시 돌려줘야 한다고 말했다. 다른 두목들은 그가 짚신 차림으로 나타나 회의를 여는데 무장 호위는커녕 권총도 없이 나타나 오직 정기(正氣)만으로 사람들을 압도하는 것을 보고, 그가 입을 열기도 전에 잔뜩 기가 죽어 심히 두려워했다.

어떤 이는 그를 한참 쳐다보면 눈이 어찔해지며 그의 머리 위에 둥근 광채가 비치고 붉은 기운이 어른거린다고 했다. 그래서 더더욱 감히 그의 말을 거역할 수 없었다. 모인 이들은 술을 한 잔씩 마시고 탁자 한쪽 모서리를 베어 맹세의 징표로 삼은 다음 각기 돌아가 그의 명령대로 일을 처리했다.

마바쯔는 또한 마다칭텐(馬大靑天)이라는 명성도 얻었다. 사람들 말이 마바쯔 부대는 식량은 원하되 돈은 원하지 않았으며 배불리 먹고 나면 음식을 챙겨 가는 법이 없었다고 한다. 또한 배가 고파서 사람들에게 먹을 것을 요구하더라도 딱

한 끼만 얻어먹을 뿐이었다. 그 외의 수탈은 백성들에게 피해를 준다 하여 발각되면 처벌받았다. 언젠가 그의 부하 두 명이 사람들이 알아보지 못하도록 얼굴에 재를 바른 다음 밤중에 현 중학교 교장 집에 들어가 교장 부인의 금팔찌 두 개를 빼앗은 적이 있었다. 교장 집의 보모가 급한 나머지 문지방에 장작 재를 뿌려 그들의 발자국이 남게 한 후 이튿날 마바쯔에게 현장을 보여 주었다. 마바쯔는 막사로 돌아가 신발 바닥을 조사해서 범인을 밝혀냈다. 그는 그 자리에서 범인 둘을 바퀴 모양의 형구에 가두어 버렸다. 그들은 철사에 쇄골이 뚫린 상태에서 사흘 동안 조리돌림을 당하니 상처에서 살이 썩는 냄새가 진동했다. 그 후 한 사람은 화형을 당했다. 몸에서 누런 기름이 나와 피부가 지글거리며 불길이 타올랐다. 남은 하나는 주범이 아니었기 때문에 시신이 온전하도록 조금 덜 가혹하게 칼로 찔러 죽였다. 칼로 찌를 당시 칼이 전혀 구부러지지 않고 곧장 몸을 뚫고 들어갔으며 피가 몇 자나 높이 솟구쳐서 옆에 있는 담장이 모두 붉게 물들었다고 한다.

범인들은 둘 다 용서를 구하지 않았다. 소리 한 번 지르지 않고 기침 소리도 내지 않았다.

얼마나 멋진 모습인가! 현장에 있던 남자들 중 탄복하지 않는 자가 없었다. 마바쯔 수하의 병사들은 재물을 탐한 것에 대한 대가를 치를 때도 당당했다. 이런 까닭에 다른 부대조차 그들에게 경이로운 시선을 보낼 수밖에 없었다.

그 후 마바쯔의 병사들은 어디를 가나 무사통과였다. 그들을 괴롭히는 부대는 찾아볼 수 없었다. 상인들을 경호할 때도 그들은 굳이 무장할 필요가 없었다. 그저 빈손으로 따라가기만 하면 되었다. 사람들은 이들을 '의리의 경호원'이라 불렀다. 다른 부대를 만나면 두 손을 맞잡고 읍한 후 마원제의 존함을 대고 강호의 은어 몇 마디만 사용하면 만사형통이었다. 이렇듯 그들의 앞길은 거침이 없었다. 때로 그들을 불러다 우족(牛足)에 술 몇 병을 내놓고 친분을 쌓고자 하는 이들도 있었다.

타기발(打起發)

『현대한어방언대사전』(장쑤교육출판사, 1993년)에 보면 '타기발(打起發)'이라는 단어를 설명하며 다음과 같은 예를 들었다.

(1) 좀도둑질

전란으로 성안 사람들이 모두 도망치자 그 틈에 성안으로 들어가서 좀도둑질(打起發)을 했다.

(2) 이득을 보다

그 사람 지독하니 아예 그 사람 덕을 볼(打起發) 생각은 하지 마.

또한 여러 가지 명목으로 돈을 갈취한다는 뜻인 '타추풍(打

秋風)'은 공개적인 반면 '타기발(打起發)'은 몰래 이득을 챙기는 일을 가리킨다.

마차오 사람들도 이 표현을 사용한다. 흥미진진하고 재미있는 느낌을 준다. 특히 마차오 사람들은 마바쯔의 군대가 국민당 H계의 펑자오뤄쯔를 쫓아내고 펑장현으로 들어간 해, 라(羅, 뤄luó) 땅 10여 마을의 족히 1만이 넘는 농민들이 그들을 따라 들어가 한바탕 재물을 턴 광경을 묘사할 때 이 표현을 사용한다. 소금을 빼앗거나 쌀을 빼앗은 사람도 있고 여인네 저고리를 열 겹이나 불룩하게 겹쳐 입고 온몸에 땀을 삐질삐질 흘리는 사람도 있었다. 또한 운이 좋지 않아 아무것도 건지지 못한 채 통 하나, 문짝 하나만 달랑 둘러메고 돌아온 사람도 있었다. 그중에서도 가장 뜻밖의 인물은 마번이의 아버지 마쯔위안(馬梓元)이었다. 그는 백 장이 넘는 벽돌을 등에 짊어지고 숨을 헐떡이며 걷다가 끝내 제일 뒤쪽으로 처졌다. 마을 사람들이 그를 보고 어리석다고 비웃었다.

왜 진흙을 지고 돌아오지 않고? 자네 집에서는 진흙 구경도 한 적이 없나 보지?

마쯔위안은 그것만으로도 흡족하다는 듯 자기 집에는 소금, 쌀, 옷 등 어느 것 하나 부족한 것이 없는데 돼지우리 쌓을 벽돌 수십 장이 없다고 했다. 잡초가 가득 자란 벽돌 더미를 보는 순간 바로 이것이구나 하고 마음이 끌렸다는 것이다.

마쯔위안은 자신이 손해를 본다는 생각은 전혀 하지 않았다. 그는 전등이 뭔지도 몰랐다. 당시 동네 젊은이 몇이 자기 집 처마에 걸어 놓으려고 시내에 있던 전등과 전깃줄을 칼로 잘라 가져왔다. 그들 말이 저녁이 되면 불이 켜지고 바람이 불어도 꺼지지 않는다고 했다. 마쯔위안은 젊은이들이 자신을 기만한다고 생각했다. 도대체 그런 보물이 이 세상 어디에 있단 말인가.

타기발은 후에 마원제의 '죄목' 중 하나가 되었다. 당시 그는 그처럼 많은 사람이 자신을 쫓아 성에 들어가리라고 예상하지 못했다. 그는 혼란을 수습하기 위해 부하들에게 도둑질한 비적들을 진압하라고 명령을 내렸다. 그런 와중에 부상을 입은 사람이 바로 마번이의 아버지였다. 짊어지고 있던 벽돌이 너무 무거웠기 때문이다. 성을 빠져나온 그는 제일 뒤로 처졌고 병사들이 그를 쫓아왔다.

그가 채 고개를 돌리기도 전에 차가운 바람이 휙 지나가더니 한쪽 눈과 한쪽 귀를 포함한 머리 반쪽이 서슬 퍼런 칼날을 따라 공중으로 날아가 버렸다. 그는 어깨에 남은 반쪽만 몸뚱이에 얹은 채 경중경중 10여 보를 더 걸어갔다. 온몸이 흔들리면서 짊어진 벽돌 무더기가 허공을 향해 튀어 오르나 싶더니 잠시 후 와르르 땅으로 무너져 내렸다. 그를 죽이려 한 병사 역시 너무 놀란 나머지 한동안 아무 말도 하지 못했다.

마차오 노인들에 의하면 시신을 수습할 때 다행히 누군가가 번이 아버지의 발이 통통거리며 여전히 움직이는 것을 발견했다고 한다. 만져 보니 손에 아직 온기가 있고 입에도 숨기운이 남아 있었다. 마원제가 마침 그곳을 지나가다 마을 사람을 알아보고 황급히 의사를 구해 치료했다. 지혈제를 한 대야나 상처에 짓이겨 발랐는데, 마치 항아리 주둥이를 꼼꼼하게 밀봉하는 것 같았다. 한의사가 그의 입에 미음을 쏟아부었다. 과연 조금 시간이 지나자 미음이 목구멍으로 넘어갔다.

"아직 죽지는 않겠군."

번이의 아버지는 마차오로 옮겨진 후 오 년을 더 살았다. 머리는 반쪽밖에 남지 않았고 밭일도 못 하고 말도 못 했지만 처마 밑에 앉아 짚신을 엮고 돼지에게 먹일 꼴을 작두질할 수는 있었다.

그는 머리가 반쪽밖에 없는 터라 사람들, 특히 아이들이 질겁하지 않을까 걱정되어 차마 사람이 많은 곳으로는 나갈 수 없었다. 하루 종일 방 안에 숨어 있느라 너무 무료했던 그는 일을 하는 수밖에 없었다. 그래서 그는 정상인보다 더 많은 일을 했다.

정말 황당하기 그지없는 이야기이다. 머리가 반쪽밖에 없는 사람이 분주하게 움직이는 광경은 전혀 상상이 가지 않는다. 그러나 노인들은 모두 자신들도 머리가 반쪽밖에 없는 마번이 아비가 짠 짚신을 신어 봤다고 우겼다. 하는 수 없이 그들의 억지를 그냥 내버려 둘 수밖에 없었다.

마바쯔(馬疤子)_계속

어느 비 오는 날 밤, 해방군 선발 대원이 기름등잔 앞에서 마원제 현장(縣長)과 머리를 맞대고 전국의 형세와 공산당 정책을 소개하며 귀순해서 의병을 일으키라고 설득하고 있었다. 마 현장은 이에 동의하는 한편 '규권회(規勸會)[56]의 부주임 자리를 맡아 적의 군정 책임자들과 여러 비적들에게 투항 권고 작업을 펼치기로 했다.

현장을 맡은 지 몇 개월이 지났지만 마바쯔는 관청에 출근한 적도 없었고, 관청이 어디에 있는지조차 몰랐다. 급료를 받아 본 적도 없었을 뿐 아니라 어디에 가서 급료를 받아야 하는지도 몰랐다. 그는 여전히 짚신을 즐겨 신었다. 글은 조금 알

---

56) 투항을 권고하는 모임.

지만 편지 쓰는 일은 별로 달가워하지 않았다. 그는 항상 사람을 보내 국민당 군대에 말을 전했다. 그가 보낸 사람들은 대나무로 된 영전(令箭)을 지니고 있었다. 영전에는 그의 세 손가락 핏빛 인장이 찍혀 있었다. 국민당 군대는 그의 손도장을 알았기 때문에 그의 명령에 따라 행동했다. 어디 가든 손쉽게 총을 회수할 수 있었다. 바이니궁(白泥弓)의 백마단(白馬團)이 한 번에 대도(大刀) 서른여 자루를 내주어 그의 부하들이 뎅그렁뎅그렁 소리를 내며 현으로 돌아온 적도 있었다.

마윈제는 그가 투항시킨 백마단 우두머리가 두 달 후 다시 감방에 들어와 족쇄를 차리라고는 꿈에도 생각지 못했다.

깜짝 놀란 그는 현의 무장 대대를 찾아가 더듬더듬 이유를 물어보았다. 그러나 그는 상대방이 침착하게 내보이는 명백한 증거에 더 이상 할 말이 없었다. 그는 그제야 백마단이 위장 투항을 했다는 사실을 알았다. 그들은 총과 탄약을 숨겨 놓고 몰래 달아날 준비를 하고 있었다. 그뿐이 아니었다. 그가 투항시킨 쉬 씨는 피비린내 나는 전과를 지닌 이였는데, 마을에서 온갖 악독한 짓을 다 저질렀으며 수많은 부녀자를 농락했다. 심지어 신(新)정권의 조사 결과 그의 참모장이었던 인물도 국민당에서 몰래 파견한 국민정부 군사위원회 조사통계국의 특무로 밝혀졌다. 특무는 암암리에 마 단장의 임무를 통제했을 뿐 아니라 누군가를 암살할 계획을 세웠다고 했다. 이런 이를 어찌 법으로 막지 않고 제멋대로 놔둘 수 있겠는가?

마 단장은 순간적으로 식은땀이 흘렀다. 그저 연신 고개를 끄덕이며 체포하기를 잘했다고 말할 뿐이었다. 거리마다 반혁명분자를 확실히 진압하자는 등의 수많은 표어가 나붙었다. 주변 마을 농민들이 사람들을 체포할 때 쓸 새끼줄을 현으로 보냈다는 말이 돌았다. 현 감옥에서는 매일 사람들이 끌려 나가 총살당했고 수십 명이 수감된 어떤 큰 감옥이 하룻밤 사이에 텅 비는 일도 일어났다. 이감된 것인지 아니면 모두 처형당했는지 도무지 알 수 없었다. 소문은 모두 마 단장을 겨냥했다. 물론 그중에는 거짓말도 있고 진실도 있었다. 사람들은 이른바 규권회가 거짓 투항자들의 소굴이며, 그가 규권회의 두목이라고 수군거렸다. 그는 상부에서 자신을 체포하러 오기를 기다렸다. 그러나 며칠을 기다려도 아무 소식이 없었다. 오히려 상부에서는 예전과 다름없이 그에게 이런저런 회의를 열도록 했고 사람을 시켜 그에게 누런 해방군 제복을 보내왔다. 그가 이 복장으로 거리를 걸어가자 그를 아는 이들은 잔뜩 긴장한 표정으로 멀찌감치 그를 피했다.

물론 정확한 상황을 말하기 힘든 결론이었다. 당사자가 너무 적은 데다 당사자 자신도 말을 꺼렸고 더더욱 당사자가 어렵사리 말한 내용도 의아한 부분이 많았고 저마다 하는 말이 달랐기 때문이다. 어떤 이는 마바쯔의 숙적인 펑자오뤼쯔 역시 투항했는데, 그의 지위가 마바쯔보다 더 높다고 했다. 펑씨는 신정권에 충성을 맹세하는 뜻으로 상대방이 거짓으로 투항했다고 대거 적발했는데 이는 최고의 방법이었다. 또한 누군가는 국민당 B계와 H계가 서로 사이가 좋지 않아 전에 일본군이 있을 당시 일본군의 힘을 이용해 상대방을 약화시키려 했고, 이제 공산당이 들어오자 다시 공산당의 힘을 빌려 상대방을 배제하려 한다고 했다. 이전에 B계가 마바쯔를 이용해 H계를 견제했다면 이번엔 H계가 당연히 공산당을 이용해 마바쯔를 혼내 줄 수도 있다. 모두 은밀한 수단과 음흉한 술책을 동원하니 한낱 시골뜨기인 마바쯔가 어찌 그들의 적수가 될 수 있겠는가?

물론 실제 상황은 전혀 다르다고 말하는 사람도 있었다. 그들은 당시 많은 국민당 잔당이 대부분 공산당에 투항했으나 여전히 의심스러운 부분이 많고, 마바쯔 역시 비적 습성을 단번에 고칠 수 없었기 때문에 몇 번이고 변절해 폭동을 일으킬 준비를 했으니 죄가 엄청나다고 여겼다. 다만 마바쯔가 세상을 떠나니 정부에서 역시 더 이상 그 일을 추궁하지 않았다.

이런 여러 이야기는 진위를 가릴 길이 없기에 나는 이런 이야기들을 뒤로한 채 결과 자체를 마주할 수밖에 없다. 심지어 때로는 결론 또한 정확하게 이야기할 수 없을 때가 있으니 그저 가능한 한 여기저기 흩어진 자료들을 한데 모을 따름이다. 대략 두 달 정도 지난 어느 날, 마바쯔가 전원공서(專員公署)57)에서 회의를 마치고 돌아오는데 방 안에서 울음소리가 흘러나왔다. 문을 열고 들어가자 열댓 명의 여자가 모두 눈물이 그렁그렁한 눈으로 그를 바라보았다. 그녀들은 입을 떡 벌린 채 갑자기 울음을 멈췄다. 그러나 그것도 잠시, 모두 다시 큰 소리로 목 놓아 울기 시작했다. 옆에 있던 아이들도 어른들을 따라 얼굴이 일그러지며 엉엉 울기 시작했다.

---

57) 성에서 현이나 시를 관리하려고 설치한 파출 기구.

그의 눈이 휘둥그레졌다.

마 주임! 마 현장님! 사단장님, 아니 영감님! 아주버니!

여자들이 각양각색의 이름을 부르며 모두 앞으로 다가와 머리를 땅에 부딪쳤다. 텅텅 하고 큰 소리가 울려 퍼졌다.

"못 살겠어요!"

"제발 우리에게 살길을 열어 주세요."

"제 보물을 돌려주세요."

"모두 당신 말을 듣고 투항했으니 직접 나서 주세요."

"아이 아버지가 떠난다더니 정말 가 버렸어요. 예닐곱이나 되는 식구를 내팽개쳤으니 이제 전 어떻게 먹고살아요!"

그때 느닷없이 한 여자가 뛰쳐나와 그의 멱살을 잡고 찰싹 뺨을 때린 후 미친 듯이 소리를 질렀다.

"당신 때문이야, 어서 내 남편 찾아내! 내 남편 돌려 달란 말이야!"

마원제의 아내가 다가와 발광하는 여자를 떼어 놓았지만 이미 그의 옷깃은 틀어지고 여자가 할퀸 곳에는 피가 맺혀 있었다.

마 단장은 차츰 자초지종을 들을 수 있었다. 그가 상부에 가서 회의를 하는 동안 현에서 '규권회의 범인'들이 폭동을 일으켰다. 그들은 먼저 바오뤄향의 공작원 세 명을 죽이고 다시 더 큰 폭동을 계획하고 있었다. 뜻밖에 밀서를 손에 넣은 정부가 먼저 손을 써서 폭동 주동자들을 즉결 처분 했는데, 그들이 바로 이 여자들의 남편들이었다. 남편들은 회의를 한다고 불려 간 뒤 며칠이 지나도 돌아오지 않았다. 정부에서 이

후 여자들에게 형가(荊街)라는 곳에 가서 유품을 가져가라고 통지했다. 사건은 이처럼 간단하게 처리되었다.

그 이야기를 듣던 마원제는 온몸에 식은땀이 흘러내렸다. 그는 뒷짐을 진 채 방 안을 계속 서성거렸다. 천장을 향해 고개를 들었지만 그래도 눈물이 흘러내렸다. 그가 방 안 가득한 여자들을 바라보며 두 손을 마주 잡고 말했다.

"형제 여러분, 미안합니다. 정말 형제들에게 미안합니다."

그가 눈물을 흘리며 서둘러 옷궤를 열어 은화를 전부 꺼냈다. 모두 50여 위안밖에 되지 않았다. 그가 사람들 손에 돈을 쥐어 줬다. 그의 아내 역시 눈물을 훔치며 자신이 모아 뒀던 돈을 내놓았다. 평소 마원제가 베개 옆, 탁자 위, 서랍, 마구간 혹은 화장실 등 아무 데나 던져둔 푼돈들이었다. 그녀가 이런 습관이 있는 남편 뒤를 쫓아다니며 주워 모아 둔 돈이었다.

부부는 훌쩍거리는 여자들을 가까스로 돌려보냈다.

마원제는 밤새도록 눈을 붙이지 못했다. 다음 날 자리에서 일어나 보니 문 앞의 수탉이 목을 길게 뽑고 있었는데 아무 소리가 들리지 않았다. 살짝 이상하다는 생각이 들었다. 마원제가 무의식중에 책상을 내리쳤다. 그런데 이번에도 아무 소리도 들리지 않았다. 점점 더 이상하다는 생각이 들었다. 그는 옛 도교 사원 한 곳을 빌려 살고 있었다. 집 앞에 오래된 종이 하나 있었다. 그가 다가가 종을 울려 보았다. 이번에도 소리가 들리지 않았다. 초조해진 그는 추를 잡고 힘껏 두드려 보았다. 주위 사람들이 모두 달려올 때까지 종을 두드렸다. 사람들은 놀라움과 공포로 두 눈이 휘둥그레진 그의 눈을 바라보았다.

그는 그제야 종에서 소리가 나지 않은 것이 아니라 자기 귀가
멀었다는 사실을 깨달았다. 그가 추를 내려놓고 아무 말도 하
지 않았다.

그는 아내가 끓인 죽 한 사발을 먹었다. 한숨이 절로 나왔
다. 한의사를 보러 갈 준비를 했다. 막 골목 입구를 나서는데
반혁명분자 진압을 부르짖는 시위대와 마주쳤다. 사람들이 바
글거렸다. 그들은 바오뤄향의 혁명 열사 세 명을 위한 추도회
를 거행하고 있었다. 무장한 민병과 소학생 들이 소리 높여 구
호를 외치며 현의 감옥 쪽으로 걸어가고 있었다. 그는 사람들
이 입을 크게 벌리고 뭐라고 외치는지 알 수 없었다. 걸음을
멈춘 그는 벽을 짚고 천천히 다시 집으로 향했다.

집에서 골목 입구까지는 쉰한 걸음, 골목 입구에서 돌아가
니 적지도 많지도 않은 꼭 쉰한 걸음이었다. 바로 그의 지금
나이였다.

"어떻게 꼭 쉰한 보가 될까?"

조금 겁이 났다.

아내가 그에게 우산을 주며 어서 한의사에게 가 보라고 권
했다.

"여보, 어떻게 딱 쉰한 보일까?"

아내가 뭐라고 말했지만 아무것도 들리지 않았다.

"뭐라고?"

아내 입술이 달싹거리기만 할 뿐 아무 소리도 들리지 않았
다. 다시 한번 자신의 귀가 멀었다는 사실만 확인한 그는 더
이상 묻지 않고 그냥 고개를 가로저었다.

"이상해, 아무래도 이상해."

오후가 되자 한의사 친구가 찾아와 그의 귀를 진찰했다. 그가 한의사에게 생아편을 조금 달라고 했다. 친구가 손짓으로 그에게 물었다. 매일 참배와 독경을 하고 몸을 연마하는 것은 아편에 물들지 않으려는 것이 아닌가. 그가 자신의 이마를 쳤다. 감기가 들어 한기가 들기 때문에 아편으로 추위를 쫓고 땀을 내서 사기(邪氣)를 좀 빼려 한다는 의미였다. 친구가 그에게 생아편 한 봉지를 건넸다.

그날 밤 비가 내렸다. 그는 마지막으로 제단에서 독경하고(打醮) 물러난 다음 생아편을 삼키고 자살했다. 깨끗한 옷으로 갈아입고 면도한 후 손발톱까지 모두 정리했다.

보통 사람들 입장에서 보면 굳이 죽을 필요까지는 없었을지도 모른다. 그렇다고 그가 안전하지 않은 것도 아니었다. 국민당에 의탁하려 한 일이라든가, 그의 수하가 몰래 이득을 취하느라(打起發) 백성을 몇 명 죽였다든가 하는 몇 가지 죄목에 연루되기는 했지만 그는 어쨌거나 우두머리였다. 투항을 위해 그가 숱하게 보낸 영전 덕분에 새 정권은 많은 덕을 보았다. 게다가 그는 목공일을 배울 당시 공산당 고위직에 있는 모씨와 같은 스승 밑에 있었고, 그의 집안사람들을 보호하고 식량을 보내 준 적도 있었다. 마원제가 자살한 다음 날, 성에서 과장 한 사람이 내려와 고위직에 있는 모 씨의 친필 서신을 건넸다. 편지 끝에 시간 있을 때 경성 자기 집에 와서 옛일을 회고하자는 내용이 적혀 있었다.

이미 자리에 돌돌 감겨 잠들어 있는 마원제는 그 편지를 읽을 수 없었다. 현 정부는 전원공서와 성에 보고한 후 그의 관을 짤 나무와 양초 한 쌍, 폭죽을 보내 주었다.

형계 참외(荊界瓜)

형가(荊街). 마차오 사람들 중에 이곳을 아는 이는 거의 없다. 마차오 인근 사람들, 특히 젊은 사람들은 더더욱 이곳을 모른다.

형가는 이미 몇 년 전에 사라졌다. 현 동문을 나가 1500미터쯤 간 다음 뤄장강을 건너면 주로 면화나 고구마가 심어진 평평한 밭이 나온다. 지세가 약간 높은 북쪽 지면에는 잡석과 황폐한 풀이 가득하고 도둑을 지키는 오두막이 두세 채 서 있다. 조금 더 가까이 가면 길게 자란 풀밭 사이로 소똥이나 꿩 둥지 혹은 낡은 짚신 한 짝을 발견할 수도 있다. 이곳이 바로 형가로, 요즘 사람들은 이를 형계(荊界), 정계(井界) 또는 형계위자(荊界圍子)라고 쓴다. 젊은이들 가운데 이곳 역시 원래 '거리(街)'였다는 것을, 한때는 백 가구가 넘는 사람이 떠들썩하

게 모여 살았고 유명한 공자 문묘가 있었다는 사실을 아는 이
는 거의 없다.

형가는 이제 사실상 아무 의미가 없는 황폐한 이름이 되었다.

다만 형가는 마원제에 관한 이야기를 할 때면 절대 빠져서
는 안 되는 지명이다. 그렇다고 해도 이곳은 다만 일부 사람
들 사이에서만 결코 피해 갈 수 없는 쇠락을 수십 년 지연시
킬 뿐이다. 당시 '규권회의 범인' 폭동 사건이 바로 이곳에서
발생했다. 규권회에 투항한 비적 우두머리 쉰여 명은 집중 학
습을 받던 마지막 단계에서 명령에 따라 저수지 건설 노동에
참여했다. 땅을 파고 흙을 짊어 나르며 그렇게 사흘간 땀으로
뒤범벅이 되어 일하다 보니 저수지가 제법 꼴을 갖추기 시작
했다. 그때 갑자기 지붕 꼭대기에 숨겨져 있던 기관총이 '따르
륵' 소리를 내기 시작했다. 언뜻 듣기에도 매우 낯선 소리, 아
주 아득한 소리였다. 탄알이 비 오듯이 날아오는 가운데 회오
리바람이 일어나며 엄청난 비명이 터져 나왔다. 탄알이 육신
을 뚫고 지나갔다는 느낌을 받기도 전에 뒤편 언덕 위에 흙먼
지가 풀썩 날리고, 사방으로 모래알이 튀겼다. 무엇인가가 그
들의 몸뚱이 저쪽에서 터지는 것과 동시에 그들의 몸 이쪽에
서도 연거푸 뽀얀 연기가 꽃처럼 피어났다. 그제야 그들은 금
속이란 도대체 무엇이고 속도란 무엇인지, 금속으로 만든 탄
알이 얼마나 쉽게 육신을 뚫고 지나가며, 얼마나 빠르기에 느
낌이 오기도 전 짧은 순간에 이 모든 일이 일어나는지 깨달을
수 있었을 것이다. 그리고 그들은 자신들이 금방 파 놓은 구덩
이 속으로 차례대로 곤두박질치기 시작했다.

1982년 정부가 '규권회의 폭동'에 대해 여러 가지 복잡한 원인으로 인해 빚어진 잘못된 사건이라고 선포한 이후에야 비로소 사람들은 내막을 알고 다시 한번 그 낯선 이름을 입에 올리기 시작했다. 어떤 노인들은 그날 총소리 이후로 형가에 귀신이 들끓으면서 채 이 년도 못 되어 아무 이유도 없는 화재로 일곱 집이 불탔다고 했다. 또한 그곳에서 태어난 아이들은 유달리 바보가 많아 이 년도 되기 전에 세 아이나 바보가 되었다. 풍수 선생은 마을에 관귀(官鬼)가 발작해서 저수지 안에서 사는 물고기도 그 악귀를 당할 수 없다면서 부득이 집들을 불태워야 한다고 했다. 여기서 관귀는 관화(官禍)를 가리킨다. 또한 이는 관(棺)과 음이 같아 죽은 자의 혼이 흩어지지 않았음도 의미한다. 풍수 선생의 말이 애매모호해서 형가 사람들은 정확하게 무슨 의미인지 알 수 없었다. 누군가가 즉시 집 안팎 이곳저곳을 깊은 곳까지 파헤쳐 썩은 관처럼 생긴 목재 쓰레기를 모조리 꺼내고 깨끗하게 청소했다. 또한 새로 저수지를 파고 치어 수천 마리를 풀어 물의 힘찬 기운으로 불을 이겨 내기를 기원했다. 그러나 이상하게도 새로 판 저수지에서도 물고기는 살아남지 못했다. 한 달도 채 못 되어 모두 배를 뒤집고 죽었다. 공교롭게 거리 동쪽에 있는 우산 장수네 집에서 불이 나자 화마(火魔)를 없앨 수 있다는 믿음을 완전히 잃은 형가 사람들은 끝내 다른 곳, 특히 황만(黃灣) 일대로 하나둘 이주하기에 이르렀다.

　　1950년대 말이 되자 형가는 완전히 흩어져(散發) 황무지가 되었고 허물어진 우물 속에는 모기 유충만 득실거렸다. 그렇게 해서 그곳은 오히려 좋은 땅이 되었다. 기름진 땅에서는 주로 면화나 고구마가 잘 자란다는데, 거기서 생산된 참외 역시 무척 달고 맛있어 금세 소문이 났다. 현의 노점상들이 호객을 위해 한껏 목청을 높일 때면 특별히 이를 강조했다.

"자, 빨리 사 가세요. 형계위자에서 자란 형계 과일이요."

누군가가 팻말에 이 과일들의 이름을 '금계(金界) 과일'이라고 적었다.

1948년_계속

예전에 나는 시간이란 어느 곳에서나 균일한 양, 균일한 속도로 흘러간다고 생각했다. 마치 평균에 따라 할당된 네모반듯한 투명 액체인 것 같았다. 그런데 그렇지 않았다. 사실 그건 우리 육체가 느끼는 시간일 뿐이었다. 예를 들면 태어나고 자라고 늙고 죽는 것은 차례차례 벌어지는 일이다. 그러나 사람은 나무가 아니며 더더구나 돌이 아니다. 아마도 물질적 시간 외에 사람에게 더욱 의미 있는 것은 마음의 시간일 것이다. 보통 사람의 경우 어린 시절은 항시 길게 느껴진다. 또한 혼란스럽거나 위험한 시기 또는 고통스러운 시기 역시 길게 느껴지기 마련이다. 물론 길다는 것도 일종의 느낌이다. 그것은 특별히 민감한 신경, 특별히 선명한 기억, 특히 풍성한 신지식에서 비롯되는 느낌이다. 편안하고 단순한 세월을 보내는 사람,

똑같은 하루가 백 일 동안 반복되고 십 년 내내 똑같은 일 년이 반복되는 사람은 이와 정반대의 느낌을 받을 것이다. 그 경우 시간이 길게 늘어나거나 확대되는 일도 없고, 용량이 증가하는 일도 없다. 오히려 세월이 갈수록 더욱 짧아지고 갈수록 더욱 수축되면서 결국 거의 '영(零)'의 상태가 되어 눈 깜짝할 사이에 그림자도 흔적도 없이 사라져 버린다. 어느 날 그는 갑자기 거울 속 노인이 바로 자신이라는 사실을 알고 두려움으로 두 눈이 휘둥그레질 것이다.

마찬가지로 우리가 별로 아는 것이 없는 시간, 예를 들어 옛사람들의 시간, 머나먼 나라의 시간은 언제나 분명하지 않고 모호해 거의 존재하지 않는 것처럼 생각하거나 소홀히 취급하기 쉽다. 마치 우리 시야에서 아득히 멀리 떨어진 것은 모두 먼지처럼 미세해서 공(空), 무(無)의 상태와 별 차이가 없는 것처럼.

전에 미국 소설을 읽을 때 나는 종종 미국의 1920년대와 1940년대가 혼동되어 잘 구분되지 않았다. 또한 미국의 11세기와 15세기도 그저 같은 시간대처럼 느껴졌다.

나는 속으로 뜨끔했다. 소설 한 권에 절대 서로 혼동되거나 소홀하게 다룰 수 없는 한 세대 혹은 몇 세대의 삶과 죽음이 있을 텐데, 나에게는 왜 수십 년, 수백 년의 오랜 세월이 소리 없이 사라진 걸까? 어쩌다가 그 시간이 그저 페이지를 뒤적이거나 때로 하품을 하는 짧은 시간이 되어 버렸을까?

이유는 간단하다. 내가 너무 멀리 있어서 그곳의 모든 것을 정확하게 볼 수 없기 때문이다.

시간은 단지 감지 능력의 포획물일 뿐이다.

인간의 시간은 '오직 감각과 인지 속에서만 존재한다. 이러한 감각과 인지 능력이 약하거나 이를 완전히 상실한 인간, 예를 들면 병상에 누워 있는 식물인간에게 진정한 의미의 시간이란 존재하지 않는다. 시간이라는 투명한 액체는 단 한 번도 같은 양과 같은 속도로 흐른 적이 없다. 시간은 제각기 다양한 감각과 인지 능력에 따라 조용히 형태를 바꾸어 사람들이 깨닫기 어려울 정도의 길이로 늘어나거나 줄어들고 응축되거나 흩어지며 솟아났다가 무너져 버린다.

문제는 인간의 감지 능력이 각기 다르다는 것이다. 다시 말해 개인의 감지 능력은 상황에 따라 끊임없이 변할 수도 있다. 부서진 조각들이 한가득 모여 이뤄진 감각과 인지의 거울 속에서 시간은 믿을 수 있는, 항상 고정된 형상으로 존재할 수 있을까? 시간의 통일성이라는 것이 존재할까? 1948년에 대해 이야기할 때 우리는 어떤 느낌 속의 1948년을 이야기하는 걸까? 비 내리는 음울한 저녁, 강가 조그만 두붓집에서 광푸는 그의 아버지를 생각하며 눈물을 펑펑 쏟은 다음 연뿌리 이야기를 꺼냈다. 당시에는 연뿌리가 정말 달았고, 특히 삶아 먹으면 걸쭉하니 정말 맛있었다고 했다. 이젠 더 이상 먹을 수가 없어. 지금 연뿌리들은 모두 화학 비료를 써서 재배한 것들이거든. 예전처럼 맛있는 연뿌리가 어디 있겠어?

그러나 나는 속으로 광푸의 말이 의심스러웠다. 물론 요즘은 여러 곳에서 화학 비료를 많이 쓰므로 작물의 품질에 영향을 미칠 수도 있다. 그러나 연뿌리는 대부분 여전히 야생이기 때문에 광푸가 전에 먹은 연뿌리와 별반 다르지 않을 것이다. 연뿌리 맛이 변한 것이 아니라 연뿌리를 먹는 광푸의 미각이 변한 것은 아닐까? 나이가 들면서 굶주리던 시절에서 점점 멀어졌기 때문일 수도, 간 질환이 생긴 이후의 일일 수도 있다. 이런 일은 흔하게 볼 수 있다. 우리는 항시 예전 것들을 미화하는 버릇이 있다. 예를 들어 연뿌리나 한 권의 책 또는 어떤 이웃에 대한 느낌이 그렇다. 이는 우리가 호감을 느낀 당시의 특정한 상황을 잊어버렸기 때문이다. 우리는 심지어 과거의 고통스러운 경험들을 한없이 미화하기도 한다. 이미 그때로부터 멀리 떨어진 회고자로서 더 이상 그 속에 존재하지 않기 때문이다. 우리는 더 이상 고통스럽지 않은 상태에서 그저 그때의 고통을 바라볼 뿐이다.

이렇게 말하면 감지 능력에 의해 포획된 시간이 도리어 우리의 감각을 좀먹을 수도 있을 듯하다.

광푸가 나에게 말한 1948년은 어느 정도 좀먹지 않은 참된 진실일까? 연뿌리에 대한 그의 의심스러운 입맛과 신념 역시 1948년의 진실과 어느 정도 차이가 날까?

광푸는 최근 규권회에 대한 정부의 오류 정정에 관해 이야기하면서 어쨌거나 공산당이 하는 일이 결코 만만치 않다고 했다. 자신의 과오를 스스로 정정하고, 자기가 토한 가래를 자신이 핥아야 하니 정말 간단한 일이 아니라는 뜻이다. 여기까지 말한 그는 담뱃갑이 빈 것을 보고 아들에게 담배 심부름을 시켰다. 가는 김에 사이다도 몇 병 사다가 손님에게 대접하라고 했다. 그의 아들은 열두 살 정도 되어 보였다. 사이다란 말에 눈이 번쩍 뜨인 아이는 신발도 신지 않은 채 밖으로 뛰어나갔다. 아이는 담배랑 사이다를 대령하자마자 재빨리 젓가락으로 사이다 병뚜껑을 치켜올렸다. 뻥! 잠시 멍하니 있던 아이는 병뚜껑을 찾는지 주위를 살피더니 시커먼 침대 위로 기어 올라가 뾰족한 엉덩이를 높이 쳐들고 침상을 뒤지기 시작했다. 그러나 양철 병뚜껑은 어디로 날아갔는지 도통 보이지 않았다.

아이가 거미줄을 치우면서 "안 보여, 안 보여." 하더니 손을 탁탁 털고 사이다를 들고 문밖으로 나갔다. 가락도 맞지 않는 유행가를 흥얼거리며 아이가 사이다를 마셨다.

광푸가 화가 나서 소리쳤다.

"안 찾을 거야, 어?"

"다 찾아봤어. 안 보이는데, 뭐."

"날개가 돋았대? 하늘로라도 도망갔어?"

광푸가 왜 그렇게 양철 병뚜껑 하나를 중요하게 생각하는지 이해되지 않았다. 뚜껑을 가져다주면 돈을 받을 수 있기 때문일까? 아니면 일을 대충 마무리 짓는 아이의 모습에 화가 난 것일까?

아이에게 다시 뚜껑을 찾아보라고 재촉하느라 그와 나의 대화는 끊어졌다. 그는 아이를 도와 벽 모서리의 목탄 더미와 나무통, 괭이 같은 것을 딴 곳으로 치웠다. 그는 달그락거리며 뚜껑이 있을 만한 곳을 일일이 다 살펴보았다. 그때마다 마치 병뚜껑을 협박이라도 하듯 이렇게 말했다.

"이놈의 개새끼 어딜 숨었어! 네가 숨겠다 이거지! 어디로 도망갔는지 한번 볼까?"

물론 아이에 대한 비난도 빠뜨리지 않았다.

"이 새끼가! 어서 찾아! 찾으라니까! 도련님이라도 된 줄 알아? 공산당이 네 할아버지의 오류를 정정해 주지 않았으면 사이다나 먹을 수 있었을지 알아? 샌들은 어떻고? 만년필 꽂고 고등학교 다닐 생각을 엄두나 낼 수 있었겠어? 네 아비는 노동 개조 할 때 하마터면 저승으로 갈 뻔했어. 배가 고파 쇠똥에 든 피(稗)도 골라 먹었을 정도였다고……."

아이가 입을 삐쭉거리며 목탄 덩어리를 발로 세게 걷어찼다.

"이런 돼지 새끼 같은 놈! 뭘 걷어차?"

체육 선생인 그가 아이 머리를 때리려 했다.

그러자 아이가 팔을 들어 올려 그를 막았다. 조금 과도하게 힘을 줬는지 광푸가 뒤로 헛걸음질을 치다가 하마터면 바닥에 넘어질 뻔했다.

"감히 아빌 되받아쳐? 이놈의 새끼가 어디서!"

그는 아이 손에 들린 사이다병을 낚아챘다.

"너 이 자식 죽을 줄 알아!"

아이는 숨을 헐떡이며 문밖으로 뛰어나간 후 욕을 퍼부었다.

"늙은 잡종! 늙은 도둑놈! 반혁명 늙은이! 걸핏하면 사람을 치고 그래! 그러면서 무슨 선생이라고 지랄이야?"

아이가 계속해서 욕을 퍼부었다.

"지금이 아직도 구사회인 줄 알아? 아직도 제멋대로 백성을 도탄에 빠뜨리고 나라를 욕되게 하게?"

아이가 교과서식 비판을 늘어놓았다.

"당해도 싸! 쇠똥을 처먹어도 싸지! 감옥에나 가, 그게 차라리 낫겠어. 앞으로 내가 총통이 되면 반드시 운동[58]을 할 거야. 난 아예 당신네 같은 사기꾼들에게는 복권 기회를 주지 않을 거야……."

"난 말이야……."

광푸는 말문이 막혔다. 체육 선생인 광푸도 아들을 따라잡을 수 없었다. 화가 나서 온몸을 부들부들 떨던 광푸는 내 부축을 받고 나서야 집 안으로 돌아와 마음을 가라앉히고 자리에 앉았다. 나는 아버지를 대하는 아이의 태도에 깜짝 놀랐다. 물론 갑자기 화가 나서 퍼부은 말이니 굳이 심각하게 생각할 필요는 없었다. 하지만 이렇게 아버지의 아픈 상처를 건드리다니! 이는 적어도 아이가 지난 일에 대해 뼈아픈 고통을 느끼지도 않으며 무엇보다 사이다 한 병을 사건의 진상보다 더 중요히 생각함을 말해 준다. 나는 여기서 다시 한번 시간이 각자에게 얼마나 다른 의미로 다가오는지를 느꼈다. 광푸는 다른 숱한 사람들과 마찬가지로 그의 고통스러운 과거가 모든 이에게 동정받으리라고 생각하는 것 같았다. 시간이 정형화한 모든 것은 마치 박물관의 진귀한 물건처럼 원형 그대로 오랫동안 보존되어 세계 어디에서나 인정받는다. 바로 이런 점에서 그 역시 나의 부모나 수많은 조상들과 마찬가지로 자손들을 가르칠 때 언제나 옛일을 회고하며 감옥살이, 굶주림, 쇠똥 또는 1948년에 대해 이야기하는 것 같다.

---

58) 반혁명운동과 비슷한 일종의 정화 운동.

그는 시간이란 문화재가 아니라는 사실, 그와 아들 역시 함께 존재하고 함께 공유하는 통일된 시간은 없다는 사실을 아예 생각조차 못 하는 듯하다. 정부는 그에게 결백한 1948년을 돌려주었지만 그의 아들까지 그 시간을 돌려받은 것은 아니다. 아이는 방금 사납게 목탄을 발로 걷어차면서 1948년을 포함한 과거에 전혀 흥미가 없으며 오히려 반감을 가졌음을 보여 주었다.

언뜻 생각하면 전혀 이치에 맞지 않는 일처럼 보인다. 아이는 이런 일들을 직접 겪은 적이 없다. 그러나 흔히 아이들이 고대 전설에 흥미진진한 관심을 가지는 것처럼 적어도 기이한 과거에 호기심을 가질 수 있으며 굳이 화가 나서 발로 걷어찰 필요까지는 없다. 그렇다면 이유가 무엇일까? 아마도 아이는 과거를 증오하지 않으며 그저 현재의 과거 즉, 음울한 저녁 무렵 아버지의 말에서 훈계와 가책, 독선적인 과거, 자신의 사이다 반 병을 앗아 가 버린 과거를 미워할 뿐이라고 생각하는 편이 합리적인 해석일 수 있다.

광푸가 울컥하여 눈물을 쏟았다. 그를 바라보며 나는 그의 가족 모두가 누명을 쓴 정책의 규정이 생각났다. 1947년 이후 공산당은 구정권에서 과장급 또는 소좌급 이상의 직책을 맡은 사람은 모두 역사적 반혁명분자로 분류했다. 이는 모든 지역, 모든 사람에게 적용되었다. 이는 모든 인간이 단 하나의 예외도 없이 모두 통일된 같은 시간 속에 산다는 의미를 내포한다. 여러 해가 지난 후 사람들은 이 조건이 지나치게 단순하다는 것을 깨달았다. 광푸 본인은 이 정책이 취소됨에 따라

고생이 끝나고 행복한 시간이 시작되었다. 그러나 다른 한편으로 광푸 자신은 단 하나의 예외도 없이 아들과 여전히 통일된 시간 속에서 생활하기를 원했다. 그는 새로운 시간표를 만들려고 한 것이나 다름없다. 그가 과거를 가슴 아파하면 아들 역시 반드시 가슴 아파해야 하고, 그가 오늘을 아끼고 사랑하면 아들 역시 아끼고 사랑해야 한다고 생각했다. 그의 마음 속에 자리한 육중하고 거대한 1948년은 아들의 마음에도 같은 크기와 무게를 지닌 채 수축되거나 흩어져서도, 허무한 존재가 되어서도 안 된다고 여겼다. 그는 아들이 아버지의 시간 밖, 아주 작은 양철 병뚜껑 안에서 생활하며 이런 생활에서 아들은 전혀 다른 결론을 내린다는 사실을 생각지 못했다.

"감옥에나 가."

"그게 차라리 낫겠어."

아마도 그 저녁부터 이 작은 두부 가게에서 1948년을 포함한 그들의 과거는 갑자기 분열되어 더 이상 하나로 수습되지 못했을 것이다.

군대 모기(軍頭蚊)

아주 작고 유난히 까만 모기가 있다. 자세히 살펴보면 머리 부분에 작은 흰 점이 있다. 이 모기에 물리면 붉은 반점이 생기는데 크기는 별것 아니지만 심하게 가렵다. 가려움증은 사흘 밤낮으로 계속된다. 마차오 사람들은 이 모기를 '군대 모기'라고 부른다. 전에는 마차오에 이런 모기가 없고 풀모기만 있었다. 풀모기는 크고 회색으로 이 모기에 물리면 빨갛게 붓기는 하지만 얼마 지나지 않아 저절로 가라앉고 별로 가렵지도 않았다. 마차오 사람들에 따르면 이 군대 모기는 성 군대가 몰고 왔다고 한다. 펑자오뤼쯔의 성 군대가 창러가에 나타나 열흘 정도를 머물면서 이곳저곳에 돼지털, 닭털을 무더기로 남긴 해, 독하기 그지없는 이 모기도 함께 남기고 떠났다.

군대 모기라는 이름은 그때부터 생겨났다.

나 역시 마을에서 모기에 시달려 본 적이 있다. 특히 여름에 늦게 일을 끝마칠 때면 모기들이 윙윙 큰 소리를 내며 사람들의 얼굴이나 맨다리에 떼로 달라붙었다. 마치 사람을 들어올리기라도 할 기세였다. 사람들은 배가 고파 두 손으로는 그저 먹고 마시기에 정신이 없어 다른 데 신경 쓸 겨를이 없었다.

우리는 밥그릇을 받친 채 허겁지겁 음식을 입에 욱여넣으면서 다른 한편으로 두 다리를 폴짝폴짝 언제나 그러듯 식사 춤을 췄다. 잠시라도 멈추면 모기 떼의 밥이 되는 불운을 당해야 했다. 어쩌다 손을 내밀어 종아리를 대충 훑기만 해도 모기 시신 몇 마리를 거둘 수 있었다. 사람들은 모기를 한 마리씩 때려죽이는 것보다 훑어 죽이는 데 더 익숙했다. 어차피 손이나 다리도 모두 자기 살이니 무한히 반복되는 타격을 감당할 수 없었다.

깊은 밤 모기도 피곤한지 휴식에 들어간 듯하다. 윙윙 소리가 조금 약해졌다.

공가(公家)

마차오는 논의 모양이 가지각색이다. 구불구불 굴곡이 심한 데다 두 고개 사이에 계단식으로 자리한 논들은 장자팡 쪽, 밥 짓는 연기가 뿌옇게 시야를 가리는 쪽이나 한밤중 달빛 쪽을 향해 완만하게 기울어 있다. 여기 사람들은 이곳을 대방충(大滂冲)이라고 부른다. 외지 사람들은 이 단어를 들으면 금방 이곳에 수렁논이 많다는 사실을 알 수 있다. 수렁논이란 산간 지역에 있는 논을 의미한다. 흐르는 물보다 고이는 물이 많아 흙의 성질이 냉하고 깊은 수렁이 여기저기 숨어 있다. 수렁을 밟으면 한도 끝도 없이 발이 빠져 들어간다. 수렁의 들목은 겉에서 보아서는 잘 찾아낼 수 없다. 자주 논에 나가는 사람이나 그 위치를 알 뿐이다.

마차오의 소들도 들목이 어디에 있는지 잘 안다. 어느 지점에 이르러 갑자기 소가 움직이려 하지 않으면 쟁기를 갈던 사람은 주의를 기울여야 한다.

이 논들은 모두 이름이 다르다. 때로는 모양에 따라 이름이 붙는다. 고기 떼 배미, 뱀 배미, 수세미 배미, 연어 배미, 걸상 배미, 밀짚모자 배미 등. 또는 필요한 모종의 중량에 따라 세 말 배미, 여덟 말 배미라는 이름이 붙기도 한다. 이 밖에도 정치 구호인 단결 배미, 약진 배미, 사청홍기(四淸紅旗)[59] 배미라는 이름이 붙은 곳도 있다. 그러나 이런 식으로는 이름이 턱도 없이 모자란다. 지나치게 시시콜콜 이름을 붙이기도 그렇다. 그 많은 배미에 어떻게 다 이름을 짓는단 말인가. 이에 마을에서는 논 이름 앞에 사람 이름을 붙여 구분했다. 예를 들어 '번이네 세 말 배미'니 '즈황네 닷 말 배미'니 하는 식이다.

이런 이름들을 통해 이곳 논들이 전에는 모두 개인 소유였거나 토지개혁 당시 개인에게 배당되었다는 사실을 쉽게 알 수 있다. 논이 논 주인의 이름과 연결되는 것은 자연스러운 일이다.

따져 보면 인민공사의 집단화가 이루어진 지 십여 년이 넘었다. 그런데도 아직 자기 집 논을 정확하게 기억하다니 나는 이상하다는 생각이 들었다. 제법 큰 아이들은 자기 논이 어디에 있는지 그곳에 벼가 잘 자라는지 여부를 훤히 꿰뚫고 있었다. 비료를 줄 때면 예전 자기 논에 가서 비료를 좀 더 풀기도 하고 오줌이 마려워도 잠시 참았다가 예전 자기 집 논에 가서

---

59) 정치, 사상, 조직, 경제 정화 운동.

바지를 내렸다. 어느 날 한 아이가 논에서 사금파리 조각을
밟아 하마터면 발에 상처가 날 뻔했다. 화가 난 아이가 조각
을 집어 멀리 다른 논으로 던져 버렸다. 그러자 옆에 있던 한
여자아이가 금세 그 아이를 째려보았다.

"어디다 던지고 그래? 너 매를 버는구나? 젓가락으로 확 쑤
셔 버릴까 보다!"

알고 보니 그 사금파리가 아주 오래전 그 여자아이네 논이
었던 곳에 떨어졌던 것이다.

그 여자아이는 아직도 자기네 논을 기억하고 있었다. 이
렇듯 1970년대 초까지만 해도 마차오에서 토지 공유화는 그
저 제도로만 존재했을 뿐 일반 사람들은 여전히 이를 마음으
로 받아들이지 않았다. 적어도 사람들 마음은 그랬다는 것이
다. 당연히 제도와 감정은 별개이다. 또한 제도 아래 꿈틀거리
는 모든 사실과도 전혀 다른 문제이다. 혼인한 부부는 한 침대
에서 서로 다른 꿈을 꾸며 다른 정을 품을 수도 있다.(이런 혼
인을 '혼인'이라고 부를 수 있을까?) 군주제 아래 황제 대신 황후
가 수렴청정할 수도 있다.(이를 '황제'라 부를 수 있을까?) 마찬가
지로 아직도 대부분의 마차오 사람들이 마려운 오줌을 참았
다가 전에 자기 소유였던 논에 가서 오줌을 눈다는 사실은 그
들의 공가(公家, 공유) 개념이 많은 부분에서 의미를 잃는다는
것을 보여 준다.

물론 그들이 오직 한마음으로 사유화를 갈망하는 것은 아
니다. 사실 마차오는 이제껏 진정한 사유 재산을 누려 본 적
이 없다. 마을 사람들에 따르면 민국 이전에도 그들의 소유였

던 부분은 한 뼘 '진흙탕' 논의 표면을 덮은 흙더미뿐이었다고
한다. 그 아래는 모두가 황제의 땅, 국가의 땅이었다. 천하에
왕의 땅 아닌 곳이 없던 시절, 모든 것이 나라 마음대로였다.
논 주인은 이를 막을 권리가 없었다. 이런 사실을 이해한다면
이후 마차오에서 합작사를 추진했을 때 몇몇 개인들이 불만을
토로하기는 했지만 정부가 명령을 내리는 순간 모두 순순히
공유화에 동의했다는 사실을 쉽게 납득할 수 있다.

공과 사를 구분할 때 마차오 사람들은 뒤에 '가(家)' 자를
붙이는데 이는 서양의 언어 개념과는 다르다. 서양의 '사(私)'
는 개인을 가리킨다. 부부 사이, 부자 사이에도 재산은 명확
하게 소유권이 나뉘어 있다. 그러나 마차오 사람들의 '사(私)'
에는 개인 속에 공공의 것이 포함된다. 집 안에서는 너와 나
를 구분하지 않는다. 서양의 '공(公)'은 공공 사회, 영어로 하면
'public'으로 평등한 개인의 횡적 조합이다. 이는 주로 정치적,
경제적 의미를 지닐 뿐이며 개인적인 일은 포함되지 않는다.
그러나 마차오 사람들의 '공가(公家)'에는 공공 속에 개인이 존
재한다. 부부가 싸우고 젊은이들이 연애를 하고 노인이 세상
을 떠나고 아이가 공부하며, 여자가 옷을 입고 남자가 허풍을
떨고 암탉이 알을 낳고 쥐가 벽에 구멍을 뚫는 일 등에 모두
공가가 개입하며 공가가 모든 책임을 진다. 그들에게 공가는
거대한 개인인 셈이다.

이런 집단적 가족 개념으로 인해 사람들은 여전히 간부를
'부모와 같은 관리(父母官)'라고 불렀다. 마차오의 마번이가 서
른 살이 채 되지 않아 아내를 얻자 사람들은 서기(書記)라는

그의 신분에 맞춰 대부분 그를 '번이 영감' 또는 '번이 공(公)'이라 불렀다. 이는 오히려 중국어의 '공'이 갖는 본래 의미에 더 가깝다. 중국에서 최초의 '공'의 의미는 'public'이 아니었다. 엄격하게 말해 이는 적합한 뜻이 아니다. '사유화'와 '공유화' 같은 서양 명사를 단순하게 마차오에 적용할 경우 실제 뜻과 멀어질 위험이 있다.

번이는 마차오의 '공(고대 중국어의 의미에서)'이다. 동시에 마차오의 '공(영어와 일부 서양 언어에서 보이는 의미)'을 대표한다.

타이완 배미

타이완(臺灣) 배미라는 논이 있다. 전에는 그 논에 별로 관심이 없었다. 수차를 이용해 논에 물을 대며 가뭄을 이겨 내던 시절, 푸차와 나는 한 조가 되어 달빛만 비치는 논 사이를 걸어가 늘어지게 하품하며 용골수차(龍骨水車)에 올라 삐걱삐걱 발판을 밟기 시작했다. 천천히 나무 발판이 돌아갔다. 무수히 많은 발길을 견디느라 반들반들 윤이 난 발판은 무척 미끄러웠다. 아차 하는 순간 나는 그만 미끄러지고 말았다. 재빨리 두 손으로 손잡이를 잡고 소리를 지르며 개처럼 매달렸다. 발아래 어지럽게 돌아가는 수차를 보니 간담이 서늘했다. 연거푸 올라오는 발판을 피하지 못한 나는 종아리에 멍이 들고 살갗이 까져 피가 흘러내렸다. 잠시 후 푸차가 내게 발밑을 내려다보지 말라고 했다. 그래야 발을 헛디디지 않는다고 했다.

나는 그의 말을 믿지도 않았거니와 그의 말대로 할 수도 없었다. 푸차가 자꾸만 말을 시켰다. 자꾸만 쓸데없는 말을 시킨 것은 분명 내 긴장을 풀어 주려는 의도였을 것이다.

그는 내가 하는 이야기 가운데 특히 도시 이야기, 화성이나 천왕성 같은 과학 이야기를 좋아했다. 그는 그래도 중학교를 졸업했기 때문에 과학적 머리가 있는 편이었다. 예를 들어 '철에 달라붙는 돌(贎磁石, 자석)'의 원리를 설명하면 곧바로 이렇게 대꾸했다. 만약 나중에 적기가 폭탄을 떨어뜨린다면 커다란 철에 달라붙는 돌을 만들어 적의 비행기를 끌어당길 수 있지 않을까? 그렇게 하는 것이 고사포나 미사일보다 더 쓸모 있지 않을까?

내가 이의를 제기하면 그는 항상 정색하며 생각에 잠겼다. 내가 과학에 관한 여러 가지 이야기를 떠벌려도 그는 별로 경이롭게 생각하는 것 같지 않았다. 그는 원래 평소에도 그리 슬픈 내색도 없고 그렇다고 기쁜 내색도 하지 않았다. 얼굴은 동안이지만 언제나 침착하고 진중한 표정을 지었다. 모든 감정을 여과했는지 그의 표정은 언제나 부드럽고 수줍었으며, 사람들이 별로 주의를 기울이지 않을 때 그의 눈빛은 언제나 그럴 것처럼 맑고 순수한 빛으로 반짝였다. 이런 눈빛을 마주하는 순간, 당신은 아마도 자신이 어떤 행동을 하든 어느 곳에 있든 이 눈빛에 사로잡혀 빨려 들어갈 것 같은 기분이 들 것이다. 그의 눈 뒤에는 또 하나의 눈, 시선 뒤에는 또 하나의 깊은 시선이 있었다. 그 앞에서 당신은 아무것도 숨길 수 없다.

그가 사라졌다가 갑자기 다시 나타났다. 그의 손에는 울외가 하나 들려 있었다. 그가 내게 울외를 내밀었다. 아마 부근 밭에서 훔쳐 온 것이리라. 내가 울외를 다 먹자 그가 손으로 구덩이를 판 다음 울외 껍질과 씨를 묻었다.

"벌써 삼경이 되었네. 한잠 늘어지게 잘까?"

모기가 많았다. 두 다리를 철써덕철써덕 내리쳤다.

어디서 구해 온 것인지 그가 다리랑 손이랑 이마에 나뭇잎을 문질렀다. 과연 효과가 있었다. 윙윙거리는 모깃소리가 훨씬 잦아들었다.

이제 막 산봉우리 위로 솟아난 달을 바라보았다. 논둑 여기저기서 들리는 개구리 울음소리를 듣던 나는 좀 걱정이 됐다.

"우리 이렇게, 이렇게 자도 되는 거예요?"

"일도 해야 하지만 쉴 때도 있어야지."

"번이 영감이 오늘 저녁에 이 논배미 물을 다 채워야 한다고 했는데요."

"무슨 상관이야?"

"와서 보면 어떡해요?"

"오지 않을 거야."

"어떻게 알아요?"

"몰라도 돼. 아무튼 안 올 거야."

이상하다는 생각이 들었다.

그는 내가 그다음에 뭘 물어볼지 알고 있었다.

"미신이야. 시골 사람들 미신. 당신들은 들어 보지 못한 미신이라고."

이렇게 말한 그는 내 옆에 누워 나를 등지고 두 다리를 꼰 채 잘 준비를 했다.

난 그처럼 자고 싶으면 자고, 자고 싶지 않으면 일어날 수 없었다. 자고 싶을 때는 오히려 두 눈이 초롱초롱, 정신이 맑아질 뿐이었다. 나는 그에게 미신 이야기든 아니면 뭐라도 좋으니 이야기를 해 달라고 했다. 내가 자꾸만 조르자 그는 하는 수 없이 그도 들은 이야기라며(그는 중요한 일을 말할 때마다 매번 이런 식으로 이야기가 흘러나온 배경을 먼저 말함으로써 자신이 그 일과 무관함을 강조했다.) 이야기를 시작했다. 모 씨가 그러는데 이 논배미 주인은 마오궁(茂公)이라는 사람으로 번이와 원수래. 초급 농업 생산 합작사를 실시하던 해 마오궁이 합작사에 들어가지 않겠다고 고집을 부렸거든. 주위에 있는 논은 모두 합작사에 가입했는데 이 논배미만 개인 소유로 생산이 이루어졌어. 합작사 사장인 번이는 마오궁이 위쪽 논배미에서 물을 끌어오지 못하도록 했지. 마오궁 역시 한 고집 하는 사람이라 강에 가서 물을 길어 오는 한이 있어도 절대 물을 끌어 쓰게 해 달라고 부탁하는 법이 없었어. 결국 마지막에 마오궁의 천식이 재발하자 그 틈을 타 번이가 사람들을 끌고 나타났어. 그가 탈곡 통을 짊어지고 논배미의 벼를 털며 "타이완을 해방시켜야 한다!"라고 크게 외쳤어.

마오궁은 전에 유지회 회장을 지낸 적이 있으며 논을 많이 가진 지주이자 매국노였다. 당연히 그가 소유한 논은 '타이완'이었다. 사실 매국노라는 오명이 붙은 그는 좀 억울하다는 생각이 들기도 했다. 전에 이곳은 일본이 차지했던 지역으로 14구역에 해당했는데 하나의 유지회에서 마차오와 주변 열여덟 마을을 관할했다. 각 마을의 돈 있는 사람이나 명성 있는 사람들이 돌아가며 회장을 맡았는데, 석 달에 한 번씩 차례가 되면 징을 그 집으로 보냈다. 이런 회장 자리는 월급을 받는 것도 아니었다. 그저 징을 치며 공적인 일에 큰 소리를 치거나 때로 어딜 가면 수고비 명목으로 '신발 값' 정도를 받을 뿐이었다. 물론 그것도 공무를 빌미로 이익을 취하는 것이라고 말할 수 있었다. 마오궁은 열여덟 마을 가운데 가장 마지막에 유지회 회장을 맡았다. 그의 차례가 되었을 때 일본이 항복했기 때문에 그는 굳이 유지회 회장을 맡지 않을 수도 있었다. 그러나 바깥 사정에 어두웠던 이곳 사람들은 여전히 징을 돌렸다.

마오궁은 나서기를 좋아하는 사람이다. 일단 징이 손에 들어오자 그는 즉시 하얀 비단으로 만든 장삼을 걸치고 문명곤(文明棍)60)을 흔들며 누구 집에 가든지 요란하게 헛기침을 해 댔다. 그는 지독하게 신발 값을 거둬들였다. 전임자들보다 몇 배나 더 많은 액수였다. 가는 곳마다 그냥 지나치는 법이 없었으며 동원한 방법도 기이하기 이를 데 없었다.

언젠가 그가 완위의 집에서 밥을 먹었다. 그는 완위의 아버지가 부뚜막 아래 버린 닭 모래주머니를 몰래 소맷자락에 집어넣었다. 그리고 식사하면서 주인이 잠시 한눈을 파는 틈을 타 모래주머니를 닭고기 그릇에 옮겨 놓았다. 닭고기 그릇에서 모래주머니를 발견하고 젓가락으로 들어 올린 그는 주인이

---

60) 지팡이의 일종으로 개화장이라고 부른다.

자신을 희롱한다며 벌금으로 은전 5위안을 내놓으라고 소리쳤다. 한바탕 애걸복걸 난리를 치른 주인은 2위안을 빌려 그에게 건네고 나서야 일을 겨우 마무리할 수 있었다.

또 이런 일도 있었다. 그가 어느 날 장자팡 사람 집에 들른 적이 있었다. 그는 먼저 밖에 나가 자기 밀짚모자 위에 오줌을 눈 다음 개에게 밀짚모자를 던져 주고 나서 자리에 돌아와 앉았다. 개가 밀짚모자를 갈기갈기 뜯어 놨을 때쯤 그는 다시 밖으로 나가 깜짝 놀라는 척했다. 그러고는 주인이 일부러 유지회 회장인 자신과 황군에 맞서 싸우려고 한다고 소리쳤다. 그가 쓰고 있던 밀짚모자까지 그냥 놔두지 못하고 몰래 개를 풀어 찢어발겼다는 것이다. 주인이 아무리 좋은 말로 용서를 빌어도 소용없었다. 주인은 화가 치밀었지만 하는 수 없이 그에게 무쇠솥 하나를 물어 줄 수밖에 없었다.

그 밀짚모자는 이미 오래전부터 못 쓰는 것이라는 사실을 모두가 아는 터였다.

이런 것을 보면 그가 얼마나 많은 화근을 만들어 놓았는지 쉽게 상상할 수 있다. 번이가 '타이완 해방'을 부르짖을 때 마을 사람들이 너도나도 합세했다. 특히 완위 아버지는 마오궁 논의 벼를 몽땅 뽑아 버렸을 뿐 아니라 마오궁이 논 옆에 심어 둔 박 넝쿨마저 엉망으로 만들어 버렸다. 또한 몇몇 젊은이들은 일부러 "허, 허, 허!" 하고 크게 소리를 질렀다. 마을 개나 닭들까지 시끄러워할 정도였다. 물론 마오궁도 그 소리를 들으라는 뜻이었다.

과연 이 소리를 들은 마오궁이 숨을 헐떡이며 논으로 뛰어왔다. 그가 언덕에서 몽둥이를 두드리며 욕을 퍼부었다.

"번이, 이 짐승 같은 놈아. 백주 대낮에 내 벼를 강탈하다니 곱게 못 죽을 줄 알아!"

번이가 어깨를 들썩이며 소리 높여 외쳤다.

"반드시 타이완을 해방시키세!"

합작사에 가입한 열혈 청년들도 따라 외쳤다.

"반드시 타이완을 해방시키세!"

번이가 큰 소리로 말했다.

"그의 벼를 타작하고 그의 곡식을 먹자! 타작한 사람이 타작한 곡식을 갖자! 그의 벼를 타작해 그의 곡식을 먹자! 타작한 사람이 타작한 곡식을 갖자!"

화가 난 마오궁의 눈에 핏발이 섰다.

"좋아, 좋아, 이놈들. 너희가 타작해. 너희가 마음대로 타작해 보라고. 내 굶어 죽으면 아귀가 되어 너희를 짓눌러 죽여 버릴 테다."

마오궁이 그의 아들 옌짜오(鹽早)와 옌우(鹽午)를 불러 칼을 가져오라고 했다. 아직 겁 많은 어린아이인 두 형제는 이런 광경에 이미 넋이 나간 상태였다. 아이들은 꼼짝도 못 하고 언덕 위에 그대로 서 있었다. 마오궁이 침을 튀겨 가며 아이들을 욕한 다음 직접 지팡이를 짚고 집으로 돌아갔다. 잠시 후 그는 땔나무를 가져다 논 옆에 불을 놓았다. 물이 끊긴 지 오래라 바짝 말라 버린 벼들은 한바탕 바람으로 거센 불길에 휩싸였다. 불을 보며 그가 웃음을 터뜨렸다. 그리고 발을 구르며 이렇게 욕했다.

"잡종들아. 난 먹을 수 없으니 너희나 먹어라, 너희가 먹어. 하하하!"

다 자란 곡식은 눈앞에서 모두 잿더미로 변했다.

며칠 후 마오궁은 기가 막혀 죽어 버렸다.

사람들은 마오궁의 혼이 흩어지지 않았다고 했다. 12월 어느 날 번이가 맷돌을 만들었다. 채석장에서 맷돌 두 개를 메고 집으로 돌아오다 마침 마오궁 집 앞을 지나갔다. 그는 잠시 멜대를 그 집 앞에 내려놓고 언덕 위로 올라가 꿩 둥지에서 꿩알을 찾으려고 했다. 몇 걸음 내디뎠을까? 갑자기 뒤에서 꽈당 소리가 들렸다. 번이뿐 아니라 아랫동네 사람들도 모두 그 소리를 들었다고 한다. 제일 먼저 아이들이 달려오고 이어서 남자들도 달려왔다. 현장에 도착한 사람들은 눈앞에서 벌어진 놀라운 광경에 그만 온몸이 뻣뻣하게 굳어 버렸다. 그들은 자신의 두 눈을 믿을 수 없었다. 번이가 새로 만든 맷돌 두 개가 마오궁 집 문 앞에서 돌절구와 싸움을 벌이고 있었던 것이다.

여기까지 말한 푸차가 나에게 돌절구가 뭔지 아느냐고 물었다. 그래서 본 적이 있다고 대답했다. 대야처럼 생긴 돌절구는 벼를 빻거나 찹쌀 경단을 만들 때 쓰는 도구인데, 손절구와 발절구 두 종류가 있다. 손절구는 사람이 손으로 절굿공이를 들고 위아래로 빻는다. 발절구는 손 대신 발을 사용하기 때문에 손절구보다 힘이 조금 덜 든다. 널뛰기와 비슷해서 한 사람이 널 한쪽에 서서 다른 쪽에 있는 절굿공이를 높이 쳐든 다음 다리에 힘을 빼면 절구가 내려오면서 돌절구를 세차게 내리친다.

푸차는 자기도 돌절구가 어떻게 싸웠는지 믿을 수 없다고 말했다. 그러나 노인들은 모두 자기 눈으로 봤다고 억지를 부렸다. 눈도 코도 있었다. 돌절구는 맷돌 두 개에 맞서 위아래로 튀어 올랐다. 좌충우돌, 마치 번개가 치듯 불꽃이 사방으로 튀었다. 금세 바닥에 깊은 구덩이가 파였다. 마치 달구질한 것처럼 바닥이 고르게 다져진 깊은 구덩이였다. 그 순간 주변에 있던 새들이 죄다 날아와 나뭇가지에 새까맣게 앉아 '깍깍'대며 울기 시작했다.

힘센 남자 두세 명이 앞으로 나가 싸움을 말렸다. 멜대를 가져다 싸움을 벌이는 양쪽을 떼어 놓으려고 했다. 온몸이 땀으로 범벅이 될 때까지 힘을 썼지만 둘을 떼어 놓을 수는 없었다. 돌절구를 막던 몽둥이 하나가 딱 부러졌다. 돌절구가 다시 씩씩거리며 튀어 올라 미친 듯이 맷돌을 향해 굴러갔다. 구경하던 사람들이 모두 옆으로 비켜났다. 서로 밀거니 잡거니 하면서 부딪치기를 수십 번 하더니 마침내 한 덩어리로 엉겨 붙었다. 끝내 절구와 맷돌이 공터를 벗어나 개울가로, 다시 다리를 지나 산언덕까지 이르러 소란을 피우는 바람에 들판 가득한 띠까지 정신없이 흔들렸다. 더욱 신기한 것은 돌들이 모두 누런 피를 흘렸다는 것이다. 땅바닥과 풀잎이 온통 피투성이였다. 산언덕에 이르자 맷돌과 절구가 모두 산산조각 나고 말았다. 한두 조각이 여전히 맥 빠진 모습으로 꿈틀거리며 안간힘을 썼다. 깨진 조각마다 누런 피가 샘처럼 솟아올라 산언덕 아래 족히 반 리까지 끊임없이 핏물이 흘러내렸다. 연뿌리 가득한 연못이 노랗게 물들 정도였다.

사람들은 돌절구와 맷돌 조각들을 수습해서 멀리 떼어 놓는 한편 그 조각으로 논의 물 나오는 곳을 막았다. 맷돌로는 번이의 세 논배미를 막고 돌절구로는 마오궁의 논배미를 막아 일을 마무리했다.

노인들 말이 주인집들이 원수 사이가 되자 돌들마저 원한의 기운을 받아 원수가 되었다고 했다. 그 후 서로 원수가 된 두 집안사람들은 특별히 조심해서 일이 없을 때도 자신의 물건을 아무 데나 함부로 두는 일이 없었다.

그 후로도 번이는 시도 때도 없이 큰 소리로 마오궁을 욕했지만 더 이상 마오궁 집 앞을 지나는 일은 없었으며, 마오궁의 논배미에 들어가는 일도 없었다. 마오궁의 아내와 두 아들도 결국 합작사로 들어왔다. 그러나 번이는 그들이 합작사에 들여보낸 소 한 마리를 필요 없다면서 내다 팔았다. 그리고 쟁기와 써레도 모두 철공소에 가져다 불에 던져 버렸다.

나는 푸차의 이야기를 듣고 파안대소했다. 정말 그런 일이 있었으리라고 믿을 수 없었다.

"정말 믿을 수 없어. 그저 허튼 이야기에 불과하지. 정말 수준이 형편없어."

푸차가 이렇게 말하며 몸을 돌렸다.

"좌우지간 마음 푹 놓고 자게나."

내 등에 닿는 그의 등골에서 아무 움직임도 느껴지지 않았다. 자는지 아니면 아직 깨어 있는지, 그도 아니면 잠을 자면서 남몰래 사방에서 나는 소리를 듣는지 알 수 없었다. 나도 귀를 쫑긋 세우고 내 숨소리와 마오궁 논배미의 작은 물구덩이에서 흙탕물이 튀는 소리를 들었다.

장(漿)

마차오에서는 '장(漿)'을 '강(gang)'으로 발음하며 죽을 의미
한다. 마차오는 식량이 부족한 가난한 산간 마을이라 '장을 먹
다'라는 말을 자주 쓴다.

『시경』「소아(小雅)」에 보면 "때로 술을 대접하고 장으로는
대접하지 않는다."라는 구절이 나오는데, 이때 장은 술보다 한
단계 낮은 음료를 지칭한다. 예를 들어 물에 담근 좁쌀 같은
것이다. 『한서』「포선전(鮑宣傳)」에 "장주곽육(漿酒霍肉)"이라
는 말이 있다. 주로 사치스러운 생활을 일컫는 말로 술 보기를
죽같이 하고, 고기를 콩잎같이 생각한다는 뜻이다. 이렇게 보
면, 죽은 예로부터 가난한 사람의 음식이었음을 알 수 있다.

처음 마차오에 온 지식청년들은 '장을 먹는다'를 '마른 음식

을 먹는다'[61]로 알아듣고 뜻을 반대로 오해하곤 했다.

마차오에서는 'ㅈ(j)'를 'ㄱ(g)'으로 발음한다. 강(江)을 '쟝(jiang)' 이 아니라 '강(gang)'으로 발음하는 것도 그 예 중 하나이다. 보릿고개 무렵 집집마다 솥에는 물만 많고 양식은 적었으니 '쟝을 먹는다'를 '강물을 마신다'로 이해해도 말이 안 될 것은 없을 듯하다.

---

61) 중국어로 마른 것은 '간(乾, gan)'이라 발음하기 때문이다.

반동분자(漢奸)

　　마오궁의 큰아들 옌짜오는 생산대에서 쇠똥을 나르거나 돌을 깨거나 탄을 굽는 등 언제나 중노동을 했다. 집을 지을 때면 벽돌을 나르고 초상이 날 때는 어김없이 관을 멨다. 아래턱이 축 늘어져 입을 다물지 못하고 종아리는 힘줄이 툭툭 불거져 보는 이들조차 질겁할 정도로 힘겹게 일했다. 보기 싫은 다리를 감추려고 아무리 더운 여름이라도 여기저기 헝겊으로 기운 긴 바지를 입고 다녔다.

　　처음으로 옌짜오를 만난 것은 그의 할머니가 살아 있을 때였다. 그의 할머니는 독충 할멈, 다시 말하면 전설에 나오는 악독한 시골 독부(毒婦)였다. 뱀이나 전갈을 갈아 만든 독가루를 손톱 밑에 쑤셔 넣어 두었다가 원한이 맺힌 사람이나 낯선 사람들 음식에 몰래 뿌려 사람들을 죽인다고 했다. 이런 사람들은 주로 복수를 위해 독을 사용하지만 때로 다른 사람의 생명을 대가로 자신의 수명을 늘리기 위한 것이라고 말하는 이도 있었다. 사람들은 옌짜오의 할머니가 독충 할멈이 된 것은 합작사 작업이 실시된 이후라고 했다. 아마도 그의 할머니는 빈하중농(貧下中農)62)에 대해 계급적 원한에 사무친 나머지 그 나이에도 불구하고 공산당과 끝없이 싸우려고 했던 것 같다. 몇 년 전에 어머니를 잃은 번이는 어머니의 죽음이 마귀 같은 할멈이 독을 쓴 때문이라고 의심했다.

어느 날 옌짜오네 측간이 강풍으로 무너지자 마을 사람들에게 측간 고치는 것을 도와 달라고 부탁했다. 나도 가서 흙 개는 것을 도와주었다. 악명 높은 그 할머니가 자상한 눈빛으로 부뚜막에 불을 지피고 있었다. 사람들이 수군대던 것처럼 악독한 느낌은 들지 않았다. 내가 생각하던 모습과는 전혀 딴판이었다.

점심시간이 되기 전에 측간 수리가 모두 끝났다. 사람들이 각자 도구를 챙겨 모두 집으로 돌아가려고 했다. 그러자 옌짜오가 사람들을 쫓아오며 고함을 질렀다.

"왜 밥도 안 먹고 가요? 왜 그냥 가는 거예요? 이런 법이 어디 있어요?"

나는 부뚜막에서 풍겨 오는 고기 냄새를 맡은 터라 사람들

---

62) 빈농과 하중농을 의미한다. 중국 농촌계급에 따르면 빈농은 농촌의 반(半)무산계급으로 토지가 부족하거나 아예 토지가 없고 농기구도 열악해 토지를 임대하거나 노동력을 제공해 생활을 유지한다. 하중농은 중농의 일부분으로 노동 수입에 의해 생활하고 경제적 지위가 낮다.

이 그냥 가 버릴 이유가 없다고 생각했다. 후에 푸차가 사람들이 그 집에서 밥을 먹고 싶어 하겠냐고, 아마 그 집 것이라면 찻잔 하나도 건드리고 싶지 않을 것이라고 말했다. 사람들은 누구나 독충 할멈의 존재를 의식했다.

나 역시 혀를 삐죽 내민 후 재빨리 집으로 돌아왔다.

잠시 후 옌짜오가 집집마다 돌아다니며 사람들에게 제발 집에 와서 식사하라고 애걸했다. 우리 집 문을 밀고 들어온 그가 숨을 헐떡이며 바닥에 무릎을 꿇었다. 그러고는 쿵쿵쿵 바닥에 머리를 세 번 부딪치며 절을 올렸다.

"강에라도 뛰어들까, 아니면 목을 맬까? 삼황오제 때부터 지금까지 일해 주고 밥도 먹지 않고 가 버리는 법은 없었어. 우리 집 식구들 체면이 뭐가 되냐고. 이제 난 도저히 쪽팔려서 못 살아. 그냥 여기서 확 죽어 버리겠어."

나는 놀라서 허겁지겁 그를 부축했다. 벌써 우리 집에 밥을 해 놨고, 원래 그 집에서 밥을 먹을 생각이 없었다고 했다. 게다가 일을 많이 한 것도 아니니 밥을 먹기도 미안하다고 덧붙였다.

초조해진 옌짜오의 얼굴에서 삐질삐질 땀이 흘렀다. 한참 동안 허둥지둥 돌아다녔건만 단 한 사람도 그를 따라나서지 않았던 것이다. 그는 금방이라도 울음을 터뜨릴 것만 같았다.

"알아, 알아. 불안한 것 알아. 그 노인네 때문에 그러는……."

"아니에요, 그게 아니라니까요. 무슨 생각을 하는 거야!"

"우리 집 노인네를 못 믿는다는 거 알아. 그렇다고 나까지 못 믿을 건 없잖아? 칼로 내 심장이라도 꺼내 보여 줄까? 좋

아. 불안하면 먹지 마. 내 동생이 지금 솥을 씻어서 다시 밥을 짓고 있어. 걱정되면 가서 동생이 밥 짓는 걸 봐도 좋아. 이번에는 그 늙은이가 근처에 얼씬도 못 하게 할 테니까……"

"옌짜오, 굳이 그럴 필요까진 없어요."

"제발 선심 쓰는 셈 치고 나 좀 봐줘."

그가 다시 바닥에 무릎을 꿇은 다음 마치 마늘을 빻듯 계속해서 머리를 부딪치며 절을 올렸다.

옌짜오는 일을 도와준 사람들을 하나하나 찾아다니며 애걸했다. 나중에는 이마에서 피가 날 지경이었지만 그의 집으로 돌아간 사람은 아무도 없었다. 그가 말한 것처럼 이미 만든 많은 음식을 모조리 도랑에 내다 버리고 그의 누이가 쌀을 일어 밥을 안치고 새로 고기를 구해 식탁 세 개에 음식을 다시 차리는 중이었다. 이미 점심시간이 훨씬 지나 오후 일을 하러 나갈 시간이었다. 그는 집에서 멀리 떨어진 마을 입구 큰 단풍나무 아래 할머니를 묶어 놓았다. 호기심에 나는 힐끔힐끔 노파를 쳐다보았다. 신발도 한 짝밖에 신지 않은 할머니는 자는지 깨어 있는지 눈을 흘겨 뜬 채 오른쪽을 바라보고 있었다. 할머니는 이가 다 빠진 입을 헤벌린 채 힘없이 알아들을 수 없는 소리를 중얼거렸다. 젖은 아랫도리에서는 고약한 지린내가 났다. 어린아이 몇 명이 겁에 질려 멀리서 할머니를 바라보았다.

그의 집 마당에 식탁이 새로 마련되고 음식이 올라왔지만 사람들의 모습은 보이지 않았다. 옌짜오의 누이가 식탁에 앉아 눈물을 훔쳤다.

끝내 식탐을 견디지 못한 우리 지식청년들이 그의 집으로 들어섰다. 사실 우리는 미신도 별로 믿지 않았다. 누군가가 먼저 앞장을 서자 남자 몇 명이 따라가서 소고기 몇 점을 집어 먹었다. 입에 기름을 흥건히 묻히며 한참 음식을 먹던 친구가 하마터면 고기가 어떻게 생겼는지도 잊어버릴 뻔했는데 정말 잘됐다며 독이고 뭐고 먹다 죽은 귀신이 때깔도 좋다고 속닥거렸다.

그때 그의 체면을 살려 주었기 때문일까, 그 후로 옌짜오는 우리를 각별하게 대했다. 우리는 땔나무를 직접 한 적이 거의 없었다. 모두 그가 때맞춰 땔감을 날라 왔기 때문이다. 그는 무거운 짐을 지는 데 도사였다. 내 기억에 그의 어깨는 비어 있는 날이 없었다. 쇠똥 거름이나 땔나무, 아니면 진흙으로 범벅이 된 탈곡기를 메고 있을 때도 있었다. 맑은 날이건 비가 오는 날이건 비어 있는 법이 없었다. 그의 어깨가 텅 빈 것을 보면 오히려 더 이상하고 부자연스럽게 느껴졌다. 마치 집 없는 달팽이를 보는 것처럼 눈에 거슬렸다. 실제로 어깨에 아무것도 메지 않았을 때 그는 마치 장애인처럼 중심을 잡지 못하고 걸음을 내딛기 무섭게 넘어졌다. 그렇게 늘 휘청거리다가 바닥에 부딪쳐 발가락에서 피가 흘렀다.

솜을 짊어지면 솜이 온통 그를 덮어 버릴 정도로 어마어마했다. 멀리서 보면 마치 흰 눈이 내린 큰 산 두 개가 흔들흔들 저절로 앞으로 이동하는 것 같아 참으로 기이한 느낌이 들었다.

나는 언젠가 그와 함께 양곡을 배달한 적이 있다. 돌아오는 길에 그는 빈 광주리에 커다란 돌멩이를 두 개 얹었다. 그렇게 하지 않으면 길을 걸을 때 자세가 나오지 않는다고 했다. 과연 어깨 멜대에 힘이 가해지자 그의 몸은 멜대와 일체가 되었다. 전신의 근육은 마치 춤을 추듯 리듬을 타며 흔들거렸고 길을 서두르는 그의 발걸음에도 탄력이 붙었다. 껑충껑충 그가 재빨리 길을 서둘렀다. 방금 전 빈 광주리를 지고 창백한 얼굴에 종종걸음으로 불안하게 걷던 모습과 완전히 딴판이었다.

그는 반동 계급(漢奸) 출신이다. 후에 나는 마차오 사람들의 말을 듣고 그의 아버지가 반동이기 때문에 그 역시 반동 신분에서 벗어나지 못한다는 것을 알았다. 물론 그 자신도 그렇게 생각했다. 마을에 갓 들어온 지식청년들은 거름으로 쓸 엄청난 쇠똥을 어깨에 메고 끙끙대는 그를 보면서 당연히 노동 모범으로 추천받을 만하다고 생각했다. 하지만 그는 청년들 말에 잠시 멍한 표정을 짓더니 황급히 손을 내저었다.

"무슨 그런, 나 같은 반동 출신에게! 내가 어떻게 그런 자릴 차지해!"

지식청년들은 깜짝 놀랐다.

상부의 정책에 따르면 적과 적의 자녀는 구분되어야 하지만, 마차오 사람들은 다 부질없다고 생각했다. 번이가 당 지부 서기가 된 후 그의 아내가 공급판매합작사에 가서 고기를 사면 다른 여자들이 "그녀는 서기인데 감히 서기한테 저울질을 속일 수 있겠어?"라고 시기했고, 번이의 아이가 학교에서 열심히 공부하지 않아도 선생님이 아이를 혼낼 때 "서기가 되어 가지고 수업 시간에 속닥거리기나 하고! 이 개똥같은 놈아!"라고 야단을 쳤다.

이 역시 모두 같은 이치일 것이다.

옌짜오는 나중에 '어버버', 즉 벙어리가 되었다. 물론 원래 벙어리는 아니었다. 그저 별로 말이 없었을 뿐이다. 반동분자의 집안인 데다 집에 독충 할머니까지 있으니 이마에 주름살이 하나둘 늘어 가도 아내를 구할 길이 없었다. 예전에 그의 누나가 그를 속이고 눈먼 여자를 데려다 신방을 차려 준 적이 있다고 한다. 하지만 그는 침울한 얼굴로 한사코 신방으로 들어가려 하지 않았다. 그는 방에 들어가지 않고 꼬박 하룻밤 동안 흙을 져 날랐다. 그렇게 하루, 이틀, 사흘…… 며칠이 지나도 마찬가지였다. 가련한 맹인 여자는 텅 빈 신방에서 며칠 밤낮을 흐느껴 울었다. 결국 누나는 파혼 명목으로 곡식 백 근을 배상하고 여자를 집에 데려다주었다. 누나가 지독하다고 욕을 하자 옌짜오는 반동 신분으로 남에게 해를 입힐 수는 없는 일이라고 했다.

옌짜오의 누나는 멀리 펑장현까지 시집을 갔다. 매번 친정에 들를 때마다 온기라곤 없는 솥에 식은 죽만 덜렁 남아 있고 변변한 옷 하나 없는 옌짜오의 모습이 측은했다. 그는 대대에서 배급해 준 옥수수도 그대로 아껴 두었다가 학교에 다니는 동생 옌우(「괴기」편 참고.)에게 보냈다. 그의 누나는 눈물 마를 날이 없어 항상 눈이 벌게져 있었다. 이렇듯 찢어지게 가난한 옌짜오에게 여분의 이불이 있을 리 없었다. 누나가 친정에 올 때면 어쩔 수 없이 남동생 옌짜오와 한 침대를 써야 했다. 어느 날 비가 억수같이 내리는 밤이었다. 한밤중에 일어난 누나는 발밑이 텅 비었다는 생각이 들었다. 일어나 보니 옌짜오가 몸을 웅크리고 침대 곁에 앉아 있었다. 아예 잠을 자지 않은 듯 어둠 속에서 고양이처럼 흐느끼고 있었다. 누나가 이유를 물었지만 그는 아무 대답도 하지 않고 부뚜막에 가서 새끼를 꼬기 시작했다. 끝내 누나도 눈물을 참지 못하고 흐느껴 울기 시작했다. 부뚜막으로 다가간 누나가 떨리는 두 손으로 동생 손을 잡으려 했다. 못 참겠으면 날 집안 식구가 아니라 그냥 모르는 사람이라고 생각하고 대충이라도 한번 여자를 느껴 보렴.

그녀의 머리는 엉클어지고 속옷 매듭은 풀려 있었다. 백옥 같은 젖가슴이 동생의 놀란 두 눈앞에 모습을 드러냈다.

옌짜오가 갑자기 손을 움츠리며 뒤로 한 걸음 물러났다.

"너한테 뭐라고 하지 않을게."

누나의 손이 그의 바지띠로 향했다.

"우린 어쨌거나 이미 사람 노릇 하긴 글렀어."

옌짜오는 도망치듯 문을 뛰쳐나가 비바람 속으로 사라져 버렸다.

그는 부모님 묘를 찾아가 한바탕 실컷 통곡했다. 이튿날 아침 집에 돌아오니 누나는 벌써 돌아가고 없었다. 찐 고구마 한 사발과 곱게 빨아 잘 기운 저고리 몇 벌이 침대에 놓여 있었다.

그 뒤로 누나는 다시는 집에 오지 않았다.

아마도 그때부터 옌짜오의 입은 더 굳게 닫힌 것 같다. 마치 혀를 잘라 버린 사람 같았다. 사람들이 시키는 대로 일했고 일을 시키지 않으면 구석에 가서 웅크리고 앉아 있었다. 그러다 더 이상 아무 지시도 없으면 그제야 조용히 집으로 돌아갔다. 그렇게 시간이 흐르다 보니 그는 진짜 벙어리가 된 듯했다. 언젠가 공사 사람들이 모두 동원되어 길을 닦으러 간 적이 있었다. 그도 예전처럼 작업에 참가했다. 작업장에서 자기 삽을 찾지 못한 그가 얼굴이 벌게져서 삽을 찾으러 다녔다. 그를 감독하던 민병 하나가 잔뜩 경계하며 그에게 물었다. 왜 여기저기 쑤시고 돌아다니는 거야? 그는 우우 소리만 낼 뿐 다른 말은 하지 않았다.

민병은 그가 수작을 부린다고 생각하고 끝까지 추궁해 봐야겠다는 생각에 철거덕 그의 가슴에 총을 들이댔다.

"말해. 어서 솔직히 털어놓지 못해? 무슨 짓이야?"

옌짜오는 이마에서 땀이 솟고 귓불과 목까지 온통 시뻘겋게 달아올랐다. 잔뜩 경직된 그의 일그러진 얼굴이 용수철처럼 계속 움찔거렸다. 그럴 때마다 그의 두 눈이 커졌다 작아지기를 반복했다. 조바심이 난 민병이 한참 동안 대답을 기다렸으나 크게 벌어진 그의 입은 끝내 단 한마디도 토해 내지 못했다.

"어서 말해 봐!"

옆 사람까지 초조한 마음에 땀을 삐질삐질 흘렸다.

그가 숨을 몰아쉬며 다시 한번 오만상을 찌그리며 안간힘을 쓰다가 결국 외마디 소리를 내뱉었다.

"사아압!"

"삽이 뭐 어쨌다고?"

그는 눈만 커다랗게 뜰 뿐 말을 잇지 못했다.

"너 벙어리야?"

민병이 더욱 화를 냈다.

그의 뺨 근육이 자꾸만 실룩거렸다.

"벙어리예요."

옆에 있던 사람이 대신 해명했다.

"말 못 해요. 아마 하고 싶은 말을 전생에 다 해 버렸나 봐요."

"말을 못 한다고?"

민병이 고개를 돌리고 눈을 번쩍 치켜뜨더니 명령했다.

"마오 주석 만세라고 말해 봐."

조급해진 옌짜오는 조금 전보다 더 큰 소리로 왝왝거렸다. 엄지손가락을 들어 올리고 어깨를 치켜올리며 만세 동작을 취했다. 그러나 민병은 그를 놓아주지 않았다. 말할 때까지 붙들고 늘어질 것 같았다. 그날 옌짜오는 뺨을 여러 대 맞고 정강이를 몇 번이나 걷어차였지만 결국 더듬더듬 '마어'라는 소리밖에 내지 못했다.

그제야 민병은 그가 벙어리라는 말을 믿고 멜대를 다섯 번 더 지게 하는 것으로 상황을 마무리했다.

옌짜오는 이때부터 공식적으로 벙어리로 인정받았다. 벙어리가 되는 것도 나쁠 것이 없었다. 말을 많이 하면 원기가 상하기 마련이다. 모든 화의 근원이 입에서 나온다고 하지 않던가. 말하지 않으니 시비에 휘말릴 일도 줄어들었다. 번이는 그가 아무도 모르게 등 뒤에서 나쁜 말, 반동적인 말을 한다고 의심했었다. 적어도 번이의 이러한 경계심만은 분명하게 털어버린 셈이다. 심지어 대대에서 농약을 살포할 일이 있을 때 번이가 그를 떠올릴 정도가 되었다. 독충 할멈이 길렀으니 어쩌면 독을 무서워하지 않을지도 모르고 어버버가 되었으니 누구에게 말을 지껄이느라 소란을 떨 일도 없다. 결국 그는 옌짜오에게 혼자 가서 농약을 뿌리게 했다.

물이 찰랑이는 수답은 흙이 차가워서 원래 벌레가 생기지 않기 마련이다. 그런데 언제부터인지 벌레가 득실거렸다. 이 지역 사람들은 벌레가 생긴 것이 모두 디젤 엔진 때문이라고 한다. 엔진이 한번 가동될 때마다 언덕의 띠, 잡초, 꽃 등이 모두 벌레로 변했다. 벌레가 있으니 당연히 농약을 쳐야 했다. 푸차가 새로운 일을 해 보겠다고 농약을 치러 갔다가 얼굴이 시퍼렇게 질린 채 허연 거품을 물었다. 집에 돌아온 그는 사흘 동안 퉁퉁 부은 다리 때문에 심하게 고생했다. 농약에 중독된 것이다. 그 후 사람들은 더 이상 분무기를 잡으려 하지 않았다. 지주나 부농에게 이 일을 시키자니 혹시라도 농약을 가져다 소나 돼지, 간부들까지 독살하지 않을까 걱정되었다. 이리저리 생각하던 번이는 그나마 옌짜오가 반동 가운데 비교적 성실하게 법을 준수하니 이 일을 시키기 적당하다고 생각했다.

옌짜오 역시 처음에는 중독 증상을 보였다. 머리가 호박처럼 부어올라 날만 더우면 하루 종일 천으로 머리를 싸매고 다녔다. 두 눈만 밖으로 내놓은 채 수시로 깜빡거리는 통에 마치 복면강도처럼 보였다. 그러나 시간이 흐르자 농약에 적응되었는지 두건도 던져 버리고 지식청년들이 준 코 마스크도 벗어 버렸다. 심지어 집에 돌아와 밥을 먹을 때도 손을 씻는 법이 없었다. 가장 독한 농약인 1059나 1605 같은 것을 사용할 때도 그는 전혀 신경 쓰지 않았다. 농약을 뿌린 손으로 금방 입을 훔치거나 귀를 긁적거리고, 고구마를 캐서 입에 쑤셔 넣거나 그 손으로 물을 받아 마실 때도 있었다. 이런 그의 모습에 사람들은 질겁했다. 그는 언제나 사발을 하나 가지고 다녔다. 약 때가 잔뜩 낀 사발은 농약을 섞을 때 사용했다. 언젠가 밭에서 미꾸라지 몇 마리를 잡아 사발에 넣었더니 미꾸라지들이 순식간에 눈을 허옇게 뜨고 뻣뻣하게 굳어 버렸다. 그는 그 즉시 땅바닥에 불을 피워 미꾸라지를 구워 먹었다. 그런데도 아무 일도 생기지 않았다.

마을 사람들은 이 일에 대해 의견이 분분했다.

"옌짜오는 이미 몸에 독이 가득 퍼졌어. 그 녀석 혈관에 흐르는 피는 분명 사람의 것이 아닌 게야."

언제부터인가 옌짜오는 모기장도 치지 않고 잠을 잤다. 사람들은 모기가 그를 피하기 때문이라고 했다. 그가 손가락만 갖다 대도 모기는 그 자리에서 죽어 버리고 왱왱대는 모기를 향해 입김을 불면 현기증을 느낀 모기가 땅으로 곤두박질친다고도 했다.

그의 입이 분무기보다 더 효과가 좋은 셈이다.

원두(冤頭)[63]

어떤 단어들은 실제로 사용하는 과정에 기이한 변화가 일
어날 수 있다. 그 단어의 반대 의미가 자체적으로 생성과 성
장, 번식을 거쳐 세상에 등장하고 그 뜻이 널리 쓰이다 보면
결국 자신을 소멸시키고 부정하기에 이른다. 이런 의미에서 보
면 이런 단어들은 원래 처음부터 자체에 반의어가 잠재되어
있었으며 다만 사람들이 이를 쉽게 느끼지 못했을 뿐이다.

이러한 단어들은 자신도 잘 파악하지 못하는 뒷모습을 가
지고 있다.

예를 들어 '드러내다, 제시하다'의 숨은 의미는 '은닉하다,
가려 있다'라고 할 수 있다. 사람들이 포르노 영화를 처음 볼

---

63) 중국어 발음은 '위안터우(yuāntóu)'이고, '원수, 적'이라는 뜻이다.

때면 가슴이 두근두근, 두 눈을 동그랗게 뜨고 입을 떡 벌린 채 정신을 차리지 못하기가 십상이다. 그러나 이런 영화를 접할 기회가 많아지고 비슷한 장면을 자꾸 보다 보면 더 이상 별스러운 느낌을 받지 않고 점차 신경이 마비된다. 아무런 느낌을 받지 않는다. 이미 신경이 마비된 관중들은 야한 장면을 봐도 그저 시큰둥하고 마음이 동하지 않으니 색정적인 화면에 연신 하품이 나올 정도이다. 성에 대한 지나친 자극은 결국 성에 대한 감각을 무디게 하다가 끝내 완전히 사라지게 할 수도 있다.

'찬양'의 숨은 의미는 '비방'이다. 어떤 사람을 비방하면 오히려 그가 더 많은 동정을 얻을 수 있다. 관객은 혹평받는 영화에 대해 기대치가 낮기 때문에 의외로 호평할 수 있다. 그러므로 세상 경험이 많은 사람은 비난과 영예가 항상 보완적 관계라는 이치를 모르지 않으며, 루쉰(魯迅)[64]이 말한 '봉살(捧殺)'[65]이 얼마나 무서운지를 충분히 체득하고 있다. 적수가 되는 상대를 찬양하면 상대는 과분한 영광과 표창의 대상이 되는 동시에 주위에서 시기를 받는다. 그래서 원래 받지 않아도 될 책망에 시달리고 점차 그것이 확대되어 전체적인 원성으로 번질 가능성이 높아진다. 또한 찬양은 상대를 흥분시켜 교만과 방종의 나태한 습성을 갖게 한다. 이렇게 해서 상대는 결국 스스로 큰 잘못을 저지르고 구태여 다른 이들이 비난하지 않

---

64) 1881~1936년. 중국의 작가, 사회운동가, 사상가. 중국 근현대 문학을 대표하는 인물.
65) 추앙해서 발생하는 살인.

아도 스스로 자신의 명성을 떨어뜨리는 결과를 초래한다. 적수를 비방하는 것보다 찬양하는 것이 오히려 적수를 대하는 가장 좋은 방법일 때가 많다.

그렇다면 '사랑'은 어떠한가? 특히 옌짜오가 그의 할머니에게 느끼는 사랑은 어떨까? 사랑이라는 단어의 이면에 다른 뜻이 숨어 있지는 않을까? 사랑이 다한 후 뭔가 끔찍한 감정이 침전되어 있지는 않을까?

옌짜오의 할머니는 성격이 기이한 사람이다. 낮에는 잠을 자다가 밤이 되면 일어나 장작을 패고 차를 끓이며 때로 노래를 흥얼거리기도 했다. 할머니가 측간에 가고 싶다고 해서 옌짜오가 할머니를 부축해 모시고 가면 할머니는 금세 마음을 바꿔 용변을 보지 않겠다고 괜한 트집을 잡았다. 옌짜오는 또다시 군소리 없이 할머니를 침대로 모셨고 그러는 사이 언제나 방에는 할머니의 지린내, 구린내가 진동했다. 할머니가 마늘장아찌를 먹겠다고 법석을 떨 때도 있었다. 이에 옌짜오가 가까스로 마늘장아찌를 구해 오면 할머니는 누룽지가 먹고 싶다고 했는데 웬 마늘장아찌냐며 가져온 것을 바닥에 내동댕이쳤다. 그래 놓고 누룽지를 다 먹은 할머니는 아무것도 먹지 못해 뱃가죽이 등에 달라붙었다면서 옌짜오가 자기를 굶겨 죽일 작정이라고 욕을 퍼부었다. 할머니는 언제나 옌짜오가 불효막심한 자식이라고 호통쳤다. 옌짜오가 이렇듯 그들 형제를 키워 준 할머니를 돌보느라 쩔쩔매며 지낸 지 벌써 여러 해이다.

옌짜오는 꽥꽥 소리를 지르며 할머니에 대한 그의 특별한 사랑을 표현했다. 할머니가 울적한 마음에 식사하지 않으면 그는 불안해서 어쩔 줄을 몰랐다. 윗마을 사람들까지 그가 이 마에 핏대를 세우고 험악하게 생긴 이를 드러내며 질러 대는 소리를 들을 정도였다. 그의 집에 있는 작은 식탁은 벌써 몇 번이나 수리했는지 모른다. 다급해진 옌짜오가 손바닥으로 내리치는 바람에 식탁이 부서졌기 때문이다. 물론 그렇게 소리를 지르고 식탁을 내리치는 것도 할머니에 대한 사랑에서 비롯된 것임을 안다. 그러나 안타깝게도 할머니는 옌짜오의 이런 사랑을 당연하게 생각할 뿐 소중하게 여기지 않았다. 어쩌면 할머니는 자신에 대한 손자의 사랑을 전혀 느낄 수 없는 상태가 되어 버렸는지도 모른다. 할머니는 늘 허공을 바라보고 구시렁거리며 옌짜오의 아우 옌우를 그리워했다. 분명 옌짜오가 사다 준 헝겊신이건만 할머니는 옌우가 사다 줬다고 우겼다. 또한 분명 옌짜오에게 업혀 위생원에 가서 한의사에게 진찰을 받았건만 할머니는 옌우가 업어 줬다고 억지를 부렸다. 아무도 이런 할머니의 이상한 기억을 바로잡을 수 없었다.

옌우는 멀리 떨어진 곳에서 칠장이 일이나 한의를 배우느라 집에서 할머니를 돌본 적이 없었다. 심지어 할머니가 위중해 입원했을 때도 위생원에 다녀간 적이 없었다. 그러나 어쩌다 한 번 그가 집에 돌아오는 날이면 노인네는 그를 붙들고 옌짜오가 잘못한 일을 고자질했다. 할머니는 때로 잔뜩 웃음을 머금은 채 호주머니에서 족히 며칠은 묵은 찹쌀 경단을 내놓거나 이미 말라비틀어진 유자 몇 개를 몰래 꺼내 그의 입에 밀어 넣었다.

옌우의 장기는 지도와 질책이었다. 예를 들어 그는 형의 꽥 꽥거리는 괴상한 소리를 대단히 불만스럽게 생각했다.

"할머닌 노인네야. 늙으면 어린애가 된다고 했잖아. 그냥 어린애로 생각하면 그만이지 왜 할머니에게 화는 내고 그래?"

옌짜오는 어처구니없는지 아무 소리도 하지 않았다.

"소란을 피우면 그러라고 내버려 둬. 튼튼하고 원기 왕성하시니까 소란을 피워야 기운도 발산하고 생리적인 균형도 회복하는 거야. 그래야 저녁에 잘 주무시지."

옌우는 머리에 든 것이 많은 사람이다. 옌우가 고상한 말을 시작하면 옌짜오는 이해하기가 쉽지 않았다.

옌짜오는 아무 대꾸도 하지 않았다.

"할머니 때문에 힘든 거 알아. 방법이 없잖아. 계속 소란을 피우고 번거롭게 해도 달리 방법이 없어. 어쨌거나 할머니도 사람이잖아? 개라고 생각하고 그냥 아무렇게나 죽여 버릴 수도 없는 것 아냐? 어떻게 할머니에게 손을 대고 그래?"

옌짜오가 얼마 전 모질게 할머니 손을 내리친 것을 두고 하는 말이었다. 그때 할머니는 닭똥을 자기 입에 쑤셔 넣고 있었다. 옌짜오는 나중에 그때 자기가 왜 그렇게 난폭하게 굴었는지, 왜 그렇게 세게 할머니 손을 내리쳤는지 이해가 가지 않았다. 그의 손짓 몇 번에 할머니는 손이 벌겋게 부어올라 며칠 후 허옇게 껍질이 벗겨졌다. 사람들 말이 옌짜오가 농약을 많이 다루다 보니 온몸에 독이 가득해서 누구든 옌짜오와 살이 닿으면 살갗이 타 버린다고 했다.

"할머니 이불도 빨아야겠네. 지린내가 진동하잖아. 내 말

알아들었어?"

공부깨나 했다는 옌우는 이렇게 자기가 하고 싶은 말만 몽땅 지껄인 후 집을 떠나 버렸다. 옌우는 집에 올 때마다 늘 이런 식이었다. 밥 한 끼 먹고 입을 쓱 훔치고, 그런 다음 몇 가지 지시를 내린 후 가 버렸다. 물론 돈을 좀 남기고 가기도 했다. 그는 돈이 있었다.

세월이 지난 후 제삼자의 입장에서 옌우가 퍼붓는 이런 질책과 약간의 돈이 그의 어질고 너그러운 마음의 표현이 아니라고 말할 수는 없다. 어진 행동이기는 하다. 하지만 그가 이처럼 너그러운 마음을 보여 줄 수 있었던 것은 그가 전에 집에 머문 적이 극히 드물고, 할머니로 인해 괴로움을 당한 적이 별로 없었기 때문이다. 또한 옌짜오가 할머니 손을 내리친 행동이 지나친 것은 아니라고 말할 수도 없다. 아무리 어처구니없이 자학적인 인간이라고 해도 지나친 것은 맞기 때문이다. 이런 살벌한 모습은 어떤 방법도 소용없을 때 찾아오는 절망감과 실패한 사랑에서 비롯되는 법이다. 여기에서 사랑과 원한은 서로 자리가 바뀌어 있다. 마치 필름을 현상하는 과정에서 흑이 백이 되고 백이 흑이 되는 것처럼. 마차오의 독충 할머니 앞에서 너그럽고 온후한 마음은 모조리 여과되어 단지 인정머리 없는 각박한 모습만 남았을 뿐이고, 이에 반해 인정없는 각박한 모습은 여과되어 온후한 모습만 보이는 셈이다.

마차오 사람들에게는 특별한 단어가 있다. 바로 '원두(冤頭)'라는 표현이다. 원망이나 원한이 있으면서도 그 안에 사랑과 미움의 뜻이 동시에 담겨 있다. 원두는 보통 다음과 같은 경우의 감정이다. 상대방에 대한 사랑이 전혀 남지 않아서 그저 일종의 이성만으로 관성적인 사랑을 지탱하며 고통스러워하는 경우이다. 사랑이 식은 후 마지막 사랑의 불꽃마저 꺼진 상태를 상상해 보자. 상대방에게 무자비하게 짓밟히고 옛사랑의 잔해와 찌꺼기만 남아 그저 하루하루 고통스럽기만 한 감정, 이를 바로 원두라고 한다. 사랑은 보답이 있을 수 있다. 적어도 따뜻한 추억만이라도 남길 수 있다. 그러나 원두의 경우 어떤 보답도 얻을 수 없다. 그에게는 아무것도 남지 않는다. 그저 자기에게 아무것도 남지 않을 때까지, 모든 것이 사라져 버릴 때까지 사랑할 뿐이다. 하나하나 사랑의 모든 의미와 특징을 완전히 털어 버릴 때까지 사랑할 따름이다. 그때가 되면 원두 상태의 존재는 사람들이 도덕적 규범을 앞세워 퍼붓는 비난에 맞서 당당히 자신을 변호할 권리마저 잊어버리고 만다.

할머니는 바로 옌짜오에게 원두의 대상이었다.

결국 할머니도 돌아가셨다. 할머니 장례를 치를 때 집에 돌아온 옌우는 마치 가장 서글픈 사람처럼 울고불고 난리를 쳤다. 관 앞에 꿇어앉아 다른 사람이 아무리 끌어당겨도 일어나지 않았다. 그의 맑은 눈물을 보며 사람들은 그가 진심으로 슬퍼한다고 생각했다. 그러나 옌짜오는 나무토막 같았다. 사람들이 그에게 무슨 일을 시킬 때만 겨우 몸을 움직일 뿐이었다. 그의 눈빛은 공허했다. 아마도 며칠 노인을 씻기고 수의를 갈아입히고 관을 준비하느라 눈물을 흘릴 시간도 없을 만큼 바빴을 것이며, 흘릴 눈물도 남지 않았을 것이다.

옌짜오의 계급 성분 때문에 조문객도 많지 않았고 곡할 사람도 부를 수 없었다. 장례는 매우 초라하게 치러졌다. 할머니 친정에서도 몇 사람이 문상을 왔다. 그들이 한꺼번에 옌짜오에게 원망을 퍼부었다. 그래도 효심이 있는 옌우는 어찌나 울었던지 온통 눈이 벌게져서 꿇어앉아 있구먼. 옌짜오 녀석은 인정머리도 없지. 예전에도 노인을 잘 모시지 않았다고 하더군. 하루가 멀다 하고 다투다가 이렇게 할머니가 돌아가셨는데도 저 모양이니. 아예 눈물을 흘린 자국조차 없구먼. 자기 집 개가 죽어도 저러진 않겠어. 양심이라곤 털끝만큼도 없는 자식, 저러고도 벼락을 안 맞으면 이상하지.

사람들이 이렇게 끊임없이 주절대도 옌짜오는 전혀 반응하지 않았다.

홍낭자(紅娘子)

산에는 뱀이 많다. 특히 더운 날 밤이면 시원한 바람을 쐬러 풀숲을 기어 나온다. 길을 가로막은 뱀들은 화려한 무늬를 꿈틀거리며 시퍼런 눈빛과 날름거리는 혀로 길 가는 행인들에게 겁을 준다. 물론 이런 뱀이 모두 공격성을 보이는 것은 아니다.

언젠가 한밤중에 집으로 돌아오는 길이었다. 너무 피곤하고 정신이 오락가락해 이리저리 비틀거리던 나는 문득 뭔가 부드러운 물체를 밟았다. 맨발에 서늘하면서 움찔거리는 느낌이 전해졌다. 그것이 무엇인지 미처 살펴보기도 전에 나는 본능적으로 걸음아 날 살려라 뛰기 시작했다. 거의 혼비백산한 상태로. 순식간에 몇 미터를 달음박질친 후 그제야 뇌리를 스치는 단어가 있었다. 뱀! 나는 용기를 내어 발밑을 내려다보았다. 아무 상처도 없었다. 고개를 돌려 보니 뱀이 쫓아오지도 않았다.

산사람들은 이곳에 '첨문복(尖吻蝮)'66)이 있다고 했다. 똬리를 틀고 앉으면 모양이 꼭 바둑판 같다고 해서 붙은 이름이다. 코브라도 있다고 했다. 덮치는 속도가 바람보다 빠르고 소리를 내면 멧돼지도 무서워 돌처럼 굳는다고들 했다.

산사람들은 뱀이 여색을 밝힌다고 믿었다. 그래서 땅꾼들은 나무에 여자 형상을 그린 후 연지까지 칠해 놓곤 했다. 제일 좋기로는 여자가 그 위에 침을 뱉은 다음 길가나 언덕에 꽂아 두는 것인데, 하룻밤만 지나 찾아가 보면 틀림없이 뱀이 나무를 칭칭 감고 마치 여색에 취한 듯 죽은 것처럼 꼼짝하지 않는다고 했다. 그러면 땅꾼들은 여유만만하게 뱀을 그물에 넣어 오기만 하면 그뿐이었다. 땅꾼들은 같은 원리에 따라 뱀을 무서워하는 이들에게 밤길을 갈 때 대나무나 댓잎을 가지고 가면 좋다고 일러 주었다. 대나무는 뱀의 애인이기 때문에 뱀이 경솔하게 덤벼들지 않는다고 했다.

만약 길을 가다 독사를 만나면 산사람들이 쓰는 방법이 한 가지 있다. 그것은 바로 '홍낭자(紅娘子)'라는 세 글자를 크게 외치는 것이다. 이 말을 외치면 뱀이 잠시 멍해지기 때문에 그 틈을 타서 줄행랑을 칠 수 있다고 했다. 그러나 다른 말도 아니고 왜 하필 홍낭자라는 세 글자를 외쳐야 하는지, 그 유래가 과연 무엇인지 누구도 자신 있게 이야기하는 이는 없었다.

---

66) 일명 백보사라고 한다.

언젠가 옌짜오가 약을 치러 북쪽 언덕에 갔다가 뱀에게 물린 적이 있었다. 그가 비명을 지르며 달리기 시작했다. 곧 죽을 거라고 생각하며 한참을 달렸는데, 이상하게도 발이 전혀 아프지도 않고 붓지도 않은 것을 발견했다. 뱀에게 물리면 몸이 마비되어 쥐가 나거나 으슬으슬 추워진다는데 전혀 그러지 않은 것이다. 한참 주저앉아 있었지만 전혀 이상한 느낌이 들지 않았다. 여전히 멀쩡하게 살아 있었다. 물도 마시고, 하늘도 볼 수 있으며, 팽 하고 코도 풀 수 있었다. 기이하다고 생각하면서 분무기를 찾으러 뱀에게 물린 자리로 되돌아갔다. 그곳에 도착한 그는 기막힌 광경을 목격했다. 족히 1미터는 됨 직한 살무사, 조금 전에 그를 문 뱀이 목화밭에 뻣뻣하게 굳은 채 죽어 있었던 것이다.

그는 이미 독사보다 더 독한 사람이 되어 있었다.

호기심에 그는 차밭으로 달려가 차나무 밑을 뒤져 보았다. 그곳에는 언제나 살무사가 많이 숨어 있었다. 그가 뱀에게 손을 갖다 대자 뱀들이 경련을 일으키듯이 꿈틀대더니 신기하게 꼼짝도 하지 않았다.

황혼 무렵 옌짜오는 기다란 뱀 몸통에 다른 뱀 몇 마리를 묶어 집으로 돌아왔다. 사람들은 그가 풀을 한 움큼 뜯어 오는 줄 알았다.

가까이 있는 그 사람, 그(渠)

지금까지 나는 엔짜오나 다른 사람을 말할 때 모두 '그(他)'라는 표현을 사용했다. 마차오에는 '그'를 가리키는 '타(他)'와 비슷한 표현으로 '거(渠)'라는 말이 있다. 이 두 단어의 차이를 살펴보면, 일반적인 '타'는 멀리 있는 사람, 먼 곳에 있는 그를 가리키는 반면, '거'는 바로 눈앞이나 근처 가까운 곳에 있는 사람을 가리킨다. 마차오 사람들은 외지 사람들이 표준어를 사용하면서 이 둘을 구분하지 않는 것이 도저히 이해가 가지 않는 듯 비웃기 일쑤이다.

그들은 이런 우스갯소리도 한다. 예를 들어 사람이 보는 앞에서는 비굴하고, 뒤에서는 건방을 떠는 이를 가리킬 때면 "멀리 있는 그(他)는 영감나리, 앞에 있는 그(渠)는 애"라는 말을 한다. 이럴 때 '타'와 '거'는 모두 '그'라는 뜻이지만 이면의 성

격이 전혀 다르므로 절대 두 단어를 혼용해서는 안 된다.

고대에도 '거(渠)'는 사람을 나타내는 대명사였다. 『삼국지』에 보면 "사위가 어제 왔으니 분명 그(渠)가 훔친 것이다."[67]라는 말이 나온다. 옛사람들이 시를 쓸 때도 자주 이 단어를 사용했다. "그대에게 묻노니 어찌 물이 이리 맑은가? 근원으로부터 끊임없이 흘러오는 물이 있음일세."[68] "모기가 무쇠소(鐵牛)를 물으니 그가 주둥이를 가져다 댈 곳이 없구나."[69] 그러나 이런 시문에 나오는 '거'에 가까운 곳에 있는 사람을 뜻하는 제한적 의미는 없다. 나는 한동안 마차오 사람들이 3인칭의 공간 위치를 그처럼 세심하게 구분해서 사용하는 것을 보고 정말 할 일 없는 사람들이라는 생각과 더불어 굳이 그럴 필요가 있을까 의아해했다.

지금까지 사람들이 충분히 사용할 만큼 넉넉하다고 느끼는 표준 중국어뿐 아니라 영어, 프랑스어, 러시아어 등에서도 이런 식으로 '그'를 구분하는 경우는 없다.

여러 해가 지난 후 오랜만에 다시 마차오를 방문했다. 여기저기 사람들을 만날 때마다 귀에 못이 박히도록 '그(渠)'라는 말을 들었으며, 낯이 익거나 낯선 '그(渠)'를 만나기도 했다. 그러나 '그(渠)'인 옌짜오는 만날 수 없었다. 문득 나는 당시 우리에게 땔나무를 해다 주고, 때로 우리에게 놀림을 당하기도

---

67) "女婿昨来, 必是渠所竊."
68) "問渠? 得淸如何, 爲有源頭活水來." 주희(朱熹), 「관서유감(觀書遺感)」.
69) "蚊子咬鐵牛, 渠無下嘴處." 『전등록(傳燈錄)』.

한 그가 생각났다. 그 시절 우리는 옌짜오 몰래 그의 농약을 훔쳐다가 좁쌀에 타서 두더지나 닭, 오리 등을 잡아먹기도 했고, 아예 공급합작사에 가져가 돈으로 바꿔 밀가루를 사 먹기도 했다. 그 바람에 그는 꼼짝없이 누명을 뒤집어쓰고 마을 간부에게 한바탕 욕을 먹곤 했다.

몸이 달아서 어쩔 줄 몰라 하는 그의 모습은 특히 인상적이었다. 얼굴이 온통 벌게지고 이마에는 푸른 핏줄이 툭툭 솟아올라 누구를 만나도 씩씩거리며 화를 냈다. 그는 특히 우리를 보면 더욱 사납게 꽥꽥 소리를 질러 댔는데, 일을 이 지경으로 만든 당사자가 바로 우리가 아닌지 의심하는 것이 분명했다. 그러나 이렇게 성질을 낸 후에도 그는 끊임없이 우리에게 땔나무를 해다 주거나 다른 무언가를 가져다주었다. 우리는 그의 어깨가 빈 것만 보면 웃으며 손짓했고 그러면 그는 구시렁거리며 무거운 물건이 있는 쪽을 향해 가곤 했다.

나는 그를 찾을 수 없었다. 마을 사람들 말이 룽자탄에 사는 사람 부탁으로 일손을 도와주러 갔다고 했다. 그의 집에는 갈 필요가 없었다. 아니, 절대 가서는 안 되는 곳이었다. 우매하기 그지없는 그의 아내는 밥도 지을 줄 모르고 논에서 김을 매다 보면 진흙탕에 엉덩방아를 찧기 일쑤인 여자였다.

그래도 나는 그의 집을 찾아갔다. 몰래 키득거리는 사람들의 웃음소리를 뒤로하고 거무죽죽한 그 집 문을 향해 걸어갔다. 벽에는 씨를 넣어 둔 조롱박과 으쌕한 말린 뱀 껍질이 걸려 있어 마치 오색찬란한 벽걸이를 보는 것 같았다. 머리칼이 제멋대로 헝클어진 그의 아내는 기괴할 정도로 머리가 거대했다. 먹는 밥이 다 머리로 가는 듯했다. 어쩌다 생겼는지 이마의 흉터가 눈에 띄었다. 그녀는 웃어야 할 때는 시무룩하게 있다가 웃지 말아야 할 때 갑자기 폭소를 터뜨렸다. 나를 마치 잘 아는 사람처럼 친근하게 대하는 그녀가 조금 이상하게 느껴졌다. 그녀가 차를 한 잔 내왔다. 마시라는 말도 없었다. 그릇에 묻은 끈끈하고 검은 기름때 때문에 보기만 해도 속이 메스꺼웠다. 이런 여자가 주부인데 집 안 바닥인들 온전할 리 없었다. 실내는 바깥 땅보다 오히려 울퉁불퉁해서 걸을 때 조심하지 않으면 다리를 삘 것만 같았다. 이러저러한 옷들이 이도 저도 아닌 한 가지 색, 즉 잿빛으로 변해 어지럽게 침대 위에 쌓여 있었다. 그녀가 갑자기 침대에서 물건을 하나 꺼냈다. 나는 놀라 자빠질 뻔했다. 그 물건이라는 것이 다름 아닌 눈도 있고 코도 있는 살아 있는 아이였기 때문이다. 조금 전까지 전혀 인기척을 느낄 수 없었다. 아이는 그녀의 큰 웃음소리에도 전혀 놀란 기색이 없었다. 두 눈을 꼭 감은 아이의 얼굴 위로 파리 두세 마리가 기어다녔다.

혹시 아이가 죽지는 않았는지 의심이 들었다. 그냥 죽은 아이를 데려다 키우는 시늉만 하는 것은 아닐까?

나는 황급히 그녀에게 20위안을 건넸다.

물론 조금 인색하기도 하고 가식적일 수도 있었다. 30위안, 40위안, 50위안, 아니 더 많이 줄 수도 있었다. 하지만 나는 그렇게 하지 않았다. 20위안이면 충분하리라. 확신할 순 없지만 마음속으로 이리저리 생각하고 따져 보고 내민 돈이었다. 20위안으로 무얼 하지? 옌짜오에 대한 동정이라기보다는 돈을 지

불함으로써 양심의 가책을 썻고 마음의 평안을 얻고 싶었다고 말하는 편이 나을 것이다. 어쩌면 스스로 고상하다고 여기고 싶었는지도 모른다. 20위안으로 이 모든 것이 가능하다고 생각하면 사실 너무 싼 가격이었다. 모든 것을 잊고 노래를 흥얼거리며 급히 사진을 찍은 후, 속이 뒤집힐 것만 같은 낡은 집을 빠져나와 햇빛과 새들이 지저귀는 소리 속으로 도망치는데 20위안이라니, 정말 너무 저렴하지 않은가. 20위안으로 세월이 흐른 뒤에 내 마음속에 시적 정감을 가득 채우고 장밋빛 기억을 떠올릴 수 있다면 정말 저렴한 액수이다.

나는 가만히 찻잔을 내려놓고 자리를 떴다.

저녁에 나는 향(鄕) 정부의 객실에 머물고 있었다. 누군가가 문을 두드렸다. 문을 열어 보니 밖은 그저 새카맣기만 할 뿐 사람 그림자조차 보이지 않았다. 그때 커다란 원목이 통째로 방으로 밀려 들어왔다. 그제야 나는 물체를 분명하게 볼 수 있었다. 원목 뒤를 이어 옌짜오가 모습을 드러냈다. 전보다 더 말라 보였다. 몸의 뼈들이 더욱 뾰족해져서 마치 온몸이 예각들의 기괴한 조합처럼 느껴졌다. 특히 울대뼈는 얼마나 뾰족한지 목을 그대로 잘라 버릴 것만 같았다. 그가 입을 벌리며 웃자 입안에 하얀색보다 빨간색이 더 많이 보였다. 헤벌어진 입안으로 두툼한 잇몸이 그대로 드러났다.

그날도 그의 어깨는 비어 있지 않았다. 원목을 메고 20여 리를 걸어온 것이다.

나를 보러 달려온 것이 분명했다. 그의 손짓을 보니 원목을 나에게 준다는 의미인 듯했다. 내가 그에게 보여 준 동정과 염

려에 대한 보답이었다. 아마도 이 원목이 그의 집에서 가장 값진 물건이었던 것 같다.

그는 여전히 말이 익숙지 않았다. 어쩌다 몇 마디 짤막한 음절을 내기는 했지만 무슨 말인지 분명히 알아들을 수 없었다. 그의 말을 듣기보다는 내 물음에 그가 고개를 끄덕이거나 내젓는 것으로 대화가 이어졌다. 나중에 나는 우리가 그것 때문에 이야기를 나누는 데 어려움을 겪은 것이 아니었음을 깨달았다. 설사 그가 벙어리가 아니었다 해도 우리 둘은 적절한 화제를 찾지 못했을 것이다. 날씨나 올해 농사 이야기, 도저히 들고 나갈 방법이 없는 원목을 사양하는 일 이외에 도대체 무슨 말을 해야 좋을지 알 수 없었다. 무슨 말을 해야 그의 눈빛이 환하게 빛날까? 그가 고개를 끄덕이거나 내젓는 것보다 더 많은 표현을 할 화제가 없을까? 그의 침묵으로 나는 점점 더 말이 필요 없다는 것을 절감했다. 할 말은 없었지만 그래도 나는 이야깃거리를 찾아보았다. 오늘 룽자탄에 갔던 일, 옌짜오 집에 다녀온 일, 푸차와 중치(仲琪)를 만난 일 등. 나는 이렇게 전혀 의미 없는 잡담으로 가까스로 그때그때 침묵을 깨트리며 대화를 이끌었다.

다행히 방에 흑백텔레비전이 있었다. 마침 구닥다리 무술 영화가 방영되고 있었다. 나는 흥미진진한 듯 계속해서 무사와 처녀, 노승 들의 그럴듯한 무술 동작에 시선을 던지며 은연중에 이런 내 침묵을 이해해 달라는 뜻을 전달했다.

다행히 낯선 아이 하나가 콧물을 흘리며 몇 번이나 문을 들락거리는 바람에 어색한 분위기를 벗어나 무언가 할 일이 생겼다. 나는 아이 이름을 물어보고 걸상을 내주고 그의 뒤에서 있는 부인에게 아이 나이를 물어보고 시골의 계획생육(計劃生育, 산아 제한 정책)[70]에 대해서도 필요 이상으로 이야기를 나누었다.

거의 삼십 분이 흘렀다. 다시 말하면 재회와 회상에 필요한 최소한의 기준 시간이 다 되었음을, 이제 헤어져도 괜찮은 시간이 되었음을 의미했다. 삼십 분은 십 분이나 오 분과 다르다. 삼십 분은 너무 촉박하지도 않고 너무 늘어지지도 않는 시간이다. 그 정도면 우리는 친구에 대한 기억을 통해 너무 공허하다거나 삭막한 느낌이 들지 않을 정도의 시간을 보낸 것이다. 어쨌거나 옌짜오의 몸에서 나는 이름 모를 풀 비린내, 대나무를 막 쪼갰을 때 나는 냄새를 잘 참아 낸 셈이다. 이 힘들고 긴 시간을 참고 견뎌 작별의 시간이 눈앞에 다가왔다.

그가 일어나 작별 인사를 했다. 내 강력한 요청에 따라 육중한 나무를 다시 둘러멘 그가 나를 향해 세차게 꺽꺽하고 소리쳤다. 마치 구토하는 소리 같았다. 할 말이 많을 것이라고 생각했다. 그러나 모든 말이 이런 구토의 느낌을 가진 듯했다.

옌짜오가 문을 나섰다. 그의 눈가에 문득 눈물 한 방울이 반짝거렸다.

어두운 밤, 발소리가 점점 더 멀어져 갔다.

나는 눈물 한 방울을 보았다. 당시 빛은 없었지만 그 눈물

---

70) 1978년부터 2013년까지 시행된 중국의 국가 산아 제한 정책. 인구 감소와 노령화 사회에 대응하기 위해 2016년에는 두 자녀까지, 2021년에는 세 자녀까지 낳을 수 있게 되면서 사실상 산아 제한 규정은 폐기되었다.

은 내 기억 밑바닥 깊은 곳에 마치 못이 박히듯 강하게 각인되었다. 아무리 눈을 감아도 떨쳐 버릴 수 없었다. 그것은 금빛 찬란함이었다. 나는 몰래 한시름을 놓고 어색한 웃음에서 벗어났지만 그를 잊을 수는 없었다. 전혀 그를 벗어났다는 느낌이 들지 않았다. 텔레비전의 무술 영화를 보면서도 그를 잊을 수 없었다. 뜨거운 물 한 대야를 떠다 발을 씻을 때도 그를 잊을 수 없었다. 북적거리는 장거리 버스에서 몸을 부딪치며 앞의 뚱뚱한 사람이 고함을 지를 때도 나는 그를 잊을 수 없었다. 신문을 살 때도 그를 잊을 수 없었다. 우산을 펴고 시장에 가서 생선 비린내를 맡을 때도 그를 잊을 수 없었다. 두 명의 지식계(知識界) 엘리트께서 온갖 수단을 동원해 나에게 교통법규 교재 편찬에 참여하고 공안국에 가서 국장을 매수해 강제 발행권을 취득하도록 강요했을 때도 나는 그를 잊을 수 없었다. 아침에 잠에서 깨어날 때도 그를 잊을 수 없었다.

깊은 밤, 이미 사람들의 발소리가 끊긴 지 오래이다.

이 눈물 한 방울은 먼 곳에 속했다. 먼 곳에 있는 사람은 시간과 공간 너머 기억 속에 씻기고 여과되어 친근하고 감동적인 존재로 우리 꿈의 오색찬란한 환영이 된다. 그러나 일단 그들이 눈앞의 그(渠)가 되면 상황은 달라진다. 그들은 암담하고 무미건조한 낯선 존재가 되어 버린다. 나와는 완전히 다른 경력과 완전히 다른 흥취와 언어로 인해 그와 나 사이에는 바람조차 통하지 않을 정도로 빽빽하고, 절대 부수지 못할 정도로 견고한 막이 층층이 에워싸고 있었다. 그렇게 나는 꼭꼭 숨어 마치 그의 눈빛 속 모든 것이 변해 버리고 그의 기억이 모두 끊어져 버린 것처럼 그와 나눌 만한 이야깃거리를 찾을 수 없었다.

내가 찾고 싶은 것은 '그(他)'였지만 '그(渠)'밖에 찾을 수 없었다. 나는 그(渠)에게서 도망칠 수 없었지만 그(他)를 잊을 수도 없다.

마차오의 언어는 현명하게도 '그(他)'와 '그(渠)'를 구분해 먼 곳의 사람과 가까운 곳의 사람 사이에 존재하는 거대한 차이를 표시한다. 사실과 묘사 사이에 존재하는 거대한 차이, 현장 밖에서의 묘사와 현장의 사실 사이에 존재하는 거대한 차이를 보여 준다. 그날 밤 나는 그 두 단어 사이에서, 여러 예각의 기괴한 조합으로 이루어진 그가 어깨에 나무를 메고 말없이 '그(渠)'에서 '그(他)'로 멀어져 갈 때, 눈물 한 방울이 반짝이는 것을 분명하게 볼 수 있었다.

도학(道學)

나는 옌짜오의 아내에게 20위안을 주었다. 그녀는 기꺼이 그 돈을 받았고, 그녀 나름대로 예의를 차린다고 몇 마디 입에 발린 소리를 했다.

"옌짜오가 항상 당신들 이야기를 많이 했어요."

"어쩜 이렇게 '도학(道學)'하세요?" 등.

도학, 이는 마차오 언어에서 예의 바르고 도덕적이며 도리를 중요하게 생각한다는 말인데, 진지하고 경우 바르기도 하지만 조금은 번거롭고 성가시다는 뜻도 있다. 일반적으로 그리 부정적인 의미는 아니다.

유가의 도통(道統)이 여러 해 동안 다소 위선적인 부분으로 포장되어 있음을 감안한다면 외지인이 듣기에 이 표현이 마냥 편하지만은 않을 수도 있다. 사람의 선한 행동, 예를 들어 내가 내민 20위안이 그렇다. 이는 마음에서 우러난 진심, 자연스러운 성정의 발현이 아니라 그저 문화적 훈련이나 문화적 구속에서 빚어진 결과 같아 쓸쓸한 기분이 든다. 도학 이외에 진심으로 동정하고 친근하게 느끼는 사이가 있을 수 있을까? 마차오 사람들은 '착하다', '마음씨가 좋다', '친절하다' 같은 뜻을 전하려고 도학이라는 말을 사용한다. 그렇다면 인성(人性)에 대한 깊은 의심에서 벗어날 수는 없을까? 친절을 베푼 이들은 이런 의심 앞에서 얼마나 가슴이 철렁해지며 식은땀을 흘릴까.

누렁이(黃皮)

'누렁이(黃皮)'는 개 이름이다. 지극히 평범한 개로 달리 이름을 지을 만한 특징도 없었다. 어디서 왔는지도 알 수 없고 주인도 없는 듯했다. 지식청년들은 양식도 좀 넉넉한 편이고 부모들이 생활비를 조금씩 보조해 줬기 때문에 다른 집들에 비해 부엌 솥에서 좀 더 좋은 냄새가 풍겼다. 우리는 아직 헤프게 쓰는 습관을 완전히 버리지는 못해 더러워진 밥, 쉰 음식을 아무렇게나 땅이나 도랑에 버리기 일쑤였다. 시간이 흐르자 우리 음식 찌꺼기로 배를 채우던 누렁이는 아예 우리 집에 자리를 잡은 듯했다. 개는 언제나 희망이 가득 찬 눈빛으로 우리 그릇을 바라보았다.

누렁이도 지식청년들의 말투가 익숙해진 듯했다. 멀리 있는 누렁이를 부르거나 어떤 목표를 공격하게 하려면 창사 말을 해야 했다. 마차오 말을 하면 개는 주변을 두리번거릴 뿐이었다. 마차오 사람들은 개의 이런 모습에 무척 화를 냈다.

누렁이는 우리 발소리는 물론 숨소리까지 인지했다. 때로 저녁에 이웃 마을에 놀러 가거나 전화하러 공사에 가야 할 때면 우리는 깊은 밤이 되어야 집에 돌아왔다. 이렇게 한밤중에 톈쯔령에 오르면 마차오는 우리 발아래, 천천히 흐르는 연한 푸른 달빛 속에 저만치 가라앉아 있었다. 우리가 서 있는 곳에서 마차오까지는 적어도 5, 6리는 되는 거리였다. 그럴 때면 소리를 치거나 휘파람을 불지 않아도 달빛 깊은 곳에서 다급한 발소리가 미끄러지듯 달려 나와 굽이굽이 작은 오솔길을 따라 점점 더 빨리, 점점 더 가까워졌다. 그렇게 마지막에는 검은 그림자가 아무 소리도 없이 소매나 옷깃에 달려들며 우리를 반겼다.

언제나 그랬다. 5, 6리 밖에서 온갖 소리에 쫑긋 귀를 기울이고 있던 누렁이는 우리 일행 소리만 나면 꽤나 먼 길을 마다 않고 미친 듯이 달려왔다. 밤길을 서두르는 우리에게는 따뜻한 마중이었고, 집보다 앞서 우리에게 다가오는 또 하나의 집인 셈이었다.

우리가 마차오를 떠난 뒤 누렁이가 어떻게 지냈는지는 알길이 없다. 그저 뤄씨 영감이 미친개에게 물린 이후 공사에서 대대적인 개 잡기 운동을 벌였다는 것만 기억할 뿐이다. 번이는 누렁이가 가장 양심 없는 개이기 때문에 제일 먼저 잡아야한다고 했다. 그는 직접 보병총을 들고 세 발을 연달아 쏘았지만 누렁이의 급소를 맞히지 못했다. 누렁이는 피가 흐르는 뒷

다리를 질질 끌고 애처로운 울음소리를 내며 산속으로 들어
갔다.

　밤에 우리는 집 부근 언덕에서 들려오는 개 울음소리를 들
었다. 귀에 익은 울음소리가 며칠 밤 꼬박 온 동네에 울려 퍼
졌다. 누렁이는 이상하게 생각했을 것이다. 누렁이는 그렇게
먼 곳에서도 우리의 발소리를 들었건만 우리는 왜 그토록 가
까이에서 외치는 그의 구조 요청조차 듣지 못했을까?

　당시 우리는 일을 찾아 마차오를 떠나느라고 누렁이에게 신
경 쓸 틈이 없었다. 심지어 누렁이가 언제 울음을 그쳤는지에
도 별 관심이 없었다.

　여러 해가 지난 후 다시 마차오를 찾았을 때 나는 누렁이를
알아볼 수 있었다. 누렁이는 온전한 다리가 세 개밖에 남지
않아 절룩거리며 걸었다. 누렁이가 나를 힐끗 바라본 다음 무
표정하게 다시 벽에 기대 두 눈을 감고 잠을 청했다. 많이 늙
고 훨씬 말라 보였다. 누렁이는 거의 하루 종일 누워 있었고
더 이상 창사 말도 알아듣지 못하는 듯했다. 머리를 쓰다듬어
주려고 손을 뻗었다. 흠칫 놀란 누렁이가 잠에서 깨어나 잽싸
게 고개를 돌려 내 손을 물었다. 물론 세게 물지는 않았다. 그
냥 무는 척만 하며 나에 대한 혐오감을 드러냈을 뿐이다.

　더 이상 볼일이 없었던지 누렁이는 다시 한번 흘끗거린 후
뒤돌아 떠나 버렸다.

시내멀미(暈街)

표준어에 뱃멀미, 차멀미, 비행기멀미라는 말은 있지만 마차오 사람들이 쓰는 '시내멀미(暈街)'라는 말은 찾아볼 수 없다. 시내멀미는 뱃멀미 증상과 비슷하다. 시내에만 나가면 얼굴이 파랗게 질리고 귀가 윙윙, 눈앞은 어지럽고 식욕이 떨어지고 잠이 안 오는 데다 꿈도 많이 꾸고 기운도 없어진다. 게다가 기는 허하고 가슴이 답답하며 열이 나고 맥박이 심하게 뛰고 구토 증상까지 보인다. 여자가 이런 멀미를 하면 생리가 불규칙하고 산후에 젖이 잘 나오지 않는다. 마차오 일대 한의사들은 모두 이런 시내멀미를 치료하는 탕약 처방을 가지고 있는데, 구기자, 천마, 호두 등이 들어간다.

마차오 사람들은 가까운 창러가에 가도 그곳에서 자고 오는 일이 드물며 그곳에서 장기간 머무는 일은 더더욱 없다.

윗마을 광푸는 전에 현에 나가 공부했다. 현에 들어간 지한 달이 조금 넘자 그는 시내멀미가 심해 살이 쏙 빠졌다. 그는 참다못해 시골로 돌아왔다. 그에 따르면 도시는 고달픔 자체로 사람 살 곳이 아니었다. 후에 그가 대충 졸업장을 얻고 요행히 도시에 교사 자리를 얻은 일은 마차오 사람들 눈에 마치 기적과도 같았다. 시내멀미를 치료하는 그의 비방은 바로절인 채소를 많이 먹는 것이었다. 큰 항아리 두 개에 채소를절여 두고 먹었으며 되도록 맨발로 다닌 결과 시내에서 십여년을 버틸 수 있었다.

시내멀미에 대해 마차오 사람들과 논쟁을 벌인 적이 있다. 나는 시내멀미가 진짜 병이라는 생각이 들지 않았다. 설사 병이라 해도 그저 큰 오해에서 비롯된 병적 증상이라는 생각이었다. 도시에 차, 배, 비행기로 인한 소란이 없고 기껏해야 시골보다 매연 냄새, 기름 냄새, 수돗물에 섞인 표백제 냄새와 잡음이 더할 뿐이라면 이런 병이 생길 리 없었다. 마차오를 떠난후 이런저런 잡다한 책을 읽은 후 나는 시내멀미가 그저 어떤특별한 심리적 암시, 마치 최면술과 같은 증상에 불과하다고결론 내렸다. 심리적으로 받아들일 자세만 되어 있다면 사람들은 잠을 자라는 소리에 정말 잠이 들 것이고 귀신 이야기를들으면 진짜 귀신이 보일 것이다. 마찬가지로 오랫동안 적 또는 계급투쟁이라는 관념을 훈련받은 사람들은 생활 곳곳에서적을 발견할 것이다. 예컨대 일단 누군가에게 적의를 품으면당신에 대한 상대방의 반감이나 혐오감을 초래할 것이고 심할경우 그 사람이 보복까지 할 수 있다. 그러면 실제로도 적대적인 관계가 되어 역으로 더더욱 자신의 예상을 증명하는 꼴이 되면서 자신의 적의에 대한 충분한 이유를 갖게 된다.

이러한 예는 또 다른 사실을 보여 준다. 아니, 엄밀히 말해 사실이 아니라 언어가 새로 만들어 내는 2급 사실 또는 재생성(再生性) 사실에 불과하다.

개는 언어가 없으므로 시내멀미를 하지 않는다. 인류는 언어를 가진 생물체가 되면서 다른 동물이 전혀 가질 수 없는 능력을 갖게 되었고 언어의 마력을 이용해 말 한마디로 예언하고, 여러 사람의 입을 통해 쇠를 녹일 만큼 대단한 힘을 분출하기도 하며, 없는 일도 만들어 내는 등 계속 줄줄이 기적을 현실로 만들 수 있다. 이런 생각을 한 후 나는 딸아이를 대상으로 실험해 보았다. 아이와 함께 차를 탄 나는 딸에게 너는 차멀미를 하지 않을 것이라고 장담했다. 과연 아이는 차를 타고 가는 내내 신나게 놀기만 할 뿐 전혀 멀미하지 않았다. 그 후 다시 차를 탔을 때 나는 아이에게 차멀미를 할 것이라고 말했고, 그러자 아이는 매우 긴장한 듯 불안한 기색이 역력했다. 결국 아이는 얼굴이 하얗게 질린 채 인상을 잔뜩 쓰고 나에게 몸을 기댔다. 차가 출발하기도 전에 이미 반쯤 멀미를 했다. 물론 여러 번 실험을 하면 매번 똑같은 결과를 얻을 것이라고 말할 수는 없다. 그러나 이미 이것만으로 언어가 결코 소홀히 생각할 수 없는 존재, 반드시 미리 신경 써서 정성껏 다뤄야 하는 위험한 존재임을 알 수 있다. 언어는 마치 영험한 주문과 같다. 한 권의 사전은 10만 귀신을 내보낼 수 있는 상자와 같다. 시내멀미라는 단어를 만든 사람, 내가 모르는 그 사람은 대대로 마차오 사람들이 특수한 생리적 구조를 갖게 만들었고, 그래서 오랫동안 마차오 사람들은 도시를 기피했다.

그렇다면 '혁명', '지식', '고향', '국장', '노동 개조 죄수', '하느님', '세대 차이' 등의 말들은 각기 관련 상황에서 어떤 것들을 만들어 냈을까? 또한 앞으로 어떤 것을 만들어 낼까?

나는 마차오 사람들을 설득할 방법이 없었다.

나중에 나는 번이가 시내멀미를 하지 않았더라면 국가 기관에서 일할 수도 있었다는 사실을 알았다. 그는 한국 전쟁에서 돌아와 전원공서에서 마부로 일했다. 나중에 간부가 될 가능성도 높았고 그대로 가면 앞길이 탄탄대로였다. 그러나 그 또한 다른 마차오 사람들과 마찬가지로 시내 생활이 그저 답답하기만 했다. 무엇보다도 시내에서는 생강과 소금, 콩을 넣은 차를 마실 수 없었다. 여름밤 별이 총총한 하늘 아래 흐르는 물소리도 들을 수 없었고, 무릎과 바짓가랑이에 따끈따끈한 장작불을 쬘 수도 없었다. 시내 사람들은 그의 마차오 말을 잘 알아듣지 못했고, 그는 시내 사람들처럼 그렇게 일찍 일어날 수 없었다. 그는 언제나 바지 앞을 잠그지 않아 동료들의 웃음거리가 되었다. 그는 측간을 화장실이라고 부르는 데도 익숙해지지 않았고 남녀 화장실을 구분하기도 힘들었다.

물론 동료들의 생활 습관도 몇 가지 따라 배웠다. 이를 닦고 사인펜을 사용하고 때로 그들과 농구를 하기도 했다. 처음 농구 시합을 했을 때 온통 땀으로 범벅이 될 때까지 뛰어다녔지만 전반전이 끝날 때까지 공 한번 만져 보지 못했다. 두 번째로 농구장에 갔을 때 그는 공을 뺏어 공격하려는 상대방에게 갑자기 큰 소리로 외쳤다.

"잠깐만!"

사람들이 무슨 일인가 싶어 일제히 그를 바라보았다. 그는 천천히 농구장을 나가 코를 풀더니 다시 장내로 들어갔다. 그리고 선수들에게 아무 일 없었다는 듯 손을 내저었다.

"초조해할 것 없어요. 그렇게 서두르지 말고 천천히 하자고요."

경기장에 있는 사람들이 왜 폭소를 터뜨리는지 그는 이해되지 않았다. 그러나 그들의 웃음소리에 악의가 섞여 있음은 분명했다. 코 푸는 게 뭐가 문제야? 무더운 여름, 시내는 시골보다 훨씬 더 후끈거렸다. 하늘이 무심하다 싶을 정도로 무지막지하게 더웠다. 번이는 저녁에 거리를 돌아다니다 앞에서 여학생들이 뛰어가는 모습을 보았다. 옷차림이 저속하기 짝이 없었다. 반바지 차림 여학생들은 종아리와 맨발을 다 드러내고 있었다. 그는 또한 나무 그늘에 죽 늘어선 대나무 침상을 보았다. 침상 위에서 낯선 여자들이 부채를 흔들며 잠을 청했다. 여자들의 턱이나 맨발, 무엇보다도 겨드랑이 털이나 옷깃 사이로 드러난 하얀 살결에서 잘 구운 고기 냄새가 풍기는 듯했다. 그는 온몸이 후끈거리고 숨이 차며 머리가 아파서 견딜 수 없었다. 아마도 시내멀미가 난 듯했다. 만금유(萬金油)[71] 반 갑을 다 발랐지만 소용없었다. 사람들에게 부탁해 등에 벌

---

71) 두통과 피부 가려움증, 가벼운 증상에 두루 쓰이는 만능 연고.

겋게 손자국이 나도록 긁어 달라고 했지만 그래도 머리가 터질 것만 같았다. 입도 바짝바짝 타 들어가 혓바늘이 돋았다. 그는 소매를 걷고 씩씩거리며 거리를 몇 번이나 돈 후, 꿀이 잔뜩 담긴 광주리를 냅다 걷어차 버렸다.

"나, 갈 거야!"

며칠 후 고향에 갔다가 돌아온 번이가 화가 풀린 듯 배시시 웃으며 시골에서 가져온 찹쌀 경단을 동료들에게 나눠 주었다.

당시 그의 이각낭으로 그보다 열두 살 많은 과부가 장자팡에 살았다. 몸매가 드럼통 같은 그녀는 그의 울분을 충분히 삭여 주고도 남았다.

전원공서에서 마차오까지는 도보로 족히 이틀 걸렸기 때문에 화가 치밀 때마다 마을로 돌아갈 수 없었다. 그래서 그는 상급자에게 마차오 사람들은 시내멀미라는 병이 있는데 자신도 그 병이 들었기 때문에 더 이상 시내에서 부귀한 생활을 누릴 수 없을 것 같다고 말했다. 그는 시골로 돌아가 자신의 조그만 논배미나 가꾸겠다고 했다. 상급자는 그가 마부라는 직책이 싫어서 그런다고 여기고 공안처 보관원으로 자리를 바꿔 주었다.

동료들 눈에는 그가 상급자의 은혜도 모르는 사람처럼 보였을 것이다. 자리를 바꿔 출근한 다음 날 처장 부인에게 무례한 짓을 저질렀기 때문이다. 당시 처장 부인은 침상에 올려 놓은 스웨터를 꼼꼼히 살피느라 두 손으로 침대 가장자리를 붙들고 엉덩이를 높이 쳐들고 있었다. 번이가 살짝 흥분해서 시선을 사로잡은 부인의 엉덩이를 철썩 내리쳤다.

"뭘 봐요? 뭘 보는데요?"

깜짝 놀란 그녀가 얼굴을 붉히며 욕을 퍼부었다.

"후레자식, 어디서 굴러먹다 온 놈이야? 대체 이게 뭐 하는 짓이야?"

"왜 다짜고짜 욕이에요?"

그가 옆에 있던 비서에게 말했다.

"어째 저렇게 입이 걸어요? 난 그저 엉덩이를 한 대……."

"뻔뻔스러운 놈, 그래도 그놈의 주둥이를 놀려!"

"뭐라카노?"

다급해진 번이의 입에서 마차오 말이 튀어나왔다. 얼굴 근육을 실룩거리며 늘어놓는 그의 말을 알아듣는 사람은 단 한 사람도 없었다. 그의 눈에 썩을 놈의 여편네가 담벼락 뒤로 숨는 모습이 보였다. 그 여자의 말도 똑똑히 들렸다.

"촌놈!"

나중에 상급자가 할 말이 있다며 그를 찾아왔다. 번이는 상급자가 자기에게 무슨 할 말이 있다는 것인지 도무지 짐작이 가지 않았다. 잘 웃는 것도 잘못인가? 이것도 희롱이라고 할 수 있나? 그냥 손으로 한 번 쳤을 뿐인데, 그게 어디든 마찬가지 아닌가? 마을에서는 아무나 엉덩이를 한 대 칠 수 있지 않은가? 그는 꾹 참았다. 상급자에게 대들 수 없었다. 상급자는 자신이 잘못을 저지른 사상적 근원을 찾으라고 할 것이다.

"근원이랄 게 뭐 있나요, 그냥 시내멀미가 났을 뿐인데. 거리에만 나가면 열이 나서 머리가 터질 것 같아요. 매일 아침 일어나면 누구에게 얻어맞은 것 같다고요."

"뭐라고?"

"시내멀미를 한다고요."

"뭐, 시내멀미?"

상급자는 마차오 사람이 아니었다. 시내멀미가 무슨 뜻인지 몰랐고 번이의 설명도 믿지 않았다. 그는 번이가 어물쩍 넘어가려 한다고 생각했다. 번이는 신이 났다. 화가 복이 된다더니, 엉덩이 한 번 친 덕분에 직장을 그만두고 집으로 돌아가라는 처벌이 내려졌다! 이제 매일 생강에 소금, 콩을 넣은 차도 마실 수 있고 매일 늦잠도 잘 수 있다! 그는 고향으로 돌아가라는 통지를 받고 그 여자 욕을 한바탕 퍼부은 다음 신이 나서 혼자 식당에 들어가 고기볶음면 한 그릇에 술을 세 되나 마셨다.

몇 년이 지난 후 그는 현 간부 회의에 참석할 일이 있었다. 그곳에서 그는 전원공서에서 통신원을 하던 옛 동료 후(胡) 씨를 만났다. 후 씨는 이제 어엿한 관리가 되어 있었다. 회의에서 '3대 관건', '4대 부분', '5대 구체화' 등 여러 이야기가 오갔지만 번이는 그가 무슨 말을 하는지 당최 알아들을 수 없었다. 번이는 후 씨가 궐련을 지그시 누른다거나 오른쪽 위로 머리를 쓸어 올리는 동작, 식사하고 양치질한 다음 과일칼로 사과 껍질을 벗기는 모습이 왠지 낯설면서도 부러웠다. 그는 옛 동료가 묵는 초대소 거실에서 안절부절 몸 둘 바를 몰랐다. 반짝거리는 전깃불에 눈도 똑바로 뜰 수 없었다.

"자네 말이야, 자네, 그때 좀 억울했지. 별로 큰일도 아니었어. 처분받을 만큼 심한 일이 아니었는데 말이야."

후 씨가 지난 일을 회상하며 그에게 껍질 벗긴 사과를 내밀었다.

"괜찮아, 괜찮아."

옛 동료가 한숨을 쉬며 말했다.

"지금 이게 뭔가. 문화 수준도 낮고 대대에 돌아가기도 적합지 않고 말이야. 아이는 있나?"

"응. 남자애, 여자애 하나씩."

"좋아, 좋아. 그래, 지낼 만한가?"

"덕분에. 먹을 것도 걱정 없고."

"좋아. 그래, 집 노인들께서는?"

"모두 황토공사(黃土公司) 염라(閻羅)대대에 가셨지, 뭐."

"농담도 잘하는군. 아내는 어디 사람인가?"

"창러가 사람이야. 사람은 좋은데, 다만 성깔이 좀."

"좋아, 좋아. 성깔이 좀 있어야 좋지……."

번이는 상대방의 "좋아, 좋아."라는 말이 무슨 뜻인지 알 수 없었다. 그의 상황을 이렇게 자세히 물어보는 것을 보면 자신을 위해 무언가를 해 주려는 것은 아닐까, 무언가 혜택을 주려는 것은 아닐까 하는 생각이 들었지만, 옛 동료에게 끝내 아무 말도 들을 수 없었다. 그래도 그날 밤 번이는 무척 즐거웠다. 옛 동료가 그를 잊지 않고 잘 대해 준 데다 그에게 열 근짜리 식량 배급표를 주었기 때문이다. 그는 여러 해 전 처장 아내의 둥근 엉덩이를 생각하며 잠시 행복했던 순간을 떠올렸다. 회의가 끝나던 날 동료는 하룻밤 더 머물고 가라며 그를 붙잡았다. 그러나 번이는 그의 만류를 계속 거절했다.

그는 나이가 들어 시내멀미가 더 심해졌다며 그대로 돌아가는 편이 낫겠다고 말했다. 옛 동료가 지프차로 번이를 집까지 태워 주겠다고 하자 그는 손을 내저으며 거절했다. 그는 가솔린 냄새가 싫어서 평소 주유소를 지날 때마다 멀리 돌아가고 아예 차 같은 것은 타지도 않는다고 했다. 옆에 있던 한 간부가 그건 그냥 사양하는 말이 아니라면서 마차오 일대 사람들이 대부분 기름 냄새를 싫어하기 때문에 차라리 걸어가지 차는 타지 않는다고 거들어 주었다. 그는 현의 버스 운수업체가 얼마 전 장거리 노선을 룽자탄까지 연장해서 사람들에게 편의를 제공하려 했지만 한 달이 지나도록 차를 타는 사람이 없어 연장 노선이 취소되었다는 내용도 덧붙였다.

후 씨는 그제야 믿는 듯 손을 내저으며 떠나는 번이를 전송했다.

안차(顔茶)

번이는 전원공서에서 말을 키우던 당시 제일 힘든 부분이
도시 사람들이 마시는 차(茶)였다.

일반적으로 마차오 사람들은 '눠차(擂茶)'라고도 부르는 생
강차를 마셨다. 톱니 모양의 작은 사발로 생강을 갈고 소금
을 타서 높이 매단 주전자에 여러 번 끓는 물을 부어 가며 차
를 만든다. 형편이 조금 나은 집에서는 질그릇 주전자 대신 구
리 주전자를 사용한다. 구리 주전자는 항상 사람 얼굴이 비
칠 정도로 반들반들 윤이 나게 닦아 제법 폼이 난다. 주부들
은 콩이나 깨 같은 향료를 철제 깡통에 넣어 장작불에 요란하
게 볶는다. 그들은 뜨거운 것도 전혀 두려워하지 않는다. 부뚜
막에 장작을 때면서 안의 향료가 새카맣게 그을지 않도록 손
가락으로 철제 깡통을 잡고 수시로 흔들어 댄다. 후드드 쏠려

다니는 소리. 타닥타닥 콩이랑 깨가 터지는 소리. 그리고 조금
지나면 후끈한 향이 전해지면서 손님들의 얼굴이 환하게 밝
아 온다.

이보다 더 호사스러운 방법도 있다. 바로 차에 빨간 대추와
달걀을 첨가하는 것이다.

번이는 전혀 이해할 수 없었다. 도시 사람들은 돈도 많으면
서 왜 하필 안차(顔茶)를 마실까? 향료도 없는 차, 차 중에서
도 가장 저급한 차를. 안차는 마시고 싶을 때 금방 끓여 마시
는 차가 아니다. 보통 큰 솥에 한꺼번에 끓인 다음 커다란 항
아리에 넣어 두는데, 한 번 이렇게 끓이면 보통 이삼 일 동안
먹는다. 그저 해갈을 위해 목을 축이는 역할밖에 하지 못한다.
안차는 때로 찻잎을 사용하지 않고 차나무 가지로 끓이기도
하는데 그런 차는 색깔이 간장처럼 진하다. '안(顔)'이라는 차
의 이름도 아마 여기에서 유래했을 것이다.

도시 사람들은 이런 차만 마실 뿐 뇌차를 마실 줄 모르니
정말 웃기는 일 아닌가? 정말 가엾지 않은가?

이변(夷邊)

이곳 사람들은 10리(里)를 세 가지로 불렀다.

우선 창러가 사람들은 먼 곳은 모두 '개변(開邊)'이라고 부르고 쑹룽 사람들은 '구변(口邊)'이라 하며, 퉁뤄둥 사람들은 '서변(西邊, 西를 3성으로 읽는다.)'이라 한다. 그리고 마차오 사람들은 '이변(夷邊, 夷를 4성으로 읽는다.)'이라 한다. 그들에게 펑장현, 창사, 우한은 물론이고 미국 또한 별다른 구분 없이 모두 이변인 셈이다. 당연히 면화를 따는 사람, 갖바치, 하방된 청년, 하방된 간부 할 것 없이 모두 이변에서 온 사람들이다. 문화 대혁명은 물론 인도차이나에서 일어난 전쟁부터 이 년간 번이가 전원공서에서 말을 기른 일까지 모두 이변에서 일어난 일이다. 지금껏 나는 이런 표현이 스스로 항상 중심에 살고 있다고 생각해 마음 깊숙이 자신들을 위대하게 여기는 그들의 자신감을 의미하지 않을까 생각했다. 그들은 대체 무얼 믿고 이 가난한 산촌 밖의 모든 것을 오랑캐라고 생각할까?

'이(夷)'란 고대 중원 사람들이 주변 약소민족을 지칭할 때 쓰던 말이다. 글자로 보면 '궁인(弓人)', 즉 화살을 쓰는 사람이 바로 '이(夷)'인 셈이다. 마차오 사람들은 무얼 믿고 지평선 밖의 화려하고 선진적인 도시가 여전히 사냥으로 생계를 도모한다고 생각할까? 혹시 아직도 농업 생산을 배우지 못한 마을이 있다고 생각하는 것일까?

한 문화인류학자가 내게 알려 주기를, 고대 중국 백가쟁명 시절에 세력이 작은 학파만 중국이 세계의 중심이라는 사실을 부인했는데 춘추시대 명가(名家)가 바로 그런 학파였다고 했다. 이후 어떤 이들은 명가를 달갑지 않게 여겨 그들의 국적 문제까지 거론하기도 했다. '공손룡자(公孫龍子)'라는 기괴한 이름이 혹시 어떤 외국 유학생이나 방문 학자의 아호 아니었을까 추측하기도 했다. 귀모뤄(郭沫若)[72]는 갑골문을 해독하면서 중국의 천간지지설(天干地支說)이 바빌론 문화의 영향을 받았다고 말했다. 링춘성(凌純生)[73] 역시 중국 고대사 기록에 나오는 서왕모(西王母)는 바빌론 문자인 시완(Siwan, 달의 신)의 음역이라고 했다. 그는 비단길이 생기기 전에 이미 외래 문화가 유입되었으며 고대 화하(華夏) 문화의 원류 역시 매우 복잡할 가능성이 농후하다고 말했다. 이런 학설들은 명가의 내

---

72) 1892~1978. 중국 신문학 활동가, 역사학자.
73) 1902~1981. 중국 인류학자, 음악가.

력에 대한 사람들의 의심을 더욱 키웠다. 물론 거대한 중국 문화에서 설사 공손룡자와 같은 이들이 정말로 외국 학자들이었다고 해도 그들의 소리는 매우 미약했을 것이다. 적어도 스스로 '중앙의 나라'라고 생각하는 화하 민족의 관념에 영향을 주지는 못했을 것이며 더구나 자신들의 문화가 거대하다고 여긴 중국인들의 생각에 영향을 주는 것 역시 어려웠을 것이다. 마차오 사람들이 사용하는 '이(夷)'라는 글자에는 화하의 혈통이 분명하게 드러난다. 먼 곳에 존재하는 모든 사물에 대한 그들의 경멸과 부정적 생각이 내포되어 있기 때문이다. 마차오의 선조들은 이제껏 공손룡자의 충고를 생각해 본 적이 없다. 이런 고집스러운 모습이 언어를 통해 지금까지 계속 전해지는 것이다.

말발(話份)

전에 번이가 성 사람들은 뇌차도 마시지 않고 천을 짜는 법도 모르니 정말 불쌍하다, 집집마다 바지 만들 천이 없어서 손바닥만 한 반바지를 입고 다닌다, 여자들이 말 탈 때 매는 띠 정도밖에 되지 않아 가랑이가 정말 아플 것이라고 말한 적이 있다. 마차오 사람들은 그의 말을 듣고 성 사람들을 심히 동정했다. 그들은 지식청년들이 도시에 돌아갈 때마다 시골에서 파는 무명을 사다가 부모님께 바지를 만들어 드리라고 했다.

그들의 말이 우스웠던 나는 도시에 천이 모자라는 것이 아니라 몸에 꼭 맞게, 예쁘게 입고 싶거나 운동하기 편하도록 반바지를 작게 만든다고 말했다.

마차오 사람들은 눈을 깜빡거리며 못 믿겠다는 표정을 지었다.

시간이 흐르면서 우리는 아무리 설명해도 번이의 오해를 해소해 줄 길이 없다는 것을 알았다. 우리에게는 바로 '말발(話份)'이 없기 때문이었다.

표준어에서 말발과 비슷한 말을 찾기란 정말 힘들다. 그러나 마차오에서 말발은 특히 중요한 단어 가운데 하나이다. 이 단어는 말할 권리나 사람들이 말하는 전체 분량 가운데 일정한 부분을 차지할 권리를 가리킨다. 말발이 있는 사람이라고 해서 특별한 표식을 지니거나 일정한 신분은 아니다. 그러나 그들은 말을 주도하는 사람이며 누구나 그들의 존재를 느끼고 그에게서 풍기는 은근한 권위로 인해 무언의 압력을 느낀다. 그들이 입을 열거나 기침하거나 눈짓을 하면 사람들은 입을 다물고 그들의 말에 귀를 기울여야 한다. 설사 반대 의견이 있어도 감히 아무렇게나 말을 끊어서는 안 된다. 이런 식으로 형성되는 안정적인 분위기는 말발이 가장 일반적으로 받아들여진 상태이다. 사람들은 묵계를 통해 말발이 있는 이들의 권력을 인정하며 기꺼이 이에 복종한다. 반대로 '말발'이 없는 사람들, 소위 말에 무게가 없는 사람들은 무슨 말을 해도 헛수고이다. 사람들은 그의 말에 관심이 없으며 때로 그에게 말할 기회가 주어지건 말건 전혀 신경 쓰지 않는다. 그의 말은 언제나 쓸쓸한 황무지 뒤로 흩어져 영원히 되돌아오지 않는다. 사람들이 이처럼 난처해지는 일은 얼마든지 찾아볼 수 있다. 이런 사람들에게는 자신 있게 발언할 수 있기는커녕 정상적인 발성 기능을 유지하는 것조차 매우 힘들다. 옌짜오가 결국 진짜 벙어리가 되어 버린 것은 바로 말발을 상실한 극단적 예라고 할 수 있다.

사람들은 말발이 서는 사람이 꺼낸 화제를 따라가고 그들이 사용하는 단어나 표현, 그의 어투를 모방한다. 권력은 바로 이런 언어의 번식을 통해 형성된다. 또한 이런 언어의 확산과 영향력을 통해 확인되고 실현된다. 말발이라는 단어는 권력의 언어적 품격을 드러낸다. 성숙한 정권, 강력한 집단은 언제나 자신들의 강력한 언어 체계를 가진다. 또한 언제나 체계적 문서, 회의, 예절, 연설자, 서적, 기념비, 신개념, 선전 구호, 예술 작품, 심지어 새로운 지명, 새로운 연호 등을 통해 전체 사회에서 자신들의 말발을 얻고 이를 확립한다. 말발을 얻지 못한 강력한 권력이란 그저 재력이나 무력을 지닌 오합지졸일 뿐이다. 그들은 관군을 물리치거나 경성을 차지한 농민 반란군처럼 잠시 세력을 얻을 수는 있지만 결국은 단명할 수밖에 없다.

바로 이런 점을 알기에 집권자들은 언제나 문서나 회의를 중요하게 생각한다. 문서와 회의는 권리의 운영을 보장하는 하나하나의 중심축이라고 할 수 있다. 또한 '말발'을 강화하는 가장 훌륭한 방식이다. 잡다한 문서, 빈번한 회의는 관료들에게 필수 불가결하며 그들이 열정을 가질 수 있는 생존 방식이다. 설사 빈말만 계속되는 회의, 실제 효용이라고는 전혀 찾아볼 수 없는 회의라 할지라도 그들은 본능적으로 이런 회의에서 희열을 느낀다. 이유는 간단하다. 오직 그럴 때만 의장대와 청중석을 구분해 등급을 확실하게 나눌 수 있기 때문이다. 사람들은 자신의 말발이 어느 정도인지를 정확하게 인식할 수 있다. 권세 있는 사람의 말만이 사람들의 귀, 기록문서, 확성기를 통해 강제성을 띤 전파력과 확산 능력을 발휘한다. 이런 분위기에서 권세를 가진 자들은 자신에게 익숙한 언어에 안주하며, 이런 언어 속에서 자신의 권리가 윤기를 더하고 세력을 키우고 내실을 다지며 안전하게 보호받는다고 느낀다.

이 모든 것은 종종 회의의 구체적 목적보다 더 중요하다.

또한 바로 이러한 이유로 권력가들은 자신에게 낯선 언어에 저절로 경계심과 적의를 느낀다. 문화 대혁명 기간 중 마르크스와 루쉰은 중국에서 가장 추앙받았다. 두 사람은 텅 빈 서점에 마지막까지 책이 남아 있던 몇 안 되는 위인이다. 그러나 그때라 해도 마르크스와 루쉰의 서적을 읽는 것은 극히 위험했다. 시골에 있던 나의 마르크스 책 한 권이 하마터면 '반동죄'의 증거가 될 뻔한 일이 있었다. 인민공사 간부가 말했다. 이 하방된 새끼가 마오 주석님 책은 안 읽고 마르크스 책을 읽어? 사상이 뭐야? 무슨 생각으로 이 글을 읽는 건데?

내가 생각하기에 그가 마르크스를 반대할 뜻이 있었던 것은 아닌 것 같다. 그는 마르크스의 책 『루이 보나파르트의 브뤼메르 18일』에서 말하는 것이 무엇인지도 몰랐다. 그 내용이 그들의 녹화 정책이나 가족계획, 공평한 분배에 유해한지 그렇지 않은지도 몰랐다. 아니, 그들은 아는 것이 전혀 없었을 뿐 아니라 이에 대해 별로 신경 쓰지도 않았다. 그저 눈을 동그랗게 뜨고 마르크스 저서에 나오는 어려운 말에 분노를 느끼며 그들의 말발이 잠재적 위협과 도전을 받고 있다고 느낄 뿐이었다.

2차 세계 대전 이후 현대 예술의 영향이 거대해지고 초상

화, 부조리극, 의식의 흐름 소설, 초현실주의 시가 세상을 놀라
게 했다. 그리고 히피와 여권 운동, 로큰롤 등 이질적 문화 현
상이 연이어 출현했다. 흥미로운 사실은 이런 새로운 현상들
이 대부분 사악한 정치적 음모로 여겨졌다는 것이다. 예컨대
자본가 계급 신문은 피카소의 추상화를 "소련이 서방 민주사
회를 전복하려는 극악한 책략", "브레즈네프의 이데올로기 선
전"이라고 공격했다. 또한 교회와 국회의원들은 로큰롤 가수
엘비스 프레슬리와 비틀스의 존 레넌을 "공산당 지하 특공대"
라고 의심했다. 그들의 목적이 "청년 세대를 파괴해 대 공산주
의 투쟁에서 전쟁도 없이 청년들을 패배시키는 것"이라고 주
장했다. 유럽에 있는 미군 기지에서는 계속해서 그들의 음악
을 금지했다. 공산주의 정권이라고 현대 예술을 환영하지는
않았다. 점잖거나 속되거나 가릴 것 없이 현대 예술은 수십 년
동안 정부의 비판을 받았다. 정부 문서와 대학 교과서에서는
이를 "평화적 변화의 선봉", "서방 국가 자본가 계급의 부패,
몰락의 이데올로기", "청소년을 해하는 정신적 마약" 등으로
규정했다.

이런 반응은 물론 지나친 자기방어의 일종이다. 어쨌든 사람
들은 차츰 현대 예술을 받아들이고 그들 나름대로 규제와 검열
을 완화했으며 때로는 신기하고 이채로운 문화 용어들을 이용
하기도 했다. 예를 들면 로큰롤은 옌안(延安)이나 난니만(南泥
灣)[74]을 찬양하는 데 이용되었으며, 추상화는 패션 분야 수출

---

74) 국공 내전 시기 중국 팔로군(八路軍)에게 자력갱생의 표본이 된 곳으

촉진에 이용되었다.

물론 이런 반응을 단순히 과민 방어라고 치부하는 것은 너무 천진하다고 말할 수도 있다. 사실 낯선 언어는 제어하기가 불가능한 언어로, 제어할 수 없는 권력과 마찬가지이다. 표면적으로 어떤 정치적 의미를 띠건 간에 낯선 언어는 자체의 힘으로 세상에 퍼져 나가 정보 유통을 저해하고 중단시킴으로써 집권자들의 말발을 약화하거나 와해한다.

마차오 사람들은 집권자적 통찰력을 가지기에 일찍부터 이러한 사실을 파악한 것 같다. 그러므로 그들은 권리(權利)를 '말발', '말하기'로 귀결시킨 것이다.

마차오에서 말발이 있는 사람들은 어떤 이들인지 살펴보자.

(1) 일반적으로 여성들은 말발이 없다. 남자들이 말할 때 여자들은 잘 끼어들지 않는다. 다만 옆에서 아이에게 젖을 물리거나 신발창을 기울 뿐이다. 그러므로 간부들은 여자들에게 촌민 대회에 참석하라고 요구한 적이 없다.

(2) 젊은이들은 말발이 없다. 그들은 어릴 적부터 "어른이 말하면 아이는 듣는다."라는 가르침에 익숙해 언제나 노인들에게 말의 우선권을 준다. 설사 노인들의 견해에 반감을 가져도 그저 등 뒤에서 구시렁거릴 뿐 건방지게 앞에서 끼어들지 않는다.

(3) 빈곤한 집안은 말발이 없다. 재산이 많아야 기세도 등등하다. 집이 가난하면 당연히 기도 꺾이기 마련이다. 가난한 사

로 산시성 옌안 남쪽에 있다.

람들은 일반적으로 자신의 체면이 충분하지 않다고 생각해 사람이 많은 곳에 얼굴을 잘 내밀지 않는다. 자연히 다른 사람에게 말할 기회를 많이 상실한다. 마차오 사람들에게는 한 가지 습관이 있다. 빚을 진 사람은 설사 그 빚이 옥수수 반 되에 불과해도 결혼, 장례 등 마을 대사에 주례나 제주(祭主), 들러리 같은 중요한 역할을 맡을 수 없다. 주인에게 불운을 가져다줄 수 있다고 생각하기 때문이다. 집집마다 화로 옆 탁자에서 차를 마실 때도 탁자에 가장 가까운 자리, 가장 눈에 띄는 자리를 주인 자리라고 하는데 이 자리는 채권자 외에는 어떤 손님도 마음대로 앉을 수 없다. 이를 지키지 않으면 주인을 욕되게 한다고 여긴다. 이런 규칙들로 인해 사람들의 발언권은 채권자인 부자들 손에 집중된다.

이렇게 볼 때 말발은 성별, 나이, 재력 등 여러 종합적 요소에 따라 결정됨을 알 수 있다. 물론 이보다 더 중요한 정치적 요소도 있다. 번이는 당 지부 서기로 마차오의 최고 권력자이기 때문에 언제 무슨 말을 해도 모두 효력이 있다. 일언이 중천금으로 두말하지 않아도 그의 명령은 입을 떠난 즉시 실행에 옮겨진다. 시간이 흐르면서 그의 목소리는 점점 거칠고 커져 갔다. 항상 사람들의 가슴을 아프게 하는 소리만 많고 진짜 할 말은 적었지만, 그는 여기저기 계속 입을 열고 다녔다. 뒷짐을 지고 혼자 걸어갈 때도 입을 다물지 못했고 때로는 자문자답하기도 했다.

"여기 심은 게 콩인가?"

"이 망할 논은 뭘 심어도 제대로 자라지 않네. 물이 가득 차 있어 뿌리가 썩어 가잖아!"

"누런 흙이 섞여 있어도 괜찮긴 한데."

"어디로 지고 가는 거야? 어디로? 흙을 져 나를 시간이 있으면 언덕에 가서 옥수수라도 더 심지."

"멍청한 여편네가 기른……."

사실 모두 혼잣말이다. 때로 그의 뒤를 따라가다 보면 그가 논쟁거리를 찾아 마치 토론회를 벌이듯 쉴 새 없이 입을 놀리는 모습을 엿볼 수 있다.

사람들은 그를 '번이 징'이라고 불렀다. 어딜 가나 시끄럽다는 뜻이다. 공사 간부 역시 어느 정도 번이 징의 체면을 생각해 주었다. 언젠가 공사에서 회의가 열린 때였다. 익숙한 걸음걸이로 공사에 도착한 번이는 예전과 다름없이 먼저 부엌으로 들어가 코를 킁킁거리며 부엌을 둘러보았다. 부뚜막에서 불을 찾아 담뱃불을 붙인 번이는 대야에 무채만 가득하고 부뚜막 아래 고기는커녕 뼈다귀도 없는 것을 보고 금방 얼굴색이 변하며 이렇게 말했다.

"어떻게 이럴 수 있어! 가난한 농민들을 이렇게 대해도 되는 거야? 안 그래?"

그는 잔뜩 화가 난 모습으로 회의에 들어가지도 않은 채 곧바로 공급판매합작사에서 운영하는 도살장으로 향했다. 그곳에서 그는 도살 책임자에게 고기가 있느냐고 물어보았다. 도살 책임자가 방금 고기가 다 팔렸다고 했다. 그러자 그가 칼을 들고 빨리 가서 돼지를 잡으라고 소리쳤다.

도살 책임자가 공사 규정에 돼지를 하루 한 마리만 잡게 되어 있다고 말했다. 그러자 번이는 공사에서 앞으로 밥 먹을 때 돈이 필요 없다고 하면 믿겠느냐고 말했다. 마침 그곳에 앉아 있던 완위가 시시덕거리며 말했다.

"좋아, 좋아. 나도 오늘은 고깃국 한번 먹어 보자고."

번이가 두 눈이 휘둥그레지며 말했다.

"넌 왜 여기 앉아 있어?"

완위가 눈을 껌뻑이며 대답했다.

"그러게. 내가 어떻게 여기 앉아 있지?"

사실 화낼 이유가 없던 번이가 부엌칼을 내리치며 대꾸했다.

"허, 이것 봐라. 이 게으른 자식이. 새해도 아니고 명절도 아닌데 왜 여기 와 있어? 어서 돌아가지 못해? 오늘 안으로 북쪽 언덕배기에 있는 유채를 몽땅 베지 않으면 사람들을 모두 모아서 네놈을 죽도록 두들겨 패 주겠어!"

완위가 혼비백산해서 문을 빠져나갔다가 금세 겁먹은 얼굴로 반들반들한 머리를 쏙 들이밀며 말했다.

"바…… 방금 나보고 뭘 하라고 했지?"

"귀먹었어? 유채 베라고 했잖아!"

"알았어, 알았어. 화내지 말고."

반들반들한 완위의 머리가 다시 문 뒤로 쏙 사라져 버렸다. 겨우 숨을 고르고 살담배를 말던 번이가 뒤에서 꼼지락거리는 소리에 고개를 돌렸다. 완위가 난처한 듯 얼굴에 웃음을 머금고 여전히 그 자리에 서 있었다.

"미안. 방금 급하게 듣느라고, 그러니까 뭘 베라고……."

완위는 너무 놀라 얼이 빠졌는지 하나도 정확히 알아듣지
못했다.

번이는 그의 귀에 대고 "유채!"라고 크고 또박또박하게 외친
다음에야 겨우 완위를 쫓아낼 수 있었다.

뒤채에서 돼지 먹따는 소리가 들렸다. 번이의 얼굴에 생기
가 돌기 시작했다. 그는 돼지 잡는 것을 가장 좋아했다. 돼지
잡기는 그의 전문이었다. 다시 한번 돼지가 외마디 소리를 지
르면서 그의 얼굴에 진흙을 튀겼다. 피 묻은 손으로 부뚜막
옆으로 돌아온 번이가 담배를 맛나게 피웠다. 방금 전 단칼에
돼지를 쓰러뜨렸다. 그는 계속 말참견을 하며 도살장에 남아
있었다. 마지막으로 공급판매합작사 사람들 몇을 불러 김이
모락모락 나는 솥단지 옆에서 돼지고기를 먹고 선짓국을 한
사발 들이켠 후에야 그는 만족스러운 듯 기름이 잔뜩 묻은 입
을 훔치고 트림했다.

번이는 회의에 참석하지 않았지만 공사 간부도 함부로 그
를 비판하지 못했다. 그가 벌건 얼굴로 다시 회의장에 돌아가
자 간부가 그에게 단상에 올라 연설을 하라고 요청했다. 그의
말발을 족히 짐작하고도 남음이 있다.

그가 말했다.

"오늘은 말을 많이 하지 않겠습니다. 두 가지만 말하죠."

그가 발언을 시작할 때마다 상투적으로 내뱉는 말이다. 실
제로 그가 하는 말이 두 가지든 세 가지든 아니면 그보다 많
든, 연설 길이에 상관없이 모든 연설 첫머리에 항상 두 가지만
이야기하겠다고 말했다.

번이는 계속 말하다 보니 속에서 고깃국 냄새가 올라왔다. 과거 한국에서의 경험을 늘어놓았다. 그는 당시 미국 병사를 때려눕힌 무공으로 수리 건설, 벼농사, 돼지 사육, 가족계획 등의 임무를 완벽하게 수행해 왔으며, 반드시 완수해야 한다고 주장했다. 그는 언제나 미국 탱크를 트랙터라고 했다. 당시 삼팔선에서 미국 트랙터를 처음 보았는데, 온천지가 진동하는 소리에 사람들이 놀라 오줌을 지릴 뻔했다. 그러나 지원군[75] 영웅호걸들은 트랙터가 점차 다가오기를 기다려 바로 눈앞에 이른 순간, 대포 한 방으로 날려 버렸다고 말했다. 그는 이쯤에서 의기양양하게 주위를 둘러보았다.

이전에 공사 허(何) 부장이 트랙터가 아니라 탱크라고 일러 준 적이 있었다. 그러자 그가 눈을 깜박거리며 말했다.

"트랙터가 아니라고? 그래, 난 제대로 공부를 못 했어. 왜? 건달이거든."

그의 말인즉 자신은 문맹이니 탱크와 트랙터를 구분하지 못해도 굳이 이상하게 여길 필요가 없다는 뜻이었다. 물론 그도 한때는 탱크라는 단어를 열심히 연습했다. 그러나 그다음 회의 때 한국 전쟁 이야기를 할라치면 여지없이 탱크 대신 트랙터라는 단어가 먼저 튀어나왔다.

그러나 단어가 틀렸다고 그가 이야기를 이어 가는 데 문제가 되지는 않았다.

"사람은 병이 들어 죽지, 일해서 죽진 않아."

---

75) 중공군 병사를 말한다.

"큰 재해가 오면 큰 풍년이 들고, 작은 재해가 들면 그런대로 작은 풍년이 들고 그러는 거야."

"사람은 누구나 사상을 개조하고, 진보를 추구하며, 세계를 건설해야지."

이런 말들은 그리 일리가 있지 않았지만 일단 번이 입에서 나오면 서서히 사람들 사이에 확산되었다. 귀가 조금 어두운 그는 언젠가 공사 간부가 마오 주석 어록에 나오는 "노선은 강령이니 강령을 확실히 하면 나머지 조목도 분명하다."라고 한 말을 "노선은 각목이니 각목을 확실히 하면 나머지 조각도 분명하다."라고 들었다. 분명히 번이가 잘못 들었는데도 그의 입에서 나온 말이기 때문에 마차오 사람들은 이를 추호도 의심하지 않았다. 오히려 그들은 노선은 강령이라고 말하는 우리 지식청년들을 비웃었다.

"강령이 대체 뭐야?"

만천홍(滿天紅)

1960년대부터 1970년대까지 '만천홍(滿天紅)'이 대거 생산
되었다. 만천홍은 주전자 모양의 커다란 등(燈)으로 긴 두 개
의 주둥이 밖으로 새끼손가락 굵기만 한 심지가 나와 있다. 여
기에 면실유나 가솔린으로 불을 붙이면 검은 연기가 뭉글뭉
글 솟아난다. 긴 대나무 막대로 만천홍을 걸쳐 멘 사람들이
어둠을 밝히며 산에 올라 황무지를 개간하거나 논에 나가 벼
를 거두고, 사람들을 모아 회의를 열거나 열을 지어 행진하
곤 했다. 낮 시간만으로 부족했던 시대, 밤에도 격동으로 가
득 차 있어야 하는 시대였다. 양철공이 만천홍을 대량으로 만
들었지만 만들기가 무섭게 팔려 나갔다. 간부들이 어떤 공사
나 어떤 생산대의 혁명 상황을 소개할 때면 으레 "그곳 사람
들 좀 보라고! 한번 올렸다 하면 만천홍이 열댓 개는 올라가,

열댓 개!"라고 말했다.

마차오에 정착한 나는 유행처럼 번지던 '충성 표시'를 따라 할 수밖에 없었다. 지도자에 대한 충성 표시는 거의 매일 이루어지던 행사로, 밤에 푸차의 안채를 방문하는 일이었다. 그의 집 안채만이 생산대 사람을 모두 수용할 만큼 넓었기 때문이다. 만천홍이 높이 매달려 있어도 여전히 침침했기 때문에 어두운 그림자가 어른거릴 뿐 누가 누구인지 정확하게 알아볼 수 없었다. 누군가와 부딪쳐도 남녀를 구분할 수 없을 정도였다.

모두 지도자의 사진을 향해 차렷 자세를 취한 채 간부의 명령이 떨어지자마자 귀가 얼얼할 만큼 큰 소리로 단숨에 마오 주석의 어록 대여섯 줄을 암송했다. 하방 청년들은 마차오 사람들이 그렇게 많은 구절을 외우리라고는 전혀 상상하지 못했으므로 정말 크게 놀랐다. 우리는 그들의 혁명 이론에 머리가 어찔할 정도였다.

시간이 조금 흘러 그들이 암송하는 부분이 항상 똑같다는 것을 발견한 뒤에야 우리는 다소 안심할 수 있었다.

하방 청년들은 학교를 다닌 경험 때문에 금세 더 많은 어록을 외우고 이를 단숨에 줄줄이 암송해 마을 사람들의 기염에 찬물을 끼었었다. 일단 기세가 주춤해지자 그들의 태도 또한 온순해졌다. 그들은 먼저 살담배를 꺼내 청년들에게 권하기도 했고, 어록을 외우는 목소리에도 기운이 많이 빠졌다.

어록을 외우고 나면 간부 가운데 한 사람, 주로 번이나 뤄씨 영감이 벽에 걸린 마오 주석 사진 앞에서 그날의 농사 상황을 간단하게 보고한 후 조심스럽게 말했다.

"편안히 주무십시오."

또는 이렇게 말할 때도 있었다.

"오늘은 눈이 내렸네요. 탄불을 좀 더 태우시지요."

마치 마오 주석도 묵인하는 듯했다. 그제야 사람들은 팔짱을 낀 채 하나둘 겨울바람이 씽씽 부는 문밖으로 향했다.

언젠가 자오칭이 사람들 뒤에 숨어서 졸고 있었다. 사람들이 모두 떠난 후에도 그는 구석에 쪼그리고 앉아 졸았다. 푸차네 가족 역시 미처 그가 있다는 생각을 못 한 채 문을 닫고 잠자리에 들었다. 한밤중이 되자 고함 소리가 들렸다. 너무들하네! 날 얼려 죽일 작정이야?

당황한 푸차는 만천홍에 기름이 떨어져서 밤에 잘 볼 수 없었다고 말할 수밖에 없었다.

우리는 매일 반복되는 학습을 통해 마을 사람들이 입만 열면 수많은 혁명 이론을 뇌까린다는 것을 알았다. 차이가 있다면 마차오 사람들은 때로 조금 특이한 마오 주석의 어록을 외운다는 것이었다.

"마오 주석께서 올해 동백나무가 잘 자랐다고 하셨습니다."

"마오 주석께서 양식은 절약해야 하나 매일 죽만 먹을 수는 없다고 하셨습니다."

"마오 주석께서 지주는 성실하지 않으니 목을 매달아야 한다고 하셨습니다."

"마오 주석께서 자오칭은 계획생육을 잘 이해하지 못해 아이를 낳을 때 숫자만 강조할 뿐 질에 신경 쓰지 않는다고 하셨습니다."

"마오 주석께서 돼지 분뇨에 물을 섞은 놈을 찾아내 그의 식량을 빼앗으라고 하셨습니다."

도대체 그런 말들이 어디에서 나왔는지 한참 동안 알아봤지만 이런 최고 지시[76]의 출처를 아는 사람은 없었고, 이 말을 처음 퍼뜨린 사람이 누구인지도 아는 이가 없었다. 그러나 사람들은 이 말들을 매우 진지하게 생각하고 이야기할 때마다 자주 인용했다.

물론 이상할 것도 없었다. 후에 나는 중국 문학사를 읽으면서 역사적으로 일부 대유학자(大儒學者)들이 한 짓에 비하면 마차오 사람들이 나쁜 일을 더 많이 한 것은 결코 아니라는 생각이 들었다. 그들은 걸핏하면 '성인을 증거'로 삼았다고 했지만 사실 공자나 노자, 맹자나 순자의 말을 빌려 사람들을 협박한 것이나 다름없기 때문이다. 예를 들어 한(漢)나라 때 양웅(揚雄)[77]의 경우, 수많은 공자 어록을 인용했지만 후대 사람들이 대조한 바에 따르면 진짜는 몇 개 되지 않는다.

---

76) 문화 대혁명 기간 마오쩌둥의 논술, 의견, 지시를 지칭하던 용어.
77) 기원전 53~기원후 18년. 중국 전한 말기의 사상가이며 문장가.

격(格)

'격(格)'은 흔히 사용되는 단어이다. '품격', '자격' 같은 개념
과 비슷한 뜻이지만, 이에 국한되어 쓰이지는 않는다. 마차오
사람들은 타인을 평가할 때 격이 있는지, 격을 잃지 않았는지
를 중요한 기준으로 삼는다. 한 사람의 자질, 학력, 출신, 지위,
명예, 명망, 담력, 재능, 재산, 선행 또는 악행 심지어 생식 능
력 등에 이르기까지 어떤 것이든 그의 격에 변화를 가져올 수
있다. 또한 격과 말발은 마치 표리(表裏)처럼 인과 관계를 형
성한다. 격이 있는 사람은 당연히 말발을 지니며, 말발이 있는
사람은 분명 격이 있다.

푸차와 한솥밥을 먹는 삼촌 밍치(明啓)를 사람들은 밍치 삼
촌이라 불렀다. 그는 창러가에서 주방 일을 배웠다. 공사는 대
회를 열 때마다 자주 그를 불러 만두를 만들게 했다. 이런 일

은 그에게 큰 격을 안겨 주었다. 매번 이런 기회가 있다 보니 밍치 삼촌의 호칭은 밍치 영감님이 되었다. 이는 밍치 자신의 영광일 뿐 아니라 모든 마차오 사람의 영광이었다. 다른 마을 사람이 마차오를 지날 때면 상대방이 밍치를 알든 모르든 마차오 사람들은 언제나 자기도 모르게 밍치에 대한 이야기를 거창하게 늘어놓았다. 듣는 사람이 무슨 말인지 모르겠다는 표정을 짓거나 별반 흥미를 보이지 않으면 마차오 사람들은 금세 기분이 나쁘다는 듯 멸시의 눈빛을 띠며 밍치 영감님도 모르냐고 말했다. 만약 차 대접을 하려던 중이라면 그럴 경우 금세 대우가 달라져 대접할 차가 차디찬 안차(顏茶) 한 잔으로 변할 수도 있다. 밍치는 만두를 만들고 마을로 돌아오는 길이면 언제나 등짐을 지고 마을을 한번 둘러보다가 거슬리는 일이 눈에 띄면 곧바로 지적하곤 했다. 장난꾸러기 아이들도 온몸에서 만두 냄새를 풍기는 그를 마주치면 존경의 뜻으로 깊숙이 머리를 숙이고 입을 다물었다. 언젠가 싼얼둬(三耳朵)라는 청년마저 밍치가 던진 몇 마디에 미꾸라지도 잡지 못하고 빈 통 그대로 되돌아가는 모습을 보고 깜짝 놀란 적이 있었다. 평소 싼얼둬는 두려울 것이 전혀 없는 사람이었다. 내가 그에게 귓속말로 물어보았다.

"오늘은 왜 이렇게 얌전해?"

그가 오늘은 정말 재수 없는 날임을 자인이나 하듯 중얼거렸다.

"그 사람은 격이 있잖아. 오늘 괜히 사서 고생할 것 없잖아?"

나는 그제야 똑같은 마차오 사람이라도 격이 있느냐 없느냐에 따라 생활에 많은 차이가 있음을 알게 되었다.

뤄씨 영감에게는 외지에서 돈을 부쳐 주는 수양아들이 있었다. 그런 아들이 있다는 것만으로도 그는 격을 지닌 셈이었다. 그렇지 않았다면 뤄씨 영감은 그저 나이가 많다는 것밖에 내세울 것이 없으니 번이가 상대해 줄 만한 격이 없었다.

자오칭은 만두를 만들지도 못하고 돈을 부쳐 주는 수양아들도 없었지만 아들을 연달아 여섯이나 낳았기 때문에 격을 조금 높일 수 있었다. 마을에서 고구마나 콩을 나눌 때 그의 차례가 되면 간부 손에 잡힌 저울이 언제나 조금 높게 쳐들렸다. 그를 존중한다는 마음의 표시였다.

물론 때로 일시적 격이 웃기지도 않은 효과를 발휘할 때도 있었다. 별명이 헤이샹궁(黑相公)인 한 지식청년이 시내에서 '용표(龍標)' 간장을 사서 마을로 돌아왔다. 그는 간장을 중치의 꿩 한 마리와 교환했다. 용표 간장은 진상품으로 유명한 상품으로 매년 베이징의 마오 주석이 드실 훙사오러우(紅燒肉)를 만들 때 사용한다고 했다. 그래서 지방에서는 적어도 현급 간부쯤 되어야 먹어 볼 수 있는 귀한 간장이었다. 용표 간장을 구했다는 소문이 전해지자 중치는 보름 동안 격을 누렸다. 그 보름 동안 그는 기침 소리마저 달라졌다. 그는 한 방울의 간장조차 아까워 벌벌 떨었지만 이웃 사람들이 하루가 멀다 하고 찾아오는데 버틸 재간이 없었다. 공사 간부와 번이도 찾아왔다. 그는 안타까운 마음으로 하루하루 비어 가는 병을 바라볼 수밖에 없었다. 얼마 후 그의 격도 물이 빠져 바닥에 가라앉은 배처럼 제자리로 되돌아갔다. 그는 헤이샹궁에게 꿩

두 마리를 줄 테니 다시 한번 용표 간장을 구해 달라고 애걸했다. 헤이샹궁 역시 이때다 생각하고 그의 제의를 받아들였지만 물건을 구할 길이 없었다. 도시에서도 용표 간장을 구하기가 쉽지 않았기 때문이다.

그러자 중치는 밍치 영감님을 찾아가 도움을 청하기로 했다. 밍치 영감님은 격이 있으니 용표 간장을 구할 묘안이 있을지도 모른다고 생각했다. 하지만 밍치 영감님은 격이 높으므로 그에게 접근해 이야기 나눌 기회를 잡기 어려웠다. 밍치 영감님은 당시 공사에 들어가 만두를 만들고 마을의 각종 사무를 지도하느라 분주한 시간을 보내고 있었다. 어느 날 생산대에서 회의를 주관하던 간부가 밍치를 발견하고 별생각 없이 자리를 내주었다. 밍치 영감님은 그 회의에 참석할 필요가 없는 사람이었지만 아무도 그런 생각을 하는 것 같지 않았다. 그는 번이가 작업을 배치하는 소리를 들으며 고개를 끄덕이거나 내저으며 찬성 혹은 반대 의사를 표시했다. 때로 앞뒤 말이 전혀 맞지 않게 말참견하기도 했다. 대개는 마차오의 공무와 관련 없는 내용들로, 예를 들면 요즘 날씨가 너무 서늘해서 밀가루 반죽이 잘 부풀지 않는다거나 소다 공장에서 재료를 빼돌리는지 소다가 별로 좋지 않다는 등 거의 만두와 관련된 이야기였다. 생산대 간부들 역시 진지하게 그의 말을 들었고 때로 밀가루에 관한 기술적 문제에 대해 이야기하기도 했다. 그가 말하는 데 재미를 붙이면 간부 회의가 한두 시간쯤 지체되기도 했다. 그러나 지금껏 그를 쫓아내는 사람은 아무도 없었다. 바로 그의 격 때문이었다.

안타까운 점은 일단 격이 생긴 사람들은 분별력이 없어지기 쉽다는 것이다. 특히 밍치처럼 실력에 의해서가 아니라 우연한 기회에 격을 얻은 사람은 지나치게 방자한 태도를 보이기 쉽다. 그가 만든 만두가 멀리까지 이름을 날리자 현에서 대회가 열릴 때도 그를 초청하는 일이 잦아졌다. 몇 번째 도시에 들어갔을 때였는지 알 수 없으나, 언젠가부터 밍치 영감님은 현 정부 초대소의 청소원인 과부 리(李) 씨를 만나기 시작했다. 한두 번 만나다 보니 두 사람 사이가 점점 가까워졌다. 그래도 과부는 도시에서 자란 사람이라 보고 들은 것이 많아 침대에서 어떻게 해야 남자를 꼬드길지 잘 알았다. 밍치 영감님은 주방에서 가져간 흰 만두로 과부 모자의 배를 넉넉히 채워 줄 수 있었다. 이렇게 시간이 흐르자 둘은 점점 정이 깊어져 영원한 사랑을 맹세하기에 이르렀다. 급기야 이왕 도와주는 거 화끈하게 밀어주자는 생각에 밍치 영감님은 현 위원회 상급자에게만 특별히 배급되는 고급 강력분 한 포대와 돼지머리까지 과부 집으로 빼돌렸다.

결국 이 일이 발각되자 과부 리 씨는 청소부 자리에서 쫓겨나 거지처럼 넝마를 주워 겨우 입에 풀칠이나 하는 신세가 되었고, 밍치(영감님이라는 호칭은 취소되었다.)는 간신히 마차오로 돌아올 수 있었다. 이후로 그는 더 이상 현이나 공사에 들어가 만두를 만들 기회를 얻지 못했다. 그뿐 아니었다. 마을에서 위상이 급락하는 바람에 날로 초췌해졌다. 날이 춥든 덥든 언제나 어깨를 곧추세우고 목을 움츠린 채 고개를 푹 파묻고 다녀야 했다. 물론 말발 역시 거의 박탈당한 상태였기 때문에 간부들의 회의는 고사하고 전체 지역 대회에서도 그는 입도 뻥긋할 수 없었다. 만약 모든 사람이 자기 의견을 내놓아야 할 경우 그는 당황해 모기 같은 목소리로 중얼거렸고 매번 번이에게 질책을 받았다.

"큰 소리로 말해, 큰 소리로! 밥도 못 먹었나!"

그는 매번 가장 힘들고 고된 일에 파견되었다. 임금도 다른 사람들보다 낮았다.

마차오 사람들은 밍치가 좀 더 나은 사람이 되지 못하고 돈과 여색에 빠졌다는 사실을 극히 혐오했다. 모든 마을 사람의 영광을 한순간에 내동댕이친 셈이기 때문에 마을 사람들은 너 나 할 것 없이 마치 자신들이 밀가루와 돼지머리를 훔친 것처럼 느꼈다. 그래서 누구나 같은 식으로 그를 대했고, 말끝마다 '실격(失格)', 즉 격을 잃었다는 의미의 두 글자를 그에게 사용하는 바람에 그는 하루 종일 답답하고 우울한 시간을 보냈다. 그는 결국 우리가 마차오를 떠나 도시로 돌아가기 전에 화병이 생겨 황천으로 떠났다. 이런 잔인한 과정에서 나는 격이 집단화될 수도 있음을 깨달았다. 밍치는 마차오에서 그리 흔한 인물이 아니었으므로 그의 격은 마차오 사람들의 공동 자산이 될 정도로 중요했다. 그런 그가 자기 마음대로 격을 내팽개쳤으니 마을 사람들에 대한 범죄행위가 아닐 수 없었다.

여러 해가 지난 후 마차오를 방문해 논둑을 거닐던 나는 한 무리의 아이들이 부르는 노래를 들었다.

밍치가 들펑[78]을 훔치다가

그 자리에서 붙들렸네.

바짓가랑이를 잡힌 채 현에 끌려가

바지는 벗겨지고 옷은 찢어져

경찰이 엉덩이를 내리쳤다네.

허풍쟁이야

허풍 떨다 터져 버리니

엉덩이만 빨갛게 달아올랐네.

．

그 순간 나는 흠칫했다. 이미 여러 해가 지났건만 밍치는 아직도 마차오에 이런 식으로 살아 있었다. 그는 훔친 밀가루 한 포대로 마차오 후손들에게 자신의 실격과 영락을 불후의 구전 민요로 남겼다. 마차오에서 그에 관한 이야기는 대대손손 사람들의 입으로 전해지리라. 번이도 사라지고 푸차와 다른 이들마저 없어질 때까지, 또 나 역시 사라지고 심지어 저기 나무 아래에서 노래를 부르는 아이들마저 모두 사라질 때까지.

아마도 말이 존재하는 한 그는 계속해서 살아 있을 것이다. 마차오 사람들의 미래에 영원히 살아 있을 것이다.

---

78) 창녀라는 의미이다.

살(煞)

마차오 여자의 격은 대부분 남자로부터 나온다. 기혼녀는 시집에 격이 있으면 자신도 격을 지니고 시집이 격을 상실하면 자신도 격을 상실한다. 아직 결혼하지 않은 여자의 격은 아버지를 따르며 아버지가 죽으면 오빠를 따른다.

물론 예외가 없지는 않다. 도로 건설 현장에서 있었던 일이다. 여러 마을에서 온 인부들이 작업을 서두르고 있었다. 공구를 챙기는 사람, 토목 공사에 투입된 사람, 식사를 준비하는 사람 등 제각기 분주하게 움직였다. 스산한 겨울바람에 먼지가 소용돌이치자 하늘과 땅이 누렇게 한 덩어리가 되었다. 흙을 지고 나르는 사람, 땅을 달구질하는 사람, 수레를 끄는 사람 모두 바람에 흐느적거렸다. 마치 희미한 불빛 아래에서 그림자 연극을 보는 것처럼 노인인지 아이인지조차 구분되지 않았다.

작업장에는 여자가 없으므로 인부들은 아무 데나 대소변을 봤다. 마지막 오줌을 털어 낸 나는 간부처럼 보이는 사람들이 토지 측량을 하느라 회색 선을 치는 모습을 보았다. 그중 한 간부가 두툼한 옛 군복에 솜 모자를 눌러쓰고 목도리로 얼굴을 가린 채 대나무를 들고 다른 두 사람에게 줄을 치라고 소리를 질렀다. 그가 목이 터져라 소리를 지르는데도 바람 소리와 시끄러운 나팔 소리 때문인지 상대방은 잘 알아듣지 못했다. 그러자 그는 대나무를 내려놓고 직접 뛰어가 회색선에 가로놓인 큰 돌을 언덕 밑으로 굴려 버렸다. 그 간부의 힘에 저절로 감탄이 나왔다. 나라면 용을 쓰다 주저앉아 누군가를 불러 도와 달라고 했을 텐데.

푸차가 그 사람을 보더니 조금 긴장한 듯 손을 비비며 말했다.

"우리 작업 수준이……이 정도면 괜찮지요?"

그가 흙을 메운 쪽에 대나무를 힘껏 몇 번 꽂았다가 다시 빼내 땅의 깊이를 가늠한 다음 말했다.

"달구질을 한 번 더 해야겠군."

푸차가 혀를 내밀었다.

"허 부장이 파견한 사람은 누군가?"

그가 다시 물었다.

푸차가 나하고 또 다른 지식청년을 가리켰다.

그 사람이 다가오더니 우리에게 손을 내밀었다. 분명 마차오 사람들의 동작이 아니었기 때문에 나는 순간적으로 얼떨

떨한 기분이 들었다. 아, 그래, 이게 바로 악수라는 거지! 예전 기억이 되살아난 나는 그제야 손을 내밀었다.

이상했다. 그 사람의 손은 내가 생각한 것처럼 울퉁불퉁하거나 거칠지 않았다. 오히려 무척 따뜻하고 부드러웠다. 더구나 손바닥만 한 얼굴에 까맣고 기이할 정도로 커다란 두 눈은 맑고 수려하다는 느낌마저 들었다. 결코 평범하지 않았다.

나는 그 사람을 따라 지휘소에 가서 작업 보고서를 작성했다. 가는 길에 만난 이들은 그를 보고 '완(萬) 선생님' 또는 '완 형'이라고 불렀다. 그는 대답 대신 상대방을 향해 고개를 끄덕이거나 엷은 미소를 지을 뿐이었다.

"저 사람 격이 제법 높나 봐."

같이 일하던 지식청년 하나가 나에게 중얼거렸다. 그런데 몇 미터 앞서 걸어가던 완 선생도 그 말을 들었는지 갑자기 걸음을 멈추고 고개를 돌려 예의 까맣고 큰 눈동자로 지식청년을 바라보았다. 그 눈길이 소리 없는 경고처럼 느껴졌다. 그는 다시 예리한 눈초리로 나를 쏘아보더니 천천히 발걸음을 옮겼다. 마치 당신도 조심하라는 경고의 의미 같았다.

귀가 그렇게 밝은 것도, 반응이 그처럼 빠르고 날카로운 것도 예상 밖이었다. 불길한 예감이 엄습했다. 이 사람 앞에서는 조심해야 할 것 같았다.

그날 오후 우리는 완 씨가 여자라는 사실을 알았다. 오줌을 싸러 가던 동료가 솜 모자를 벗은 완 씨의 등 뒤로 흘러내린 길고 검은 머리채를 목격했다. 동료는 놀라서 변소도 가지 못하고 돌아와 이 소식을 알렸다. 나도 놀라서 뒤쫓아 가 보았다. 완 씨가 식탁에서 남자들 틈에 끼어 식사하고 있었다. 분명 여자였다. 이 지역 사람들 관습에는 여자가 식탁에서 밥을 먹는 법이 없었다. 시간이 흐르다 보니 우리 역시 이런 관습에 익숙해져 여자가 식탁에 앉아 있는 모습을 보면 마치 눈에 모래가 들어간 것처럼 무언가 어색한 느낌이 들었다.

나중에 우리는 완 씨가 원래 장자팡 사람으로 본명이 완산홍(萬山紅)이라는 사실을 알았다. 이 년 동안 사립학교 선생님을 하다가 그 일이 싫어 마을로 돌아온 그녀는 이 년간 농사를 배웠다. 남자들이 하는 쟁기질도 마다하지 않았다. 그녀는 정식 고등학교 졸업생이었으며, 공사 공산청년단 선전위원이었다. 중요한 일이 있을 때면 공사에서는 항상 그녀에게 글을 쓰고 의견을 내놓게 했다. 또한 그녀를 후계자로 양성하고 있다는 말도 있었다. 그래서 사람들은 그녀를 '완 선생님' 또는 '완 선전위원'이라고 불렀다. 완산홍은 젊은이들이 그녀를 '완 형'이라고 부르는 것을 싫어했다. 그러나 너 나 할 것 없이 모두 그렇게 부르니 애써 반박할 수도 없었고, 그렇게 시간이 흐르면서 그녀 역시 이런 호칭을 받아들일 수밖에 없었다. 모자를 벗은 완 형은 제법 자색이 뛰어났다. 얼굴 윤곽이 선명하고 귀에서 아래턱까지 선이 매우 날렵했다. 남자들 틈에서 왔다 갔다 하는 완 형의 모습은 마치 날카로운 칼로 꼴을 베고 다니는 것처럼 느껴졌다. 하지만 그녀는 별로 말이 없었다. 우리와 함께 겨우내 도로를 건설하면서도 약간 거친 목소리로 '됐습니다', '안 됩니다', '밥 먹읍시다' 정도의 말밖에 한 적이 없었다. 더구나 말할 때면 얼굴이 돌처럼 딱딱하게 굳어졌다.

그런데 이상하게도 그녀의 말은 짧을수록 더 위엄이 느껴졌기 때문에 감히 대항할 생각을 할 수 없었다. 마차오 사람들은 이런 것을 '살(煞)' 또는 '살로(煞路)'라고 한다. 살(煞)은 위엄과 기량이 뛰어나다는 뜻으로 '살(殺)'이라고도 적는다. 이밖에 '끝나다'라는 뜻으로도 쓰인다. 예를 들면 문장이 끝나거나 프로그램이 끝나는 것을 '살미(煞尾)'라고 한다. 살이 있는 사람이란 맨 마지막에 말하는 사람, 한마디로 결정권을 쥔 사람이라는 뜻이다. 살은 보통 남자와 관련이 많은데, 여자로는 완 형이 내가 만난 유일한 존재이다.

이런 살의 분위기에서 이루어지는 교제는 결코 교제라고 할 수 없었다. 그녀는 아무리 친해져도 수만 리 떨어진 듯한 느낌이 들게 하는 여자였다. 그녀의 검은 눈빛은 우리와 마주칠 때면 마치 공기에 부딪친 것처럼 단번에 우리 머리 꼭대기에서 흘러내려 어딘가 머나먼 곳으로 미끄러져 사라져 버린 것만 같았다. 처음에 이런 그녀의 모습이 익숙지 않았던 우리는 과연 그녀에게 말을 걸어야 할지 그냥 아무 말도 하지 않고 지내야 할지 정말 입장이 난처했다. 그러나 시간이 흐르면서 누구에게나 똑같은 모습을 보이는 그녀에게 익숙해지자 우리는 더 이상 이 때문에 고민하지 않았다. 장자팡 사람들은 우리가 그녀 이야기를 하면 실실 웃으며 이렇게 말하곤 했다. 너희 마차오 사람들뿐 아니라 우리 마을 사람들도 그녀와 별로 어울린 적이 없어. 아무도 그녀에게 친근하게 말을 건넬 수 없는걸. 우리 쪽에 살지만 마치 그 존재가 없는 것 같아.

그러다 보니 그녀는 누구하고도 친해지지 않았다.

그녀는 그저 일종의 공무(公務), '완 형'이라고 불리는 개념이나 부호를 대표할 따름이었다. 그녀는 웃는 얼굴이나 체온, 질감도 없었으며 의미 있는 눈짓도 없었다. 그래서 사람들 눈에 그녀는 실제로 존재한다는 느낌을 주지 않았다. 눈을 감고 생각해 보면 그저 있는 듯 없는 듯 환영처럼 느껴질 뿐이었다. 사람들은 완 형의 내력이 상당히 복잡하다고 말했다. 사람들의 이야기는 제각각이어서 종잡을 수 없었지만 대충 다음과 같았다. 완 형은 원래 고위 관료의 사생아인데, 토지개혁 당시 공작대장이 바로 그의 아버지라고 했다. 십 년 후 그녀의 어머니가 그녀를 데리고 도시에 들어가 혈액 검사도 하고 하소연하는 바람에 하룻밤 사랑에 발목 잡힌 그녀의 아버지는 어쩔 수 없이 모녀를 인정할 수밖에 없었다. 이후 그녀의 아버지는 그녀를 현의 고등학교에 진학시키고, 몰래 생활비와 학비를 대 주었다. 물론 이 이야기가 사실인지는 확인할 길이 없다. 또 누군가는 완 형이 몇 해 전 문화 대혁명 기간에 현의 유명한 학생 지도자로 베이징과 상하이에서 폭탄을 던져 지하 감옥에 갇힌 장본인이라고 했다. 그래서 성의 군사 관리처에서 자동차로 그녀를 모셔다 회의를 연 적도 있고 중앙의 모 상급자와 함께 사진을 찍은 적도 있다고 했다. 물론 이 역시 사실인지 확인할 길이 없다. 또한 그녀가 스물예닐곱 살이 되도록 혼담이 오가지 않는 이유는 이미 마음에 둔 이가 있기 때문이라고 하는 이도 있었다. 그 남자가 군대에 가자 그녀는 매년 한 번씩 그를 만나러 광둥까지 다녀왔다고 한다. 그러나 애석

하게도 그 남자가 무슨 꾐에 빠졌는지 린뱌오(林彪)[79]의 '소함
대(小艦隊)'에 들어갔고 결국 린뱌오 때문에 감옥에 갇혀 여태
껏 소식이 없다고 했다. 물론 이 말의 진위도 알 수 없다.

나에게 그녀는 영원히 이야깃거리와 소문 속의 여자일 뿐
이다. 그녀는 이런 뜬소문과 풍문 속에서 점차 청춘을 잃고
어두운 낯빛을 띤 중년이 되어 갔다.

이전에 몇몇 껄렁한 젊은이들이 길을 가던 그녀를 보고 저
속한 노래를 부르며 집적거린 적이 있다. 그녀가 못 들은 척
지나치자 젊은것들은 더욱 기가 살아 상스러운 욕지거리를 퍼
부었다.

"흥, 격은 무슨 격? 별로 뛰어난 재주도 없는 것 같던데."

"아직도 꽃다운 나이인 줄 아나 보지? 벌써 군용품이 됐을
걸? 죽은 귀신에게 내줄 것은 다 내줬을 거야. 그렇지 않다면
저 젖퉁이가 어떻게 저렇게 크겠어?"

"헤, 저 정숙한 척하는 것 좀 봐. 남자 생각이 없을 리가 없
지. 저 걸어가는 모습 좀 보라고. 엉덩이를 하늘 높이 쳐든 모
습이 남자 꼬드기려는 게 아니고 뭐겠어?"

한바탕 웃음이 터져 나왔다.

그러나 그녀는 못 들은 척하고 지나가 버렸다.

마차오의 자오칭이 그 이야기를 듣더니 한심하다는 듯이

---

79) 1907~1971년. 중국공산당 지도자로 중화인민공화국 개국 원수 중 한
사람. 홍군, 팔로군 등을 지도한 군사 전문가. 1971년 마오쩌둥을 제거하고
정권을 장악하려는 음모를 꾸미다가 발각되어 몽골로 도피 중 비행기 추락
사고로 사망했다.

젊은이들을 비웃었다.

"정말 계집에 환장한 놈들이군, 완 형까지 건드리다니. 완 형이 누군데…… 그처럼 높은 격을 가진 여자에게 어떤 남자가 들러붙겠어?"

이 말에는 격이 원래 남자에게만 해당한다는 의미가 담겨 있다. 일단 여자에게 격이라는 말이 붙으면 그 여자는 더 이상 여자라고 할 수 없다. 적어도 순수한 여인이라고는 말할 수 없다. 당연히 격이 있는 여성이라면 시시껄렁한 젊은 녀석들이 농담이나 던지는 상대가 아니다. 바꾸어 말하면 격은 성별을 없애 버리는 화근이라고 할 수도 있다. 이는 지나치게 높은 격은 사람을 해치고 대를 잇는 데 큰 위협이 될 수 있다는 뜻이기도 하다.

자오칭의 말에 어떤 이치가 담겼는지 나 역시 정확하게 말할 수 없다. 그러나 내가 마차오를 떠날 때까지 완 형, 아니 완 누나가 끝내 결혼하지 않은 것만은 분명한 사실이다. 그녀는 여전히 얽매이지 않고 자유로운 개인이었다. 그녀는 마차오에 오래 머무르지 않았다. 일 년쯤 지나 그녀의 친아버지가 상처하고 57간부학교를 나와 원래 직위를 되찾은 다음 그녀를 도시로 데려갔다는데, 누군가는 그녀가 간쑤성(甘肅省) 국영 공장에 들어갔다고 했다.

시맹자(豺猛子)

텐쯔령이 굽이굽이 이어진 산자락 중간에 차쯔궁(岔子弓)이
라는 작은 마을이 숨어 있다. 그곳에 가려면 작은 시냇물을
건너야 한다. 물도 그다지 깊지 않은 데다 징검다리까지 놓여
있어 그냥 껑충껑충 뛰어서 건너갈 수 있다. 이끼 낀 채 수초
사이에 놓인 징검다리는 그다지 특별한 것이 없다.

나는 여러 번 그곳을 통해 차쯔궁에 가서 마오 주석의 어
록을 쓰기도 하고 벼 종자를 골라 오기도 했다. 언젠가 같이
간 사람이 지난번 시냇물을 건널 때 무언가 이상한 것을 발견
하지 않았는지 물었다. 나는 곰곰이 생각해 봤지만 별다른 기
억이 나지 않았다. 그는 물속에 유난히 긴 돌이 있지 않았느
냐고 물었다. 기억나지 않았다. 다시 그가 채근하자 나는 어렴
풋이 기억나는 것 같기도 했다. 지난번 시냇물을 건널 때 중

간쯤 물풀이 가득한 곳에 장방형 돌이 있었고 그 위에 멈춰 물을 몇 모금 떠 마신 것 같기도 했다. 아마도.

같이 가던 사람이 웃었다. 그가 그것은 돌이 아니라고 했다. 지난번 비가 많이 왔을 때 언덕에서 소 치던 아이들이 보았는데, 그 돌이 갑자기 몸을 빳빳이 펴며 시냇물을 뿌옇게 흐려 놓더니 다시 물줄기를 따라 아래로 흘러가더라고 했다. 말인즉 그것은 돌이 아니라 살아 있는 생물체라고 했다. 시맹자(豺猛子)가 그것이다.

시맹자(豺猛子). '시어(豺魚)'라고도 하고 '시롱자(豺聾子)'라고도 했다. 마차오 사람들에 따르면 이 물고기는 풀도 먹고 작은 물고기도 먹는데 성질이 난폭하지만 때로 단단하게 굳어 있어 사람들이 밟아도 꿈쩍하지 않는다고 했다.

그 후 나는 큰 돌이나 나무토막만 보면 잔뜩 신경이 곤두서 경계하게 되었다. 갑자기 꿈틀대지 않을지, 살아 있는 생물로 변해서 갑자기 도망가 버리지는 않을지 걱정되었기 때문이다. 혹시라도 이끼가 무성한 어떤 곳에서 돌연 새카만 눈을 뜨고 나를 향해 무심한 듯 눈을 껌벅이지는 않을지.

아둔하다(寶氣)[80]

번이에게는 별명이 하나 더 있다. 바로 '침쟁이 영감'이다. 이 별명을 지은 사람은 즈황이다. 번이가 작업장에서 밥을 먹고 있을 때였다. 그가 젓가락으로 요란하게 그릇을 때리며 눈을 치켜떴다. 몇 점 남지 않은 고기를 두고 다른 사람과 젓가락을 치고받던 중이었다. 그 모습을 본 즈황이 갑자기 이상하다는 듯 말했다.

"어떻게 하면 그렇게 침을 줄줄 흘려요?"

사람들 시선이 모두 자기에게 쏠린 것을 안 번이가 입을 몇 번 쓱쓱 문지른 후 말했다.

---

80) 표준어에서 '바오치(bǎoqì)'는 '진귀한 물건에서 느껴지는 빛'이라는 뜻이다. 그러나 쓰촨 등 지역 방언에서는 누군가의 언어, 행위가 수준 이하임을 의미한다.

"침을 흘린다고?"

쓱쓱 문지른 덕에 침은 닦였지만 수염에 붙은 밥알이랑 기름기는 그대로였다.

즈황이 그를 가리키며 웃었다.

"또 떨어졌어!"

모두 웃음을 터뜨렸다.

번이가 소매로 다시 입가를 훔쳤지만 그래도 말끔하게 닦이지 않았다. 중얼거리는 그의 모습이 곤혹스러워 보였다. 번이가 다시 젓가락을 들었다. 그러나 고기 그릇은 이미 텅 비었다. 화가 난 그가 주변 사람들의 입을 하나씩 둘러보았다. 고깃덩어리들이 어디로 갔는지, 어느 밉살맞은 위장으로 들어갔는지 밝혀내려는 것 같았다. 그는 즈황을 원망하는 기색이 역력했다.

"밥이나 먹을 것이지, 무슨 말을 그렇게 지껄여?"

보통 때 번이는 농담을 잘 받아 줬다. 공무 시간 외에 자신의 위엄을 지키느라 인색한 사람이 아니었다. 다른 사람들이 툭툭 던지는 버릇없는 말에도 때로 귀가 먹은 듯(귀가 조금 먹은 것은 사실이다.) 행동했다. 그런 그의 청각이 유달리 예민해지고 얼굴에 유난히 위엄을 띠는 때가 있으니, 바로 작업장에 다른 마을 사람, 특히 공사의 허 부장이 있을 때였다. 그런 장소에서 그에게 침을 트집 잡은 것은 바로 즈황이 '보기(寶氣)'하기 때문이다.

여기서 '보(寶)'는 아둔하다는 뜻으로 '보기(寶氣)'는 아둔하고 어리석은 행위를 표현할 때 주로 사용한다. 마차오에서 즈황의 '보기'는 이미 정평이 나 있었다. 그는 간부에게 자리를 양보할 줄도, 땅을 달구질할 때 어떻게 해야 잔꾀를 부리는지도 몰랐으며, 심지어 여자들이 매달 월경을 한다는 사실도 전혀 몰랐다. 전에 그가 마누라를 흠씬 두들겨 패서 자신의 '보기'를 유감없이 드러낸 적이 있었다. 이후 그는 마누라와 이혼하고 핑장에 있는 친정집으로 되돌려 보냈는데, 시도 때도 없이 정신 나간 아내 몽파에게 먹을 것과 입을 것을 보내서 더한층 보기한 모습을 드러냈다. 텐쯔령에 있는 채석장 세 곳 모두 그의 손길이 닿지 않은 곳이 없었다. 아마 그가 캐낸 돌을 다 쌓으면 산 하나는 족히 되고도 남을 것이다. 그 많은 돌이 모두 팔려 대체 어디에 쓰였는지 모르는데 때로 정신이 오락가락할 때면 그는 그 돌들이 모두 자기 것이라고 억지를 썼다. 많은 이들이 이에 대해 그에게 부단히 설명했지만 도통 말이 통하지 않아 사람들은 그의 보기에 두 손 두 발 다 들 지경이었다. 사람들은 그저 욕으로 답답한 심정을 풀 수밖에 없었고, 그러다 보니 그에게 '황보(煌寶)'라는 별명도 붙게 되었다.

그가 어떤 사람 집에 헌 맷돌을 손질해 주러, 다시 말해 헌 맷돌을 새 맷돌처럼 바꿔 주러 갔다. 주인과 한담을 나누다 극에 대한 이야기가 나왔다. 마침 서로 의견이 다른 부분이 나오자 그는 주인과 얼굴을 붉혀 가며 입씨름하기 시작했다. 화가 난 주인이 "꺼져. 맷돌 손질 안 해도 돼."라고 소리치자 두 말 않고 도구를 챙기던 황보가 무언가 생각이 난 듯 한마디 덧붙였다.

"당신이 맷돌 손질 안 하는 것은 상관없는데, 이 맷돌은 당신 게 아니야. 잘 생각해 보쇼."

주인은 한참 동안 생각했지만 잘 이해되지 않았다.

다시 몇 걸음을 떼던 황보가 거칠게 고개를 돌렸다.

"알겠어? 당신 게 아니라고!"

"자네 것도 아니잖아?"

"내 것도 아니지, 우리 아버지 거야."

그의 말인즉, 맷돌은 그의 아버지가 만들었으니 그의 아버지 것이라는 뜻이었다.

언젠가는 쌍룽궁 사람 하나가 울먹이며 채석장에 나타나 삼촌이 죽었는데 장사 지낼 돈이 없으니 죽지도 못한다고 하소연했다. 그가 즈황에게 외상으로 비석 하나를 만들어 달라고 부탁했다. 우는 모습이 딱해 보였는지 즈황이 인심 좋게 말했다.

"됐어, 됐어. 외상은 무슨? 가져가. 삼촌이 분명 편안하게 눈 감으실 거야."

이렇게 말한 그는 양질의 청화석 하나를 골라 비석을 만들어 주고 새끼줄로 묶어 언덕 아래까지 날라 주었다. 당시 채석장은 이미 집단화가 이루어진 터였다. 그가 비석을 그냥 내준 것을 알고 회계인 푸차가 반드시 돈을 받아 오라고 했다. 푸차는 즈황에게 그런 인정을 베풀 권한이 없다고 말했다. 두 사람이 대판 싸움을 벌였다.

즈황이 험악한 얼굴로 대들었다.

"내가 폭파하고 내가 깨고 내가 자르고 내가 끌어낸 돌인데, 왜 생산대 거라는 거요? 그런 법이 어디 있어?"

푸차는 하는 수 없이 그의 월급에서 돌 값을 공제하고 일을 마무리했다.

즈황은 정작 임금은 얼마 받건 별로 신경 쓰지 않았기 때문에 생산대 간부 마음대로 그의 임금을 공제할 수 있었다. 그는 돌 말고는 전혀 관심이 없었다. 다른 것들은 자기 손에서 나온 것이 아니니 자기와 별 상관 없다고 생각했다. 신경 써야 할 일이 무엇인지 이해하지 못했다. 그가 수이수이와 이혼할 때 그녀의 친정에서 온 사람이 그의 세간을 거의 대부분 가져갔지만 그는 전혀 개의치 않았다. 물건을 내가는 사람들에게 차를 끓여 대접할 정도였다. 또 이런 일도 있었다. 그가 사는 윗마을 가까운 언덕에 좋은 대나무가 있었다. 봄이 되면 대나무 뿌리가 땅속에서 제멋대로 뻗어 죽순을 만들었다. 때로 다른 사람 채마밭이나 침대 밑 그리고 돼지우리에서 커다란 죽순이 올라오기도 했다. 일반적으로 사람들은 어느 집에 죽순이 올라오면 그 집 것이라고 생각했다. 즈황도 이런 이치를 알기는 했지만 때로 기억을 못 할 때도 있었다. 밭에서 원두막을 올리던 즈황은 낯선 사람이 보이자 그냥 지나가는 사람일 것이라고 생각했다. 그런데 상대방이 즈황을 보자마자 황급히 도망쳤다. 하지만 이 부근 지리에 익숙지 않았던 상대방은 큰길을 놔두고 도랑으로 뛰어갔다. 즈황이 아무리 불러도 소용없었다. 그는 두 눈 멀쩡히 뜨고 낯선 사람이 헛발질을 하며 깊은 도랑에 빠지는 모습을 바라보았다. 몸이 반쯤 진흙에 빠진 남자가 고함을 질렀고 품 안에서 커다란 죽순들이 굴러나왔다.

즈황네 뜰에 난 죽순을 캐 가는 것이 분명했다. 아무렇지도 않은 듯 재빨리 그에게 다가간 즈황은 허리에서 땔나무 칼을 뽑아 작은 나무를 벤 다음 한쪽 가지를 상대방에게 던져 도랑에서 구해 주었다.

상대방은 얼굴이 허옇게 질린 채 즈황 손에 들린 칼을 보며 온몸을 부들부들 떨었다. 그러나 즈황이 아무 소리 없이 가만히 서 있는 것을 보고는 잰걸음으로 큰길 쪽으로 방향을 틀었다.

"이것 보쇼, 당신 죽순!"

즈황이 소리를 질렀다.

그 사람은 너무 놀라서 하마터면 넘어질 뻔했다.

"당신 죽순 필요 없소?"

즈황이 그를 향해 죽순을 던졌다.

그가 죽순을 주운 후 멍하니 즈황을 쳐다보았다. 무슨 수작이나 해를 가하려는 생각이 아니라는 것을 알아차린 그는 미친 듯이 재빨리 달아나 버렸다. 즈황은 그의 뒷모습이 조금 우습다고 생각했다. 한참 뒤에야 즈황의 표정이 이상야릇해졌다.

나중에 마을 사람들은 도둑을 잡기는커녕 나무까지 베서 도둑을 도랑에서 건져 줬다고 즈황을 비웃었다. 게다가 도둑이 허탕을 치지나 않을까 자기 죽순까지 고스란히 내준 것은 더욱 우스꽝스러웠다. 이런 조소를 받아도 즈황은 그저 눈을 껌뻑거리며 담배를 태울 뿐이었다.

아둔하다(竇氣)_계속

다시 보기(竇氣) 이야기를 해 보겠다.

즈황이 사람 몇 명을 데리고 공급합작사에 창고 두 칸을 세운 적이 있다. 마지막 기와를 얹은 다음 번이가 어디에서 무슨 말을 들었는지 작업 상태를 검사하겠다고 나타났다. 그는 여기저기를 발로 차 보고 손으로 쳐 보더니 갑자기 엄숙한 얼굴로 벽이 고르지 않고 석회도 적게 들어갔다며 모든 사람의 임금을 얼마씩 제하겠다고 선언했다.

즈황이 그를 찾아가 왜 없는 일을 만들어 내는지, 자신이 돌을 다룬 지 얼마나 됐는데 석회를 얼마나 넣어야 하는지도 모를 것 같냐고 따졌다.

번이가 냉소를 지었다.

"네가 당 서기야, 내가 당 서기야? 바보 같은 황보 말이 맞겠어, 아니면 이 서기님 말씀이 맞겠어?"

보아하니 번이는 즈황과 한 판 붙으려고 별렀던 것 같다. 주위 사람들이 싸움을 말리느라 즈황을 떼어 놓은 다음 번이의 비위를 맞췄다.

자오칭은 번이 서기 뒤를 졸졸 따라다니다 그가 변소에 들어가는 것을 보고 변소 밖에서 기다리고 그가 도살장에 가면 다시 도살장 밖에서 기다렸다. 번이가 담배를 물고 도살장에서 나올 때도, 번이가 길가 밭에 심어 놓은 오이와 고추 등을 둘러볼 때도 자오칭은 바짝 그 뒤를 따랐다. 그러나 번이는 이런 자오칭에게 끝내 눈길 한 번 주지 않았다.

공급합작사에서 식사 시간을 알리는 종이 울렸다. 그러자 번이가 신나서 주먹을 문지르며 소리쳤다.

"좋아, 황 주임 방에 자라 먹으러 가야지!"

그는 의기양양하게 기쁜 마음을 감추지 못했다.

그가 자리를 뜨려는 순간, 막 완공한 창고 쪽에서 굉음이 들렸다. 무언가가 잘못된 것 같았다. 누군가가 급히 뛰어와 소식을 전했다.

"큰일 났어요, 큰일! 즈황이 창고를 부수고 있어요."

놀란 번이가 정신을 가다듬고 황급히 현장으로 달려갔다. 정말로 즈황이 미친 듯이 망치로 벽을 내리치고 있었다.

새로 만든 벽이 두부처럼 무너졌다. 한쪽 돌은 이미 치솟고 또 다른 쪽이 헐거워지며 돌들이 쏟아졌다. 그 옆에 공급합작사 황 씨가 서 있었는데 무슨 까닭인지 그를 말리지 않았다. 황 씨가 번이를 바라보았다.

"이게 무슨 고생이야! 잘 쌓아 놓고 왜 다시 부수냐고! 애써 쌓았는데 아깝지도 않아? 자넨 자네 공력이 아깝지 않을지 몰라도 난 내 벽돌이 아깝다고. 하나에 4편(分)이야, 알아?"

번이가 기침 소리로 그의 존재를 알렸다.

즈황은 기침의 의미를 알아차리지 못했다.

"즈황!"

즈황은 힐끗 그를 바라볼 뿐 상대하지 않았다.

"어디서 보기를 부리고 그래?"

번이의 얼굴이 목까지 벌겋게 달아올랐다.

"철거하려고 해도 간부들 의견을 기다려야 하는 거야…….
너한테 말발이 있기나 한 줄 알아? 어서 돌아가! 모두 날 따라와!"

즈황이 손바닥에 침을 뱉더니 다시 망치를 들어 올렸다.

"이 돌 전부 내가 언덕에서 캐 온 거야. 내 수레로 나르고 내가 쌓은 거란 말이야. 내 돌 내가 걷겠다는데 당신이 무슨 상관이야?"

일단 돌 이야기가 나오자 아무도 즈황에게 제대로 이치를 설명할 수 없었고, 두 눈을 부릅뜬 그를 말릴 수 없었다. 중치가 앞으로 나가 서기를 거들었다.

"즈황, 말은 그렇게 하면 안 되지. 돌은 공급합작사 것도 아니고 자네 것도 아니야. 자네는 생산대 사람이잖아. 자네가 캔 돌도 생산대 거지."

"그런 말이 어디 있소? 그럼 침쟁이 영감도 생산대 소속이니까 영감 마누라도 생산대 거겠네. 그럼 모두 같이 잠을 자도 되겠네? 그렇소, 안 그렇소?"

사람들이 모두 킥킥거리며 웃었다.

번이는 더욱 화를 내며 말도 나오지 않는 듯 축 처진 턱을 한참 만에야 들어 올리며 입을 열었다.

"좋아, 깨! 다 깨부수라고! 오늘 당신들 임금을 제하는 것은 물론이고 곡소리가 나오도록 전부 본때를 보여 주지. 쇠망치가 어떻게 해서 단단하게 만들어졌는지 모르지!"

벌을 주겠다는 소리에 사태는 완전히 역전되기 시작했다. 사람들은 얼굴색이 변하더니 즈황을 말리느라 밀고 당기고 난리가 났다. 즈황 손에 살담배를 끼워 주는 사람도 있었다.

"뭘 그렇게까지, 말로 하지, 말로."

"다른 사람까지 힘들게 하지 말고."

"임금이야 그렇다 치고. 벽은 왜 부수고 그래?"

"이 벽에는 내 몫도 있어. 자네가 부수고 싶다고 마음대로 부수면 어떡하나?"

그러나 힘센 즈황은 들러붙은 사람들을 쉽게 뿌리쳤다.

"걱정 마쇼. 내 돌만 없애고 당신들 것은 안 건드릴 테니까."

사실 말도 안 되는 소리였다. 오늘 그가 올린 돌은 모두 벽 아래쪽을 쌓는 데 사용되었기 때문이다. 아래를 빼면 위의 벽은 허공에 매달려 있단 말인가?

번이가 손을 내두른 후 멀찌감치 사라져 버렸다. 잠시 후 그의 뒤를 졸졸 쫓아다니던 자오칭이 돌아왔다. 그는 번이가 생각을 바꿔 일단 임금은 깎지 않고 다음에 다시 계산하겠다고 말했다며 히죽거렸다. 그제야 사람들 얼굴에 긴장이 풀리기 시작했다. 즈황도 망치를 멈추고 방금 부순 담벼락을 다시 주섬주섬 쌓아 올렸다.

마을로 돌아오는 길에 사람들이 앞다투어 황보의 연장 바구니를 들어 주었다.

"오늘 즈황이 아니었으면 침쟁이 영감한테 꼼짝없이 당하고만 있었겠지? 그럼 완전히 도마 위의 고기 신세 아니었겠어?"

그들은 즈황을 에워싸고 아첨을 떠느라 정신없었다. 앞뒤에서 '황보' 하고 부르느라 소란스러웠다. 아마도 당시 '보(寶)'라는 호칭에는 천시나 멸시의 의미는 사라지고 원래 그 한자가 지닌 '보배'라는 뜻이 고스란히 담겨 있었을 것이다.

쌍사곤수구(雙獅滾繡球)

즈황은 예전에 극단에서 북을 쳤다. '봉점두(鳳點頭)', '용문도(龍門跳)', '십환원(什還願)', '쌍사곤수구(雙獅滾繡球)' 등 그의 가락은 대단히 열정적이고 호방해 기개가 넘쳤다. 그가 치는 가락을 듣고 있으면 마치 정수리에 번개를 맞은 듯했다. 짧게 끊어 치는 잔가락이 많았지만 숨 막힐 듯 끊임없이 이어지다 돌연 기이하게 멈추기도 했다. 끊어질 듯 이어지며 완급을 조절했다. 절망적인 상태에서 기사회생하다 산꼭대기에서 갑자기 아래로 곤두박질쳤다. 이렇듯 뼈마디가 늘어지다가 순간적으로 온몸의 근육이 뒤틀리고 시각이 코를 향해 달려드는가 싶다가 미각이 귀를 향해 뛰어들어 머릿속 모든 것이 한꺼번에 와르르 쏟아지는 느낌, 그것이 바로 즈황이 치는 '쌍사곤수구' 가락이었다.

쌍사곤수구 장단을 처음부터 끝까지 다 치려면 족히 삼십 분은 걸린다. 수많은 북소리가 벼락같은 쌍사자의 발가락 아래 산산이 부서지는 느낌으로 돌을 내리치는 그의 손은 엄청나게 힘이 셌다.

마을에 그의 장단을 배우려는 청년이 많았지만 제대로 배운 이는 한 사람도 없었다.

즈황은 우리가 소속된 마오쩌둥 사상 문예선전대 일원이 될 뻔한 적도 있다. 당시 신바람이 나서 선전대에 들어온 그는 들어오기가 무섭게 등잔을 수리하고 징채를 만들며 비뚤비뚤한 글씨로 붉은 종이에 "××선전대의 제도(制度)"라는 글을 적기도 했다. 처음에 그는 적극적으로 참여했다. 깡마른 얼굴에 누구를 만나든 항상 웃음을 지었기 때문에 얼굴 중 아랫부분은 하얀 이만 보일 정도였다. 그러나 그가 선전대에 참가한 시간은 단 하루뿐, 그 이상은 나타나지 않았다.

다음 날 그는 예전처럼 다시 언덕으로 돌을 캐러 갔다. 푸차가 부르러 가고 심지어 다른 사람보다 월급을 20퍼센트나 더 주겠다는 말도 했지만 그의 마음을 되돌릴 수는 없었다.

그가 선전대를 거절한 가장 중요한 이유는 신극이 도대체 맛이 나지 않는다는 것이었다. 그는 자신의 징이나 북 솜씨를 펼칠 수 없어 안타까웠다. 선전대에서 주로 사용하는 대구사(對口詞),[81] 삼구반(三句半),[82] 풍년춤 등은 굳이 그의 장기인 쌍사

---

81) 두 사람이 말을 주고받는 공연의 한 형식.
82) 네 사람이 공연하는 구연 예술의 일종으로 앞 세 사람이 일곱 자로 한 구절씩 말하고 마지막 사람이 보통 두 글자로 된 반 구절을 말한다.

곤수구로 흥을 돋울 필요가 없었다. 혁명 모범극의 한 장면, 신사군(新四軍)[83]이 민중의 집에서 병을 치료하는 부분에서 그의 쌍사자가 잠시 고개를 내밀었지만 그것마저 감독의 손짓 한 번에 그냥 잘려 버렸다.

"아직 다 안 쳤는데요."

그가 불만스럽게 소리를 질렀다.

"사람들이 자네 소리만 듣나? 다른 사람들 노래는 언제 부르라고 그래?"

감독은 현의 문화관 사람이었다.

"이건 관현악 반주에 맞춰야 해. 끝날 때쯤에 다시 자네가 들어가면 돼."

즈황은 기분이 상했지만 잠자코 기다릴 수밖에 없었다.

일본군이 등장하자 장내가 시끄러워졌다. 즈황이 솜씨를 선보일 절호의 기회였다. 그런데 뜻밖에도 감독은 그에게 자진가락이나 몇 번 치고 징이나 몇 번 울리게 한 다음 극을 끝냈다. 그는 도무지 이해할 수 없었다. 감독이 그의 징채를 낚아채더니 징을 몇 번 두드리면서 말했다.

"이렇게 말이야, 알겠어?"

"그게 무슨 장단인데요?"

"장단?"

"북이랑 징을 치는데 장단도 없어요?"

"그런 것 없어."

---

83) 중국 공산당의 주력군으로 인민해방군의 전신.

"애새끼 오줌 누는 것처럼 그냥 찍 뿌리라는 말입니까?"

"이 사람 좀 보게! 아는 거라곤 구닥다리밖에 없어 가지고 툭하면 쌍사곤수구야. 일본군이 등장했는데 무슨 비단 공을 굴려?"

즈황은 할 말이 없었다. 억울했지만 그의 말을 따를 수밖에 없었다. 연습은 꼬박 하루 동안 진행되었다. 간간이 그의 북과 징 소리가 울려 퍼졌다. 도무지 체면이 서지 않았다. 결국 크게 낙심한 그는 사퇴할 수밖에 없었다. 그의 눈에는 감독도 영성에 차지 않았고, 세상에 「설인귀(薛仁貴)」,[84] 「양사랑(楊四郎)」,[85] 「정교금(程咬金)」,[86] 「장비(張飛)」 등을 제외하고 또 다른 좋은 극이 있다는 것도 전혀 믿을 수 없었다. 물론 그는 세상에 더욱 놀랄 만한 것이 수없이 많다는 사실도 믿지 않았다. 영화 이야기를 해도, 세상에 엄청난 사람을 태울 수 있는 정말 큰 배가 있다는 말에도 콧방귀만 뀌었다. 지구는 둥글기 때문에 계속 앞으로 가다 보면 결국 출발한 곳으로 되돌아온다는 이야기를 해도, 우주에는 중력이 없어 아이 손가락으로도 1000근의 무게를 들어 올릴 수 있다는 이야기를 해도 그는 냉정하게 한마디를 내뱉을 뿐이었다.

"미친놈."

그는 논쟁을 벌이거나 화를 내는 일이 드물었다. 심지어 화

---

84) 중국 당나라 무장.
85) 양씨네 넷째 아들이라는 뜻으로 경극 주인공.
86) 중국 당나라 장수로 큰 도끼를 잘 썼다고 하며 경극 주인공 가운데 한 사람이다.

가 나도 미소를 지었다. 그가 혀로 입술을 빨고 자신 있게 내리는 결론은 항상 똑같았다.

"미친놈."

즈황은 우리 하방 청년들에게 예의 바르게 행동했으며 지식에 대한 존경심을 숨기지 않았다. 호기심이 없지도 않고 질문을 하지 않는 것도 아니었다. 오히려 기회만 있으면 우리에게 다가와 자신이 모르는 문제를 물어보곤 했다. 그러나 그는 오직 마르크스의 저서에 나오는 문제에 대해서만은 그 즉시 간단하고 분명하게 판단을 내렸다. 그의 결론은 논의의 여지가 전혀 없다는 듯 단호했다.

"미친놈이 또 있군."

예를 들어 영화를 볼 때도 그는 혁명 모범극에 나오는 무술 장면이 배우들이 직접 무술을 연마한 것이라고 믿지 않았다.

"연마는 무슨 연마? 어려서부터 뼈를 오그렸는지 살만 남았구먼. 무대에서는 저렇게 천군만마를 이기는 척해도 무대를 내려오면 빈 물통 하나 제대로 들지 못할걸."

즈황에게 무술 영화에 나오는 영화배우에게도 뼈가 있고 물통을 드는 데 전혀 문제가 없다고 믿게 하기란 실로 하늘에 오르는 일만큼 어려운 일이었다.

홍 나리(洪老板)

일을 마칠 무렵 길섶에서 송아지 한 마리를 보았다. 아직
쇠뿔도 제대로 자라지 않고 코가 동글동글하고 털이 몽실몽
실한 송아지로 뽕나무 아래 엎드려 풀을 먹고 있었다. 문득
그 녀석의 꼬리를 잡아당겨 보고 싶다는 생각이 들었다. 그러
나 녀석은 뒤에 눈이라도 달렸는지 내가 손을 뻗자마자 어느
새 눈치채고 고개를 한쪽으로 젖힌 채 도망치고 말았다. 송아
지를 쫓아갈까 생각할 때였다. 저만치 힘찬 울음소리와 함께
맨땅에 먼지바람을 일으키며 소 한 마리가 달려오는 것이 아
닌가. 커다란 소가 두 눈을 부릅뜨고 쇠뿔을 흔들며 나를 향
해 돌격해 오자 나는 깜짝 놀라 호미를 내팽개친 채 도망치고
말았다.

한참 지난 후 나는 여전히 뛰는 가슴을 안고 호미를 찾으러

갔다.

호미를 찾은 다음 다시 송아지에게 가까이 다가갔다. 환심을 사려고 녀석 입가에 풀을 흔들자 또다시 멀리 있던 소가 울음소리와 함께 나에게 돌진하기 시작했다. 후유, 다짜고짜 덤벼드는 멍청한 소를 보며 괜스레 화가 났다.

아마도 큰 소는 녀석의 어미였을 것이다. 그러니 나에게 죽자 살자 달려들었을 것이다. 나중에 안 사실이지만 그 소는 '홍 나리(洪老板)'라는 이름을 가지고 있었다. 태어날 때부터 쇠귀에 구멍이 나 있었는데, 사람들은 그 때문에 뤄장강 쪽에 살던 홍 모씨의 환생이라고 철석같이 믿었다. 홍 나리는 처첩을 예닐곱이나 둔 유명한 토호로 왼쪽 귀에 구멍이 나 있었다고 한다. 사람들은 그가 생전에 나쁜 짓을 많이 했기 때문에 죽은 후 소로 환생해 천벌을 받는 것이라고 했다. 평생 소로 살면서 다른 이들을 위해 쟁기질도 하고 매도 맞으면서 전생의 빚을 갚아야 했다는 것이다.

사람들은 홍 나리가 마차오에서 소로 환생한 것을 보고 하늘이 무심치 않다고 생각했다. 홍군(紅軍)이 농민들을 움직여 토호를 공격하게 한 적이 있다. 처음에 마차오 사람들은 꼼짝도 하지 못했다. 그러나 룽자탄의 토호들이 피격되고 머리가 잘려도 별다른 일이 일어나지 않자 마차오 사람들도 마음이 들뜨기 시작했다. 그러나 애석하게도 그들이 농회를 결성하고 닭 피를 술에 타 마시며 붉은 깃발을 만들었을 때는 이미 시기가 지난 뒤였다. 부근에 살던 토호들은 이미 비판받은 후였고, 그들의 곡식 창고 역시 텅 비어 쥐새끼들만 들락거릴 뿐이었다. 영 마음이 찝찝했던 마차오 사람들은 이리저리 수소문한 끝에 뤄장강의 홍 나리가 아직 남아 있다는 이야기를 듣고, 표창과 화승총을 들고 뤄장강을 건너 그의 목을 치러 갔다. 그런데 뜻밖에도 뤄장강 마을 사람들 역시 혁명을 하겠다고 일어나 홍 나리는 그들 마을의 토호니까 당연히 자신들이 목을 잘라야 한다고 주장했다. 그들은 절대로 다른 마을 사람들에게 그를 넘겨줄 수 없다고 했다. 물론 홍가네 재물도 절대로 나눠 줄 수 없다는 말도 덧붙였다. 깨끗한 물이 다른 사람 논에 흘러들지 못하게 도랑을 막는 꼴이었다. 양쪽 농회의 사람들이 만나 회담했지만 의견 차이만 확인했을 뿐이다. 결국 무력이 동원되었다. 마차오 사람들은 상대 마을 사람들이 토호를 보호하는 어용 농회를 조직해 거짓 혁명을 하고 있다고 주장하면서 소나무로 만든 대포로 포탄을 날렸다. 상대방 역시 이에 뒤질세라 천지가 진동할 듯 징을 울리며 마을의 문이란 문은 죄다 떼어 내고 벼쭉정이를 골라내는 데 쓰는 풍차까지 몇 대 동원해 마을 입구를 틀어막았다. 상대가 숨었을 만한 숲속을 향해 일제히 총을 발사하는 바람에 나뭇잎이 우수수 떨어졌다.

당시 싸움으로 마차오 쪽에서는 청년 둘이 다치고 청동 징을 하나 잃어버렸다. 꼬박 하루를 굶고 온몸이 시꺼먼 땀으로 범벅이 된 마차오 사람들은 뤄장강 사람들의 혁명에 대한 이해가 그처럼 수준 이하임을 도무지 믿을 수 없었다. 그래서 어쩌면 홍 주인이 음모를 꾸미는 것인지도 모른다고 생각했다. 이렇게 해서 홍 주인에게 원한이 맺힌 것이다.

하지만 이제 마차오 사람들은 대단히 만족했다. 일이 적절하고 공평하게 처리되었기 때문이다. 하늘이 홍 주인을 마차오에 보내 마차오에서 평생 쟁기를 갈며 죽도록 고생하게 했으니 이야말로 전생의 빚을 갚는 것이 아니고 무엇이겠는가? 그해 여름 상부에서 소 몇 마리를 차출해 차밭을 갈게 해서 마차오에는 소가 두 마리밖에 남지 않았다. 마지막 논배미의 수확이 끝난 후 홍 나리는 숨을 헐떡이더니 뜨거운 진흙밭에 쓰러져 잠이 들었다. 그리고 다시는 일어나지 못했다. 사람들이 몸통을 갈라 보니 폐가 온통 피로 가득 차 허파꽈리가 모두 터져 버린 상태였다. 마치 핏빛으로 썩은 참외 속을 대야에 처박아 놓은 듯했다.

(2권에 계속)

세계문학전집 444

마차오 사전 1

1판 1쇄 펴냄 2007년 12월 31일
2판 1쇄 펴냄 2009년 11월 20일
3판 1쇄 찍음 2024년 7월 26일
3판 1쇄 펴냄 2024년 8월 2일

지은이 한사오궁
옮긴이 심규호, 유소영
발행인 박근섭, 박상준
펴낸곳 (주)민음사

출판등록 1966. 5. 19. (제 16-490호)
서울특별시 강남구 도산대로1길 62(신사동) 강남출판문화센터 5층 (우편번호 06027)
대표전화 02-515-2000 팩시밀리 02-515-2007
www.minumsa.com

ISBN 978-89-374-6444-7 0480
ISBN 978-89-374-6000-5 (세트)

* 잘못 만들어진 책은 구입처에서 교환해 드립니다.

세계문학전집 목록

세계문학전집은 계속 간행됩니다.